MINUIT À L'OMBRE

DU MÊME AUTEUR

L'Étrangleur d'Édimbourg
Le Fond de l'enfer
Rebus et le Loup-garou de Londres
Piège pour un élu
Le Carnet noir
Causes mortelles
Ainsi saigne-t-il
L'Ombre du tueur
Le Jardin des pendus
La Mort dans l'âme
Du fond des ténèbres
La Colline des chagrins
Une dernière chance pour Rebus
Cicatrices
Fleshmarket Close
L'Appel des morts
Exit Music
Debout dans la tombe d'un autre
On ne réveille pas un chien endormi
Tels des loups affamés
Le Diable rebat les cartes
The Beat Goes On
La Maison des mensonges
Le Chant des ténèbres
Un cimetière dans le cœur

Nom de code : Witch
Double détente
Traques

Portes ouvertes
Plaintes
Les Guetteurs

lemasque.com

Ian Rankin

MINUIT À L'OMBRE

Traduit de l'anglais (Écosse)
par Fabienne Gondrand

ÉDITIONS DU MASQUE
17, rue Jacob, 75006 PARIS

Titre original :
Midnight and Blue
publié par Orion Books Ltd (Royaume-Uni)

Couverture : © Louise Cand
Image © Evelina Kremsdorf / Trevillion Images

ISBN : 978-2-7024-5268-4

Ian Rankin fait partie des auteurs de polar les plus lus au monde grâce à la série de l'inspecteur John Rebus, traduite dans une vingtaine de langues. Il a reçu un Edgar Award ainsi que quatre prix Dagger du Crime Writers' Association, dont le prestigieux Diamond Dagger pour l'ensemble de son œuvre. Publié pour la première fois en France en 1998, Ian Rankin s'est vu décerner le Grand Prix du roman noir étranger du Festival de Cognac pour *Le Jardin des pendus* ainsi que le Grand Prix de littérature policière pour *La Mort dans l'âme*. Plus de vingt ans après, l'auteur continue à séduire les lecteurs français avec son héros têtu, teigneux et divinement écossais.

Fabienne Gondrand aime lire, s'asseoir dans une salle de cinéma, grimper aux arbres et moudre le café. Elle dessine des plans, classe à peu près tout par ordre alphabétique et se demande souvent si la fiction n'est pas plus importante que la réalité. Pour répondre à cette vaste question, elle traduit des livres.

AVANT

Un aller-retour rapide, histoire de rendre service. Un énorme service, qui méritera un jour récompense. Un aller-retour rapide – et encore, même pas. Un cambriolage sans effraction. L'alarme se déclencherait, mais il fallait toujours du temps pour que quelqu'un réagisse. Pourrait y avoir des caméras de surveillance, mais il portait sa cagoule, celle qui couvrait tout sauf les yeux. Des gants aussi, évidemment.

« T'es pas obligé d'entrer », lui avait-on dit. « On s'en charge. »

La porte principale était presque un jeu d'enfant, et maintenant qu'elle était ouverte, qu'est-ce qui l'empêchait d'aller plus loin ? Il y avait peut-être un peu de cash qui traînait par là, un téléphone ou un iPad, personne ne ferait attention. Il savait qu'il disposait de deux minutes. Voire de cinq ou dix.

Mais en jetant un coup d'œil à l'intérieur, il vit que c'était un simple bar à ongles. Pas grand-chose à palper si ce n'est des limes et du vernis. Pas de caisse enregistreuse, seulement un lecteur de cartes bancaires. S'il y avait un ordinateur, quelqu'un l'avait débranché et emporté chez lui pour la nuit. Deux autres portes au fond de la pièce – toilettes à gauche et bureau à droite. Le bureau était verrouillé, lui aussi. Serrure Yale. Il retira ses gants avec les dents pour avoir une meilleure prise sur le plus petit de ses crochets. Il ne lui fallut pas plus de dix secondes. Il franchit le seuil et alluma la lampe de son téléphone. Lorsqu'il comprit ce qui était posé sur la table, il serra la main qui tenait le crochet. Il serra les mâchoires, aussi, et laissa passer un sifflement entre ses dents.

Puis il tourna les talons et se mit à courir, sans se rendre compte que le petit instrument dont il s'était servi pour crocheter la serrure avait entamé la chair de sa paume, laissant de minuscules gouttes de sang perler sur le faux parquet pendant sa fuite…

JOUR 1

1

Rebus sentit que quelque chose n'allait pas avant même que l'alarme ne se déclenche. Il était dans la file d'attente du petit déjeuner, à écouter le Sorcier qui crachait son demi-poumon comme à son habitude. Personne ne parlait jamais de la hiérarchie ; elle se mettait en place naturellement. Ceux susceptibles de jouer les gros bras ou de s'énerver contre quelqu'un passaient en premier alors que les autres s'agglutinaient derrière en une ligne désordonnée. Le Sorcier était deux places devant Rebus, ce qui lui convenait parfaitement. Le bonhomme n'était sans doute pas plus âgé que lui, même s'il faisait plus, et il était en prison depuis plus longtemps que quiconque. De son vrai nom Gareth Wallace, il devait le surnom de *Sorcier* à ses longues boucles grises et sa barbe plus longue encore. Il se courbait en avant à chaque fois qu'il toussait, sans jamais prendre la peine de se couvrir la bouche. Les nouveaux arrivants faisaient des blagues sur le Covid jusqu'à ce qu'ils se rendent compte que tout le monde les connaissait par cœur. Quand Rebus se retourna, il trouva Ratty. L'homme semblait se ratatiner un peu plus chaque jour. Pour une fois, ses yeux encore plus plissés qu'à l'accoutumée ne suivaient pas la progression de la file d'attente. Il hocha légèrement la tête lorsqu'il se rendit compte que Rebus l'observait.

Il y eut un mouvement flou au moment où un gardien en chemise blanche appuya sur le bouton d'alarme. La sonnerie retentit, soudaine et perçante, accompagnée par l'arrivée d'autres gardiens, qui circulant, qui se concertant. Puis vint l'ordre – retour en cellules – suivi de plaintes et de questions.

— Aujourd'hui, c'est room-service, annonça un gardien du nom d'Eddie Graves en s'employant à guider le troupeau récalcitrant. Bande de veinards.

Graves avait une doléance pour toutes les occasions, comme si la chance favorisait invariablement les détenus.

— Dans combien de temps ? demanda quelqu'un.

— Dès qu'on vous aura mis à l'abri, répondit Graves.

Ratty mesurait largement vingt centimètres de moins que Rebus, mais il avait le chic pour avoir un œil partout et être au courant de tout.

— C'est Jackie, dit-il à Rebus.

Et en effet, deux gardiens – Novak et Watts – apparurent dans l'encadrement de la porte de Jackie Simpson. Leurs visages penchés l'un vers l'autre, ils conversaient à voix basse. Malgré le cordon de fortune formé par les gardiens, Rebus et plusieurs autres détenus durent passer devant la cellule pour regagner la leur.

« Avancez », fusait l'ordre, les mains ballantes, bras écartés.

Mais comme lors des collisions sur l'autoroute, la circulation ralentit inexorablement, le temps pour les détenus de regarder la scène, bouche bée. Deux autres gardiens se tenaient à l'intérieur de la cellule. Sur la couchette du bas, Rebus discerna un corps, allongé sur le ventre, couvert de sang. Un autre homme, étendu sur la couchette du haut, semblait légèrement en meilleure forme, dans le sens où les gardiens tentaient de le réveiller alors qu'ils ignoraient son compagnon de cellule. Rebus se souvenait du nom du gars du haut – Mark Jamieson. Il l'avait connu brièvement à l'extérieur. Non pas qu'il y ait fait une quelconque allusion entre ces murs ; Jamieson n'aurait pas apprécié.

— Allez, John, dit Graves en lui appuyant sur l'épaule. Ne complique pas les choses.

Leurs regards se croisèrent. Graves avait les mâchoires crispées et la couleur s'était retirée de son visage.

— Ce n'est pas dans ma nature de compliquer les choses, lui assura Rebus. Contrairement à d'autres.

Par-dessus l'épaule de Graves, Rebus désigna l'endroit où Darryl Christie avait pris place à une des tables circulaires à côté de la vitrine de self-service. Deux gardiens l'encadraient pendant qu'il terminait son petit déjeuner, dont il savourait chaque bouchée en prenant son temps. Aucun des deux gardiens ne semblait disposé à l'interrompre.

— Darryl ! cria Graves. Retourne dans ta cellule, s'il te plaît !

Christie tourna lentement la tête et embrassa du regard Graves et Rebus.

— D'accord, monsieur Ronchon, cria-t-il en retour.

Graves, râleur en série de son état, fit de son mieux pour cacher son irritation en entendant son surnom. Rebus eut la sensation que le grand sourire que Christie adressait à Graves n'était pas destiné au gardien mais à lui.

John Rebus avait une cellule rien que pour lui. Elle se composait d'un lit étroit, d'un W.-C. et d'un lavabo. Le W.-C. n'avait pas de porte mais se trouvait dans une alcôve, accordant un minimum d'intimité. Il y avait un petit bureau et un petit espace de rangement, ainsi qu'une étagère pour les effets personnels. Rebus y avait empilé tous les livres qu'il s'était promis de lire. Dans l'un d'eux, il conservait une photo de sa fille et de sa petite-fille. Il n'aurait pas su dire pourquoi il préférait la garder à l'abri des regards. Un écran plat fixé au mur avait une fente latérale pour lire les DVD, et il y avait en outre un téléphone filaire, là encore fixé au mur. Les appels téléphoniques devaient être planifiés et payés, et ils étaient bien évidemment surveillés s'il y avait du personnel disponible. Les objets de valeur étaient rangés sous le lit dans un petit coffre-fort, que Rebus ne se donnait jamais la peine de fermer à clé.

C'était désormais là son chez-lui, et ce depuis six mois. À son arrivée à la prison d'Édimbourg, on l'avait mis en observation et placé dans une cellule de nuit. Comme c'était un ancien policier, il fut alors décidé de le transférer non pas dans un des quartiers généraux mais dans l'USR, l'Unité de Séparation et de Réintégration. C'était là qu'étaient incarcérés les détenus qui étaient soit en danger soit un danger pour eux-mêmes. Pour certains, Rebus ne les vit jamais. Ils restaient dans leurs cellules, la plupart du temps en silence si ce n'était une gueulante de temps en temps. Ils pouvaient faire de l'exercice dans une cour fermée, aux murs bardés de graffitis de noms, accompagnés ici et là des mots « pédophile » ou « pointeur ».

Rebus se sentait oppressé, non seulement par les murs, mais aussi par les sempiternels visages qu'il croisait chaque jour. Il s'était rendu très souvent dans cet établissement pénitentiaire pendant ses années de détective – il se souvenait qu'on lui avait fait visiter la cabane des pendus, détruite depuis longtemps – mais là, c'était différent.

Toutes les douches du monde ne parviendraient pas à faire partir l'odeur. L'air était saturé de testostérone et de méfiance. Difficile d'ignorer la consommation de drogue. Rebus avait toujours connu les lieux sous le nom de Saughton, même si le flocage sur les chemises des gardiens annonçait à présent « HMP Edinburgh ». Prison, taule, trou, cabane, à l'ombre – bien des appellations pour désigner le même sort : l'incarcération.

On comptait quatre quartiers généraux – Gyle, Swanston, Trinity et Whitecraig. Gyle était la prison des femmes tandis que Whitecraig hébergeait les délinquants sexuels. Trinity et Swanston accueillaient un mélange de détentions préventives en attente de procès et de personnes reconnues coupables. Un jour, alors qu'il purgeait sa peine de réclusion à perpétuité depuis trois mois, Rebus avait été convoqué par Howard Tennent, le directeur. Son bureau, grand et moderne, comportait une table et des chaises pour les réunions. On proposa à Rebus du thé et il y avait même des sablés.

— Que penseriez-vous de rejoindre la population générale à Trinity ? avait demandé Tennent pendant que Rebus mordait dans un biscuit.

— Qu'est-ce qui se passe ? avait demandé l'intéressé en retour.

— Deux choses. Pour commencer, on manque de places à l'USR, donc on aimerait bien récupérer votre lit.

— Et ?

Le directeur s'était légèrement agité sur sa chaise.

— Darryl Christie est prêt à se porter garant pour vous, ce qui signifie que vous serez protégé. Il a l'air de penser que vous lui avez rendu service il y a quelque temps.

— Il fait allusion au fait de se débarrasser de la concurrence – ce que je n'ai pas fait. Mes avocats sont occupés par le pourvoi en cassation.

— Vous étiez pourtant bien là quand Cafferty est mort.

— Là encore, c'est faux. L'infarctus est arrivé après… Trinity, c'est le fief de Christie ?

Tennent balaya quelques miettes tombées sur la table.

— Il garantit votre sécurité, John, et nous avons une cellule individuelle qui vient de se libérer. Vous avez quitté la police depuis pas mal d'années – je doute que vous croisiez beaucoup de gars que vous avez envoyés là. Pour tout dire, j'ai moi-même jeté un œil. On a quelques récidivistes de seconde zone, mais aucun d'eux n'irait se frotter à Darryl et ses gars. (Il avait fixé Rebus du regard.) Alors, qu'en dites-vous ?

— J'en dis que si quelqu'un me trucide, je veux vous voir pleurer sur ma tombe.

Tennent l'avait gratifié d'un mince sourire avant de se lever, et Rebus avait eu le temps d'attraper un dernier biscuit avant d'être reconduit à la porte.

Eh bien, ça me changera, s'était-il dit tout en étant parfaitement conscient que les ex-flics n'étaient vraisemblablement pas accueillis à bras ouverts. Conscient aussi que Darryl Christie était susceptible à tout instant de revoir sa position, et de le laisser vulnérable à une attaque.

Une heure s'écoula avant qu'on ne déverrouille la porte de sa cellule le temps de lui tendre un tranche de toast froid et une tasse de thé trop infusé. Le gardien s'appelait Kyle Jacobs – surnommé Kylie par les détenus du quartier. Rebus avait sympathisé avec lui au cours des dernières semaines, Jacobs se montrant désireux d'entendre des histoires de l'époque où Rebus était à la Division des enquêtes criminelles. Jacobs, impeccablement coiffé, les bras couverts de tatouages, approchait la trentaine. Il avait deux oncles dans la Lothian and Borders Police et Rebus avait fait semblant de connaître leurs noms.

— Voilà qui est appétissant, dit-il en regardant l'assiette.

— On a fait de notre mieux. Les œufs ont failli arriver à pied.

— Alors, qu'est-ce qui s'est passé ?

— Quelqu'un a poignardé Jackie dans le cou. Son compte est bon.

— Et Jamieson ?

— Totalement défoncé. Une vilaine entaille sur le front.

— Mis hors-jeu, en gros. On a trouvé l'arme ?

Jacobs jeta un œil autour de lui.

— J'en ai déjà trop dit.

Rebus s'était avancé d'un pas dans l'espoir de jeter un coup d'œil dans le couloir, mais le jeune gardien avait fait barrage. Une voix forte leur parvint de derrière la porte de la cellule voisine.

— Tu veux bien te manier le cul, Kylie ! Je crève la dalle !

Jacobs referma la porte de la cellule.

— Fais signe quand tu veux, lui dit Rebus.

Il s'assit au bord de son lit et écouta le bruit du verrou. D'ordinaire, il aurait dû prêter main forte à la bibliothèque. On lui avait proposé le polissage des sols ou les cuisines, mais il était plus tenté par la compagnie des livres. La bibliothèque était à deux pas des services de santé de la NHS et de son personnel soignant. Rebus y retirait son approvisionnement régulier en inhalateurs contre la BPCO, avec pour consigne de ne les céder à personne – « Certains toxicomanes les bricolent pour en faire des bongs », l'avait-on mis en garde. Non pas que le cannabis constitue le plus gros problème en prison. Le Spice et consorts faisaient des ravages depuis plusieurs années. Kétamine, nitazène, étizolam, bromazolam – Rebus n'arrivait plus à suivre, ce qui était sans grande importance étant donné que la plupart des détenus les appelaient tout simplement « benzos » et semblaient peu se préoccuper des doses et combinaisons exactes qu'on leur proposait. Les médicaments étaient faciles à cacher et aucune odeur ne les trahissait. Dès midi, les effets des benzos se faisaient sentir : visages flasques sur corps immobiles. L'addiction avait entraîné des problèmes de vessie et des colostomies chez certains toxicos. On les appelait Sac à Pisse Un, Deux et Trois. Le personnel infirmier se déplaçait avec des oranges parce que le fruit diluait les effets psychotropes. Rebus avait en outre observé des signes évidents d'automutilation, les bras des détenus lacérés de scarifications, certaines cicatrices encore à vif après le passage de la lame du rasoir. Personne n'en parlait jamais ; cela faisait partie du quotidien derrière les barreaux.

Tennent avait vu juste sur un point : Rebus n'avait pas ressenti de réels griefs contre lui. Il y avait bien un type, JoJo Peters, trois meurtres au compteur, qui avait fini à l'ombre après une fouille sur une vieille affaire dans laquelle Rebus avait été impliqué. Mais il était atteint de démence et quittait rarement sa cellule. Les autres détenus lui rendaient visite régulièrement et lui apportaient des friandises. Un jour, Rebus était passé et Peters l'avait regardé sans le voir tout en mâchonnant un caramel mou avec les quelques dents qu'il avait réussi à préserver.

— Il n'a rien à faire là, avait commenté un détenu plus jeune en arrivant avec une nouvelle poignée de bonbons. Ils le mettraient dans un Ehpad ou dans une unité de soins palliatifs s'ils avaient du cœur.

Manifestement, le mot était arrivé aux oreilles de Darryl Christie, qui avait arrêté Rebus un peu plus tard dans le couloir.

— Tu penses que JoJo pourrait poser un problème ?

— Absolument pas.

Christie avait hoché la tête avec lenteur avant de tourner les talons. Deux gardiens avaient suivi la scène ; Rebus doutait fort de la rapidité de leur réaction si d'aventure Christie s'était jeté sur lui. Leur quartier manquait de personnel – comme toutes les prisons – et se trouvait presque à pleine capacité. D'autres établissements pénitenciers étaient encore plus surpeuplés, mais en laissant un individu tel que Christie exercer un certain niveau de contrôle, on facilitait la vie de toutes les personnes concernées.

Le jour où Rebus avait intégré sa cellule permanente, Christie lui avait rendu visite. Il avait pris du poids et portait les cheveux longs, coiffés en arrière. Il tenait à remercier Rebus de s'être débarrassé de Morris Gerald Cafferty. Mais Rebus avait été inculpé de tentative de meurtre plutôt que de meurtre à proprement parler. Le juge avait toutefois prononcé la peine obligatoire de prison à perpétuité, en dépit des protestations de Rebus : il avait seulement voulu faire peur à Big Ger en lui écrasant un coussin sur le visage. L'accusation n'avait pas apprécié, et s'était appliquée à peindre Cafferty en Mère Teresa confinée à un fauteuil roulant plutôt qu'en criminel de carrière sans foi ni loi. On avait ressorti les anciennes querelles opposant Rebus à Cafferty afin de les soumettre à la considération et la réprobation des jurés. Il n'en restait pas moins que Cafferty était mort, laissant une forme de vide – surtout après que le prétentieux Andrew Downs, son bras droit, avait pris peur et fui la ville. La ville de Christie, contrôlée à distance, tandis qu'il siégeait sur son trône dans la prison d'Édimbourg – ou tout du moins sur la chaise de bureau de Rebus.

— Tu trouves tes marques ? Tu as besoin de quelque chose ? Je sais que tu souffrais un peu de la soif à l'extérieur – pas facile de s'approvisionner ici. Les cachetons, par contre, oui – excitants et calmants. Avec ça, tu oublieras bien vite les quatre murs qui t'entourent. Tu oublieras toutes les mauvaises choses.

— Tu peux m'avoir des multivitamines, alors ? (Christie le toisa d'un œil morne.) Laisse tomber. Je suis censé te dire merci ?

Rebus avait rencontré Christie alors qu'il n'était encore qu'un adolescent avide de représailles après le meurtre de sa sœur. À l'époque, plusieurs chemins s'ouvraient à lui et il avait choisi celui qui l'avait mené entre ces murs. Rebus était sur les lieux le soir où Christie avait abattu l'ennemi. Il avait vu la folie dans ses yeux et en avait conclu que le jeune homme finirait dans le quartier de haute sécurité de Carstairs. Mais la loi en avait décidé autrement.

— Tu peux faire une chose pour moi, d'un homme condamné à perpète à un autre, Christie lui avait dit ce jour-là dans la cellule en se levant pour fixer Rebus droit dans les yeux.

— Quoi ?

— Raconte-moi la scène dans le détail. Que je puisse me la représenter. (Sa voix était tombée dans les graves, mais ses yeux étincelaient.) Il a eu peur ? Ça s'est vu ? Il a supplié ?

Il s'était humecté les lèvres. Il avait mauvaise haleine, le teint cireux.

— Maintenant que j'y pense, comment tu t'es senti, *toi* ? Ça couvait depuis un moment. Trop longtemps pour certains…

— Je me rends compte que j'avais du respect pour ce type, avait fini par répondre Rebus. On peut dire qu'il avait un code, des limites qu'il ne franchissait pas. Toutes les raclures ne peuvent pas en dire autant.

Puis il s'était assis sur son lit, avait pris un livre et fait semblant de se plonger dans la lecture, laissant Christie en plan, qui avait fini par passer une main dans ses cheveux et rebrousser chemin.

Plusieurs détenus surnommaient Christie « le Don ». Les premières fois, Rebus avait éprouvé le besoin de préciser qu'il n'avait rien de Vito Corleone. Mais le surnom était resté. Rebus avait parfaitement conscience que la protection de Christie était une bénédiction toute relative ; mieux valait s'abstenir de l'agacer pour rien. Alors il s'était fait discret ; il faisait le plus d'heures possibles dans la bibliothèque, qui était certes petite, mais bien achalandée, et il avait fait la connaissance de plusieurs de ses compagnons, faisant le tri entre ceux qui étaient plus ou moins dignes de confiance et ceux qu'il valait mieux éviter. Il pensait parfois à Cafferty, sans être exactement pris de remords. Sa peine à perpétuité lui donnait l'impression que le mort riait à ses dépens.

Le niveau sonore augmenta au fil de la matinée au gré des récriminations proférées à huis clos. De temps à autre, les voisins de Rebus de part et d'autre – Billy Groam et Everett Harrison – jouaient des poings et des pieds. Harrison mettait de la musique, comme à son habitude. Rebus avait renoncé à lui demander de baisser le volume. D'origine caribéenne, Harrison avait l'accent de Liverpool. Il travaillait pour un trafiquant de drogue et d'êtres humains de Merseyside et avait été arrêté à Édimbourg avec un chargement de drogue. Rebus lui avait un jour demandé si le fait d'empiéter sur le territoire de Christie l'incitait à surveiller ses arrières.

— Ceux qui s'en prennent à moi ont intérêt à être dotés de l'arme nucléaire, avait rétorqué Harrison.

Et c'était vrai qu'il donnait l'impression de bien s'entendre avec Christie ; les deux hommes faisaient parfois une partie de billard et allaient même jusqu'à partager un jeu sur console. Rires et sourires, tapes dans le dos et poignées de mains. Rebus était presque convaincu.

On déverrouilla sa porte à 13 heures. Un gardien qu'il ne connaissait pas lui annonça que le repas était servi à Swanston Hall, et qu'il devait donc se changer. À l'intérieur de son propre quartier, on pouvait s'habiller à sa guise, mais pour les visites ailleurs, il était obligatoire de porter le polo et le sweat réglementaires de la prison, dont la couleur distinguait les catégories : bleu pour les courtes peines, marron pour ceux en attente de procès, bordeaux pour les délinquants sexuels. Les détenus purgeant une peine de longue durée comme Rebus étaient en vert foncé. On lui avait expliqué que cela permettrait aux gardiens qui scrutaient les caméras de surveillance de s'y retrouver. Il était hors de question de laisser des prisonniers à perpétuité croiser des agresseurs sexuels sur mineurs pendant la promenade.

Après avoir échangé son polo rouge délavé contre un vert, Rebus sortit de sa cellule et constata qu'un cordon délimitait la scène de crime, sous la forme de rubalise rayée bleu et blanc floquée du mot POLICE enroulée à des cônes de stationnement. Une équipe de scène de crime s'affairait encore sur les lieux, les agents à l'intérieur de la cellule couverts de la tête aux pieds pour éviter toute contamination. Pendant ce temps, le directeur était en conversation avec une policière que Rebus reconnut – la sergente Christine Esson. Quand elle aperçut Rebus, elle haussa un sourcil avant de tourner de nouveau son attention vers Howard Tennent.

— On sait tous ce qui s'est passé, marmonna Billy Groam, qui marchait quelques pas devant Rebus. L'animosité entre Jackie et ce débile de Chris Novak. Tu l'as vu ce matin, comme moi je l'ai vu, planté devant la cellule à s'assurer que tous ses potes accordaient leurs violons.

Oui, Rebus se souvenait des deux gardiens dont les visages se touchaient presque tandis qu'ils devisaient à voix basse. Novak et Valerie Watts. La rumeur disait qu'ils étaient plus que de simples collègues. Mais bon, les rumeurs étaient comme de l'oxygène dans un endroit pareil ; elles faisaient battre le cœur et stimulaient l'esprit.

La file avait ralenti, au point mort, laissant tout le loisir à Rebus de vérifier s'il reconnaissait d'autres visages du passé. Haj Atwal, qui supervisait habituellement les scènes de crime, n'était pas là. Peut-être se trouvait-il à l'extérieur, à s'affairer dans sa camionnette bien équipée. Rebus se demanda si l'un des agents dépêchés sur site avait son portable avec lui, ou si on avait mis les appareils sous clé comme la procédure le voulait pour les visiteurs. Tout ce qui entrait finirait par ressortir, le personnel pénitentiaire veillerait au grain.

Les spéculations et les infos allaient bon train le long de la file d'attente. Mark Jamieson était à l'hôpital pour un bilan. Chris Novak avait assuré le quart de nuit, ce qui voulait dire qu'il enchaînait deux permanences, puisqu'il était encore en service au petit déjeuner. Pareil pour Valerie Watts – quelle heureuse coïncidence ! Les gars qui occupaient les cellules de part et d'autre de la scène de crime n'avaient pas entendu de voix fortes ni rien de particulier, même si Billy Groam, de l'autre côté du couloir, jurait avoir entendu le bruit d'une cellule qu'on déverrouillait avant l'aube.

— La cellule de Jackie ? vérifia Rebus.

— Qui veux-tu d'autre ? marmonna Groam.

Rebus avait connu Jackie Simpson. Ce dernier faisait des passages à la bibliothèque pour emprunter des DVD tout en se vantant de ne jamais avoir lu un livre de sa vie.

— Mon école à moi, c'était la rue, avait-il un jour dit à Rebus. Et maintenant, le prof c'est moi !

Voulant dire par là que c'était lui qui avait enseigné aux autres détenus à ouvrir une porte fermée à double tour, quelle qu'elle soit. Il avait même proposé de faire la démonstration à Rebus.

— Qu'est-ce qui te dit que je sais pas déjà faire ? avait répliqué l'intéressé.

Jackie lui avait aussi raconté sa querelle avec l'agent Novak.

— Un jour, ce salaud m'a agrippé la gorge. Dans ma cellule, comme ça y'avait pas de caméra de surveillance. Il m'a dit que mon fiston était un mauvais payeur comme son père. Ce sera pas la même histoire une fois que je serai sorti d'ici.

— Auquel cas tu risques de rappliquer fissa, l'avait mis en garde Rebus.

Tandis que la file d'attente se rapprochait du déjeuner, Rebus demanda à Groam comment Novak avait selon lui tué Simpson.

— Il a fait entrer un surin en douce, non ? Ou alors il en a confisqué un, qu'il a gardé sous le coude pour pouvoir l'utiliser plus tard. La porte de la cellule était verrouillée, John – tu crois que quelqu'un parmi nous a réussi à entrer par magie ?

— Simpson s'entendait bien avec son compagnon de cellule ?

— Mark est à peine sorti de l'adolescence, c'est un gentil. Avec la taille qu'il fait, on aurait pu le glisser dans la poche arrière de Jackie. Jackie lui aurait arraché la tête s'il avait tenté le diable.

— Les benzos peuvent provoquer des comportements inhabituels.

— Mais ils transforment personne en Hulk, quand même. En plus, comme d'habitude, Mark était défoncé. Défoncé et par-dessus le marché il se prend un coup sur la tête. Tu as bien vu les matraques de Novak et de sa bande. Les flics sont pas là pour se faire suer. Pour eux, Jackie est rien qu'un taulard comme un autre. Ça en fait un de moins à surveiller.

Lorsqu'ils arrivèrent en masse à Swanston, ils furent accueillis par un concert de sifflets appréciateurs et de cris, les détenus leur faisant savoir ce qu'ils pensaient de leur intrusion. Mais ils se montraient tout aussi curieux, désireux de savoir ce qui s'était passé et pourquoi, si bien qu'ils se livraient à une sorte d'offensive de charme. Rebus étudia chacun des visages, n'en reconnut aucun, ce qui le rassura. Sur son territoire, Darryl Christie régnait en maître, mais Rebus ignorait jusqu'où s'étendait son royaume. Christie lui-même s'installa devant son assiette, apparemment indifférent à la situation, même si son regard restait méfiant et qu'il s'assurait d'être à tout instant encadré par deux des plus gros fumiers de Trinity, dont l'un n'était autre qu'Everett Harrison. Rebus vit un détenu s'approcher et tapoter Harrison sur l'épaule. Harrison se leva, tout sourire, et les deux hommes échangèrent une accolade, puis se palpèrent le haut des bras pour tâter leur musculature. Ils avaient dû se rencontrer à l'extérieur, et Rebus sentit son ventre se nouer.

— Il s'appelle Bobby Briggs, lui confia Groam. De la côte ouest.

— Je le connais, confessa Rebus à mi-voix.

Groam le regarda fixement.

— De ton temps chez la flicaille ?

— Où d'autre ?

— La moitié de Trinity pense qu'on t'a déménagé ici parce que Tennent veut une taupe.

— Rien à voir.

Rebus se resservit en pommes de terre. La nourriture était à peine tiède, mais tout avait meilleur goût que le confinement en cellule. La cuisine lui rappelait la cantine à l'école primaire ou dans un camp de vacances de seconde zone. Une fois par semaine, on leur servait un burger. Après ça, des tas de détenus se mettaient à compter les jours jusqu'au suivant. Tout le monde aimait ça, les burgers. Mais aujourd'hui, c'était poulet dans une sauce blanche avec des patates ramollies. Comme Rebus ne finissait pas, Groam inclina la tête en direction de son assiette.

— Fais-toi plaisir, acquiesça Rebus.

Il était en train de penser à Christine Esson. Par le passé, il aurait connu son numéro de téléphone. Il partait du principe qu'elle était encore basée à Gayfield Square. À l'époque, elle travaillait sous les ordres de l'inspectrice Siobhan Clarke, mais cette dernière avait changé de poste. En bonne professionnelle, Esson n'avait pas du tout eu l'air décontenancée par le décor. Quels que soient les conseils que lui avait prodigués Clarke, ils avaient porté leurs fruits.

Il s'aperçut que quelqu'un le regardait fixement depuis l'autre bout de la salle, et que ce quelqu'un était Bobby Briggs. Soudain, ce dernier se leva et mit le cap sur Rebus d'un pas lourd. L'ex-flic se leva à son tour et recula jusqu'au gardien le plus proche.

— Problèmes en vue, annonça-t-il.

— Doucement, Bobby, avertit le gardien en levant la main.

Briggs s'immobilisa à quelques pas de Rebus qu'il pointa d'un doigt accusateur.

— Ce salopard m'a fait porter le chapeau, gronda-t-il.

Le regard étincelant, il montrait les dents. De la salive gicla de sa bouche et éclaboussa le visage de Rebus.

— C'était au siècle dernier, Bobby, se défendit Rebus. Et ce n'est pas à cause de ça que tu es ici aujourd'hui.

Everett Harrison s'était approché, et posa sa main à plat sur l'épaule de Briggs.

— Tout va bien, Bobby ?

Briggs ne quittait pas Rebus des yeux.

— À la barre, ils ont menti comme des arracheurs de dents, lui et sa clique. J'ai pris cinq piges.

— C'est vrai, Bobby, concéda Rebus. La victime s'est donné toute seule des coups de pieds dans les côtes jusqu'à ce qu'elles se brisent – j'oublie toujours.

— Toi, tu oublies peut-être, mais moi jamais. Je t'ai dans le collimateur, Rebus.

— Comme tu veux, Bobby.

Briggs semblait sur le point de se jeter sur lui, mais Harrison avait resserré sa poigne et la main du gardien n'était plus qu'à un centimètre de la sonnette d'alarme. Harrison réussit péniblement à le faire pivoter sur ses pieds pour le ramener au centre de la salle, le bras drapé sur ses épaules.

— Je prendrai plutôt mes autres repas dans ma cellule, dit Rebus au gardien dont le front s'était recouvert d'une pellicule de sueur.

— J'en prends note, dit-il. Mieux vaut éviter de se mettre à dos quelqu'un comme Bobby.

— Je pourrais lui faire porter une boîte de Quality Street en gage de paix…

Vingt minutes plus tard, ils se remettaient en route sous les gestes d'adieu et les baisers soufflés de leurs hôtes. Devant la cellule du défunt, Esson et ses collègues avaient été remplacés par le directeur et un autre homme, ce dernier en costume chic, coiffure impeccable, cravate soigneusement nouée. Il fallut à peine un instant à Rebus pour le resituer – Malcolm Fox, anciennement aux Normes professionnelles et désormais au Crime organisé. Fox n'était jamais aussi heureux que derrière un bureau bien rangé, sa boîte mail vide, prêt à lécher les bottes du patron. Rebus faillit lâcher à voix haute ce qu'il pensait tout bas :

Mais qu'est-ce que tu fous là, toi ?

Fox le repéra ; à croire qu'il s'attendait à le voir. Le directeur continuait à parler, pourtant toute l'attention de Fox était tournée vers Rebus. Ce dernier plissa les yeux pour lui faire savoir qu'il avait des questions. Tout décès tombait dans l'escarcelle de la brigade criminelle, or Fox n'avait jamais appartenu à la brigade des enquêtes prioritaires, et n'en ferait jamais partie. Rebus s'éloigna en tournant graduellement la tête pour garder les yeux sur Fox. Pendant ce temps, un gardien lui faisait signe d'entrer dans sa cellule.

— On est encore cloîtrés ? se plaignit Rebus.

— J'en ai bien peur.

— Et les droits de l'homme, on s'assied dessus ? intervint Groam. On a quasiment pas mis le nez dehors de la journée.

— Un de nos potes est mort, Billy, rétorqua Harrison. Quelques heures de plus sous les verrous, c'est que dalle en comparaison.

— Mais j'ai rien à faire, moi.

— T'as pas un joujou pour t'occuper ? fit Harrison en posant la main en coupe à son entrejambe avec un grand sourire.

Rebus attendit d'avoir toute l'attention du bonhomme.

— Merci de m'avoir sauvé la peau à l'instant.

— Bobby est du genre rancunier. Il veut te voir rôtir à la broche.

— Je croyais être sous la protection de Darryl Christie.

— Ici oui, mais pas dans tous les quartiers.

— Tout le monde dans sa cellule ! ordonna le directeur.

Et chacun entra dans sa cellule.

Rebus s'assit sur son lit et se frotta la mâchoire en jetant des coups d'œil au téléphone mural. Une cacophonie sourde filtrait jusqu'à lui – des plaintes quant au confinement en cellule, et les voix fortes des gardiens en service qui leur répondaient. Sur le coup des quatre heures, sa porte s'ouvrit dans un bruit de ferraille.

— Va te dégourdir les jambes, dit Graves. Il y a déjà la queue pour les douches si tu as envie.

— Ça va aller, dit Rebus.

Devant la scène de crime, le cordon temporaire avait disparu, mais de la rubalise barrait la porte fermée. Les détenus se mélangeaient, bavardaient, organisaient des parties de cartes et faisaient de leur mieux pour éviter de poser les yeux sur la porte. Deux d'entre eux se dirigèrent vers la table de billard et s'emparèrent d'une queue. Personne n'avait le droit de quitter le quartier, mais la liberté était relative et chacun était bien déterminé à la savourer, tout en manifestant la solennité qu'exigeaient les événements. Pour une fois, ils faisaient l'économie des blagues, railleries et sarcasmes sans conséquences.

— T'as pas rendez-vous avec l'infirmière ni rien ? vérifia Graves. Tu as assez de médocs ?

— J'ai tout ce qu'il faut, confirma Rebus.

— T'en as, de la chance. Ça me ferait pas de mal d'en prendre, moi aussi. Mon dos me fait morfler.

— Je suis sûr que Darryl peut t'arranger ça. Il suffit de lui poser la question.

Rebus abandonna l'air renfrogné de Graves dans son sillage et secoua les jambes comme pour se délasser. Il s'appliqua à donner l'impression qu'il décrivait des cercles sans destination précise à l'esprit. Il terminait son quatrième tour quand la file d'attente devant la table de Darryl Christie se termina enfin. Rebus prit place face à lui.

— C'est quoi l'histoire entre toi et Bobby Briggs ? demanda Christie.

— Il pense que j'ai menti au procès.

— Et c'est le cas ?

— Pieux parjure, on appelait ça.

— En d'autres termes, tu l'as piégé *pour de vrai* ?

Rebus secoua la tête.

— Il était coupable. C'est juste qu'on peinait un peu à le prouver.

— Donc tu as servi une version aux jurés pour les embobiner ? fit Christie avec un air entendu.

— Il a failli m'arracher la tête, tout à l'heure.

— Everett couvrait tes arrières, dit Christie avec un haussement d'épaules. Donc si tu viens à la pêche aux excuses…

Rebus secoua de nouveau la tête.

— Il me faut un téléphone pendant une heure.

Christie croisa les bras avec une lenteur étudiée.

— Qu'est-ce qui te fait dire que j'ai un téléphone ?

— T'en as probablement une douzaine. Que t'as fait entrer soit dans le derche de quelqu'un soit par un gardien moyennant bakchich. S'il y a le choix, je préfèrerais la deuxième catégorie.

Rebus vit un fin sourire s'étirer sur le visage de Christie.

— Je peux te payer le tarif en vigueur, si c'est ça ta question.

— Tu connais pas le tarif en vigueur.

— Éclaire ma lanterne.

Christie déplia les bras et posa les paumes des mains à plat sur la table.

— Elle est pas bien, la ligne fixe dans ta cellule ? Laisse-moi deviner – tu veux t'assurer que personne n'écoute. On est en droit de se demander pourquoi. À mon avis, c'est rapport à ce qui est arrivé à Jackie Simpson.

— Et il lui est arrivé quoi, à Jackie ?

— Comment veux-tu que je le sache ?

— En refourguant quelques médocs entre les bonnes mains.

— Ça gâcherait la marchandise. Même les gardiens savent que c'était un des leurs, peut-être même plusieurs. Ils vont avoir du mal à étouffer l'affaire. Jackie était apprécié. Plein de gars ont bien envie de lui rendre un petit hommage.

— En déclenchant une émeute, tu veux dire ?

— Qui sait ?

Christie se pencha par-dessus la table et regarda Rebus droit dans les yeux :

— Mon bureau dans cinq minutes.

Sur quoi il se leva et tourna les talons. Rebus resta immobile à compter les secondes. Des tas de regards interloqués pesaient sur lui.

— Je passais ma commande de Special K, c'est tout, lança-t-il au détenu le plus proche d'une voix sonore pour que tout le monde en profite.

Il finit par se lever à son tour pour parcourir les quelques pas qui le séparaient de la cellule de Christie. La porte était entrouverte. Rebus l'ouvrit du bout du pied et se glissa à l'intérieur. L'espace était relativement confortable, agrémenté d'un téléviseur, d'un lecteur de musique et d'une pile de magazines auto-moto récents. Les murs étaient parés de photos, parmi lesquelles plusieurs de la sœur assassinée de Christie, et une de lui sur une Harley-Davidson.

— On m'interdit de poser de la moquette, feignit de se plaindre Christie.

Il se tenait sous la haute fenêtre, jambes écartées, mains nouées dans le dos.

— Tu veux bien fermer ? dit-il en hochant la tête pour désigner la porte.

Rebus s'exécuta puis brisa le silence :

— Combien ?

— Une plaque, dit Christie.

Il laissa le temps à Rebus d'encaisser sa réponse, puis il eut un petit reniflement de dédain :

— C'est bon pour cette fois, dit-il en tendant la main droite, révélant un téléphone portable de petite taille à l'aspect rudimentaire. Le mot de passe c'est quatre fois zéro. La réception est aléatoire, essaie de grimper sur la lunette des W.-C. En prime, ils te verront pas par le judas. Par contre ils t'entendront, alors tu parles à voix basse et tu fais en sorte de passer ton appel quand il y a de l'animation. En pleine nuit, le son porte encore plus loin, et tes voisins auront l'oreille collée au mur.

Rebus tendit la main pour prendre l'appareil, mais Christie replia aussitôt sa paume.

— Que ce soit bien clair : si tu prends ce téléphone, tu n'es plus de leur côté, tu es du nôtre. Si tu te fais choper, tu seras à l'isolement pendant un moment. C'est bien compris ?

Rebus hocha la tête avec lenteur.

— C'est compris.

— Et si le patron découvre que t'as pas été sage, fini le thé et les biscuits dans son bureau. Alors il faut que tu sois vraiment sûr.

— Je suis sûr.

— C'est en rapport avec Jackie Simpson, on est d'accord ?

— Peut-être, avoua Rebus.

Comme Christie dépliait son poing, il attrapa le téléphone et le glissa dans sa poche.

— Comment je fais pour te le rendre ?

— Il est à toi jusqu'au petit déjeuner. Tu le rendras à ce moment-là. Je te préviens – il lui reste à peu près vingt minutes de batterie. Considère ça comme un échantillon gratuit. Si tu décides que tu as besoin d'augmenter la dose, on parlera chiffres.

Christie lui tendit la main et Rebus la serra dans la sienne.

— Une dernière chose, dit Rebus. Comment ça se fait que tu sois aussi copain avec un gars qui joue dans une autre équipe ?

— Harrison, tu veux dire ? (Christie réfléchit un instant.) Son entraîneur est un connard de Liverpool : Hanlon. Mais peut-être bien qu'une fenêtre de transfert va s'ouvrir bientôt. Il se pourrait qu'il change de maillot...

Il gratifia Rebus d'un clin d'œil appuyé avant de lui tourner le dos et de lever les yeux vers la haute fenêtre. Elle était ouverte au maximum – quelques maigres centimètres – mais c'était toujours ça d'air. Christie noua de nouveau les mains dans son dos pour l'apprécier à sa juste valeur.

L'entrevue était terminée.

De retour dans sa cellule, Rebus entreprit immédiatement de grimper sur la cuvette des toilettes. Mais les portes n'étaient pas encore verrouillées, et n'importe qui pouvait pousser la sienne et le prendre sur le fait. Il choisit donc d'attendre. Au bout de vingt minutes, deux gardiens arrivèrent en compagnie de deux détectives, vraisemblablement de la BEP. Un homme et une femme, approchant la trentaine, l'homme visiblement plus âgé. Rebus n'aurait pas su mettre un nom sur leurs visages. C'était le signal que les détenus allaient devoir regagner leurs cellules, le tout dans une cacophonie de protestations, de fanfaronnades et de jurons, sans oublier d'interrogations quant à la réouverture des portes par rapport à l'horaire du prochain repas. Dès que sa porte fut verrouillée, Rebus grimpa de nouveau sur la lunette et passa son appel. Une voix de femme répondit.

— Oui ?

Il resta silencieux en se demandant combien de temps il lui faudrait pour comprendre. Réponse : huit secondes. Puis un soupir.

— John ?

— Bonjour, Siobhan, dit-il en mettant sa main en coupe devant le combiné.

— Je n'ai pas entendu la voix m'informant que l'appel était surveillé.

Là encore, Rebus patienta. Là encore, Siobhan Clarke soupira.

— Oh, nom de Dieu, John, et si tu te fais prendre ?

— Tu te disais bien que j'allais appeler quand même, avoue ?

— C'est à Christine Esson que tu dois parler, pas à moi.

— Oui, je l'ai vue un peu plus tôt. Elle avait la tête de l'emploi.

— C'est parce qu'elle *a* l'emploi.

— Détecté-je une note de jalousie ?

— Va chier.

— Ça me fait plaisir de t'entendre, Siobhan. Quelles sont les nouvelles ?

— Je suis allée jeter un œil dans ton appart avec Sammy, il y a quelques jours. Ça commence à sentir un peu l'humidité, alors on met le chauffage en route une heure par jour. Ça te convient ?

— Sammy avait Brillo avec elle ?

— Il t'a cherché partout. On l'a fait courir dans le parc des Meadows et là aussi, il t'a cherché.

— Donne-lui une gratouille derrière l'oreille pour moi.

— Ce sera fait.

Clarke ménagea une pause avant de poursuivre :

— Carrie veut te voir. Elle a drôlement progressé en dessin. Elle veut te donner un de ceux qu'elle a faits de Brillo.

— Je ne veux pas qu'elle me voie ici, Shiv. Tu le sais bien.

— Elle s'en remettrait très bien, John.

— Peut-être, mais moi non.

Il reprit après un silence :

— Et toi – tout va bien, étant donné les circonstances ?

— Tu as combien de temps ?

— Une dizaine de minutes, peut-être.

Rebus écarta le téléphone ; le voyant de la batterie clignotait déjà.

— Tu peux m'avoir le numéro de Christine ? demanda-t-il.

— C'est pas une bonne idée.

— Et Malcolm Fox ? Il est en contact avec toi ?

— Qu'est-ce que Fox vient faire là-dedans ?

— Il était à la scène du crime. De toute évidence, il glanait les dernières infos auprès du directeur.

— Bizarre.

— C'est ce que je me suis dit. Tu penses pouvoir élucider la question ?

— Je vais faire mon possible. Je ne te promets rien. Mais tu me seras redevable, et tu sais déjà ce que je vais te demander.

Ce fut au tour de Rebus de pousser un soupir.
— Je vais y réfléchir.
— Tu lui manques beaucoup.
— J'ai dit que j'allais y réfléchir. Ça m'a fait plaisir de te parler, Shiv. Fais signe quand tu veux.

Il mit fin à l'appel, mais il resta en position. Le voyant rouge de la batterie clignotait toujours. Combien de temps lui restait-il ? Il se demanda qui appeler. Son avocat ? Le cabinet serait fermé, ou alors il serait en rendez-vous à l'extérieur – la réceptionniste lui servirait ses excuses réchauffées, comme à son habitude. Il y avait toujours Deborah Quant, mais elle avait procédé à l'autopsie de Cafferty et témoigné au procès de Rebus, ce qui avait eu pour effet de quelque peu refroidir leurs ardeurs. Il pouvait parler à Sammy, mais il la verrait lors de sa prochaine visite. L'Oxford Bar ? La perspective d'entendre le brouhaha des habitués au moment où Kirsty décrocherait le téléphone le fit sourire. Et puis après ? Non, décidément, il n'y avait personne. De toute façon, le voyant avait arrêté de clignoter. Le portable avait rendu l'âme.

2

Cammy Colson ouvrit la portière et entreprit de se hisser sur le siège passager.

— Désolé de t'avoir fait attendre, s'excusa-t-il.

Siobhan Clarke se fendit d'un sourire des plus fugaces. Le sergent Cameron Colson traversait l'existence à la vitesse d'un escargot. En ce moment même, alors qu'il était assis, sa main remontait avec une lenteur épouvantable en direction de la poignée. Le regarder fermer la portière donnait l'impression de scruter le mouvement de plaques tectoniques. Ne supportant pas l'idée de le voir manipuler sa ceinture de sécurité, Clarke enfonça le bouton de démarrage et se mit en route.

— Tu étais au téléphone avec qui ? demanda-t-il en tirant la ceinture en travers de sa poitrine.

Lent, certes, mais peu de choses échappaient à son attention.

— C'était personnel, répondit-elle en sortant du parking du poste de police de St Leonard's.

Comme elle n'occupait pas son poste depuis longtemps, elle ne connaissait pas encore suffisamment ses collègues pour pouvoir considérer qu'ils formaient une équipe. Elle savait que toute bribe d'information lâchée à Cammy Colson arriverait forcément aux oreilles des autres. Tous étaient curieux, bien évidemment – et méfiants. Curieux parce que Clarke avait été promue aux Normes professionnelles (le redouté et tristement célèbre département des « Plaintes ») avant de quitter le navire et de retourner au CID, la Division des enquêtes criminelles. Trop tard, quoi qu'il en soit, pour retourner à son ancien commissariat de Gayfield Square, où elle avait d'ores et déjà été remplacée. St Leonard's était loin de lui être inconnu – elle y avait travaillé avec John Rebus avant qu'il ne prenne sa retraite –, pourtant tout lui semblait nouveau. Les visages n'étaient plus les mêmes et ces visages étaient méfiants justement parce qu'elle était liée, quoique de façon ténue, aux Normes professionnelles. En conséquence de quoi les collègues faisaient attention aux informations qu'ils divulguaient. Quand elle entrait dans une pièce, les bavardages cessaient. Elle aurait pu leur dire la vérité pure et simple – qu'elle n'avait pas fait long feu aux Normes professionnelles parce que le poste ne lui plaisait pas et qu'elle avait le sentiment de gâcher ses compétences. Ses collègues la croiraient-ils ? Ne jamais s'excuser, ne jamais se justifier. Elle ne savait plus trop qui était à l'origine de la formule, mais c'était un précepte qu'elle s'appliquait à respecter.

Peut-être qu'un soir, autour d'un verre, l'abcès serait percé. Sauf qu'aucun de ses collègues ne buvait. Ou alors s'ils buvaient, c'était tranquillement chez eux. À la fin du service, au moment d'enfiler vestes et manteaux, il n'était jamais question d'aller s'en jeter un petit au coin de la rue. À moins que tout ne s'organise par textos, la laissant dans l'ignorance la plus totale. Mais ce n'était sans doute pas le cas ; elle avait même pris la peine de traîner ses guêtres du côté des deux ou trois pubs du quartier, sans jamais y croiser personne. C'était une nouvelle génération, voilà tout. Plus jeune qu'elle ; qui prenait d'avantage soin d'elle. Pete Swinton courait des semi-marathons pour le plaisir. Colson, malgré son poids, était « végétarien à la limite du véganisme. » Trisha Singh pratiquait le yoga et le Pilates. Et tous travaillaient sous les ordres de l'inspecteur-chef Bryan Carmichael qui, en plus d'avoir encore une tête d'étudiant, nageait chaque matin à la Commonwealth Pool voisine, après avoir fait partie de l'équipe nationale quand il était gamin. Même si elle refusait de céder à la nostalgie, Siobhan Clarke regrettait le bon vieux temps en compagnie de John Rebus, à franchir ponctuellement la ligne pour obtenir des résultats. « Le mauvais bon vieux temps », dirait Carmichael, mais il y avait eu du bon.

Elle pensait souvent à Rebus, entre les visites hebdomadaires et les conversations téléphoniques occasionnelles. Il ne cessait de maigrir, la peau de son cou et de ses joues était lâche et il avait perdu le peu de couleur qui lui restait. Il plaisantait au sujet de son incarcération, mais ils savaient l'un comme l'autre que malgré toute l'ingéniosité et l'instinct de Rebus, Saughton était un endroit dangereux pour un ancien flic. Son emprisonnement avait été l'occasion d'un rapprochement entre Clarke, sa fille Sammy et sa petite-fille Carrie. Elles promenaient souvent le chien de Rebus, Brillo, en trouvant des sujets de conversation qui ne le concernaient pas directement.

Le temps que Clarke immobilise son véhicule au premier feu rouge, Colson avait terminé de boucler sa ceinture de sécurité.

— Tu en penses quoi ? demanda-t-il.

Elle prit un instant pour rassembler ses esprits.

— Elle croise quelqu'un à une soirée ou en ville, tombe follement amoureuse l'espace de vingt-quatre heures, oublie totalement le reste du monde.

— Donc elle ne va pas tarder à refaire surface ?

— J'espère.

Ils parlaient d'une collégienne de quatorze ans, Jasmine Andrews, qui était sortie de son établissement scolaire la veille en fin d'après-midi, et n'était jamais arrivée chez elle. À 18 h 30, se demandant où elle était, sa mère avait appelé la meilleure amie de Jasmine, Carla, qui lui avait dit que Jasmine n'était pas avec elle, qu'elle ne lisait pas ses textos et qu'elle ne répondait pas au téléphone. Et qu'elle n'avait pas non plus été active sur les réseaux sociaux.

La mère de Jasmine avait raccroché pour aussitôt appeler son mari, un développeur d'affaires qui était en mission dans le sud. Il n'avait pas répondu et elle n'avait pas laissé de message. À la place, elle était sortie écumer les rues du quartier et au-delà au volant de sa voiture. Elle avait fait une pause pour envoyer un texto à Carla et lui demander de continuer à chercher Jasmine. Quand son mari avait appelé une ou deux heures plus tard, elle avait éclaté en sanglots et, sur ses conseils, elle avait appelé la police.

Tous ces événements remontaient à la nuit dernière. Depuis, Jasmine n'était toujours pas rentrée et cette disparition ne lui ressemblait pas du tout. Si elle était avec quelqu'un, ce n'était personne de son groupe d'amis. Soit ça, soit ils la couvraient. Elle n'avait pas laissé de mot, n'avait pas emporté d'affaires. Il faudrait du temps pour vérifier si elle faisait usage de sa carte de crédit pour des achats ou des retraits d'argent. Du temps aussi pour écumer les bandes des caméras de surveillance de la rue, des transports en commun et des magasins. On avait demandé à Helena, la mère de Jasmine, si elles s'étaient disputées ou si Jasmine lui avait semblé bizarre ces derniers temps. Avait-elle un petit ami ? (Non.) Des ex-petits amis ?

(Un seul, ça n'avait jamais été très sérieux.) On avait examiné sa chambre, emprunté quelques photographies, noté ses coordonnées. On solliciterait l'aide des fournisseurs de service. Les camarades de Jasmine avaient d'ores et déjà alerté le monde en ligne, et leur inquiétude avait été relayée dans les médias. L'*Evening News* avait publié l'info sur son site, et la photo de Jasmine apparaîtrait dans la prochaine édition physique du journal. Une adolescente au visage poupin, sourire charmeur, longs cheveux blonds. Tout le monde s'intéressait au sujet.

Clarke et Colson étaient en route vers l'établissement scolaire de Jasmine, à Marchmont, où la directrice s'employait à rassembler tous les élèves qui la connaissaient. Clarke avait certes affirmé à Colson que Jasmine avait dû rencontrer quelqu'un avec qui elle était partie faire un tour, pourtant elle n'était pas certaine d'y croire. C'était un scénario optimiste, le genre qu'on déroule aux parents inquiets pour leur éviter de perdre la tête. Elle s'était rendue au domicile des Andrews, une maison victorienne mitoyenne sur une rue arborée de la banlieue aisée de The Grange. Helena Andrews tremblait tellement qu'elle arrivait à peine à porter sa tasse de thé à ses lèvres sans la renverser. La mère de Jasmine était propriétaire d'une boutique de créateurs dans le quartier voisin de Bruntsfield. Sa sœur allait arriver incessamment de Glasgow. Son mari n'arriverait sans doute pas chez eux avant la toute fin de journée, voire le lendemain.

— Jas n'a que quatorze ans, répétait-elle sans cesse entre deux reniflements. Il faut que vous la rameniez à la maison.

— C'est bien notre intention, avait répondu Cammy Colson tout en entamant le processus ô combien pénible de tendre la main pour attraper sa tasse de l'autre côté de la table.

Une membre du personnel les attendait à la grille de l'école menant au parking, et leur indiqua l'aire réservée aux visiteurs. L'employée les guida ensuite dans le bâtiment moderne et au sommet des escaliers vers le seul autre étage, où elle ouvrit la porte d'une salle de classe et leur fit signe d'entrer. La directrice les attendait et leur serra la main en se présentant sous le nom de Tara Lindsay.

— Vous voulez que je reste, ou…

Clarke jeta un œil à la trentaine d'élèves assis derrière leurs bureaux, habillés en uniforme – chemisette blanche, cravate rayée jaune et rouge, blazer sombre avec l'écusson de l'école brodé à la gauche de la poitrine ; pantalons gris anthracite pour les garçons, jupe noire moulante et collants de même teinte pour les filles. Se sachant en présence de représentants de l'autorité, tous arboraient des mines que Clarke reconnut aussitôt, et qui trahissaient la peur qu'on lise dans leurs pensées et qu'on découvre leurs secrets, pétris d'angoisse à l'idée que leur langage corporel ou un lapsus ne les trahissent.

— Asseyez-vous, dit-elle à la directrice.

Colson avait posé son postérieur sur le bord du bureau de la prof et avait commencé à croiser les bras. Clarke se positionna devant le groupe d'adolescents et prit une profonde inspiration.

— Je suis l'inspectrice de police Clarke et voici le sergent Colson. Je tiens à vous remercier de votre présence. Comme vous le savez, votre amie Jasmine n'a pas été vue depuis hier après-midi et nous avons tous à cœur de la voir rentrer saine et sauve. Vous la connaissez sans doute mieux que personne, et c'est la raison pour laquelle nous avons besoin de votre aide. Aussi trivial que cela puisse vous paraître, tout ce que vous pourrez nous dire pourrait se révéler utile.

Elle s'interrompit comme une élève levait la main.

— Jas aura des ennuis ? Quand on la retrouvera, je veux dire.

Clarke concentra toute son attention sur la fille.

— C'est une bonne remarque. Il faut que Jasmine sache qu'elle n'aura pas le moindre souci. Je ne saurais trop insister sur ce point. Sa mère et son père veulent la serrer dans leurs bras, c'est tout. Quelle que soit la raison de son départ, il n'y aura pas de punition. Quelqu'un parmi vous a une idée qui expliquerait qu'elle ait voulu disparaître, même pendant une courte période ?

Les élèves échangèrent des regards, il y eut quelques haussements d'épaules.

— Elle aurait pu rendre visite à quelqu'un, en dehors de la ville peut-être ? Quelqu'un qu'elle connaissait en ligne ?

Par-dessus la mer de hochements de tête, Clarke aperçut deux filles au fond de la salle qui se coulaient un regard en biais.

— Vous gardez tous un œil sur TikTok, Snapchat et tout le reste, hein ? intervint Colson.

— Elle utilise WhatsApp aussi, répondit une fille.

— Tout le monde en ligne sait qu'elle a disparu, ajouta une autre, mais personne ne sait où.

— Quelqu'un a une idée des endroits où elle a pu aller ? Peut-être un lieu où vous avez l'habitude de vous rassembler et que vos parents ne connaissent pas ?

Tout un éventail de regards, tressautements, haussements d'épaules traversa la salle. Le silence s'étira jusqu'à ce que Clarke le brise.

— Y a-t-il un Craig Fielding parmi vous ?

— Il est dans la classe du dessus, mais il est pas là aujourd'hui, répondit un garçon.

La lèvre supérieure surlignée d'une moustache naissante, il avait parlé d'une voix beaucoup plus grave que son corps maigre n'aurait laissé présager.

— Il est malade ? demanda Clarke à Tara Lindsay.

La directrice sortit son téléphone et lui répondit qu'elle allait vérifier.

— Craig et Jasmine ont rompu il y a une éternité, déclara une des filles au fond de la classe.

— Et la décision leur convenait à tous les deux ? voulut savoir Clarke.

Pour seule réponse, elle eut droit à un haussement d'épaules.

— Vous croyez que quelqu'un l'a enlevée ? interrompit une autre fille d'une voix légèrement tremblante. Il faut qu'on fasse attention ?

— Nous ne disposons d'aucun élément qui aille en ce sens, répondit Colson de sa voix traînante. Mais ça ne fait jamais de mal de rester bien vigilants – en faisant attention aux voitures, aux inconnus qui vous suivent, peut-être jusque chez vous…

Voyant la peur qui s'installait sur certains visages, Clarke lui coupa la parole.

— Je suis sûre qu'il n'y a aucune inquiétude à avoir, nous voulons tout simplement nous assurer qu'elle est en sécurité et qu'elle n'a pas de problèmes.

Lindsay venait de recevoir un texto.

— Il était un peu patraque. Sa mère a appelé le secrétariat ce matin.

— Il va nous falloir ses coordonnées, affirma Clarke.

Elle se tourna vers le tableau blanc, prit le marqueur posé à côté et entreprit d'inscrire un numéro de téléphone et une adresse mail.

— Notez bien ceci, dit-elle aux élèves. Vous pouvez nous parler en toute confidentialité, à toute heure du jour ou de la nuit.

Tous s'exécutèrent en sortant leur portable, prenant pour la plupart le tableau en photo. Clarke se tourna vers Tara Lindsay.

— Vous pourriez peut-être passer le message au personnel ?

— Absolument.

Elle se tourna de nouveau pour s'adresser à la classe :

— Merci d'être venus. Je pense que nous en avons terminé pour le moment. (Elle les regarda rassembler leurs affaires.) Oh, une dernière chose : y a-t-il une Carla dans la salle ?

Les deux filles assises au fond de la salle échangèrent un nouveau regard. L'une d'elle leva la main à contrecœur.

— Si tu veux bien rester deux minutes, lui signifia Clarke.

Tara Lindsay enregistra les coordonnées du tableau blanc sur son téléphone. Elle vint se poster à côté de Clarke comme les élèves sortaient de la salle en file indienne, et énonça à voix basse :

— Je ne dirais pas que Jasmine était super-brillante, ni super-confiante. Elle faisait partie des élèves discrets. Un peu une suiveuse, si vous voulez. Elle ne pose jamais de problème, contrairement à d'autres que je pourrais citer.

Clarke eut le sentiment que ces « autres » incluaient Carla et sa confidente, qui traînaient dans la salle en devisant à voix basse. Tous les élèves qui sortaient avaient les yeux rivés sur elles, et les joues de Carla s'étaient empourprées.

— Nous allons parler à Carla en privé, annonça Clarke à la directrice, si cela ne vous dérange pas. On retrouvera notre chemin une fois l'entretien terminé.

Après une hésitation, Lindsay finit par accepter d'un hochement de la tête. Elle quitta la classe en devançant la copine de Carla, tandis que cette dernière se rasseyait au même endroit en fond de salle. Clarke ne voyait aucun inconvénient à lui laisser marquer ce point. Elle s'avança depuis l'avant de la salle, suivie de quelques pas par Colson. Lorsqu'ils s'arrêtèrent, ils surplombèrent de toute leur hauteur la silhouette assise.

— Quel est ton nom de famille, Carla ? demanda Clarke.

— Morris.

— D'où vient ton accent ?

— De Bradford. On a emménagé ici il y a quatre ans.

— Ça fait quatre ans que tu connais Jasmine ?

— À peu près.

— Sa mère nous a dit que tu es sa meilleure amie. L'inverse est vrai aussi ?

— Jas est sympa. On se marre bien. On aime la même musique.

— Mais si elle devait se confier à quelqu'un, ce serait à toi ?

— Peut-être.

Clarke étudia la fille. Elle avait la peau claire, les traits encore potelés mais elle se préparait à entrer dans l'âge adulte. Ses yeux laissaient voir un certain discernement, mais surtout une forme d'arrogance. Ses cheveux lui tombaient aux épaules, elle portait un trait d'eyeliner. Sa cravate d'uniforme avait un énorme nœud, et le dernier bouton de sa chemisette blanche était ouvert. Clarke tenta de se remémorer ses années d'école et les filles comme Carla, mais trop de temps s'était écoulé.

— C'était qui, la fille assise à côté de toi ? demanda Colson en montrant la chaise vide.

— Stephanie.

— Ce serait pas elle, ta meilleure amie à toi, Carla ?

La fille le dévisagea un court instant.

— J'aimerais pouvoir vous aider, mais je ne peux pas.

— Aucune idée de ce que Jasmine est en train de faire ? Où elle pourrait se cacher ?

— La dernière fois que je l'ai vue, elle allait bien. Il y a deux nuits, on a partagé des vidéos sur YouTube. Elle n'a rien dit sur…

Sa phrase resta en suspens tandis qu'elle faisait tournoyer l'index comme pour dire tout et rien.

— Quel genre de vidéos ?

— Des clips de musique… des animaux marrants… des trucs où elle se disait que ça pourrait me plaire.

— Elle faisait ça souvent ?

— Presque tous les soirs.

— Des trucs dont elle se disait que ça pouvait te plaire à toi – donc c'était surtout à sens unique ? Tu dirais qu'elle était en manque d'affection ?

Carla croisa le regard de Colson et conclut d'une voix basse mais déterminée, comme si elle relevait un pont-levis :

— Je vous ai dit tout ce que je peux.

Clarke lui agita son téléphone sous le nez.

— On peut prendre tes coordonnées, s'il te plaît, Carla ? Ça ne veut pas dire qu'il y aura d'autres questions, mais comme ça on est tranquilles.

La fille réfléchit un court instant, puis énonça son numéro de téléphone.

— Je te remercie, dit Clarke.

— Je peux y aller, maintenant ?

— Tu peux y aller, acquiesça Colson.

Carla empoigna son sac et regagna la sortie sans demander son reste.

— Pas de petit ami en ce moment ? lança Clarke dans son sillage.

— Jas ou moi ?

— Jasmine.

— Pas que je sache.

— Et toi – tu ne fréquentes pas Craig Fielding, par hasard ?

La fille sortit de la salle en levant les yeux au ciel.

— Craig Fielding ? répéta Colson une fois la porte fermée.

— Il y avait quelque chose entre Carla et sa copine Stephanie. Elles ne voulaient pas qu'on soit au courant.

Clarke, bouche crispée, s'approcha du tableau blanc et désigna le numéro de téléphone et le mail qu'elle y avait inscrits :

— Je crois que je vais laisser ça là.

— Quand tu as commencé à écrire, j'ai bien vu que ça te plaisait. Tu n'as jamais voulu être prof quand tu étais plus jeune ?

— Je ne crois pas, dit-elle en se tournant vers lui. Il va falloir qu'on parle à Craig Fielding à un moment ou à un autre.

— Je suppose, oui.

Clarke le fusilla du regard.

— Tu *supposes* ?

— Pour l'instant, tout est flottant. Si elle débarque chez elle comme une fleur plus tard dans la journée, on aura perdu notre temps.

— Tu veux dire que tu ne te sentiras vraiment motivé qu'en la voyant allongée sur une table d'autopsie ?

— Bon sang, Shiv, personne ne veut une chose pareille.

— C'est Siobhan, sergent Colson.

Il commença à lever la main en signe de reddition.

— Dans ce cas, réponds juste à cette question – tu penses qu'elle a été enlevée ou tu vois plutôt une fille en pleine crise d'adolescence qui est partie bouder ailleurs ?

Clarke prit le temps de réfléchir.

— Tu n'as pas tort – il faut se pencher sur le registre des délinquants sexuels. Il y a peut-être quelqu'un dans le coin qui vient tout juste de sortir de prison.

Captant le regard de ses collègues, elle poursuivit :

— Il faut couvrir toutes les éventualités. Comme ça on est parés en cas de mauvaise nouvelle. (Son ton se fit plus conciliant.) Tu as peut-être raison et elle est simplement partie en balade. Peut-être qu'elle va effectivement se pointer comme une fleur. Mais dans le cas inverse, le boss voudra savoir si on était sur le coup depuis le départ… On est d'accord ?

Le débat avait eu raison des dernières forces de Colson.

— Très bien, oui, bien sûr que tu as raison. Donc d'abord l'ex-petit ami, ensuite les pédophiles ?

— Sans oublier les Strawberry Switchblade.

Et comme Colson lui adressait un regard vide :

— Je veux parler de Carla et Stephanie.

— Les Strawberry Switchblade ?

— Tu n'étais pas né, Cammy, conclut Clarke en faisant de son mieux pour ne pas laisser voir à quel point cette admission lui coûtait.

Le bureau de Malcolm Fox dans le bâtiment moderne du Campus du Crime écossais à Gartcosh était une boîte en verre identique à celles qui le flanquaient de part et d'autre. Fox venait juste d'avoir la visite inaccoutumée de son patron, le superintendant en chef Phil Pratchett. L'attitude de Pratchett avait radicalement changé au cours de l'année écoulée. La retraite était imminente, et il avait cédé devant son inéluctabilité. Fox avait dans l'idée que Pratchett l'avait un temps envisagé pour lui succéder, mais la mascarade avec Siobhan Clarke avait tout remis en question. Elle-même avait constitué un choix enthousiaste pour les Normes professionnelles alors qu'elle n'avait pas tenu deux minutes. Fox n'avait que trop conscience d'avoir besoin d'un résultat susceptible de colmater les brèches.

Raison pour laquelle la mort de Jack Simpson était un vrai coup dur.

Dans le quartier pénitentiaire de Trinity, Jackie Simpson avait été son espion, tout comme il l'avait été à l'extérieur. Darryl Christie continuait à être une présence néfaste dans la capitale écossaise. De nouvelles drogues étaient parachutées dans les rues de la ville. Personne au sein de Police Scotland n'avait envie de passer pour trop accueillant envers les fournisseurs. Le département de Fox avait eu la charge d'endiguer le flux et d'identifier les principaux opérateurs. Toutefois, ces opérateurs n'étaient pas tous du cru, ce qui expliquait que Fox avait été mis en contact avec un inspecteur londonien du nom de Thomas Glaze. (Toujours « Thomas », jamais « Tom » – Fox ne ferait pas l'erreur une seconde fois.) Ils ne s'étaient pas encore rencontrés, ils s'étaient exclusivement entretenus par téléphone, mais Fox se plaisait à penser qu'il existait une bonne entente entre eux.

Glaze, qui travaillait pour SO15, avait un intérêt tout particulier pour les stupéfiants et la traite des êtres humains. Un an plus tôt, il avait donné à Fox le nom de Shay Hanlon. Hanlon était soupçonné d'être un passeur qui, après avoir fait traverser l'Europe à des réfugiés, les livrait, moyennant finances, à une sorte d'esclavage qui les réduisait à occuper des emplois subalternes pour rembourser une dette qui ne cessait d'augmenter de manière exponentielle. Un de ces sites d'opération était un bar à ongles d'Édimbourg. L'équipe de Fox pourrait-elle glaner quelque info utile ? Fox ne prit pas la peine de dire à Glaze qu'il n'avait pas d'équipe en tant que telle. Il y avait déjà trop peu d'agents au sein de l'unité du Crime organisé et de la Cellule anti-terroriste et le budget avait de nouveau subi des coupes draconiennes. Il avait donc entrepris le travail lui-même, le plus souvent sur son temps libre. Puis un soir, alors qu'il était dans un bar anonyme et silencieux en compagnie de Jack Simpson, un plan avait vu le jour. Imaginons que le bar à ongles se fasse cambrioler. La police aurait alors une bonne raison d'entrer dans les locaux pour y jeter un œil. Il pourrait bien en ressortir quelque chose.

Et il en était effectivement ressorti quelque chose. Des drogues de rue. En pagaille. Livrées par un certain Everett Harrison, dont les empreintes et l'ADN maculaient les emballages. Inculpé, déclaré coupable et envoyé à la prison d'Édimbourg.

Sauf que Jackie Simpson avait fait un faux pas et s'y était retrouvé lui aussi.

— Un petit bonus, avait commenté Glaze. Harrison est une belle prise, mais c'est son boss qui nous intéresse vraiment. S'ils sont en contact, peut-être que ton gars pourra apprendre quelque chose. Il a pris combien ?

— Quelques mois à peine.

— Dans ce cas, au boulot Malcolm, hein ? Ne va pas croire qu'on soit ingrats, soit dit en passant. Ton nom circule par ici d'une manière qui te ferait rougir.

C'était à ce stade-là que Fox avait décidé de parler à son patron et de l'informer *globalement* de la situation et des résultats obtenus.

Mais le temps avait passé et Fox n'avait guère plus à faire valoir qu'un mouchard mort – ce qui avait amené le superintendant jusqu'à sa porte, porteur d'un message :

— Il n'y a pas intérêt à ce que ça tourne au vinaigre, Malcolm.

— Certainement pas, avait répondu Malcolm en soutenant son regard.

Ce qui impliquait de dépendre de la Division des enquêtes criminelles d'Édimbourg pour résoudre l'affaire de manière satisfaisante. Or Fox n'avait pas du tout confiance en un tel scénario – d'où sa visite à la prison avec le directeur comme guide touristique. Dont il était reparti avec la promesse qu'on le tiendrait aux courant des avancées.

— C'est bien, avait-il dit.

Et pour une fois, son sourire était sincère.

Clarke resta au bureau de St Leonard's après que tout le monde était rentré chez soi. Elle appréciait les lieux quand tout était calme. Elle avait de la place pour réfléchir. Elle songeait essentiellement à Colson, Swinton et Singh. Colson ne s'ouvrait jamais réellement sur sa vie privée. Elle savait que Swinton et Singh étaient mariés, Swinton à quelqu'un qui travaillait dans la finance et Singh à un médecin. Le patron, Bryan Carmichael, était gay et en couple, mais là encore, il n'abordait jamais le sujet.

Si on l'avait interrogée sur sa situation propre, elle aurait dit la vérité – qu'elle avait pris un congé sabbatique de tout ça. Il y avait eu une brève liaison avec Fox, il y avait de cela un moment, mais qui s'était révélée déplaisante et sans avenir. Avant cet épisode, il y avait eu des noms, des visages et des rencards dont elle se souvenait à peine. Clarke prit une des photos de Jasmine Andrews et l'étudia. Ils n'avaient encore pas pris la peine d'épingler quoi que ce soit à un panneau en liège. Personne n'évoquait encore l'éventualité d'une battue ou d'un dragage de la rivière. Les agents avaient obtenu les images de vidéosurveillance des gares ferroviaires et routières, et laissé de côté l'aéroport pour le moment. Les chauffeurs de taxi avaient été alertés. Un agent de liaison avec la famille rendrait visite aux parents de Jasmine dans la soirée, le père ayant fait le trajet depuis le sud.

Le père s'appelait James. Il avait fait la connaissance d'Helena à son travail alors qu'il était plus bas dans l'ordre hiérarchique et qu'elle était secrétaire. Elle avait arrêté de travailler quand elle était tombée enceinte. Comme la carrière de James évoluait bien, ils avaient décidé qu'elle n'avait pas besoin de reprendre son ancien poste. Elle avait toujours rêvé de lancer sa propre affaire de commerce de détail. En quittant l'établissement scolaire, Clarke avait fait un détour pour passer devant la boutique. Même fermé, le lieu avait l'air accueillant avec sa vitrine parée de babioles, de tweed et de cashmere.

— Des nippes de qualité, avait commenté Colson sans en dire plus.

La visite de l'agent de liaison était une formalité ; Clarke ne s'attendait pas à ce qu'elle donne grand-chose. Mais comme ils n'avaient pas encore eu le temps de jauger le père, elle avait demandé une évaluation.

— Si vous sentez vos poils se hérisser sur votre cou, je veux être au courant, avait-elle ordonné à l'agent.

St Leonard's était un des postes de police les plus modernes de la ville, pourtant il dégageait un petit air désabusé avec ses surfaces écaillées et éraflées, ses fenêtres mal ajustées et la température de son chauffage abandonnée au hasard. En termes purement esthétiques, on pouvait considérer qu'il se tenait un cran au-dessus de Gayfield Square, pourtant il donnait l'impression d'un déclassement. Son ancienne équipe lui manquait. Tout comme lui manquait la possibilité de rentrer à pied dans son appartement du côté de Broughton

Street. Elle reposa les photos sur le côté et prit son téléphone pour appeler Christine Esson.

— Tu es au courant, donc, répondit Esson.

— C'est la première affaire de meurtre intéressante depuis un moment, fit valoir Clarke. Tout le monde est vert de jalousie.

— Je doute fort qu'ils seraient verts de jalousie s'ils devaient passer leurs journées dans cet endroit. J'ai fini par en sortir il y a trente minutes et l'odeur me colle à la peau.

Clarke entendit un klaxon à l'autre bout du fil.

— Tu es coincée dans les embouteillages, devina-t-elle.

— Les joies de l'heure de pointe. Où es-tu ?

— À St Leonard's. Tu habites à deux pas, non ?

— Tu sais très bien où j'habite. Je passe te prendre ?

— Tu lis dans mes pensées, ma grande.

— Un verre et puis je file. Je peux pas risquer l'éthylotest.

— Un verre fera l'affaire, la rassura Clarke.

— On se disait toujours ça, et puis ça prenait systématiquement une autre tournure.

— Dieu merci, avec l'âge, on est bien plus sages.

— Je serai là dans dix minutes, quinze max.

— Je t'attends devant, répondit Clarke.

Elles jetèrent leur dévolu sur un bar de quartier à la lisière de Newington, un endroit calme sans touristes, comme l'étaient la plupart des pubs de l'ère post-Covid en dehors des week-ends et du centre-ville. Elles commandèrent des gin tonic avec une bouteille de tonic en plus par personne et s'installèrent à une table d'angle avec vue sur l'entrée. Quand leurs regards se croisèrent, elles sourirent – c'était un truc de flics ; il fallait toujours savoir qui franchissait la porte, au cas où il valait mieux esquiver la rencontre.

Après avoir trinqué, elles sirotèrent leur boisson en silence. Esson étira sa nuque à gauche puis à droite pour se détendre.

— Tu bosses sur quoi en ce moment ? finit-elle par demander.

— Une ado qui a disparu dans la nature.

— J'en ai entendu parler.

Clarke afficha une photo de Jasmine sur son téléphone.

— Quel âge ? demanda Esson.

— Quatorze ans.

— Elle fait plus. Ceci dit, elles font toujours plus, à en croire les prédateurs.

— Ça peut basculer dans un sens ou dans un autre, déclara Clarke par-dessus le bord de son verre. Alors, ça se passe comment avec mon remplaçant ?

— Je croyais que tu ne voulais jamais parler de lui.

— C'est le cas. J'ai simplement besoin d'entendre que c'est une calamité dotée du charisme d'un pot de peinture.

Esson fit mine de réfléchir.

— Quelle couleur, la peinture ?

— Gris cuirassé.

— Il est pas si mal, en réalité. Je pense même que tu l'aimerais bien.

— Il est avenant ? Travailleur ? Sociable ?

— Tout ça et plus.

— Tu t'es entichée ?

— Est-ce que je me suis « entichée » ? Rappelle-moi dans quel siècle on vit.

— Mais vous bossez bien ensemble ?

— Jusqu'ici.

— Y compris en taule.

— Il est moins en territoire connu, là-bas. Je me dis qu'il est peut-être claustrophobe.

— Redis-moi son nom.

— Jason Mulgrew.

Clarke fit rouler les syllabes sur sa langue.

— On a mené des entretiens sur site aujourd'hui, mais on doit en faire encore toute une flopée demain.

— C'est pas comme si les gars allaient s'envoler.

— Les gardiens rentrent chez eux, de temps en temps. (Esson fit couler quelques gouttes de tonic dans son verre.) On a examiné les bandes de vidéosurveillance. C'est une prison, on est bien d'accord ? La surveillance c'est le b.a.-ba. Pourtant une des caméras est HS depuis plus d'une semaine.

— Celle qui cadre la cellule où le meurtre a eu lieu ?

— Comment as-tu deviné ?

— Sans ça, tu aurais déjà résolu l'affaire. Drôle de coïncidence, dis-moi…

— C'est ce qu'on pense aussi.

— Combien de suspects ?

— Pour ce quart de nuit en particulier, il y avait seulement une demi-douzaine de gardiens d'astreinte pour un peu plus de huit cents détenus – tu y crois, toi ? La porte de la cellule était verrouillée, personne n'a rien vu ni rien entendu – rien qu'ils veuillent bien nous dire, en tout cas. Sauf un détenu qui dit avoir entendu le cliquetis d'une clé dans la nuit.

— Dommage, cette histoire de caméra.

— Le labo se penche sur les autres bandes. On y voit des tas d'allers et retours, mais rien qui montre qui que ce soit sur les lieux avant le quart du matin.

— La victime avait des ennemis ?

— Un des gardiens et lui auraient eu tendance à se chercher des poux.

— Et ce gardien en question était d'astreinte cette nuit-là ?

— Ces collègues ont un alibi pour lui ; il n'est jamais resté seul plus de cinq minutes d'affilée.

— Comme c'est pratique. Et le compagnon de cellule ?

— Hors de la prison, on le qualifierait de toxico invétéré. À l'hôpital, ils lui ont fait des examens et la version selon laquelle il était totalement à l'ouest est vraie. On lui a fendu le crâne, en plus. Il a fallu lui recoller le front avec des agrafes.

— Donc le meurtre a eu lieu pendant qu'il était dans les vapes ?

— Comme tout le monde, il n'a rien vu ni entendu.

— Il ne dira rien, en tout cas, commenta Clarke avant d'imiter Esson en ajoutant du tonic à son verre.

— Aucune trace de sang sur lui. Il était dans la couchette du haut, la victime dans celle du bas. Quantité de sang sur le lit, le mur et le plancher.

— Des traces de pas qui mènent à la porte ?

Esson secoua la tête.

— Pas de traces de pas, pas d'empreintes digitales, pas d'arme.

— Mais c'était un couteau, non ?

— Une arme blanche, lame dentelée. On en saura peut-être plus après l'autopsie – le résultat doit tomber dans la matinée.

Elles restèrent un instant sans rien dire, puis Clarke reprit :

— C'est forcément quelqu'un qui avait une clé.

— Ce qui nous ramène au quart de nuit, acquiesça Esson. Et il y a autre chose – deux voitures de fonction ont été incendiées sur leurs places de parking au cours des six dernières semaines. C'est également arrivé dans d'autres établissements pénitentiaires et personne n'a encore été appréhendé.

— Le gardien qui ne s'entendait pas avec la victime… ?

— Sa voiture a été prise pour cible, confirma Esson d'un signe de tête lent.

— Notre victime était en prison pour quel motif ?

— Cambriolage. Il n'en était pas à son galop d'essai. Il lui restait à peu près un mois à purger. Le directeur était d'avis qu'il n'aurait pas tardé à récidiver. (Esson tourna légèrement la tête vers Clarke.) Tu veux des chips ?

— Je préfèrerais des cacahuètes.

— Ils en ont au sel et au poivre. Je reviens tout de suite.

Une fois debout, Esson s'arrêta. Clarke avait payé la première tournée.

— On pourrait gérer un deuxième verre, non ? lança Esson.

— Cela demeure à votre entière discrétion, madame la constable.

Tandis qu'Esson attendait d'être servie, Clarke sentit qu'elle se détendait. C'était exactement ce qui lui faisait défaut : le fait de pouvoir décompresser à la fin de chaque journée grâce à un débrief. C'est Rebus qui lui avait enseigné cette astuce dans la salle à l'arrière de l'Oxford Bar. Là, ils débattaient tactiques et angles d'attaque, mettant le doigt sur des aspects qui avaient pu leur échapper. C'était comme si toute chose était rangée à sa place, et permettait d'aborder la journée suivante en étant mieux organisé. Esson revint à la table munie de deux petits pots en plastique remplis de cacahuètes, couvercles retirés. Elle se rassit et attendit que Clarke prenne la parole, mais cette dernière avait déjà repéré l'arrivée du barman chargé de verres de gin.

— Merci, Gerry, dit Esson.

Elle vida la nouvelle dose de gin dans son verre d'origine, et la deuxième tranche de citron alla rejoindre la première.

— C'est comme ça qu'on compte le nombre de verre qu'on a bus, dit-elle à Clarke.

— Et ta voiture, alors ?

— Je la laisserai garée devant. Dix minutes à pied et je suis chez moi. Je la reprendrai demain matin avant que les pervenches s'activent. Santé.

Leurs verres tintèrent une nouvelle fois.

— Donc, finit par dire Clarke, tu as commencé à interroger les détenus ? Tu en es arrivée à notre ami ou pas encore ?

Esson sourit dans son verre.

— Je me demandais à quel moment tu mettrais ça sur le tapis. Je l'ai vu ce matin, mais je ne lui ai pas parlé. J'ai trouvé ça dingue de le voir avec le reste de la population carcérale.

— Darryl Christie le protège.

— C'est vrai ? s'exclama Esson avant de gonfler ses joues et de souffler bruyamment.

— Et à ton avis, qu'est-ce qui intéresse Malcolm Fox à ce point ?

Clarke avait posé la question d'un air détaché, mais Esson n'allait pas se laisser faire.

— Qui a parlé de Malcolm Fox ? rétorqua-t-elle avec un soupir sonore. Tu as parlé à JR, toi, ajouta-t-elle d'une voix légèrement plus forte.

— Je plaide coupable. John a repéré Fox, ça l'a amené à se poser des questions. Et maintenant ça m'amène à m'en poser, moi aussi.

— Bienvenue au club. Il s'est pointé comme une fleur sans que personne ne nous demande notre accord.

— Donc il fait partie de l'équipe ?

— Pas en tant que tel – il voulait juste qu'on le briefe, en plus de la promesse d'être régulièrement tenu au courant.

Esson s'interrompit, le temps de reculer le plus possible contre le dossier de sa chaise :

— Tout ça pour ça ? Pour me soutirer des infos sur Fox que tu puisses refiler à John Rebus ? Tu ne peux pas l'interroger directement parce qu'il t'en veut encore de d'être taillée en douce des Plaintes – il t'avait choisie et tu l'as planté.

— C'était pas fait pour moi, Christine.

— C'est exactement ce que je t'ai dit à l'époque – ça ne t'a pas empêchée d'y aller.

— Regarde les choses du bon côté. Tu te retrouves avec ce beau gosse de Jason Mulgrew.

— J'ai jamais dit qu'il était beau gosse.

— Mais c'est le cas, non ?

Esson réfléchit à la question.

— Peut-être un peu, concéda-t-elle avant d'ajouter : à ton avis, pourquoi Fox tourne autour de cette affaire ?

— Il a eu des démêlés avec Darryl Christie, avança Clarke. Ça lui donne l'occasion de voir ce que Christie manigance en prison.

— Il n'est pas exactement sur la voie de la réhabilitation, d'après ce que j'ai compris.

— Il contrôle la ville plus que jamais.

— C'est peut-être pour ça, alors, conclut Esson en grappillant une poignée de cacahuètes. Tu nous manques vraiment, tu sais, dit-elle en mâchant.

— Merci, Christine. Ça me touche.

— Comment va John, d'ailleurs ? Je pensais que ses avocats l'auraient sorti de là, depuis le temps.

— C'est à peu près le discours qu'ils lui tiennent depuis le début – mais maintenant ils sont muets et ça le rend fou. D'un autre côté, il y a certains aspects de la vie carcérale qu'il a l'air de bien aimer – tout à coup, ses journées sont structurées.

— Et cette structure exclut les visites au pub, commenta Esson en rapprochant sa chaise de Clarke. Il n'a fait aucune allusion, dis ?

— À quoi ?

— À qui l'a fait et au pourquoi du comment ?

Esson scruta Clarke qui secouait la tête.

— Ma foi, on l'interrogera tôt ou tard. Je lui poserai la question quand je le verrai, conclut-elle avant de pousser les dernières cacahuètes vers Clarke et d'écluser son verre. Tu restes ?

— Toute seule ? Tu me prends pour qui ?

— On connaît la réponse, toi et moi, fit Esson avec un clin d'œil. Des tas de taxis passent par là, si tu veux. Sinon Gerry peut t'en appeler un. Y'en a qui ont une grosse journée demain.

Elle souleva son écharpe et l'enroula à son cou, puis se pencha pour prendre Clarke dans ses bras.

— Ça fait plaisir de te voir, Siobhan – même si tu n'es pas venue sans arrière-pensée.

Et sur ce, elle disparut, son téléphone à la main, en consultant ses messages. Clarke rassembla les verres vides pour les ramener au bar. La musique de fond n'était pas si mal. Burt Bacharach ou quelque chose du genre. Gerry la remercia d'un hochement de tête quand elle déposa les verres devant lui.

— On m'a dit que vous pouviez m'avoir un taxi, dit Clarke.

— Tout à fait. Et un dernier pour la route, si vous voulez ?

— Allez, dit-elle en posant les coudes sur le zinc.

— Dans un verre propre ? demanda son nouveau meilleur ami.

Clarke examina les deux tranches de citron échouées sur les glaçons qui fondaient sous ses yeux.

— Dans un verre propre, confirma-t-elle.

JOUR 2

3

Esson et Mulgrew se rendirent à la prison aussitôt sortis de l'autopsie. Le trajet de vingt minutes en voiture se déroula dans une humeur sombre. Il fallait toujours du temps pour reprendre pied, du temps pour que les images, les sons et les odeurs se dissipent. Esson était soulagée de constater que Mulgrew, qui manœuvrait son élégante Audi gris métallisé comme un corbillard, semblait éprouver la même chose. Il avait mis de la musique, qu'ils écoutèrent sans un mot pendant cinq minutes environ avant qu'Esson ne prenne la parole.

— C'est quoi, ce qu'on écoute ?

— Pentangle.

— C'est récent ?

Il quitta brièvement la route des yeux.

— Fin des années soixante. Sérieusement, t'en as jamais entendu parler ?

Et comme elle secouait la tête :

— Et les Fairports, alors – Sandy Denny et Richard Thompson ?

— Désolée.

— L'Incredible String Band ? Ils étaient d'Édimbourg.

— Comme les Bay City Rollers, si tu vas par là.

Elle vit une esquisse de sourire se dessiner sur le visage de Mulgrew. Un beau visage – en qualifiant son collègue de « beau gosse », Siobhan Clarke n'était pas loin du compte. Il était blond, la poitrine large, avec un tantinet d'embonpoint à la taille. Et il était célibataire.

— Tu t'entendrais comme cul et chemise avec John Rebus, décréta-t-elle. Il a des tonnes d'albums de cette époque.

— J'espère que quelqu'un veille sur lui en taule.

— Tu pourras sans doute lui poser la question, commenta Esson en jetant un coup d'œil au paysage. Alors, t'as fait quoi de beau hier soir ? Quoi de neuf ?

— Pas grand-chose. Et toi ?

— Pareil.

Ils étaient arrêtés au feu rouge et il en profitait pour trifouiller son téléphone. La musique se tut, et une nouvelle mélodie remplaça la précédente.

— Ça, c'est Bert Jansch, dit-il.

— Pas facile de danser là-dessus, observa-t-elle tandis que Mulgrew pianotait sur le volant.

— Ça serait bien utile de trouver l'arme du crime, dit-il au bout de deux minutes.

Et brusquement ils se retrouvèrent dans la salle d'autopsie, où on leur dévoilait l'entaille déchiquetée de cinq centimètres. La blessure avait-elle coulé à flots ? D'après le pathologiste, la réponse était oui. Donc il y avait du sang sur les vêtements de l'assaillant ? Quasi certainement, même si la serviette qui avait servi à comprimer la bouche de la victime en avait absorbé la majeure partie. Il conviendrait de fouiller à nouveau les vestiaires du personnel – d'un point de vue médico-légal, cette fois-ci. Ainsi que toutes les poubelles dans l'enceinte de la prison, prison dont le parking principal se profilait déjà à l'horizon.

Ils se garèrent à côté des autres visiteurs, et la musique cessa.

— Ça me plaisait bien, lança Esson.

— Je peux te prêter des CD.

— Et un lecteur pour aller avec ?

Mulgrew secoua la tête, d'un air presque apitoyé, tandis qu'il verrouillait la voiture. Ils restèrent un instant à étudier les hauts murs de la prison. Ils échangèrent un regard puis redressèrent les épaules. L'heure était venue.

Faire partie de la brigade des enquêtes prioritaires n'était en rien un sésame, même s'ils disposaient d'une dérogation spéciale qui leur permettait de garder leurs téléphones – en temps normal, ils étaient rangés sous clé à la réception. Ils émargèrent pour pouvoir se munir de leurs pass temporaires, puis franchirent le détecteur comme dans les aéroports. On leur assigna une policière ; la femme portait davantage de maquillage qu'Esson et se déplaçait avec nonchalance, sûre d'elle-même dans cet environnement. Les portes s'ouvrirent les unes après les autres puis se verrouillèrent derrière eux, suivies de couloirs, d'escaliers et de caméras qui les surveillaient depuis leurs niches aux plafonds. Deux prisonniers occupés à manœuvrer une machine de nettoyage sur les sols la saluèrent en la hélant par son prénom.

— C'est bon enfant, commenta Mulgrew.

— On me sert parfois du « madame », rétorqua-t-elle. C'est toujours mieux que d'être traitée de salope ou de brouteuse de gazon.

— Je suppose, acquiesça-t-il.

Elle les conduisit jusqu'au bureau de la pastorale, qui leur avait été réservé pour une durée indéterminée. Les murs étaient parés d'affiches sur la pensée positive, et partout s'empilaient des brochures et des livres sur le bien-être aux titres tel que *Vivre une vie épanouie*. Les tiroirs du bureau et les armoires de classement étaient fermés à clé, mais il y avait un coin thé et café agrémenté d'une variété de boîtes de biscuits accompagnées d'une note proclamant « Servez-vous ! »

Afin d'éviter de se charger d'un magnétophone encombrant, Mulgrew et Esson s'en remettaient à leurs téléphones portables pour enregistrer le son et l'image. Mulgrew avait apporté son chargeur et un petit trépied. Le trépied avait été examiné par l'agent qui maniait la machine à rayons X.

— Je veux le revoir à votre retour, avait-il averti d'un ton tout sauf agréable en ajoutant l'accessoire à sa liste.

Esson pensait comprendre l'origine de cette animosité : ils étaient venus interroger ses collègues – parce que lesdits collègues étaient devenus leurs principaux suspects.

Le service de la pastorale était une vaste extension moderne qui jouxtait la prison d'origine. Les bureaux adjacents accueillaient l'unité de formation continue, laquelle, comme l'indiquait clairement la signalétique, était dirigée par du personnel de Fife College. Ils étaient également passés devant l'antenne médicale, qui dépendait de la NHS. Une grande salle de réunion permettait aux organisations caritatives de proposer des ateliers et des journées de rencontres, afin d'aborder des sujets tels que la toxicomanie, l'alcoolisme et l'automutilation.

Une troisième chaise avait été ajoutée au mobilier du bureau de la pastorale, rendant l'espace plus exigu encore. Esson s'employa à préparer du thé pendant que Mulgrew installait son téléphone. Celui d'Esson servirait à la sauvegarde audio. Ils avaient eu une entrevue avec l'adjoint du procureur, qui les avait aiguillés en matière de protocoles. En temps normal, les témoins étaient auditionnés dans une salle à St Leonard's. L'adjoint leur avait recommandé d'utiliser, dans la mesure du possible, une formule analogue. Personne ne voulait être accusé d'encourager un vice de procédure ou, pire, de commettre une erreur qui entraînerait l'annulation pure et simple d'un procès.

— On est pas des gosses, merde, s'était agacé Mulgrew après-coup.

Et en effet, l'entrevue donnait parfois l'impression qu'un professeur méfiant leur faisait la leçon. Quoi qu'il en soit, ils faisaient ce qu'on leur avait dit. Quand Chris Novak arriva et toqua trois coups secs en attendant d'être convié à ouvrir la porte, ils étaient installés derrière le bureau, bras et cuisses se touchant presque.

— Agent Novak, dit Esson, asseyez-vous, je vous en prie.

Elle se présenta, puis présenta Mulgrew. Novak déclina la proposition de boire quelque chose.

Il avait des traits lourds et les cheveux coupés courts raidis par les produits capillaires. Ses bras étaient recouverts de tatouages et il semblait prêt à jaillir de sa chemise blanche moulante.

— Pas de repos pour les braves, commenta Esson en étudiant une feuille de papier posée devant elle sur le bureau. Vous étiez d'astreinte la nuit de l'incident, et puis la journée qui a suivi – et vous voilà encore de service.

— J'ai bien pioncé la nuit dernière.

— Vous assurez souvent le double d'heures ? demanda Mulgrew en ajustant légèrement le trépied.

— On manque de personnel. Et puis l'argent en plus est bien utile.

— Il vous sert à quoi ?

Novak toisa Mulgrew d'un œil noir.

— Ça vous regarde pas, si ?

— C'est histoire de faire la conversation. Vous avez peut-être un penchant pour les voitures, les vacances, les soirées…

— Vous êtes au courant pour ma caisse, affirma Novak.

Il était assis les jambes écartées, ses mains épaisses arrimées à ses genoux.

— Une idée de la raison pour laquelle quelqu'un a voulu la transformer en feu de joie ?

— C'est pas arrivé qu'à moi.

— Oui, c'est arrivé dans d'autres prisons. Diriez-vous que c'est une attaque ciblée ?

— Plutôt le hasard.

— Donc pas de griefs particuliers contre vous ? demanda Esson en regardant Novak hocher lentement la tête. Vous en êtes certain ?

— Je vois bien où vous voulez en venir. D'accord, je m'entends mieux avec certains détenus qu'avec d'autres. Tous les gardiens vous diront la même chose. Il y a des incompatibilités de caractères, des cinglés qui veulent prouver quelque chose, des types qui devraient être en hôpital psychiatrique plutôt qu'au trou.

— Jackie Simpson entrait dans quelle catégorie ?

— Il essayait tout le temps de me faire sortir de mes gonds. Il disait qu'il avait mon adresse et qu'il me rendrait une petite visite à sa sortie.

— Ce n'était sans doute pas une nouveauté.

— C'est arrivé des tas de fois.

— Et M. Simpson a-t-il réussi à vous faire sortir de vos gonds ?

Novak regarda Esson droit dans les yeux.

— Pas du tout. Les noms d'oiseau ont fusé, mais ce n'est jamais allé plus loin.

Il se pencha vers le bureau et sa chaise craqua sous son poids :

— Je vois bien à quoi ça ressemble, vu de l'extérieur, mais il n'y a pas moyen qu'un des gardiens ait fait ça. C'est sans doute arrivé juste avant la fermeture des cellules pour la nuit. Un aller-retour rapide.

— Vous fermez sans vérifier ? demanda Mulgrew.

Novak tourna son attention vers lui.

— En règle générale non, mais il se peut parfois que quelqu'un soit négligent, ou se laisse distraire.

— Qui a verrouillé la cellule de M. Simpson ?

Novak secoua la tête.

— Me souviens pas.

Esson compulsa ses notes.

— D'après les témoins, il s'agit d'une gardienne du nom de Valerie Watts.

Le regard de Novak ne trahit aucune émotion.

— Si vous le dites.

— Difficile de passer à côté d'une silhouette étendue sur la couchette inférieure dans une mare de sang.

— Pas si elle était cachée sous une couverture, objecta Novak en changeant de position sur sa chaise.

— Dommage, cette histoire de caméra détraquée, commenta Mulgrew.

— On l'a signalée il y a plus d'une semaine.

— Qui aurait su qu'elle ne fonctionnait pas ?

— Tout le monde.

— Les détenus comme le personnel ?

— Un gars est monté sur un escabeau pour essayer de la réparer. C'est pas le genre de chose qui passe inaperçu.

— J'imagine.

— C'est marrant, tout de même, non, insista Esson, qu'une rangée de cellules soit restée sans surveillance, et qu'on y trouve justement un mort ?

— Ça dépend de votre sens de l'humour.

— Mais à part ça, il n'y a rien eu de particulier cette nuit-là, pas la sensation qu'il allait arriver quelque chose ?

— Le train-train habituel – après la fermeture des cellules et l'extinction des feux, on fait un tour de patrouille, et sinon le reste du temps, on a tendance à faire le yo-yo entre la salle de régie et la salle de repos.

— On a remarqué qu'il y avait eu des contrôles dans certaines cellules pendant la nuit.

Novak opina du chef.

— Il arrive parfois que des détenus n'arrivent pas à dormir. Ils s'agitent, ils font du bruit, et par ennui, ils nous appellent.

— Mais rien de la sorte venant de la cellule du défunt ?

Novak secoua la tête, se rencogna dans sa chaise et croisa les bras, faisant saillir ses biceps.

— Quelqu'un finira par parler, affirma Esson avec assurance. Quelqu'un finit toujours par parler.

Novak tourna son attention vers le téléphone de Mulgrew et poursuivit en parlant directement dans l'appareil.

— C'est une perte de temps et à chaque fois que vous traînez l'un d'entre nous ici, ça nous laisse à court de personnel ailleurs. Si ça commence à chauffer, ce sera de votre faute.

Il pivota de nouveau vers Mulgrew et Esson, puis posa les mains sur les accoudoirs pour se lever :

— On a fini, c'est bon ?

Esson était plongée dans la lecture d'un autre document.

— Savez-vous si Valerie Watts est de service aujourd'hui ?

— En repos.

— C'est inhabituel.

Novak, à moitié debout, se figea. Esson poursuivit :

— C'est simplement que ses jours de service ont l'air de correspondre aux vôtres, et pareil pour les rotations doubles.

— Et alors ?

Elle se contenta de hausser les épaules, et attendit qu'il ajoute quelque chose. Au lieu de quoi il se redressa de toute sa hauteur et sortit de la salle à grands pas, cependant que Mulgrew mettait fin à l'enregistrement.

— Novak est marié ? demanda-t-il à Esson.

— Deux gamins.

— Et Watts ?

— Rien du tout.

Un coup léger retentit à la porte. Elle s'entrebâilla pour laisser passer la tête de Howard Tennent.

— Tout va bien ?

— Bien, monsieur, merci, répondit Mulgrew.

— Je viens de croiser Chris Novak ; il n'avait pas l'air de nager en plein bonheur. Un établissement pénitentiaire fonctionne à condition que son personnel soit impliqué et concentré. Sans quoi c'est la porte ouverte aux problèmes.

— M. Novak nous a dit à peu près la même chose. Il n'en reste pas moins que nous avons un travail à accomplir.

— Bien sûr, bien sûr.

— Et en temps normal, nous traînerions vos agents jusqu'au commissariat pour les auditionner…

Le directeur leva les mains.

— Je suis sensible au fait que vous fassiez votre possible pour réduire au minimum le dérangement, mais tout le monde sait que vous interrogez mes gardiens et commence à faire le rapprochement.

— Plus vite nous découvrirons ce qui s'est passé, plus vite la situation s'apaisera.

— À condition que le responsable soit un détenu, mit en garde Tennent.

— Je vois bien que vous aimeriez que ce soit le cas, acquiesça Esson, quand bien même les pronostics ne vont pas dans ce sens.

Le visage du directeur s'assombrit un peu plus encore. Il émit un petit bruit du fond de la gorge puis battit en retraite dans le couloir.

— Tu penses qu'on devrait l'interroger ? demanda Mulgrew.

— Il prendra la défense de ses agents, quoi qu'il advienne.

— D'accord, et maintenant on fait quoi ?

— On fait la pause goûter, répondit Esson.

*

* *

Rebus rendait visite au Sorcier dans sa cellule. Ou plutôt, il se tenait debout dans l'encadrement de la porte tandis qu'ils parlaient. Quand on se tenait à proximité du Sorcier, on le ramenait un peu dans sa propre cellule. Ce n'était pas son odeur corporelle ni un parfum de décrépitude, mais tous les détenus le remarquaient : un arôme bien particulier qui perdurait. Le Sorcier aimait faire des casse-têtes, notamment des mots croisés et des grilles de Sudoku. Il en avait des livres entiers entassés en grandes piles sur son bureau, à côté d'un crayon et d'une gomme.

— Tu étais dans la police, affirma-t-il entre deux quintes de toux. Tu sais que personne ne va être puni après ce qui s'est passé. Personne n'en a rien à foutre de savoir qui l'a buté ni pourquoi. Il arrête d'être un fardeau pour le contribuable, un point c'est tout.

Il releva les yeux de son livret de Sudoku pour les poser sur Rebus.

— Quand tu étais dehors, tu voyais le monde divisé entre Nous et Eux – vous étiez les gentils, et nous on était les méchants. Mais maintenant que tu es à l'ombre depuis un petit moment, dis-moi une chose, John – tu ne crois pas qu'on est à peu près tous les mêmes, en fin de compte ?

— Tu veux dire à part le fait que je n'ai pas enfoncé un tournevis dans l'œil d'un mec ?

Le visage du Sorcier s'assombrit un tant soit peu.

— Il me cherchait, John. Et quand on commence à voir tout rouge, rien ne va plus. Ne me dis pas que c'était une autre affaire entre toi et Cafferty.

Rebus prit le temps de la réflexion.

— À la différence près que je ne l'ai pas tué, dit-il.

— Ah, blanc comme neige – il y en a des tas comme toi par ici, commenta le Sorcier avec un petit rire avant de s'interrompre pour tendre l'oreille.

Dans le couloir, quelqu'un hurlait des propos sur une tentative de dissimulation.

— Quoi que tu en dises, reprit Rebus, les gars ont l'air d'en avoir quelque chose à foutre de savoir qui a tué Jackie. Une idée de ton cru, le Sorcier ?

— Qui t'a chargé de l'affaire ?

— Je suis d'un naturel curieux.

— C'est pas toujours une bonne chose dans un endroit pareil.

Rebus jeta un œil de part et d'autre dans le couloir. Il était à l'affût de Christine Esson ou de Malcolm Fox, mais jusqu'ici n'avait vu personne. Il savait qu'une salle d'enquête avait été installée dans l'enceinte de la prison. L'équipe de scène de crime avait fait tout son possible. La rubalise interdisait toujours l'accès à la cellule fermée à double tour. À une extrémité du quartier, Darryl Christie était assis à une des tables circulaires, épicentre calme d'un tourbillon d'activité, les détenus lui tournant autour dans un maelström de plaintes aux intonations fluctuantes. Deux gardiens les surveillaient, en prenant soin de rester à proximité du bouton d'alarme. Mâchoire crispée, bras croisés, ils avaient parfaitement conscience de l'hostilité dont ils étaient la cible. Une musique forte filtrait d'une des cellules ; la bande-son allait des Killers à *Killer Queen* en passant par NWA. Rebus ne doutait pas un instant de la capacité des gardiens à saisir le thème derrière ces morceaux choisis.

L'apparition du directeur, flanqué par deux autres agents pénitentiaires, eut pour effet de détendre légèrement l'atmosphère, même si la musique restait toujours aussi forte. Tennent se dirigea tout droit vers la cellule du Sorcier, saluant Rebus d'un hochement de la tête avant de prendre la parole. Rebus remarqua que lui aussi restait soigneusement en deçà du seuil.

— Je suis navré, Gareth, annonça-t-il au Sorcier, mais nous allons devoir remplacer votre lit simple par des lits superposés. C'est l'affaire d'une semaine environ.

— J'écope du gamin ? devina le Sorcier.

— Il faut bien qu'il aille quelque part.

— Comment va-t-il ? demanda Rebus.

— Les médecins en ont terminé avec lui. Il sera de retour un peu plus tard aujourd'hui.

— Personne d'autre ne peut le prendre ? interrogea le Sorcier.

— Le truc, c'est que vous prendrez soin de lui, Gareth. Et que s'il a besoin de calme, vous le laisserez tranquille. (Le Sorcier acquiesça en silence.) Ces deux agents vont vous aider à retirer vos draps et tout le reste. Quelqu'un va venir sous peu déboulonner le lit et l'emporter.

Rebus remarqua que le directeur le regardait.

— Un mot en privé, John ? dit-il en se dirigeant vers la cellule de Rebus.

Rebus savait que tout le monde épiait la scène, à commencer par Darryl Christie. Il emboîta le pas à Howard Tennent jusqu'à sa cellule, dont le directeur le pria de tirer la porte derrière lui. Une fois à l'intérieur, la bravade affectée du directeur s'évapora, et ses joues s'affaissèrent.

— Je ne peux pas me permettre de laisser la situation dégénérer, John. C'est hors de question.

— Absolument, acquiesça Rebus, qui voyait déjà venir la suite.

— La police ne fait que son travail, évidemment, et c'est très bien ainsi. Mais elle n'est pas ici *à l'intérieur*, dit-il en pointant le sol de son index. Elle ne peut pas entendre ni voir la même chose que vous.

— Je suis loin d'être au courant de tout.

— Mais vous aviez une réputation, dans votre temps. Vous obteniez des résultats.

— Si je me mets à agir comme un détective, tout le quartier va s'en rendre compte et en un rien de temps je serai aussi utile que si j'étais à l'isolement.

— Je ne demande pas grand-chose, John. Tout ce qui pourrait arriver à vos oreilles, le moindre indice…

— Je vous le rapporte ? Et si les seuls indices que je glane tendent à montrer que vos agents étaient à la manœuvre ?

Le directeur eut l'air encore plus accablé.

— Vous voulez bien le faire quand même ? Me rendrez-vous ce service ?

— Ça fera toujours passer le temps, j'imagine.

Tennent tendit la main à Rebus.

— Autre chose. Vous et Bobby Briggs ?

— Mieux vaut qu'il y ait une grille fermée entre nous... au moins.

— Compris.

Lorsque les deux hommes ressortirent de la cellule, Darryl Christie se tenait en face de la porte, dos au mur, mains dans les poches. Son regard laissait entendre qu'il savait parfaitement quel avait été le sujet de conversation. Lorsque le directeur s'éloigna, il s'avança de quelques pas en direction de Rebus, jusqu'à ce que son attention soit détournée par des applaudissements et des cris. Mark Jamieson, le front agrafé emmaillotté dans un bandage, était de retour à Trinity. Aussitôt on l'assaillit, qui pour le gratifier d'une tape dans le dos, qui pour examiner ses blessures et lui proposer une boisson chaude.

— Et si jamais tu as des médocs en trop...

Jamieson rit de bon cœur avec eux, jusqu'à ce qu'il voie la porte de la cellule et la rubalise qui délimitait la scène de crime. Il déglutit, sa pomme d'Adam montant en descendant avec difficulté le long de sa gorge sèche. Il fallut l'aider à s'asseoir.

— Dis-nous que c'est Novak qui a fait le coup, demanda instamment un détenu. C'est tout ce qu'on veut entendre.

Jamieson secoua aussitôt la tête en signe de dénégation.

— Je ne sais pas, dit-il d'une voix à peine plus forte qu'un murmure. J'étais totalement dans les vapes.

— Quelle bande de salauds, cracha un autre détenu.

Les regards fusèrent de plus belle vers les agents en chemisette blanche, et l'un d'eux chuchota quelque chose à l'oreille d'Howard Tennent, qui répondit d'un hochement sec de la tête. Après quoi le directeur fut reconduit d'un bon pas vers la sortie la plus proche.

— Tu peux toujours courir ! hurla un détenu dans son sillage. La vérité finira par te rattraper !

Son éclat fut accueilli par des rugissement approbateurs. Darryl Christie, qui avait décrété que Rebus pouvait attendre, s'approcha de l'attroupement autour de Mark Jamieson. Il étendit les bras, paumes vers le sol, pour intimer le calme. D'autres agents arrivaient sur les lieux. Eddie Graves s'arrêta à hauteur de Rebus.

— Avec ma veine, je vais finir otage, marmonna-t-il avant de s'éloigner.

Billy Groam s'était campé dans l'embrasure de la porte voisine.

— Ce type pourrait jamais être otage, commenta-t-il à l'attention de Rebus. Il râle tellement qu'on arrêterait le siège au bout de dix minutes.

— On est au bord de l'explosion, Billy ? s'enquit Rebus.

— Ça dépend de Darryl, répondit Groam avec un haussement d'épaules. En règle générale, Darryl obtient ce qu'il veut...

Autour de Jamieson, les hommes avaient formé un petit cercle, épaule contre épaule, Christie penché en avant pour causer tactique comme un entraîneur de foot. Rebus s'avança de quelques pas.

— Tu devrais pas, le mit en garde Groam.

Deux détenus lançaient déjà des regards noirs à Rebus.

— Tu seras mieux dans ta cellule, John.

Les yeux posés sur la rubalise de scène de crime, Rebus répondit à mi-voix :

— Je n'en suis pas si sûr, Billy...

4

Clarke et Colson patientaient dans la voiture devant le domicile des Andrews. L'inspecteur-chef Carmichael avait rassemblé l'équipe à la première heure. Le temps avait passé et Jasmine n'avait toujours pas refait surface. En vertu de quoi la gravité de l'affaire avait été revue à la hausse. Une conférence de presse avait été tenue et des agents en nombre suffisant avaient été mobilisés pour procéder à des recherches dans le secteur. On faisait pression sur l'opérateur téléphonique et l'établissement bancaire de Jasmine pour obtenir rapidement des détails sur l'utilisation récente de leurs services. Un photographe de presse avait immobilisé sa voiture le temps de prendre quelques clichés du domicile familial depuis la rue. En apercevant les deux détectives, il avait eu le bon goût de prendre un air penaud avant de se carapater.

Clarke et Colson assimilaient ce que l'appel téléphonique de l'officier de liaison familiale venait de leur apprendre.

— J'ai senti certaines tensions, avait rapporté l'officier. Ce n'est pas exactement un couple amoureux ou uni. Elle s'est assise dans un fauteuil, tandis que lui s'est installé de l'autre côté de la pièce sur l'accoudoir du canapé, comme s'il était attendu ailleurs. Ils se sont envoyé pas mal de piques. Je dirais qu'il lui reproche ce que Jasmine a pu faire. Elle s'en est prise à lui à cause de tout le temps qu'il passe loin de la maison…

Colson remua sur le siège passager.

— En conclusion, on ne les met pas tout de suite devant des journalistes, observa-t-il.

Clarke était encore le nez sur l'écran vide de son téléphone quand elle entendit un éclat de voix en provenance de la maison. Aucune silhouette n'était visible derrière la fenêtre du salon, mais Colson avait déjà pris sa décision : il sortit de la voiture. Jamais Clarke ne l'avait vu se mouvoir à une telle vitesse. Dans l'allée, la Nissan Leaf d'Helena Andrews était branchée à un chargeur devant la Mercedes de son mari, dont l'habitacle était jonché d'emballages, de paperasses et de tasses de café écrasées. Laissant les deux véhicules derrière elle, Clarke rattrapa Colson au moment où il essayait d'ouvrir la porte d'entrée, qui cliquetait dans un bruit de ferraille. Elle était fermée à double tour. Il s'apprêtait à abattre son poing lorsque le battant s'ouvrit.

James Andrews était un homme de haute stature en bonne forme pour son âge en dépit de ses yeux fatigués et de sa barbe de plusieurs jours. Sa chemise pendait de son pantalon, et il était en chaussettes.

— Quoi ? grogna-t-il.

Pour toute réponse, Colson exhiba son badge. Andrews retint son souffle et passa une main dans ses cheveux poivre et sel.

— C'est la police, lança-t-il par-dessus son épaule à l'attention de son épouse.

— Tout va bien, monsieur ? demanda Colson.

— À part le fait que notre fille a disparu, vous voulez dire ?

— On a cru entendre des éclats de voix.

Helena Andrews était apparue à côté de son mari. Elle enroula sa main à son bras en signe de soutien apparent.

— Nous n'étions pas dans la même pièce, dit-elle en guise de justification. Je me dis qu'on devrait faire tester notre audition – on est toujours en train de crier pour se faire entendre.

Son sourire aurait pu être convaincant, mais de toute évidence le cœur n'y était pas.

— Vous permettez qu'on entre ? demanda Clarke.

— J'ai oublié vos noms, dit Helena en inclinant la tête sur le côté.

— Inspectrice Clarke et sergent Colson, lui rappela Clarke.

— Il y a du nouveau ?

— Nous aimerions jeter de nouveau un œil à la chambre de Jasmine, si cela ne vous dérange pas.

— Il ne faut pas un mandat ou un truc comme ça ? voulut savoir James Andrews.

— Vous voulez qu'on aille en chercher un ? Ça prendra du temps, et en l'espèce, le temps est l'élément par excellence qui joue en notre défaveur.

— Qu'est-ce que ça veut dire ?

— Ça veut dire que si Jasmine a décidé de disparaître, plus on lui laisse le temps de le faire, moins on aura de chance de la retrouver.

Clarke ménagea une pause. Ils n'avaient toujours pas franchi le seuil. Elle posa un regard appuyé sur le pas de la porte en espérant qu'ils saisissent l'allusion. Helena tira sur le bras de son mari.

— Tout ce qui peut aider, dit-elle.

— Ça vous va, monsieur Andrews ? s'enquit Colson.

— Bien sûr, grommela l'intéressé en reculant d'un pas.

Clarke et Colson le frôlèrent en passant au salon. Une bouteille de vin, quasiment vide, trônait sur la table basse.

— La nuit dernière, expliqua Helena Andrews. On n'aurait pas dû, mais bon vous comprenez...

— Vous pensez qu'il pourrait y avoir des indices dans sa chambre ? interrompit son mari. Vous avez déjà pris son ordinateur et son iPad.

— Dont nous n'avons toujours pas les mots de passe. J'imagine que vous ne pouvez pas nous aider sur ce point, monsieur Andrews ?

Il haussa les épaules, fit non de la tête, et entreprit de rentrer sa chemise dans son pantalon.

— Et si on s'asseyait une minute ? proposa Clarke.

Elle observa Helena, qui s'installa dans son fauteuil habituel, puis James qui alla se percher au bord du canapé dans le coin diamétralement opposé de la pièce.

— Avec quelle fréquence êtes-vous en contact avec Jasmine lorsque vous êtes en déplacement, monsieur Andrews ? demanda Colson.

— Appelez-moi James, je vous en prie. On se parle sur FaceTime une fois par semaine.

— *La plupart* des semaines, corrigea sa femme. Quand tu n'es pas trop occupé.

— J'enchaîne de longues heures de travail, expliqua James aux deux détectives. Faut ce qu'il faut pour subvenir aux besoins de ma famille.

— Vous êtes développeur d'affaires ?

— C'est exact.

— Ce qui signifie ?

— Ce qui signifie que j'aide des entreprises à grandir, à se développer, se moderniser.

— Et vos déplacements durent combien de temps ? demanda Clarke.

— De quatre à six semaines, parfois plus. J'ai mes week-ends, la plupart du temps, mais la perspective de faire toute la route…

— Oh, mon pauvre, le railla Helena.

Elle s'était assise bras et jambes croisés, et secouait frénétiquement un pied dans le vide.

— Mais j'ai retenu la leçon, continua son mari d'une voix qui s'était durcie. Visiblement, je ne peux pas compter sur le fait que les choses tiennent bon quand je ne suis pas à la maison.

Clarke observa l'application que mettaient mari et femme à refuser farouchement de se regarder.

— La dernière fois, vous nous avez dit que votre sœur allait venir ? dit-elle à Helena.

— Oui, eh bien… maintenant que James est rentré…

Helena jeta un œil vers lui. Clarke eut le sentiment que le mari et la belle-sœur ne s'entendaient pas.

— Qu'est-ce qui vous fait dire que Jasmine a pu avoir envie de s'en aller ? demanda Clarke au père.

— Sa mère en saurait plus que moi.

— Parce que toi tu sais rien sur rien, c'est ça ? rétorqua Helena.

— Tout ceci n'est pas d'une grande aide, affirma Clarke d'une voix douce mais ferme et le couple s'appliqua à prendre un air contrit.

— Pour moi, Jas est un peu devenue une énigme, finit par admettre James en poussant un soupir. Peut-être que toutes les filles sont comme ça à l'adolescence. Quand je lui demande quels sont ses projets, elle ne répond pas. Ce qu'elle fait avec ses amis, comment ça se passe à l'école – j'ai droit à des monosyllabes et à la sensation qu'elle préfèrerait avoir la paix. Je pensais qu'elle s'ouvrirait peut-être à sa mère, solidarité féminine et tout ça…

— Elle sait qu'elle peut compter sur moi, dit Helena à voix basse.

La colère qui étouffait la pièce avait été enterrée, quoique temporairement.

— J'ai toujours entendu dire que la parentalité est un travail d'équipe, avança Clarke pour briser le silence. Parfois c'est un parent qui subit la pression, parfois c'est l'autre. C'est une affaire de compromis.

Helena expira l'air de ses poumons. Elle avait les yeux rivés sur la bouteille de vin. Sans doute espérait-elle un verre dans un avenir pas trop lointain.

— Du thé ! s'exclama-t-elle soudain. J'aurais dû vous faire du thé.

Elle fit mine de se lever, mais Clarke balaya la proposition d'un geste.

— Pourrait-on jeter de nouveau un œil à la chambre de Jasmine ?

— Bien sûr, répondit-elle en passant une main sur son front comme pour en chasser la fatigue.

— On connaît le chemin, conclut Siobhan.

Il y avait trois chambres à l'étage, dont l'une avait été transformée en bureau doté d'un canapé-lit. La chambre de Jasmine était bien rangée, ses murs parés d'affiches de groupes de K-pop et de personnages d'anime. Les seuls livres présents étaient des manuels scolaires, et une enceinte Bluetooth tenait lieu de collection de disques. Il y avait un espace vide sur son bureau à la place de l'ordinateur qui avait été ensaché et emporté par le CID. La fenêtre donnait sur un jardin assez grand, qu'une clôture en bois séparait de ceux, quasi-identiques, des voisins. Le barbecue prenait la rouille, tout comme un Swingball de jardin installé au beau milieu de ce qui restait de pelouse, grandement sacrifiée aux besoins d'un patio. Jasmine avait un lit deux places à tiroirs. Colson les ouvrit : ils ne contenaient rien d'autre qu'un édredon et un oreiller de rechange, ainsi qu'un tapis de yoga roulé.

— Pour les soirées pyjama ? suggéra Colson.

Clarke ne voyait pas de raison de le contredire. La penderie et la commode ne recelaient rien d'extraordinaire, en tout cas rien qui ne laissât voir une facette inédite ou décalée de la personnalité de Jasmine. C'était la chambre d'une fille ordinaire, dans une rue ordinaire, qui avait des amis ordinaires mais qui cherchait à esquiver le plus possible ses deux parents en conflit constant.

Au bout de quelques minutes, Colson finit par secouer la tête. Clarke examinait les affiches de pop-stars. Les artistes étaient jeunes, les filles en robes courtes, les garçons coiffés à la perfection. Elle avait lu des articles dans la presse sur les contraintes imposées par ce mode de vie – les dépressions nerveuses et autres suicides. Le glamour s'affichait en deux dimensions seulement, mais il faisait son office, parant les rêves d'adolescentes comme Jasmine Andrews.

Au rez-de-chaussée, les envies de vin avaient été supplantées par la préparation d'un café dont l'arôme emplissait le vestibule.

— Vous êtes certains de ne pas en vouloir ? dit James Andrews en soulevant un énorme mug floqué de l'inscription *World's Best Dad* qui accusait son âge.

Clarke se demanda s'il avait choisi cette tasse pour faire passer un message.

— On ferait mieux d'y aller, répondit-elle.

— Vous nous tiendrez au courant quand il y aura du nouveau ? dit-il en faisant de son mieux pour étouffer le désespoir de sa voix.

Helena attendait dans l'embrasure de la porte entre la cuisine et le salon. Pas de mug pour elle, mais une tasse en porcelaine et une soucoupe, décorés de roses. Histoire de faire passer un autre genre de message ?

— C'est promis, dit Siobhan Clarke tandis que Colson ouvrait la porte derrière elles.

Au lieu de se diriger vers la voiture, Clarke emprunta l'allée qui contournait la maison jusqu'au jardin à l'arrière. Trois poubelles étaient alignées à l'angle. Elle souleva le couvercle de la poubelle de recyclage et se pencha en avant : il y avait là une douzaine de bouteilles de vin, des bouteilles vertes comme des bouteilles en verre transparent.

— Tu t'attendais à la trouver remplie à ras bord ? devina Colson.

Comme elle pivotait vers lui, elle aperçut quelque chose – une silhouette qui reculait précipitamment de la fenêtre à l'étage de la maison voisine. A priori un jeune homme. Elle resta immobile jusqu'à ce que Colson la regarde d'un air perplexe. Il lui emboîta le pas jusqu'à la voiture, mais au lieu de démarrer, Clarke resta immobile, les mains sur le volant, le regard perdu dans le vide.

— Sois gentil, Cammy, finit-elle par dire. Trouve-moi l'adresse qu'on nous a donnée pour Craig Fielding.

Clarke mit le contact en attendant que Colson récite les coordonnées, qu'elle entra dans le GPS. Ils attendirent que le plan s'affiche, et elle zooma dessus jusqu'à ce qu'il n'y ait plus l'ombre d'un doute.

— C'est la rue d'à côté, remarqua Colson.

— Avec vue pile sur la chambre de Jasmine, ajouta Clarke en démarrant le moteur.

Ils prirent à gauche, puis encore à gauche pour s'engager dans la rue de Craig Fielding. Une silhouette les devançait sur le trottoir, capuche relevée, mains enfoncées dans les poches de son blouson.

— T'en penses quoi ? demanda Colson en baissant sa vitre.

Ils eurent la réponse à cette question lorsque la silhouette traversa soudain la route devant la voiture et se mit à courir.

— Sans déconner, lâcha Colson.

— Pas si bête, observa Clarke. Il y a des tas de voies piétonnes qu'on ne pourra pas prendre en voiture.

— Dans ce cas, on retournera à son domicile plus tard. Il va faire quoi, se planquer dans les bois ?

Clarke poursuivit la route tout en étudiant le GPS. Deux minutes plus tard, ils l'aperçurent. Il disparut le long d'une habitation pour aussitôt rebrousser chemin.

— La clôture devait être trop haute, commenta Colson. Il n'a pas exactement l'allure d'un athlète.

— Tu veux te mesurer à lui à pied, c'est ça ?

— Je préfèrerais éviter.

Ils s'approchaient du jeune homme quand ce dernier vira soudainement à gauche pour traverser un parterre de gazon et de fleurs en manquant de s'étaler de tout son long. Il rallia le trottoir en boitant, et trente secondes plus tard il jetait l'éponge en s'arrêtant les mains à plat sur les cuisses, tête baissée, le souffle court. Colson posa l'avant-bras sur le rebord de la vitre passager tandis que Clarke immobilisait leur véhicule.

— Monte dans la voiture, Craig, ordonna-t-elle.

— Je ne m'appelle pas comme ça. Vous vous trompez de personne.

— Dans ce cas, montre-nous ta carte d'identité et on reprendra notre bonhomme de chemin, proposa Colson en dépliant le bras.

Le garçon regarda la main tendue vers lui. La sueur lui coulait sur les tempes. Il s'avança de deux pas vers la voiture et grimpa à l'arrière.

— Plutôt en forme pour quelqu'un qui s'est fait porter pâle en cours, ironisa Clarke en se tordant sur son siège pour lui faire face tandis que Colson se contentait de régler le rétroviseur central pour pouvoir le regarder.

— C'était hier. Aujourd'hui ça va un peu mieux.

— Drôle de coïncidence, quand même, non ? ajouta Colson. Ton ex-petite amie disparaît et soudain tu éprouves le besoin de rester à la maison ?

— Peut-être que tu l'as vue, renchérit Clarke, ou que tu sais ce qu'elle fabrique ?

— Je suis dans le flou, comme tout le monde, dit-il en tentant de récupérer un semblant de souffle.

Clarke l'étudia : un visage d'enfant prêt à devenir beau se cachait sous une couche d'acné. Il était plutôt dégingandé, mais ne semblait pas dénué d'une certaine intelligence. Il aurait pu sortir tout droit de la comédie romantique *Une fille pour Gregory* et lui faire la leçon sur l'orthographe de « Caracas » ou la recette de la pâte à choux.

— Ça fait combien de temps que vous avez rompu ?

— Deux mois.

— Qui a largué qui ?

— C'est elle qui m'a largué, je dirais, répondit-il le nez planté dans le plancher. C'était pas pour un autre, elle m'a dit, c'est seulement...

Sa voix resta en suspens.

— Tu es dans la classe au-dessus, c'est bien ça ? vérifia Colson. Tu as donc quinze ans ? Tu arrêtes l'école l'année prochaine ou tu continues à la fac ?

— La fac, si mes notes le permettent.

— Quels étaient les projets de Jasmine ? demanda Clarke.

— Elle n'en a jamais vraiment parlé.

— Une idée de ce qui a pu lui arriver, Craig ?

Il secoua la tête avec véhémence.

— Et tu n'as absolument aucune nouvelle d'elle ?

— J'ai essayé de l'appeler et de lui envoyer des textos. On a tous essayé.

— Et c'est sorti de nulle part ? Elle ne t'a pas paru changée, ces derniers temps ?

Le garçon réfléchit un instant.

— Elle avait plus ou moins arrêté de traîner avec nous. Dès que les cours étaient finis, elle s'en allait.

— Elle rentrait chez elle ?

— Pas forcément. Elle prenait le bus pour le centre-ville ou elle partait dans la direction inverse de sa maison.

— Pour aller où ?

— Elle n'en a jamais parlé. Je me suis demandé si elle avait quelqu'un d'autre.

— Dans un autre établissement scolaire, tu veux dire ?

— Peut-être, dit-il en s'agitant sur son siège.

— Ça t'aurait rendu jaloux ? sonda Colson.

— Non.

— Tu en es bien sûr ?

— Depuis ta chambre, tu as vue sur la sienne, ajouta Clarke. Tu as déjà vu quelqu'un avec elle ?

— Seulement sa mère, de temps en temps.

Il regarda Clarke droit dans les yeux :

— Comment va Helena ? Elle doit être super inquiète.

— Elle veut que Jasmine rentre à la maison, comme tout le monde.

— J'ai vu la voiture de son père. Il ne restera pas longtemps.

— Pourquoi dis-tu ça ?

— Parce qu'il se barre tout le temps.

— Et ça ne plaisait pas à Jasmine ?

Craig haussa les épaules.

— Tu ne la cacherais pas dans ta chambre, quand même, Craig ? demanda Colson.

De nouveau, il fit non de la tête.

— Ça ne te dérangerait donc pas qu'on jette un œil ?

— Vous ne la trouverez pas – je ne sais pas où elle est !

Colson et Clarke échangèrent un regard.

— Allez, file, ordonna-t-elle. À moins que tu préfères qu'on te dépose ?

Mais Craig Fielding était déjà sorti de la voiture. Au bout de deux pas, il s'arrêta et rebroussa chemin jusqu'à la vitre baissée.

— Elle avait de l'argent, dit-il. Des billets, je veux dire. D'un coup, tout était en cash. Et elle voulait qu'on s'en rende compte, qu'on lui pose des questions.

— Et c'est ce que tu as fait, j'imagine ? demanda Colson.

— Sauf qu'elle se contentait de… (Craig fit le geste de fermer ses lèvres comme une fermeture Éclair.) Elle avait l'air de kiffer.

— La banque papa-maman, peut-être ?

— Peut-être, fit-il sans conviction.

5

En se rendant la fois suivante dans la cellule du Sorcier, Rebus tenta de prendre un air décontracté, même s'il se doutait bien que personne ne tomberait vraiment dans le panneau, surtout lorsqu'il passa le seuil d'un pas de promeneur. Les lits superposés avaient été installés et Mark Jamieson était étendu dans celui du haut tandis que le Sorcier, assis à son bureau devant un Sudoku, faisait mine que cette nouvelle disposition lui convenait. Jamieson avait replié le bras pour se couvrir les yeux, mais il ne dormait pas.

— Ça va, fiston ? demanda Rebus.

— Tout le monde lui pose la question, commenta le Sorcier. La réponse est toujours la même : il fait aller.

Rebus s'avança vers le lit.

— Je le connaissais dehors, tu sais, dit-il en s'adressant ostensiblement au Sorcier. Ça remonte à des années, tu me diras, quand c'était un ado rebelle. Il avait des mauvaises fréquentations et prenait de la coke. J'ai essayé de le mettre en garde... je me disais même que mes avertissements faisaient peut-être leur bonhomme de chemin.

Jamieson avait dégagé son visage ; il tourna la tête et se redressa à quelques centimètres de celui de Rebus.

— Souvent, je me demande ce qui s'est passé, conclut Rebus d'une voix plus grave.

— Je n'ai jamais arrêté les mauvaises fréquentations, répondit le jeune homme en guise d'explication. Je reconnais ton visage, maintenant. À l'époque, je connaissais pas ton nom.

— Tu avais beaucoup à faire. Mon nom ne devait sans doute pas te sembler très important.

— C'était l'argent qui m'intéressait.

— L'argent et la came, précisa Rebus.

Et après avoir examiné les pupilles de Jamieson, il ajouta :

— Et l'une des deux reste d'actualité.

— Ils m'ont donné des antalgiques à l'hôpital.

— Mais qui t'a drogué la nuit où ton compagnon de cellule est mort ? Tu as une idée ?

— C'est pas facile de dormir sans prendre un petit quelque chose.

— Tu étais comateux, Mark. Soit de ton propre fait, soit parce que quelqu'un s'en est chargé pour toi.

— Le thé avait un drôle de goût.

— Le thé ?

— Ce soir-là. Quand on mangeait. En vrai, peut-être la nourriture aussi…

— Qui t'a servi à manger ?

— Dieu seul le sait.

— Le problème, c'est qu'il est pas facile à joindre, celui-là.

— C'était l'équipe habituelle du soir, affirma le Sorcier. Ratty, Devo et Malachi.

— Mais lequel ? insista Rebus.

— Qu'est-ce que ça peut te faire ? demanda Jamieson d'une voix soudainement tranchante, le regard lucide.

— Il y a toujours des gardes, en plus, songea le Sorcier en se caressant la barbe. Valerie Watts et Blair Samms, ajouta-t-il en hochant la tête comme pour lui-même.

— Tu dormais quand on t'a frappé, continua Rebus en regardant Jamieson. Donc tu étais dans ton lit quand on a déverrouillé la cellule. Tu n'as rien entendu ?

De nouveau, il s'était couvert les yeux avec son avant-bras.

— Tu veux pas me foutre la paix ? Vous voulez pas me laisser tranquille, tous autant que vous êtes, putain ?

— Tout va bien là-dedans ?

Rebus pivota vers la voix, s'attendant à voir un gardien. À la place de quoi il tomba nez à nez avec Darryl Christie.

— On essaie de faire passer le temps, répondit-il.

— C'est pas ce qui manque, par ici, rétorqua Christie. Tu pourrais peut-être en passer un peu avec moi, à la place ?

— Ou peut-être pas.

— Mais tu as quelque chose pour moi, John. Quelque chose que tu as emprunté et oublié de restituer.

— Ah oui, certes. Il est dans ma cellule – sers-toi.
— Où ça, dans ta cellule ?
— Posé sur le lit.
La fureur couvait dans le regard de Christie.
— Sur le lit ? répéta-t-il en écho.
Il pivota sur ses talons et disparut.
Le Sorcier s'était levé de sa chaise. Il gratifia Jamieson d'une tape sur l'épaule.
— Le gamin a traversé une rude épreuve, John. Ça lui ferait pas de mal de se reposer un peu.
— Ça lui ferait pas de mal de me parler non plus.
Des éclats de voix s'élevèrent de nouveau dans le couloir. « Tué dans son lit, et pas de coupable ! Lequel d'entre nous est le prochain ? », s'écria un détenu, aussitôt appuyé par des vociférations approbatrices. Le Sorcier leva un doigt.
— Tu entends ça ?
— Je suis pas sourd.
Mais le Sorcier secouait la tête, les yeux tournés vers la petite fenêtre de la cellule.
— Je veux parler des cloches de l'église. On les distingue pas toujours à cause du boucan à l'intérieur. Ça les noie. Huit cents hommes en colère, ça a ce genre d'effet. Mais elles sont là.
Une quinte de toux sèche l'interrompit.
Jamieson coula un regard à Rebus de sous son bras. Rebus hocha légèrement la tête, indiquant que le Sorcier était inoffensif. Un mouvement brusque dans l'encadrement de la porte le fit se retourner. Christie était de retour, l'œil furibond.
— Sous ton oreiller, comme si c'était pas là qu'ils allaient regarder en premier !
Sur ce, il pivota sur ses talons et s'en fut, la forme du téléphone portable visible dans la poche de son survêtement.
— Pas exclus que tu aies perdu un admirateur, dit le Sorcier à Rebus en reprenant son souffle entre deux toussotements.
— Je crois que je m'en remettrai.
— Ce n'est peut-être pas à toi d'en décider.
Rebus pressa l'index sur la poitrine de Mark Jamieson.
— Ma cellule est juste à côté. Et je suis une bonne oreille.

— Une bonne oreille qui n'entend même pas les cloches de l'église, riposta le Sorcier.

— Peut-être que je les entendrai le jour où elles auront envie que je les entende, observa Rebus avant de s'en aller.

Une fois dans le couloir, il comprit pourquoi les voix avaient pris une telle ampleur. La porte de la cellule du meurtre était grande ouverte. Deux silhouettes se détachaient à l'intérieur, et une ribambelle de gardiens veillaient à ce qu'aucun détenu ne se mette en travers du chemin. La cellule avait été vidée de tout ce qui n'était pas fixé au sol. Rebus se rendit compte que Mark Jamieson n'avait aucun objet personnel dans la cellule qu'il partageait désormais avec le Sorcier. Tout avait dû être ensaché et emporté comme élément de preuve. Les deux hommes en costume qui s'affairaient dans la cellule se retournèrent vers Rebus. Le directeur et Malcolm Fox. Fox pivota alors vers le directeur et lui glissa un mot à l'oreille, le directeur acquiesça d'un hochement de tête.

De retour dans sa cellule, Rebus s'étendit sur le lit. Il avait dans l'idée que Fox serait tenté de venir pavoiser. Des années plus tôt, il s'était donné un mal de chien pour mettre Rebus derrière les barreaux tant il le considérait comme un flic irrémédiablement pourri. Au fil du temps, les deux hommes avaient réussi à instaurer une trêve précaire. Et malgré tout, Rebus avait atterri là. Les yeux rivés au plafond, il eut l'impression que les murs se refermaient sur lui. Cela lui arrivait plusieurs fois par semaine : la prise de conscience qu'il était coincé là. Parfois, il ouvrait les yeux en pleine nuit, le cœur battant à tout rompre, en se demandant s'il était en train de vivre ses derniers instants. Pas de mot de la fin, pas de rassemblement à son chevet. Il tourna la tête vers l'encadrement de la porte. Kyle Jacobs, alias Kylie, se tenait là.

— Bureau du directeur, annonça-t-il.

Rebus se leva de son mince matelas, enfila un sweat vert pardessus son T-shirt et lui emboîta le pas.

Quand Rebus arriva, Fox était assis devant la table où trônait l'assiette de biscuits sablés et le directeur lui tendait une tasse de thé. La bouche pleine, il léchait les miettes de sucre sur ses doigts. Puis il sortit un mouchoir blanc immaculé et s'employa à les essuyer. D'un hochement de la tête, il signifia au directeur qu'il pouvait disposer.

— Ça va, sans façon, dit Rebus dans le vide.

On ne lui avait pas proposé de tasse de thé, pas plus qu'on ne lui avait tendu l'assiette de sablés, que Fox souleva pour la ranger sur une étagère derrière lui. Rebus s'assit et attendit que la porte se referme. Fox resta un instant les yeux fixés sur le battant, comme s'il cherchait à s'assurer que le directeur n'épiait pas de l'autre côté.

— Bonjour, John, finit-il par dire en repliant les mains autour de sa tasse.

— Vous êtes loin de votre bureau, Malcolm. Comment ça se passe, à Gartcosh ?

Fox souffla sur la surface de son breuvage :

— Vous prenez vos marques ?

— Ce n'est pas exactement une nouvelle prise de poste.

— J'ai été étonné de vous voir, vous savez. Je ne pensais pas qu'ils balanceraient un ex-flic au beau milieu des raclures.

— Vous êtes en train de parler de mes amis.

— Des amis comme Darryl Christie ?

Fox esquissa un fin sourire. Il avait toujours été enveloppé, pourtant il semblait avoir pris du poids, comme si sa corpulence pouvait compenser ses défauts. Rebus, qui avait perdu plus de cinq kilos depuis qu'il était en prison, redressa un peu plus le dos.

— Vous n'avez rien à me dire ? s'enquit Fox.

Rebus fit mine de peser la question.

— Je pourrais vous dire que le système est en panne, qu'il y a ici des hommes qui devraient être ailleurs – mais je doute que votre minuscule cerveau sache quoi faire de ce genre d'informations, alors à quoi bon ?

Fox était resté imperturbable ; il n'écoutait pas vraiment.

— M. Tennent m'a informé que vous étiez sous la protection de Christie. C'est intéressant.

— Ah bon ?

— Vous le voyez souvent ?

— On est dans le même quartier – à votre avis ?

— J'imagine que vous avez des tas de choses à vous dire.

— Vous avez toujours été infoutu de mener un interrogatoire, Malcolm. Si vous me disiez plutôt pourquoi la Division criminelle spéciale s'intéresse à la mort d'un criminel à la petite semaine ?

— Ça s'appelle le COCT, maintenant : Crime Organisé et Contre-Terrorisme.

— J'imagine qu'un diplômé touche une blinde pour trouver tous ces petits noms. Ça n'explique toujours pas l'intérêt que vous portez à l'affaire.

— Un meurtre est toujours une affaire intéressante, John, surtout lorsqu'il a lieu à proximité d'un individu comme Darryl Christie. Il ne doit pas se passer grand-chose entre ces murs sans l'aval de votre nouveau meilleur ami. Vous serez choqué d'apprendre qu'il continue à exercer son métier depuis la prison, alors évidemment que je porte un intérêt à l'affaire.

— Personne ici ne pense que Darryl Christie a cautionné ce qui s'est passé.

— Bien sûr que non – ils pensent que c'est un membre du personnel. Ça semble évident, non ? Ce sont les mêmes personnes qui ont reçu des menaces anonymes et dont les voitures ont été prises pour cibles par des bombes incendiaires et des jets d'acide. (Fox posa les coudes sur la table, puis poursuivit :) Comment vous expliquez tout ça, John ?

— Ils refusaient de faire ce qu'on leur demandait, supposa Rebus.

— Et qui, à votre avis, leur demandait de faire des choses ?

— Darryl Christie.

— Avez-vous remarqué une baisse dans la quantité de drogues qui entrent en prison ? Dans le nombre de téléphones et autres marchandises illicites ?

— C'est difficile de mettre la main sur un malt digne de ce nom. (Les deux hommes se dévisagèrent un moment.) Mais je n'ai pas entendu parler de ces menaces.

— Ce n'est pas le genre de chose qu'on crie sur les toits – les détenus iraient penser que leurs gardiens sont faillibles.

— Ici seulement, ou dans d'autres prisons aussi ?

— Pas seulement ici.

— Des noms ?

— Ce n'est pas une information que je peux divulguer.

— Chris Novak ?

— Ce n'est pas une information que je peux divulguer, répéta Fox malgré son langage corporel qui le trahissait. Mais il y a un nom que je peux vous donner : Shay Hanlon.

— Pègre de Liverpool.

— Un membre de son équipe est dans une cellule voisine de la vôtre. Il lui arrive de parler de son patron ?

— Non, mais Harrison est copain-copain avec un Néandertalien d'une autre aile de la prison, un certain Bobby Briggs.

— Je ne le connais pas.

— De Glasgow.

— Lié à quelqu'un en particulier ?

Rebus eut un haussement d'épaules.

— C'est vous le détective, Malcolm. Je suis qu'un taulard. Pourtant, même moi je vois bien que rien de ce que vous racontez n'explique que Christie ou n'importe qui d'autre veuille la mort de Jackie Simpson.

Fox se rembrunit.

— Pas faux, reconnut-il. Mais faut dire qu'on commence tout juste à creuser.

— C'est qui, « on » ? Vous ne me demandez pas de...

— Bon sang, non. Je voulais parler de la BEP. Avec le concours du COCT selon les besoins.

Ce qui faisait dire à Rebus que Howard Tennent n'avait rien dévoilé à Fox de la mission qu'il lui avait confiée.

— Vos jours de gloire sont loin derrière vous, John, poursuivit Fox en se délectant de la formule.

Rebus tourna un instant la tête vers la fenêtre et le ciel nuageux au loin.

— Donc vous m'avez traîné jusqu'ici pour le plaisir de remuer le couteau dans la plaie ?

— Je m'en voulais de ne pas avoir eu l'occasion de vous rendre visite. Je sais que Siobhan vous voit régulièrement...

— Comment ils ont pris la chose, à ce propos, à Gartcosh ? demanda Rebus d'un ton détaché.

— Quoi donc ?

— Vous prenez Siobhan et vous la préparez pour les Normes professionnelles... en vous portant garant. Et au bout de quelques semaines elle vous envoie paître. Vos patrons devaient être aux anges.

— C'est elle qui est perdante, pas nous.

En voyant les muscles des mâchoires de Fox s'activer, John sut aussitôt qu'il avait fait mouche.

— Vous savez quoi, fit-il. Donnez-moi un numéro où vous joindre. Si j'entends ou si je vois quoi que ce soit, je vous passerai un coup de bigo.

— Vraiment ?

Il hocha la tête avec lenteur, et suivit des yeux Fox qui plongeait la main dans sa poche intérieure pour en ressortir une carte de visite.

— J'appellerai avec un des portables de Darryl, si vous voulez.

Comprenant qu'il venait de se faire avoir, Fox se figea. Rebus se leva, dépassa Fox pour prendre un biscuit dans l'assiette et quitta la pièce en manquant de télescoper le directeur qui traînait dans la salle d'attente. Rebus le gratifia d'un clin d'œil et d'un sourire, puis s'en fut.

Kyle Jacobs l'attendait dans le couloir.

— C'était quoi le problème ?

— Rien de bien méchant.

— C'était pas un des nôtres, tu sais.

Jacobs avait parlé du coin de la bouche comme ils s'étaient remis en marche. Il se tut en passant à côté de deux détenus qui nettoyaient les sols. Puis, une fois franchie une énième porte verrouillée, il dit à Rebus :

— Le moral est déjà au plus bas. Les gardiens se font porter pâles, les nouvelles recrues se font rares, vous autres êtes prêts à tout faire péter... et voilà Gartcosh qui débarque en fourrant son nez partout. Je suis pas en train de dire qu'on est tous des anges, mais les mauvais éléments font pas long feu. Et je sais très bien qu'aucun d'entre nous s'en est pris à Jackie Simpson.

Comme il devérouillait la grille qui ouvrait sur le quartier de Rebus, il le regarda pour la première fois dans les yeux, l'air soudainement trop humain.

— On en a marre, John, et ce n'est pas un bon état d'esprit pour le genre de boulot qu'on fait.

— C'est pas seulement les détenus qui risquent de tout faire péter, c'est ça que tu veux dire ?

— Je veux dire qu'on a besoin de têtes froides et que j'en vois pas beaucoup. Peut-être qu'en glissant un petit mot à Darryl Christie...

— Tout le monde a l'air de croire qu'on est les meilleurs amis du monde, coupa Rebus. C'est loin d'être le cas.

— N'empêche qu'il t'écoute. Glisse-lui un mot, c'est tout ce que je demande.

— Je peux te demander quelque chose en retour ?

— Quoi ?

— Mark Jamieson affirme que la nuit du meurtre, son dîner avait un drôle de goût. Tes collègues Watts et Samms étaient de service quand il était au réfectoire. Est-ce qu'il aurait été difficile de droguer sa nourriture ? (Jacobs décocha à Rebus un regard sans appel.) Je ne dis pas que c'est forcément un des trois, mais est-ce…

— Passe cette grille ! gronda Jacobs.

Rebus obtempéra, Jacobs resta de l'autre côté puis verrouilla de nouveau le passage. Rebus tenta de capter son regard, mais Jacobs avait déjà tourné les talons.

Il était dans sa cellule depuis deux minutes à peine quand il sentit la présence de Darryl Christie dans l'encadrement de la porte ; il attendait son compte-rendu. Rebus poussa un gros soupir.

— Malcolm Fox veut ta tête sur un plateau, avoua-t-il.

— Et il pense que tu es l'homme de la situation ?

— Il n'est pas aussi bête. Mais c'est pour ça qu'il fouille partout. Pendant ce temps, les gardiens estiment qu'on est au bord de l'anarchie et que tu es le seul à pouvoir calmer le jeu.

— Pas simple si on me coupe la tête. On dirait bien que tu es le cul entre deux chaises, hein, John ? Bonne chance dans ton no man's land. Tu sauras rien tant que t'auras pas sauté sur une mine.

Sur ces mots Christie s'en alla, laissant Rebus à ses pensées. Un commentaire qu'avait eu Jacobs lui trottait dans la tête : *Je suis pas en train de dire qu'on est tous des anges…* Peut-être Jacobs pensait-il que c'était la raison de la présence de Fox dans la prison – non pas des truands, mais des gardiens de prison véreux. Or, les matons véreux n'entraient dans l'orbite de Fox qu'à condition d'être liés au crime organisé. Fox avait fait mention de menaces et d'agressions. La voiture de Chris Novak avait été prise pour cible – Rebus se demanda si Jacobs avait bénéficié du même traitement. Et le cas échéant, ce que cela voulait dire. Certes, une telle attaque pouvait signifier que la victime refusait de faire ce qu'on lui demandait. Mais elle pouvait tout aussi bien faire passer pour victime quiconque risquait de faire l'objet d'une enquête.

Rebus ferma les yeux et rejoua la conversation dans sa tête. Il était sans cesse interrompu par le visage de Malcolm Fox.

Vos jours de gloire sont loin derrière vous, John…

Eh bien, voilà qui restait encore à vérifier…

*

* *

Clarke et Colson étaient assis côte à côte au bureau de Clarke, plongés dans ce qu'ils appelaient un « brainstorming ». Leurs avancées étaient pour l'heure limitées, mais cela ne les avait pas empêchés de manger un multipack de Kit-Kat en le faisant passer à grand renfort d'expressos extra-serrés d'un café du coin.

Clarke avait tapé une liste sur son écran, qu'ils avaient passé plusieurs minutes à regarder sans qu'aucune idée lumineuse n'émerge de l'exercice.

— OK, fit Colson, donc sa banque nous dit que Jasmine n'a pas retiré de liquide et qu'elle n'a pas utilisé sa carte de crédit depuis sa disparition. D'un autre côté, elle n'en a peut-être pas l'utilité si on en croit son ex à propos des quantités de cash qu'elle s'amusait à exhiber.

— Et ses parents affirment qu'ils ne lui ont pas donné plus que d'ordinaire.

— Elle piquait dans le porte-monnaie de sa mère ?

Clarke haussa les épaules.

— Papa mettait la main à la poche parce qu'il culpabilisait de ne pas être dans les parages ?

Clarke tapota l'écran du bout de son stylo à bille à côté du nom James Andrews. Une vérification des antécédents avait révélé que le père de Jasmine avait eu son lot d'ennuis à la vingtaine – querelles d'ivrognes et bagarres avec des videurs de boîtes de nuit. Cela remontait à dix-sept ans, mais tout de même…

— La femme adoucit les mœurs, avait eu pour remarque Colson.

Clarke n'avait pas pris la peine de le reprendre. Elle avait tenté de visualiser le scénario – le père arrache la fille à son épouse qu'il juge inapte – mais l'avait aussitôt écarté. Rien de ce qui figurait à l'écran n'ajoutait grand-chose à leurs connaissances. Au moment où elle s'apprêtait à céder aux attraits d'un énième Kit-Kat, son téléphone se mit à vibrer sur le bureau.

Elle le ramassa et répondit. Elle écouta un moment, un pli de concentration se dessinant au-dessus de son nez.

— Attendez, je vous mets sur haut-parleur, finit-elle par annoncer dans le combiné, ce qu'elle fit avant de reposer le téléphone à mi-chemin entre elle et Colson et de poursuivre d'une voix plus forte : OK, agent Galvin, répétez ce que vous venez de me dire.

— Nous sommes devant le domicile de Kevin et Martha Fielding. Ce sont les parents de Craig Fielding. Ils viennent de porter plainte contre un voisin du nom de James Andrews. Apparemment, il a agressé leur fils.

L'agent ménagea une pause puis reprit :

— Et entre l'adresse et le nom Andrews, j'ai fait le lien et j'ai préféré vous prévenir.

— Vous avez bien fait, lui dit Clarke. Craig est-il blessé ?

— M. Andrews l'a un peu secoué et lui a mis une gifle, mais rien qui nécessite des soins médicaux.

Clarke vit Colson entamer les démarches visant à enfiler ses bras dans les manches de sa veste. Elle avait été à deux doigts d'annoncer à l'agent qu'ils seraient sur site dans quinze minutes.

— Ne bougez pas, dit-elle à la place. On arrive dans une demi-heure.

Colson avait attrapé un biscuit au passage, qu'il grignotait tandis que Clarke conduisait.

— T'en penses quoi ? demanda-t-il entre deux bouchées.

— J'en pense que t'as pas intérêt à mettre du chocolat sur mon siège.

La circulation était clémente et ils arrivèrent au domicile des Fielding plus rapidement que prévu. La voiture de patrouille était garée le long du trottoir et Clarke s'immobilisa à sa hauteur. Un passant, attiré par la perspective de quelque scène de drame, s'était arrêté de l'autre côté de la rue, sans se rendre compte que son chien avait fait son affaire sur le trottoir. Colson braqua un doigt vers lui en guise d'avertissement et lui recommanda de nettoyer.

La porte de la maison fut ouverte par l'agent Galvin, qui n'avait pas l'air d'être encore sorti de l'adolescence. Son partenaire, qui avait le même âge, devait mesurer deux centimètres de plus à tout casser. Ils racontèrent leur histoire une ultime fois dans le couloir qui menait à la porte fermée du salon, en prenant soin de parler à voix basse. Puis Clarke donna congé aux deux agents en les remerciant. Ils repartirent dans le couloir en coiffant leurs chapeaux. Colson referma la porte d'entrée dans leur sillage. Sa coéquipière avait déjà franchi la porte du salon.

Craig Fielding était assis sur le canapé, les mains pressées entre les genoux, tandis que ses parents patientaient debout. Clarke commença par se présenter elle et Colson, mais Kevin Fielding lui coupa la parole.

— Nous voulons qu'il soit inculpé, dit-il d'une voix chevrotante.

Il avait les cheveux clairsemés et arborait des lunettes rondes à monture épaisse. Sa gestuelle rappelait à Clarke les mouvements d'une marionnette.

Elle s'accroupit devant Craig pour capter son regard.

— Tu vas bien ?

— Bien sûr que non, il ne va pas bien, il vient de se faire agresser !

— Ça ne fait pas avancer les choses, Kevin, dit Martha Fielding d'une voix tendue.

Clarke eut le sentiment d'être face à une de ces personnes qui essaient toujours de bien faire et qui voient le meilleur en chacun. La pièce était surchargée de bibelots en verre. Une pipe en terre cuite, flanquée d'une blague à tabac, avait été abandonnée dans un grand cendrier à côté de la cheminée.

Clarke se releva.

— Vous pourriez peut-être me raconter ce qui s'est passé.

— Le père de Jasmine a tabassé mon fils, voilà ce qui s'est passé !

— Vous voulez bien vous asseoir, monsieur Fielding ? (Son regard glissa en aller et retour entre le mari et la femme.) Tous les deux.

Et comme pour les aider à sauter le pas, elle s'installa sur le canapé à côté de leur fils. Il avait la joue gauche encore rougie par la gifle qu'il avait reçue et donnait l'impression d'avoir versé quelques larmes.

— Il était dans tous ses états quand il est rentré, dit Martha Fielding en s'asseyant dans un des deux fauteuils. Tout ce qu'il voulait, c'était leur témoigner son soutien.

Colson avait pris place sur l'accoudoir du canapé, à côté de Clarke. En voyant le tableau, Kevin jeta l'éponge et se laissa tomber sur le fauteuil vide.

Clarke se tourna vers Craig.

— Tu es allé chez Jasmine ? demanda-t-elle pour l'amadouer. Pour leur témoigner ton soutien ?

— Je voulais simplement leur dire qu'on tenait tous à Jas.

— C'est si attentionné de sa part, ajouta sa mère à mi-voix.

— Et que s'est-il passé ? demanda Clarke.

Craig regardait fixement ses mains qu'il gardait pressées entre ses genoux.

— Helena était contente de me voir, commença-t-il. Elle est allée dans la cuisine pour me servir un verre d'eau. (Il s'interrompit pour reprendre haleine.) C'est à ce moment-là qu'il est arrivé. Il m'a soulevé et m'a hurlé dessus en me demandant où elle était. (De nouvelles larmes emplissaient le coin de ses yeux.) Il n'arrêtait pas de me secouer…

— Ce n'est qu'un garçon, scanda Martha.

— Helena lui a dit d'arrêter, et c'est là qu'il m'a giflé. Puis il m'a lâché. Je me suis enfui et j'ai couru jusqu'ici.

— Il était dans tous ses états, insista sa mère.

— Cet homme est manifestement hors de contrôle, grommela le père, même s'il semblait déjà ne plus avoir le cœur à se battre.

— Sans doute n'auriez-vous pas toute votre tête si votre enfant avait disparu, nuança Colson.

— Ça n'excuse rien.

— Peut-être un peu quand même, interjeta Martha.

— Et si nous allions parler à M. Andrews ? proposa Clarke. Nous lui donnerons un avertissement et obtiendrons des excuses.

— Je ne veux pas le voir, balbutia Craig.

— Une lettre d'excuses, dans ce cas – et la promesse de ne plus s'emporter. S'il ne s'y tient pas, il finira en garde à vue.

Clarke se tut et regarda tour à tour les parents :

— Est-ce que cela pourrait nous convenir ?

Mari et femme finirent par marquer leur assentiment d'un hochement de tête. Clarke tourna son attention vers leur fils.

— Ça te va, Craig ?

— Je suppose, lâcha-t-il.

— Très bien, conclut-elle en se levant, aussitôt suivie par Colson.

— Merci, dit Martha Fielding comme s'ils venaient de faire un don pour une cause qui lui tenait à cœur.

— Je savais qu'ils appelleraient les flics, nom de dieu. Ce connard n'aura jamais le courage de se montrer.

James Andrews fit volte-face et retourna à grandes enjambées dans son salon. Clarke et Colson sur les talons. Une bouteille de rouge aux trois quarts vide traînait sur la table basse, avec deux verres vides, tandis qu'un fond de whisky languissait dans un verre en cristal. Andrews n'était pas tout à fait ivre, mais il avait le regard vitreux.

— Vous voulez parler de Craig ou de son père ? demanda Colson.

— Du père, évidemment. Cet espèce de pisseux insupportable.

Helena Andrews était brusquement apparue à la porte, sans un bruit. Elle hocha la tête à l'attention des détectives en guise de salutation et s'assit, l'air presque fantomatique.

— Comment va Craig ? s'enquit-elle.

Son mari désigna les deux policiers d'un grand geste.

— Il nous a mis les flics au cul, ma chérie, voilà comment il va !

Clarke et Colson avaient décidé de rester debout, le visage grave. Andrews attendit qu'ils prennent la parole, puis voyant qu'ils ne disaient mot, se mit à secouer la tête.

— Je ne présenterai pas mes excuses, si c'est ce que vous demandez.

— C'est un enfant, monsieur Andrews, affirma Colson.

— Il a quinze ans, objecta Andrews. Dans un an, il pourra faire l'armée. On n'est pas en train de parler d'un nouveau-né. À quinze ans, moi c'était déjà cigarettes, alcool et…

— Et bagarres ? compléta Colson. Un choix de vie qui n'a pas été sans vous attirer quelques ennuis.

— C'était au siècle dernier.

— Vous êtes resté quelqu'un de colérique, monsieur, vous ne pensez pas ?

Andrews s'avança d'un pas vers Colson, si bien qu'ils se retrouvèrent face à face.

— Je passe la porte et je le trouve installé là comme s'il était chez lui. (D'un geste, il montra le fauteuil occupé par sa femme.) Il me sert du « James » comme si on était des vieux copains. Au mieux c'est un petit connard prétentieux – une seule chose l'intéressait chez Jas.

Il se tut, et son regard erra du côté de sa femme.

— Le sexe, vous voulez dire ? hasarda Clarke.

— Quoi d'autre ?

— Même si c'était vrai, intervint Helena, il n'a rien obtenu. Elle en aurait parlé.

Son mari n'avait pas l'air convaincu.

— Ce môme était un parasite, à se pointer à toute heure sans être invité. Quand je suis arrivé et que je l'ai vu assis là… là où elle aurait dû être *elle*…

Il soupira bruyamment, sa colère était retombée.

— James aura-t-il des ennuis ? demanda Helena, les yeux posés sur Clarke.

— Une lettre d'excuses ne ferait pas de mal.

— Il le fera.

Andrews la regarda fixement, mais ne protesta pas.

— Nous sommes sur des charbons ardents, continua-t-elle. Aucun de nous n'arrive à dormir, nous nous faisons un sang d'encre. Nous voulons simplement qu'elle rentre à la maison…

Elle inclina la tête afin que ses larmes ne soient un spectacle pour personne.

— Vous rédigerez un mot ? insista Colson auprès de James Andrews.

Andrews opina, mais son attention restait tout entière sur son épouse. L'espace d'un instant, Clarke crut qu'il allait se lever pour la prendre dans ses bras. À la place de quoi il regagna l'entrée.

— Je vous raccompagne, dit-il.

6

L'inspectrice-cheffe Mae McGovern avait rassemblé l'équipe des enquêtes prioritaires au poste de police de Gayfield Square. Devant le nombre de restrictions en vigueur à l'intérieur de l'établissement et le temps qu'il fallait à l'équipe pour y entrer et en sortir, il avait été décidé de déménager la base de la prison d'Édimbourg. De toute façon, ils avaient tout ce qu'il leur fallait de la scène de crime. Il restait quelques interrogatoires à mener, mais qui ne nécessitaient pas la présence de tout le monde. Deux membres de l'équipe – les constables Allbright et Tilley – étaient absents, l'un en raison d'un rendez-vous dentaire d'urgence et l'autre à cause du Covid, moyennant quoi les effectifs étaient réduits à peau de chagrin.

Ils avaient écouté certaines parties des enregistrements, en se concentrant sur les agents pénitentiaires de nuit et le compagnon de cellule du défunt. Le rapport d'autopsie avait fait l'objet de plusieurs discussions et les photos des lieux avaient été projetées sur un écran, afin qu'ils puissent débattre de leurs hypothèses. L'absence de l'arme du crime était un sujet de frustration majeur. La police scientifique n'avait décelé aucune trace de sang au sol à l'extérieur de la cellule. Les images des caméras de vidéosurveillance ne montraient aucun agent pénitentiaire en état d'agitation ou essayant de dissimuler des vêtements tachés. La fouille des vestiaires et des poubelles n'avait rien donné. Et pourtant la médecin légiste, Deborah Quant, s'était montrée catégorique : il y avait eu du sang.

— Nous allons donc devoir l'aborder sous cet angle, expliquait l'inspectrice-cheffe McGovern à son équipe.

Elle se tenait à l'avant de la salle, bras croisés. Elle avait tombé sa veste de tailleur et retroussé les manches de son chemisier vert olive. Elle arborait une chevelure auburn – certainement teinte, d'après Christine Esson. À l'approche de la cinquantaine, McGovern pourrait bientôt prétendre à une pension de retraite complète. Elle avait deux enfants adultes, eux-mêmes parents d'un enfant chacun. Derrière son bureau, l'appui de fenêtre était décoré de photos encadrées de sa famille. Son mari était haut fonctionnaire. Tout comme lui, elle avait grandi à Glasgow où elle était allée à l'université avant d'entrer dans la police. Elle n'avait jamais perdu son accent et en faisait souvent un sujet de plaisanterie lorsqu'elle se produisait devant un auditoire de la côte est. Mais sous ce naturel d'apparence décontractée se cachait un esprit acéré et quand elle relevait les manches, il fallait comprendre qu'elle ne plaisantait plus.

— Nous devons nous concentrer sur le mobile, poursuivit-elle en balayant la salle du regard pour s'assurer qu'elle avait l'attention de chacun. Qui souhaitait la mort de Jackie Simpson ? Nous savons qu'il avait un casier judiciaire chargé, mais rien pour des faits de violence. Il se livrait à des cambriolages depuis l'école – les peines de prison faisaient partie des risques du métier. Il devait sortir prochainement et s'était comporté de manière irréprochable pendant qu'il purgeait sa peine.

— Pas exactement irréprochable, corrigea Jason Mulgrew, pas si l'on en croit Chris Novak.

— Soit, ils ont eu leur lot de chicaneries, mais de là à le tuer ?

— Il menaçait de se rendre au domicile de l'agent, interjeta la constable Zara Shah.

McGovern ne releva pas et se contenta de hocher la tête.

— Une fois Simpson hors de prison, Novak ne pourrait plus l'atteindre si facilement, ajouta Mulgrew en décrochant au passage un sourire reconnaissant de Shah pour son appui.

— Je dirais exactement l'inverse, ne put s'empêcher de plaider Esson. Si Novak voulait réellement faire du mal à Simpson, pourquoi ne pas attendre qu'il sorte de prison ? Il aurait eu bien plus de chance de s'en tirer à bon compte. En l'agressant dans sa cellule, il réduit la liste des suspects à une poignée de personnes.

— À moins qu'il ait agi sous le coup de la colère, allez savoir ? rétorqua Shah.

McGovern leva la main pour leur intimer le silence.

— Il nous faut savoir tout ce qu'il y a à savoir sur la victime, les agents en service et les détenus de cette aile de la prison. Si Chris Novak continue à être le principal suspect, alors nous nous concentrerons sur lui, mais je veux avoir la certitude que nous ne passons pas à côté d'un élément essentiel. Le défunt avait-il une dent contre quelqu'un d'autre – détenu ou membre du personnel ? Un des collègues de Novak aurait-il pu décider de lui rendre service en prenant les choses en main ?

— N'oublions pas sa bonne amie Valerie Watts, renchérit Mulgrew. Tout le monde dit la même chose dans l'équipe de nuit : chacun savait à la minute près où se trouvaient les autres. Pourtant les images des caméras de surveillance montrent Novak quittant la salle de régie, et deux minutes plus tard, Watts qui lui emboîte le pas. Il s'écoule bien dix minutes avant qu'ils ne reviennent. Apparemment en pause-toilettes, mais ils n'apparaissent nulle part sur les bandes.

— Qu'est-ce qu'on fait de cette histoire de caméra cassée ? demanda Shah.

— La panne avait été signalée et il y avait déjà eu une tentative pour la réparer, affirma McGovern.

— D'un autre côté, continua Shah, quelqu'un aurait pu décider que le moment était bien choisi pour lancer l'agression, avec la caméra HS.

Mulgrew souleva son ordinateur portable et orienta l'écran face au reste de la salle.

— Deux autres caméras fonctionnaient encore. Elles montrent des portions du quartier pénitentiaire, des officiers en patrouille, mais personne en particulier qui ne s'attarde.

Il avait accéléré la vitesse de défilement. Tous avaient vu ces bandes plusieurs fois et en connaissaient chaque image. Mulgrew reprit :

— Les patrouilles ne sont pas fréquentes – le niveau des effectifs ne le permet pas. À moins qu'une alarme ne soit déclenchée ou qu'un taulard ne sollicite une visite.

— Le directeur préfère l'utilisation du terme « résident », lui rappela Esson.

— Quid du détenu qui a entendu un bruit de clé dans une serrure ? demanda Shah.

— Il s'appelle Billy Groam, répondit Mulgrew. Il avait l'air très sûr de lui quand on lui a parlé, mais il était peut-être défoncé ce soir-là.

Il fit de nouveau pivoter l'écran vers lui et promena ses doigts sur le pavé tactile :

— La prison est pleine d'angles morts – qui sont forcément connus des agents pénitentiaires. Ces derniers se cantonnent d'ailleurs, pour la plupart, à deux salles en dehors du quartier de Trinity : la première abrite les écrans des caméras de surveillance et les communications avec les cellules, tandis que l'autre est dévolue aux périodes de repos. On y trouve les incontournables bouilloire, micro-ondes, frigo et évier, sans oublier un tableau en liège où ils épinglent les photos des découvertes récentes d'armes et autres choses du même acabit.

— Je tiens également à ce que l'on réfléchisse un peu plus au compagnon de cellule, ajouta McGovern. Il était totalement défoncé, mais était-ce délibéré ? Quelqu'un lui avait-il donné à son insu une dose beaucoup plus importante qu'à l'accoutumée ? Avait-il plus ou moins reçu l'ordre de prendre suffisamment de spice ou une quelconque autre substance pour se mettre hors-jeu ? Était-il réellement inconscient quand on l'a tapé sur la tête, ou a-t-il pu entendre ou voir quelque chose ou quelqu'un ? Peut-être a-t-il occulté ce souvenir qui pourrait lui revenir avec un peu d'aide. Ce ne sont pas les questions qui manquent, nous avons du pain sur la planche. Si vous avez besoin de quoi que ce soit, n'hésitez pas.

— Des bras en plus, ça compte ? demanda Esson.

— Vous connaissez l'état des budgets, Christine.

McGovern avait répondu avec froideur, mais le regard qu'elle posa sur sa collègue n'était pas dénué d'empathie. Personne ne la tenait pour responsable du manque d'agents, de fonds ou tout bonnement d'équipement pour mener à bien le travail.

Après que McGovern avait quitté la salle pour regagner son bureau, Esson s'était installée devant son ordinateur pour essayer d'en sortir quelque chose. Pour ne pas changer, l'appareil n'était pas d'humeur à coopérer. Un bras surgit brusquement par-dessus son épaule, et les mains de Mulgrew s'affairèrent sur le clavier. Aussitôt l'écran se réveilla.

— J'aurais très bien pu le faire toute seule, protesta Esson.

— Un simple « merci » fera l'affaire, Christine.

Du côté des sachets de thé, Shah agitait un pack de lait vide.

— C'était à qui le tour de faire un plein ?

— Allbright, répondit Mulgrew en s'approchant d'elle. Il doit pas faire le malin à l'heure qu'il est avec son histoire de dents.

— Les dents d'Allbright ou les dents de lait ?

La répartie arracha un petit rire à Mulgrew. Esson refusa de s'associer à la blague même si le patronyme d'Allbright, autrement dit « étincelant », lui donnait parfois l'impression d'être en soi une plaisanterie sur le déterminisme nominatif. Elle se leva pour rejoindre ses collègues au moment où la bouilloire arrivait à ébullition.

— Si vous faisiez comme moi, vous n'auriez pas ce genre de problème, dit-elle en versant l'eau bouillante dans sa tasse vide.

— Je ne sais pas comment tu fais, dit Shah en fronçant le nez.

— J'aime bien, rétorqua Esson.

Elle regarda Mulgrew tendre à Shah le dernier sachet de thé à la menthe, que cette dernière accepta avec une mine empreinte de minauderie. Esson tenta de se rappeler si la constable avait quelqu'un. Il lui semblait que non. Shah devait avoir dix centimètres et huit ans de moins que Mulgrew. Sa famille avait quitté le Moyen-Orient pour l'Écosse une génération plus tôt. Esson enviait à sa collègue sa peau parfaite et ses grands yeux noisette, pour l'heure rivés sur Jason Mulgrew. Quand ce dernier passa devant le bureau d'Esson en haussant un sourcil, elle se demanda si son expression l'avait trahie.

— Est-ce qu'on a le dossier de la victime ? lança Shah à la cantonade.

Esson le sortit d'une pile et le laissa tomber sur son bureau avec un bruit sourd.

— Comme la boss vient de l'expliquer, il a passé la majeure partie de sa vie d'adulte dans le collimateur des forces de l'ordre.

— On n'a pas encore vraiment parlé à la famille, si ?

Esson ouvrit le dossier d'un geste théâtral. Ils l'avaient déjà épluché à maintes reprises.

— Divorcé, un fils, Marcus. Son ex a déménagé dans le sud, le fils est resté ici. Il a eu un peu des ennuis, lui aussi, ces dernières années. Conduite en état d'ivresse sans assurance, rixes devant des pubs et des boîtes de nuit, possession de cannabis et de speed...

— Il a un emploi ? demanda Mulgrew.

Esson creusa un peu plus avant dans le dossier.

— Je ne sais pas si on peut appeler ça un emploi, mais il traîne avec Zak Campbell.

— Le footballeur ?

— Ex-footballeur, le corrigea Esson. Une blessure a eu raison de sa carrière.

— Il était en train de devenir un sacré joueur, commenta Mulgrew.

— Il était dans la même école que Marcus. Quelques années au-dessus, mais ils sont devenus copains.

— Campbell n'a pas été acteur ou un truc dans ce goût-là ?

Shah, qui s'était affairée sur son téléphone, répondit :

— Il a décroché un ou deux rôles dans des séries et des téléfilms inconnus au bataillon. Il s'est essayé au mannequinat et à la chanson. Après ça, les infos se tarissent.

— Qui a parlé au fils ? demanda Mulgrew.

— Allbright et moi, répondit Shah en larguant son sachet de thé dans la poubelle. Il vit encore au domicile familial – proche de la sortie pour Edinburgh Park. Il n'a pas eu l'air bouleversé par l'assassinat de son père, mais peut-être qu'il faisait bonne figure. Il n'a partagé absolument aucune information utile concernant le défunt. C'est Allbright qui a remarqué chez lui plusieurs photos de Marcus en compagnie de Zak Campbell – je ne savais pas du tout qui c'était. D'après ce que Marcus nous a raconté, on en a conclu qu'il travaillait d'une manière ou d'une autre pour Campbell, ou en tout cas qu'il lui prenait de l'argent.

Shah s'interrompit en voyant Esson sortir le compte-rendu de l'audition.

— L'orthographe d'Allbright part dans tous les sens, commenta Esson.

— Le pauvre se shootait à l'ibuprofène pour sa rage de dents, lui rappela Shah.

— Et l'ex-femme du défunt ? relança Mulgrew.

— Usant de ses charmes de veuve noire pour persuader un détenu de faire le sale boulot à sa place ? rebondit Esson en triant la paperasse. Ils se sont séparés en bons termes. Pas d'infidélité ni d'un côté ni de l'autre. Elle a touché l'argent pour sa moitié du domicile conjugal et s'est installée avec un garagiste à Nottingham.

Elle referma le dossier et ils restèrent un moment à boire leurs breuvages chauds pendant que les secondes s'égrenaient en silence.

— Ça paraît évident que c'était Novak, finit par dire Shah.

— C'est vrai, acquiesça Mulgrew.

— On devrait le convoquer, continua Shah. Pour un interrogatoire dans les règles. Puis faire la même chose à tous ses collègues qui le couvrent. À mon avis, soit ils étaient au courant qu'il allait le faire, soit ils l'ont aidé – en se débarrassant des preuves, en nettoyant, en lui apportant un uniforme propre.

— Dans ce cas, pourquoi veux-tu qu'ils nous aident ? demanda Esson. Ça ferait d'eux des suspects. Tout ça fonctionne à condition qu'ils se serrent les coudes.

Shah leva l'index.

— Il y a toujours un maillon faible. Un interrogatoire serré nous permettra de le débusquer.

— Ces gens bossent dans une prison, Zara. Je ne crois pas qu'on ait de quoi les émouvoir.

Esson s'interrompit comme son téléphone vibrait à la réception d'un texto.

Ici Malcolm F. On peut se voir ?

Elle tapa sa réponse : *Suis occupée.*

Quelques secondes plus tard, Fox répondait : *À Gayfield ? Je suis dehors dans ma voiture. 5 minutes max.*

— Ça peut nous intéresser ? s'enquit Mulgrew.

— Une énorme percée dans le dossier. (Elle le vit sourire.) Je sors, j'en ai pour cinq minutes. Ça te va ?

— Fais donc, dit-il, mais à condition de prendre plutôt dix minutes. (Et voyant son air interloqué :) Passe à l'épicerie et prends-nous du lait.

La voiture de Fox était imposante et noire. L'intérieur immaculé sentait le neuf. Esson monta dans le véhicule et ferma la portière en vérifiant qu'on ne la voyait pas depuis les fenêtres du CID de l'autre côté de la rue.

— Intéressant, fit-elle.

— Quoi donc ?

— Eh bien, pour commencer, je ne savais pas que tu avais mon numéro de portable. Ensuite, s'il s'agit d'une visite officielle, qu'est-ce qu'on fait ici plutôt qu'à l'étage ?

Il fallut un certain temps pour qu'un sourire se dessine sur le visage de Fox, sourire qui n'était pas sans manquer d'un certain degré de sincérité. Esson remarqua qu'il gardait les mains sur le volant, comme s'il avait l'intention de la kidnapper d'un instant à l'autre. Impression renforcée par le fait qu'il portait des gants en cuir noir.

— J'ai pensé que je pourrais t'apporter quelque chose – crois-moi, quelque chose dont tu as vraiment besoin.

— OK, je t'écoute.

— Il y a un détenu qui est dans le même quartier que la victime – en fait, leurs cellules se font face. Il s'appelle Everett Harrison. Je ne crois pas que tu l'aies encore interrogé. Le moment venu, ça pourrait t'aider d'avoir quelques informations. Harrison est un homme de main pour un chef de la pègre de Liverpool du nom de Shay Hanlon. Comme nos collègues au sud de la frontière ont été à deux doigts de le poursuivre en justice, il s'en est allé au Brésil – pas facile d'extrader de là-bas. Les spécialités de Hanlon sont la drogue et le trafic d'êtres humains. C'est comme ça qu'on a eu un coup de bol. Il y a eu un cambriolage dans un bar à ongles. Le coupable a pris la fuite quand l'alarme s'est déclenchée, mais une patrouille de voiture a rappliqué sur les lieux. Dans le bureau du fond, ils ont trouvé une grosse cargaison de drogues avec les empreintes d'Harrison partout dessus.

— Jusqu'ici je te suis, pour ce que ça vaut.

— Au cours du cambriolage, l'intrus s'est coupé, poursuivit Fox sans élever la voix tout en gardant un œil sur la chaussée et le trottoir. Ça a pris du temps – tu sais comment sont les labos avec les dossiers de moindre importance – mais on a fini par trouver une correspondance. (Il pivota vers elle.) Jackie Simpson.

Esson digéra l'information en silence, puis interrogea Fox :

— Donc d'une certaine manière, Simpson est responsable du fait que Harrison dorme à l'ombre ?

Fox hocha la tête lentement, les yeux glissant vers elle tandis que, en pleine réflexion, Esson se mordillait la lèvre.

— A-t-on la moindre raison de croire que Harrison sait qui est Jackie Simpson ? finit-elle par demander.

Et comme Fox se contentait d'un haussement d'épaules :

— Et ce n'est pas tant la victime que ce Harrison qui t'intéresse – mais Harrison est déjà en taule, alors comment tu y trouves ton compte ?

À son tour, Fox prit le temps de la réflexion. Il inspira, signe qu'il avait pris sa décision.

— Nous pensons que Hanlon pourrait faire son retour au Royaume-Uni.

— « Nous pensons » ?

— Il utilise EncroChat – ce qui nous empêche d'intercepter ses appels téléphoniques – donc pour l'instant, ce n'est qu'une forte suspicion. Peu probable qu'il entre en contact avec Harrison, mais pas impossible. Son gang est quasi clanique, et de l'argent a été versé à la famille de Harrison pour tenir le coup. SO15 m'a demandé de rester à l'affût…

— Et bien sûr, tu ne peux pas t'empêcher de faire de la lèche à Londres, dit Esson en se fendant d'un sourire ironique. Bon vieux Malcolm Fox.

D'un geste, elle désigna ses mains :

— Les gants, c'est pour t'aider à gravir les échelons ?

— Rien ne m'obligeait à m'adresser à toi, Christine. J'aurais pu livrer l'info à Mae McGovern.

— Mais tu ne l'as pas fait, coupa Esson en plissant les yeux. Et pourquoi, Malcolm ? Siobhan a échappé à tes griffes, donc tu t'es mis en quête d'un nouveau projet ? Tu te vois peut-être en Sir Galaad ?

Elle désigna ostensiblement les environs :

— Je ne vois pas de damoiselles en détresse, mon bon monsieur.

La physionomie de Fox était devenue glaciale.

— Je viens de te faire part de ce qu'il te fallait savoir. Tu en fais ce que tu veux. Je te demande simplement de me garder dans la boucle.

Il enfonça le bouton de démarrage et resta immobile, les mains sur le volant, le regard rivé à travers le pare-brise tandis qu'Esson ouvrait la portière à la volée.

Elle s'apprêtait à regagner le poste, mais se ravisa et mit le cap sur Leith Walk. Inutile de ramener l'info directement à la BEP alors qu'elle pouvait ajouter un article de valeur dans son escarcelle.

Du lait...

Fox la regarda s'éloigner dans son rétroviseur. Elle avait raison, bien sûr, mais en partie seulement. Devenir son allié, son confident, aurait contribué à agacer Siobhan Clarke, et aurait peut-être jeté un froid entre les deux femmes. Peut-être avait-il mal évalué la situation, peut-être pas. Comme il se devait, Esson allait rapporter l'information à sa boss, et en serait félicitée. Ce qui pourrait bien l'inciter à réfléchir et à finalement le trouver utile, voire à le remercier. Il aurait pu lui en dire plus, mais certains secrets devaient rester à jamais enfouis. Il n'était pas nécessaire qu'elle soit au courant de sa relation au défunt ou de son rôle dans le cambriolage qui avait entraîné les poursuites judiciaires à l'encontre d'Everett Harrison. Et après tout, il avait retiré des bienfaits de tout ça – des drogues retirées de la rue, un criminel derrière les barreaux. Sans oublier que Jackie Simpson avait tenu sa langue tout du long, sans jamais faire mention de Fox ou du plan qu'ils avaient échafaudé. Ce qui en soi aurait dû assurer sa sécurité pendant son incarcération. Enfin, sa sécurité relative. Certes.

Eh bien tant pis.

Tandis qu'il sortait par l'ouest de la ville, en route pour son bureau de Gartcosh, Fox songea une nouvelle fois à John Rebus : enfermé, coupable, et pourtant Fox s'était attendu à le trouver beaucoup plus perturbé et changé que ça. Il savait que Rebus ne pouvait pas faire fi du meurtre de Jackie Simpson – ce n'était pas dans la nature du bonhomme. Et puis il y avait Darryl Christie. La cargaison dénichée dans le bar à ongles montrait une chose : Hanlon était en train de débouler sur le territoire de Christie. Sa première incursion en Écosse, avait annoncé Glaze au téléphone. Un avant-goût, peut-être.

— Tu vois, Malcolm, avait ronronné Glaze, Hanlon pourrait avoir une bonne raison de rentrer du Brésil : améliorer ses chances de faire main-basse sur le marché écossais. Maintenant que Christie est à l'ombre, qu'est-ce qui l'en empêche ?

— Christie est peut-être à l'ombre, mais ses hommes ne le sont pas, avait rétorqué Fox.

— Certes, mais je parie qu'ils n'ont encore jamais croisé quelqu'un comme Shay Hanlon. Je vais t'envoyer deux trois histoires.

Ce qu'il avait fait, des histoires de violence et de guerres de territoires. Des photographies, aussi, dont deux clichés montrant Hanlon en personne ; joues rubicondes et cheveux bouclés, un visage presque enfantin constellé de taches de rousseur – Fox aurait pu le prendre pour un paysan, ou peut-être un maçon. D'après SO15, il s'en était tiré avec six meurtres au bas mot. Des vieilles relations avec des tueurs à gages républicains à Belfast, achat et vente d'armes, assassins bénéficiant de sauf-conduits et de nouvelles identités. Fox avait sondé le terrain, mais n'avait à ce stade trouvé aucune preuve montrant – exception faite de Harrison – que Hanlon avait déplacé une partie de ses troupes en Écosse. Après avoir parlé avec Rebus, il avait en outre fait une recherche sur Bobby Briggs, détraqué à gages. Briggs avait eu des ennuis toute sa vie, mais sans jamais trop s'écarter de son orbite à Glasgow. Il avait été transféré à Édimbourg parce qu'on jugeait qu'il avait trop d'ennemis soucieux de régler des comptes incarcérés à la prison locale de Barlinnie. Connaissait-il Everett Harrison du dehors ? Si tel était le cas, comment ? Et qu'avaient-ils à y gagner l'un comme l'autre ?

Fox avait bien conscience d'avoir plus de questions que de réponses et de ne pas pouvoir, à l'évidence, compter sur Christine Esson pour être à ses ordres, ce qui voulait dire une seule chose : il devait se greffer à l'enquête. Il utilisa le kit mains-libres pour appeler le bureau de son boss. Puis il redressa le buste devant le volant et prit une profonde inspiration.

Le moment est venu de jouer de séduction, Malcolm, se dit-il en attendant qu'on décroche à l'autre bout du fil.

7

Siobhan Clarke ouvrit une bouteille de vin en se faisant la promesse de prendre un seul verre pour accompagner le dîner qu'elle avait préparé. Gnocchi aux oignons frits avec de l'ail et des champignons, puis une grosse cuillérée de pesto, en mélangeant bien. Elle avait même saupoudré le tout de pecorino râpé. Tous ces efforts méritaient bien un petit verre de vin blanc frais. Le chauffage central était en marche, la lumière était tamisée et Chet Baker susurrait dans l'enceinte Bluetooth. Les rideaux tirés, le reste du monde aurait peut-être la bonne idée de s'estomper. Situé au deuxième étage d'un immeuble d'habitations traditionnel, son appartement comptait deux chambres (l'une servait au stockage, étant donné que personne ne l'occupait jamais). Pour les envies de vie nocturne, Broughton Street était au coin de la rue, avec une kyrielle de bars où une femme célibataire pouvait passer du temps sans se faire harceler, un assortiment décent de restaurants, et des cafés et des boutiques en journée. Il y avait même une salle des ventes où elle allait parfois jeter un coup d'œil. Elle n'y avait encore rien acheté, mais elle était sur la liste de diffusion.

Oui, le mobilier de son appartement était fatigué, mais elle n'arrivait pas à trouver l'énergie de consacrer son temps libre à changer les choses. Elle aimait bien son canapé et elle aimait bien son fauteuil. Elle retournait le matelas de son lit tous les quelques mois. La douche-baignoire fonctionnait au petit bonheur la chance mais elle s'épargnait d'essayer en vain de faire venir un plombier. Le week-end, elle retrouvait Samantha et Carrie, sans oublier Brillo bien évidemment. Elles se rendaient parfois à l'appartement de John et relevaient son courrier. Si Christine Esson n'était pas occupée par un nouveau copain, elles allaient parfois se promener sur le front de mer à Portobello avant de se poser dans un bar à vin.

Fox… eh bien, Fox avait traîné un petit temps dans les parages, mais c'était fini depuis un moment. Elle se disait souvent avec stupéfaction qu'elle était plus proche de la retraite que du jour où elle était entrée dans la police. Bien plus proche, pour être tout à fait honnête. Le CID lui avait-il volé sa vie personnelle ? Non, c'était son choix. Pourtant, elle commençait à avoir le sentiment que le travail ne voulait plus d'elle. N'était-ce pas plus sympa une ou deux décennies plus tôt, quand on pouvait faire quelques entorses au règlement, voire l'enfreindre ? Rebus et ses contemporains n'avaient pas eu à se soucier des chevaliers d'internet, d'être filmés par des caméras de téléphones portables, d'être « cancelled ». L'époque était plus vivante ; ou, comme Rebus la qualifiait parfois, c'était « le wild east ».

Le moral dans les chaussettes, Clarke jeta un œil à son enceinte.

— C'est à cause de toi, non ? s'en prit-elle à Chet Baker.

Elle fit défiler l'écran de son téléphone jusqu'à tomber sur les Talking Heads, bande-son résolument plus optimiste pour accompagner ses dernières bouchées de nourriture. Elle commençait tout juste à envisager un deuxième verre de vin – plus petit que le premier, bien évidemment – lorsque son téléphone sonna. L'appel venait de Laura Smith. Smith, journaliste, était l'ancienne correspondante pour les affaires criminelles au journal *The Scotsman*. Elle tenait à présent un site internet, un podcast et un blog et se sentait plus heureuse en dehors de la presse grand public – en plus de mieux s'en sortir financièrement. Elle avait cessé d'inviter Siobhan à la rejoindre en qualité de coprésentatrice, ou tout du moins d'apparaître dans un ou deux épisodes (sous couvert d'anonymat), mais c'était une bonne camarade, qui appelait quand elle se retrouvait désœuvrée et le gosier sec.

— Pas ce soir, Joséphine, dit Clarke en décrochant.

— C'est plus professionnel que personnel. Je suis garée en bas – je peux monter, par hasard ?

Cinq minutes plus tard, Clarke disposait un verre devant son hôte. Smith était en tenue décontractée – jean et pull ample, cheveux en bataille. Quelque chose l'avait amenée ici à la hâte, donc Clarke servit, s'assit et attendit. Après deux petites gorgées de vin, Smith reposa le verre dont elle pressa la base du bout des doigts.

— J'ai reçu un coup de fil dans la soirée. Un gars qui n'a pas voulu me donner son nom. Il a dit que c'était à propos de la fille disparue.

— Jasmine Andrews ?

Elle hocha sèchement la tête et plongea la main dans son sac à bandoulière pour en ressortir son MacBook. Elle fit glisser le verre de vin sur le côté et ouvrit l'écran.

— Il a affirmé qu'il avait vu sa photo – celle que vous avez fait circuler dans les médias – et qu'il l'avait reconnue.

Smith cessa de taper sur le clavier le temps de regarder Clarke droit dans les yeux :

— Depuis un site porno.

— Quoi ?

Clarke souleva sa chaise et contourna la table pour aller s'asseoir à côté de Smith.

— Ça a été ma première pensée. Encore un mec chelou qui voulait m'embobiner. Le site s'appelle Young Fresh East Coast. A priori plutôt innocent, mais au bout de deux clics on tombe sur ça…

Smith se renfonça dans son fauteuil et fit pivoter l'écran vers Clarke. Deux dizaines de photos s'étaient affichées : des jeunes gens, tous sexes confondus, à demi-vêtus, leurs visages altérés numériquement. Tous apparaissaient dans la même position sur le même lit dans la même pièce. Smith fit glisser le curseur sur la photo en haut à droite de l'écran et l'afficha en grand.

— T'en penses quoi ? demanda-t-elle. C'est Jasmine Andrews ?

— Difficile à dire sans le visage. On ne peut rien faire ?

— Moi non, mais j'imagine que vos techniciens si. J'ai essayé de creuser le site, mais impossible. Il faut s'inscrire en ligne pour rejoindre « la communauté ».

Clarke agrandit encore la photo. La fille portait un string, un soutien-gorge et une paire de socquettes blanches. Elle avait les bras tendus en arrière pour la soutenir dans sa posture assise sur les tibias, jambes pliées et écartées de plusieurs centimètres. Les autres filles se présentaient dans des postures similaires ou alors à quatre pattes, parfois photographiées par derrière, tête inclinée vers l'objectif de l'appareil. Les garçons portaient des sous-vêtements bombés et gonflaient parfois un biceps ou s'agenouillaient un doigt glissé à la ceinture.

— Il n'y a pas de vidéo, expliqua Smith, mais il y a du son.

Elle cliqua sur une des icônes. Les deux femmes tendirent l'oreille.

« *Je suis super excitée. S'il te plaît, choisis-moi. J'exaucerai tous tes désirs* », disait une voix de fille, soufflée, qui essayait de faire plus mature. Une bribe de rire était presque audible à la fin de l'enregistrement.

— Elles débitent toutes la même chose, continua Smith. Et la plupart ont l'accent écossais.

— Une voix différente par photo ?

Smith acquiesça. Clarke tenta de naviguer ailleurs sur le site mais sans succès.

— Le type qui a appelé ? demanda-t-elle.

— Écossais, lui aussi. Quand il a raccroché, j'ai vérifié, mais il avait bloqué l'affichage de son numéro. Il veut de l'argent.

Clarke la dévisagea.

— De l'argent ?

— Cent pour commencer. Et si je raque, il promet de rappeler.

— Donc tu as un moyen de le contacter ?

— Un pub : le Mallaig Inn.

— À Mallaig ?

Smith secoua la tête.

— Les friches de Restalrig. Cinq billets de vingt dans une enveloppe avec le nom Pedro écrit dessus. Je la donne au barman et je m'en vais. (Elle reprit après un temps.) Au lieu de quoi, me voici, parce que je *sais* que tu me donneras l'exclusivité – et que tu m'as rendu des tas de services dans le passé.

— Il a dit quand tu étais censée remettre l'argent ?

— Le plus tôt possible, sinon il ira voir ailleurs. Donc tu penses que c'est elle ? Je veux dire, si c'est effectivement elle, et que quelqu'un était sur le point de tout dévoiler – peut-être un garçon de sa classe qui a fait le rapprochement –, ça donne plutôt une bonne raison de se faire la malle, tu ne trouves pas ?

Clarke, trop absorbée par l'écran et ses propres pensées, ne répondit pas. Smith, qui connaissait bien cette expression, reprit son verre de vin et patienta. L'inspectrice finit par se lever et quitter le salon sans un mot, avant de revenir avec un paquet d'enveloppes. Elle le posa sur la table, retira une enveloppe du lot et sortit un stylo de son sac.

— Pedro, c'est bien ça ?

— Pedro, confirma Laura Smith.

Le Mallaig Inn était situé à un carrefour bien en vue au milieu d'un ensemble de HLM. La zone avait l'air défraîchie, tout comme le pub. Ses murs en galets n'avaient pas vu de peinture depuis un moment (à part celle des graffitis) et le M avait disparu de son panneau. Mais il était bien éclairé, et une pancarte à l'entrée promettait de vraies bières et une cuisine de brasserie.

Quand Clarke arriva sur les lieux, la salle était modérément animée. Un homme était assis à une table d'angle et grattait sa guitare en chantant du Paul Simon. Elle n'aurait pas su dire s'il était embauché par la direction ou si c'était un client, en tout cas la demi-douzaine de verres de whisky devant lui laissait voir que le public était sensible à sa prestation. Clarke commanda un gin tonic à la barmaid. La jeune femme, tout juste sortie de l'adolescence, arborait des cheveux teints en violet, des piercings au nez, à l'oreille et à l'arcade sourcilière, des lunettes à monture ronde et un rouge à lèvres mauve. Ne voyant nulle part d'employé plus âgé, Clarke déposa l'enveloppe sur le zinc. Elle resta là, sans que la barmaid en tienne compte, tandis que Clarke lui tendait un billet de dix. Elle reprit sa monnaie puis tapota l'enveloppe avec l'ongle.

— C'est pour Pedro.

La fille la regarda une infime seconde avant de prendre l'enveloppe et de la glisser sous le bar.

— Je lui remettrai.

— Il arrive bientôt ?

La barmaid ignora la question et s'en alla servir le client suivant. Clarke emporta son verre dans un coin à l'écart, mais le pub n'avait pas à proprement parler d'endroit où se mettre à l'affût. La barmaid lui tourna le dos le temps de passer un coup de fil sur son portable, mais inclina brièvement la tête en direction de Clarke tout en parlant. Clarke décida donc de retourner au zinc, d'y déposer son verre intact, et de s'en aller après avoir remercié la fille. Elle traversa la route, grimpa dans sa voiture, démarra le moteur et s'en alla. Dans le rétroviseur, elle discerna la barmaid sur le seuil de l'établissement, qui s'assurait qu'elle était bien partie. Elle avait encore son téléphone à la main, la lumière de l'écran illuminait son visage, et elle s'apprêtait à passer un nouveau coup de fil.

Clarke fit le tour du pâté de maisons, trouva une place le long d'un trottoir et termina le chemin à pied jusqu'au Mallaig Inn. Elle resta soigneusement à l'écart et évita la lumière des réverbères. Une ou deux voitures passèrent, mais elle fit mine à chaque fois d'écrire un texto pour dissimuler son visage. Puis un homme arriva d'un pas allègre, salua un client qui fumait une cigarette devant la porte, et entra dans le pub. Moins d'une minute plus tard, il en ressortait sans avoir pris la peine de déboutonner son mince blouson de couleur claire. Clarke arriva à sa hauteur au moment où l'homme s'immobilisait sur le trottoir. Il était en train de décacheter l'enveloppe dont le contenu l'avait stoppé net : quelques bouts de journaux déchirés.

— Désolée de te décevoir, Pedro, annonça-t-elle.

— Tu fais erreur, chérie.

La quarantaine, il était en surpoids, arborait une calvitie naissante et une alliance à la main gauche. Sous son blouson, sa chemise était déboutonnée mais donnait l'impression qu'il portait habituellement une cravate. Un homme marié tout ce qu'il y a de plus ordinaire, sans histoires. Clarke avait croisé des centaines d'hommes de son espèce et savait parfaitement comment démarrer les hostilités.

— Votre femme connaît le site Young Fresh East Coast ? On devrait peut-être aller lui parler ?

Elle avait sorti son badge qu'elle lui brandissait sous le nez. Elle vit sa pomme d'Adam faire un aller et retour dans son gosier.

— Vous n'êtes pas la journaliste.

Plus qu'en colère, il avait l'air déçu, comme s'il avait l'habitude que le monde soit un lieu d'injustices.

— Ma voiture est garée juste à côté. Soit ça, soit on va au poste.

— Je n'ai rien fait.

— Vous avez reconnu Jasmine Andrews à partir de la photo diffusée dans les médias. Sauf que sur la photo du site, son visage est flouté. Ce qui me fait dire que vous avez mis la main au portefeuille pour avoir certains privilèges. Donc on se cause ici ou au poste ?

Après un silence éloquent, l'homme lui emboîta docilement le pas jusqu'à sa voiture. Il monta sur le siège passager comme il l'aurait fait à l'échafaud. Elle le laissa mariner un moment pendant qu'elle ouvrait son ordinateur pour se connecter sur le site.

— Ça ne servira à rien, dit-il.
— Comment ça ?
— Pour obtenir le code d'accès, il faut que le paiement soit passé. Or rien n'est passé depuis plusieurs jours.
— Vous êtes donc un client régulier ?
— Pas vraiment.
Elle ne releva pas.
— Expliquez-moi le processus. Une fois le paiement accepté, il se passe quoi ?
— On clique sur son choix, dit-il en désignant d'un geste l'étalage de photos. À conditions qu'elles soient actives.
— C'est-à-dire ?
— En règle générale, elles ne sont qu'une ou deux à être actives en même temps. C'est diffusé en direct.
— Depuis cet endroit ? demanda Clarke en tapant du doigt sur la chambre qui se déployait à l'écran.
Pedro fit oui de la tête.
— Puis on tape ce qu'on a envie qu'elles fassent.
Il s'était mis à transpirer et s'essuya le front et les joues d'un geste nerveux :
— Je ne savais pas qu'elle était mineure, je l'ai appris par les médias.
— Vous avez des enfants ?
— Douze et huit ans. (Ses yeux étaient humides.) Je ne suis pas… Des fois j'aime bien regarder, c'est tout…
— Elle se fait appeler comment ? coupa Clarke en posant le doigt sur la photo de Jasmine.
— Elle, c'est Jazz, comme la musique. Elle se déshabille, et des fois elle se touche un peu, c'est tout.
— Et pendant ce temps, vous lui parlez ?
Il secoua la tête.
— On le tape par écrit. Mais elle, elle a un micro quelque part à proximité – on entend ce qu'elle dit.
— J'imagine qu'il y a quelqu'un derrière la caméra ?
— Je n'ai jamais vu ni entendu personne. (Il réfléchit un moment.) Mais oui, parfois les mannequins regardent d'un côté de l'objectif, comme s'il y avait quelqu'un.

— Est-ce qu'elles vous ont déjà donné l'impression d'avoir peur, ou de faire ça à leur corps défendant ?

Il secoua la tête avec véhémence.

— Elles sont détendues, heureuses.

Puis autre chose lui revint à l'esprit :

— Elles veulent que celui qui est derrière la caméra soit content d'elles.

— Ça va parfois plus loin ? Appels téléphoniques en tête-à-tête ou rencontres ?

— Non. Rien de tout ça. On paie, on regarde, et quand le temps est écoulé l'écran devient noir.

— Vous parliez d'une ou deux filles actives en même temps...

— Parfois, elles font un duo, mais ça coûte trop cher, alors j'ai jamais...

Clarke referma le portable d'un claquement sec.

— Quel est votre vrai nom ?

— Pedro, ça suffira.

— Je ne crois pas, non. Voyez-vous, le problème est le suivant : vous avez retenu une information capitale à une enquête de police en cours. En plus de quoi vous avez essayé de vous faire de l'argent avec ladite information au lieu de nous la transmettre, tel que l'aurait fait tout citoyen aussi respectable qu'intègre. Donc je vais vous demander votre nom, votre adresse et un numéro de téléphone avant de vous renvoyer jouer à la famille modèle.

— Je m'appelle Peter. Peter Cowan.

Il marmonna ensuite son adresse, que Clarke entra dans son téléphone, ainsi que son numéro de portable. Elle demanda ensuite à voir des preuves. Il sortit un permis de conduire, qu'elle examina.

— On ne peut pas s'attirer des ennuis sous prétexte qu'on regarde, plaida-t-il lorsqu'elle lui tendit le document.

— Oh, mais bien sûr que si. Parce qu'il ne s'agissait pas de « mannequins », monsieur Cowan, mais d'enfants, de gosses exploités pour de l'argent par vous et des hommes comme vous.

Elle s'interrompit, les yeux transperçant les siens :

— Je vous contacterai.

Il posa la main sur la poignée de la portière, mais son geste resta en suspens. Clarke sentit arriver la suite – nouvelle salve d'excuses, démentis et autres justifications.

— Sortez de ma voiture, ordonna-t-elle.

Cowan obtempéra, mais resta planté sur le trottoir, ses mains se soulevant d'un geste lent et tremblant pour aller agripper sa tête. Clarke s'enfonça dans la nuit sans un regard en arrière.

JOUR 3

8

Après le petit déjeuner, les détenus avaient la possibilité de prendre l'air pendant la promenade. Certains en profitaient pour faire de l'exercice en courant ou à grand renfort de pompes et de squats. Ceux-là passaient le plus de temps possible à la salle, à faire de la gonflette. D'autres tapaient dans un ballon. Mais pour la plupart, ils se contentaient de marcher d'un pas tranquille. L'USR occupait un espace adjacent, séparé d'un haut mur. Du côté de Rebus, quelques hommes crièrent des menaces au cas où des violeurs ou des tripoteurs d'enfants les entendent. Rebus avait croisé un ou deux pédophiles lors de son bref passage dans l'unité. Ils avaient tendance à être dociles et à suivre les ordres, tout en préférant rester dans leur cellule, porte fermée. Il y avait aussi un violeur, surnommé Hair Trigger – soit gâchette sensible – en raison de ses violentes crises de colère. Il avait passé l'intégralité du séjour de Rebus enfermé à l'isolement. Ses hurlements résonnaient dans le couloir.

Le Sorcier était appuyé au mur, la tête inclinée vers le ciel d'un gris d'ardoise. Peut-être tendait-il l'oreille à ces fameuses cloches d'église. Il avait une Bible cornée dans sa cellule et fréquentait la chapelle le dimanche. Rebus savait que plusieurs détenus – des Écossais blancs de la classe ouvrière – s'étaient convertis à l'Islam pendant leur séjour à l'ombre. Ils avaient leur temps de prière et leurs assemblées, ainsi que le Jumu'ah le vendredi. Ils empruntaient des textes religieux à la bibliothèque. Quand Rebus s'y trouvait pour donner un coup de main, il scrutait sur leurs visages les signes trahissant qu'il ne s'agissait là que d'une façade, mais à ce jour, il n'avait débusqué personne.

Tout en marchant, Rebus saisit des bribes de conversations grommelées. Des agents de police étaient en ce moment même en train de procéder à une perquisition des cellules et des espaces partagés.

Les gardiens n'étaient pas exemptés, mais les détenus n'en avaient rien à faire. Ils étaient obligés d'ouvrir les coffres-forts rangés sous leurs lits et d'autoriser les flics à fouiner dans leurs affaires. Les cours étaient annulés le temps que les salles soient fouillées. La cellule de Rebus avait été vérifiée une deuxième fois par deux jeunes agents, un homme et une femme, et ni l'un ni l'autre n'avait l'air enthousiasmé par la tâche qui leur avait été confiée.

— Ils vous ont pas appris ça en formation, hein ? les avait charriés Rebus sans obtenir de réponses, les agents ayant sans doute eu pour consigne de ne pas interagir avec les taulards.

Tandis qu'elle lui préparait son inhalateur, une des infirmières s'étaient plainte à Rebus de ce qu'ils étaient allés jusqu'à fouiller le bureau de la NHS.

— Comme si un couteau plein de sang allait nous filer sous le nez sans qu'on s'en aperçoive.

— C'est impossible qu'il soit encore sur les lieux, avait répondu Rebus.

Elle l'avait regardé d'un air interloqué :

— Quelqu'un l'a fait sortir en douce ? Pas facile d'arranger ça pour un résident, à mon avis.

— Je vois que vous avez eu le mémo du directeur. Mais pour répondre à votre question par une question – qui dit que c'est un « résident » qui s'est chargé de le faire sortir ?

Après la séance d'exercice, Rebus faisait escale à la bibliothèque. La salle n'était pas grande, mais elle était bien fournie en livres, revues et DVD. La bibliothécaire était détachée par le Conseil d'Édimbourg. C'était une jeune femme minutieuse du nom de Megan Keighley, originaire de Northumbrie, qui avait expliqué à Rebus que son patronyme provenait d'un nom désignant une clairière. Elle portait un petit crucifix à son cou, qu'elle se hâtait de cacher à l'abri des regards s'il s'échappait de son col. Rebus l'avait impressionnée en étant capable de citer un grand nombre d'auteurs. Mais il n'était pas allé jusqu'à admettre que s'il avait amassé une robuste collection de livres par le passé, il n'en avait en réalité lu que très peu.

Quand Rebus arriva, Keighley était occupée à classer les derniers lots de commandes. Les détenus avaient la possibilité de demander tout ce qu'ils voulaient, en respectant un certain nombre de restrictions : pas de manuels sur le terrorisme, pas d'ouvrages traitant de vraies affaires criminelles, et rien qui implique des enfants. En outre, aucun DVD ne pouvait être interdit aux moins de 18 ans. Les prêts les plus populaires touchaient aux textes de droit, qui permettaient aux détenus de partir à la pêche aux vides juridiques et autres clauses dérogatoires. Un des taulards les plus âgés était devenu si expert sur le sujet que d'autres venaient le consulter. Il se faisait payer en cigarettes, ce qui, de son propre aveu, le rendait tout à fait abordable comparativement à ses « collègues » du dehors.

L'anecdote n'était pas sans rappeler à Rebus que sa propre équipe juridique semblait l'avoir oublié. Dans les semaines qui avaient suivi son incarcération, il y avait eu une avalanche de réunions, soit en personne soit par appel vidéo dans des cabines disposées en rangées où les détenus pouvaient en outre garder le lien avec leurs familles si ces dernières habitaient trop loin pour pouvoir leur rendre visite. Sa défense était restée la même tout du long : il n'avait pas eu l'intention de tuer la victime, seulement de lui faire une peur bleue. S'il avait souhaité sa mort, il aurait fait le nécessaire. Ses agissements avaient pu ou non avoir une incidence sur la crise cardiaque à laquelle avait alors succombé Cafferty. C'était là le nœud de l'affaire : personne ne pouvait l'affirmer avec certitude, alors comment pouvait-il être reconnu coupable de tentative de meurtre ? Lorsqu'il avait mis les pieds à la prison d'Édimbourg, le tout premier jour, juste après que sa peine avait été prononcée, les agents du centre de première-nuit l'avaient accueilli par une salve d'applaudissements, tous s'accordant sur le fait que le monde serait mieux sans Big Ger Cafferty.

Rebus, quant à lui, n'en était pas si sûr, parce qu'il savait pertinemment que quelqu'un prendrait la place de Cafferty, et que ce quelqu'un était Darryl Christie. Quand elle lui avait rendu visite la toute première fois, Siobhan Clarke s'était assise de l'autre côté de la table et l'avait regardé, la tête penchée sur le côté.

— Je croyais sincèrement que tu l'appréciais.

Rebus avait réagi d'un tressaillement de la bouche, sans formuler de démenti.

— J'ai réussi à dénicher deux romans en polonais et en roumain, lui expliquait Keighley à côté de lui. Thomas Harris et Michael

Connelly. Ça devrait faire plaisir aux troupes. (Elle lui jeta un coup d'œil.) Vous lisez d'autres langues, John ?

— Je me débrouille à peu près en anglais.

— Même pas en gaélique ?

— Je sais comment dire « va te faire foutre », mais en gaélique d'Irlande plutôt que dans celui d'Écosse.

Keighley glissa une mèche de cheveux rebelle derrière son oreille. Il savait qu'elle était assez jolie pour que certains hommes fassent semblant de parcourir les rayons pour le plaisir de la regarder. Dans l'unité de soins, une infirmière avait exactement le même effet. Pour autant qu'il le sache, personne n'avait jamais rien tenté. Les détenus à risques étaient toujours accompagnés d'un gardien.

— *Pogue mahone*, c'est ça ? dit-elle avant d'enchaîner : Quel dommage pour M. Simpson. Vous savez qu'il m'avait proposé de me montrer comment crocheter une serrure ?

— Jackie était quelqu'un de généreux.

— Il avait toujours un pétillement dans le regard.

— Sans doute à l'affût de quelque chose à voler.

Rebus se mit au travail. Il avait à peine commencé à classer les livres que Chris Novak fit son entrée, accompagné d'un détenu que Rebus ne connaissait que de vue.

— On te demande ailleurs, lui annonça Novak. Jimbo ici présent va prendre ta place.

Rebus feignit de vérifier auprès de Keighley, mais elle n'avait bien évidemment pas son mot à dire. Jimbo regardait tout autour de lui dans la bibliothèque comme un môme à sa première visite au zoo – tant de créatures exotiques, toutes inconnues.

— Les livres à colorier sont au fond, lui dit Rebus avec un hochement du menton avant de suivre Novak vers la sortie.

Tandis qu'ils remontaient le couloir, ouvrant et fermant les portes à double tour dans leur sillage, Rebus interrogea Novak :

— Que se passe-t-il ?

— Va savoir, putain, rétorqua Novak avec une mine de déterré. Je fais ce qu'on me dit, comme d'habitude.

— Le CID t'a interrogé combien de fois ?

Novak lui décocha un regard noir, puis finit par se radoucir.

— Deux fois jusqu'ici. Les mêmes questions en boucle.

— Du moment que tu dis la vérité. Tiens-t'en à ça. Et ne donne jamais plus de détails que ce qu'on te demande.

— Quelqu'un m'a dit que je devrais répondre systématiquement « sans commentaire ». Mais ça risque de me donner l'air coupable, non ?

— Et en plus ça agace ceux qui t'interrogent, et ça les incite à creuser davantage.

Novak hocha la tête d'un air convaincu.

— J'ai un cousin au CID. C'est lui qui m'a suggéré le coup du « sans commentaire. »

— Je le connais ?

— Ça m'étonnerait. Cammy a dû entrer dans la police à l'époque où tu as pris ta retraite. Un gros morcif, qui dément à lui tout seul l'idée que le CID est le domaine réservé de la crème de la crème.

— Tu as conscience que tu parles devant moi ?

Novak esquissa un fin sourire. Ils étaient arrivés devant la porte du bureau de la pastorale. Novak leva les yeux sur Rebus.

— Je te remercie pour les conseils, John, dit-il avant de toquer à la porte et de l'ouvrir pour faire entrer Rebus. Je t'attends ici...

Christine Esson était assise derrière le bureau. Les deux autres chaises étaient vides. Rebus prit place en face d'elle.

— Merci d'être venu, John.

Le bureau devant elle était nu, sans la moindre paperasse. La pièce n'avait pas eu le temps de se réchauffer, et Esson avait gardé sa veste. Elle avait malgré tout l'air d'avoir froid. Elle expira comme pour vérifier que son souffle n'était pas visible à l'œil nu.

— Et ça, c'est quand le chauffage fonctionne, commenta Rebus. Les cellules sont un chouïa plus fraîches.

— Tu veux une boisson chaude ou quelque chose ?

— Qu'est-ce que je peux faire pour toi, Christine ?

— Jackie Simpson a été assassiné dans une cellule de ton quartier.

— J'en ai entendu parler.

— Et qu'est-ce que tu as entendu d'autre ?

— Que l'homme posté à l'extérieur de la cellule en question, potentiellement l'oreille collée à la porte, est le suspect le plus vraisemblable.

Esson tourna son attention de la porte pour la recentrer sur Rebus, et baissa la voix tant et si bien qu'il dut faire un effort pour l'entendre.

— Quelque chose d'autre a retenu notre attention, dit-elle. Le défunt était entré par effraction dans un bar à ongles qui servait de façade pour du trafic de drogue et de personnes. En conséquence de son acte, un certain Everett Harrison a été inculpé et incarcéré ici.

— Je connais Harrison.

— J'imagine, étant donné qu'il occupe la cellule voisine de la tienne. Il travaille pour un truand de Liverpool du nom de Shay Hanlon, qui serait actuellement en train de se dorer la pilule au Brésil.

Elle toisa de nouveau Rebus :

— Ça non plus, ça n'a pas l'air de te surprendre.

— Je suis un peu au courant de ce qui se passe dans le coin.

Esson se rendit compte qu'elle se frictionnait les mains pour tenter de les réchauffer. Elle interrompit son geste et poursuivit :

— Comment Harrison s'entend-il avec Darryl Christie ?

— Je dirais qu'ils ont dû convenir d'une trêve à un moment donné – en surface tout est au poil.

— Tu ne trouves pas ça étrange ? Harrison travaille pour la concurrence, non ?

— Peut-être que « cessez-le-feu » conviendrait mieux que « trêve » – ça ne veut pas dire que la situation ne changera pas.

Rebus entrelaça ses doigts à l'arrière de sa tête et se laissa aller contre le dossier de sa chaise.

— C'est Malcolm Fox qui t'a donné l'info, déclara-t-il d'un ton détaché.

— Qu'est-ce qui te fait dire ça ?

— Il est ici, il appartient au Crime organisé, et il y a des criminels organisés dans les parages.

— Son hypothèse est que Harrison a peut-être découvert l'identité de Jackie Simpson et qu'il a décidé de se venger avant que Simpson soit libéré.

— Et la BEP en pense quoi ?

— On explore l'idée.

— Harrison aurait besoin d'un agent dans sa poche, quelqu'un qui l'aide à se faire la belle après l'extinction des feux et qui l'emmène à la cellule de Simpson.

— Ou qui se charge du meurtre à sa place.

— Dans un cas comme dans l'autre, il y aura un gros dépôt d'argent sur le compte en banque dudit agent.

— Je ne suis pas sûre que ces gens-là s'en remettent au système bancaire, John.

— Quoi, alors ? Une nouvelle maison, une voiture neuve ? Un portefeuille de cryptomonnaie ?

— On vérifiera.

— Je suppose que tu interrogeras Harrison en personne à ce propos ?

— Tu penses que ça nous ferait avancer ?

— Pas du tout.

— Raison pour laquelle il nous faut en premier lieu des preuves.

— Comme des bandes de surveillance qui le montreraient en train de sortir de sa cellule sur la pointe des pieds, au beau milieu de la nuit, surin au poing ?

— Écoute-toi un peu, avec ton argot des prisons.

Elle lui adressa un sourire las.

— Les caméras de surveillance ne sont pas d'une grande aide.

— La caméra cassée, affirma Rebus.

— C'est une coïncidence, à ton avis ?

— Ça fait un moment qu'elle est HS. Si tu penses à du sabotage, pourquoi le tueur n'a-t-il pas éliminé Jackie la semaine dernière ?

— Il y a aussi cette histoire de porte de cellule qu'on déverrouille...

— Que personne n'a entendue à part Billy Groam.

— Il en profite pour se payer notre tête ?

— Je ne pense pas que ce soit le genre. Mais toutes les grilles et toutes les portes font le même bruit, et les agents pénitentiaires allaient et venaient...

Il la regarda fixement :

— Le fait que tu aies dépêché des équipes pour fouiller les endroits qui ont déjà été fouillés me fait dire que ça n'avance pas vraiment.

— Le procureur insistait.

— La Scientifique ?

Elle secoua la tête en signe de dénégation. Rebus la scruta pendant qu'elle se frottait les yeux.

— Fox est venu te voir tout spécialement, c'est ça ?

— Oui.

— Tu en as parlé à Siobhan ? Parce que je te parie dix contre un que c'est pour ça qu'il a fait ça – pour lui signifier qu'elle n'est plus sa chouchoute.

— Je m'en rends bien compte.

— Dis-moi que tu en as parlé à ton équipe dès que tu l'as su.

— C'est le cas.

— Dans le cas contraire, tu lui donnes de l'emprise. S'il raconte à ton boss que tu as retenu l'info ne serait-ce qu'une journée...

— J'ai transmis à mon équipe, le rassura Esson. On n'est pas tous comme toi, John.

Il laissa fuser un petit rire, et elle l'imita. Puis il dénoua les doigts et posa les mains sur la table à quelques centimètres des siennes.

— Je crois savoir pourquoi tu viens me parler de ça, Christine, mais j'aimerais te l'entendre dire.

— C'est seulement que... tu es ici, nous on est dehors et on a vraiment besoin de tout le soutien possible.

— Je doute que Harrison s'ouvre à moi. Je le vois tout le temps, mais si je commence à lui poser des questions évidentes...

— Alors oublie ce que j'ai dit. La dernière chose que je veux, c'est t'avoir sur la conscience.

Elle avait lâché la dernière phrase sur un ton à moitié rigolard, mais la blague était tombée à plat.

— Donne-moi un numéro où je peux te joindre, dit-il sans la quitter des yeux.

— Il y a des téléphones ici ?

— Tu n'as pas vu le téléphone fixe dans la cellule de la victime ?

— Je devais être préoccupée.

Rebus attendit qu'elle arrache une feuille d'un carnet et griffonne un numéro de téléphone. Il tendit la main pour le lui prendre, mais elle raffermit sa prise sur le papier.

— Tu n'as rien d'autre à me dire tout de suite maintenant ? Rien qui pourrait m'aider à y voir clair ?

— Désolé, Christine.

Elle laissa partir la feuille. Rebus la plia pour la glisser dans sa poche.

— Tu partageras ce que tu trouves, en vrai ?

— Pourquoi pas ?

— Parce que tu es toi, et que tu pourrais très bien avoir envie de nous mettre devant le fait accompli.

— C'est vraiment pas le genre de la maison.

— Joue le jeu, John. Fais les bons choix.

Il tapota sa poche.

— Tu as entendu la rumeur, je suppose ?

— Laquelle ?

D'un geste, il désigna la porte.

— Que Chris Novak et Valerie Watts sont ensemble ?

— J'ai vaguement entendu ça. Tu es en train de me dire que c'est vrai ?

— Je ne suis pas du genre à cancaner. Mais si j'étais toi, j'essaierais de tirer ça au clair…

La porte s'ouvrit, un homme s'immobilisa sur le seuil en les regardant fixement.

— Vous avez démarré les entretiens sans moi ? lança-t-il d'une voix mécontente.

— J'étais autrefois au BEP, expliqua Rebus en se levant. La sergente Esson et moi nous connaissons depuis longtemps. On rattrapait le temps perdu.

L'homme planta son regard dans celui de Rebus.

— N'empêche que vous êtes sur notre liste.

— Et tout ce que je peux vous dire, c'est que j'en sais aussi peu que les autres.

— Voici l'inspecteur Mulgrew, dit Esson en guise de présentation.

Rebus tendit la main, que Mulgrew ignora.

— Ça ne respecte pas la procédure, Christine, asséna Mulgrew.

— Je passais par là, improvisa Rebus. J'ai aperçu la sergente Esson et je suis entré pour bavarder. Nous n'avons pas parlé de l'enquête, si c'est ce qui vous froisse les roubignoles.

Mulgrew n'avait pas l'air convaincu. Rebus jeta un œil en direction d'Esson : *J'ai fait ce que j'ai pu.* Mulgrew tenait encore la porte ouverte, si bien que Rebus dut le contourner pour regagner le couloir où l'attendait Novak.

— Tu crois que ça va lui attirer des ennuis ? demanda Novak comme ils se remettaient en marche.

Rebus se retourna, le temps de voir Mulgrew fermer la porte.

— C'est une grande fille, elle va gérer.

Ils continuèrent en silence, mais Rebus savait que Novak était sur le point de dire quelque chose. Ils s'arrêtèrent devant une grille. Novak s'éclaircit la gorge, le regard baissé sur son trousseau, et chercha la clé sans se hâter. Une caméra observait la scène, mais personne ne pouvait les entendre. C'est malgré tout d'une voix étouffée qu'il prit la parole :

— Quand tu étais flic, tu prenais toujours la défense de tes potes, on est d'accord ? Jamais tu les aurais balancés même si tu savais qu'ils avaient fait des conneries ? Eh bien les mêmes règles s'appliquent ici. Mais il faut que tu saches que certains d'entre nous sont peut-être plus honnêtes que d'autres. C'est facile de se faire recruter – une courte formation et on est pris. Mais au cours des derniers mois, des dernières années, même, certains ont commencé à démissionner avant même que l'encre soit sèche sur leurs contrats. Au bout d'une semaine, c'était plié.

— Et pourquoi ça ? demanda Rebus.

— Parce qu'en fin de compte ils ont été placés dans le système par les enflures pour qui ils bossent. Ils font entrer des trucs en douce jusqu'à ce qu'ils se fassent gauler ou qu'ils pètent un plomb. Quand on a la tête sur les épaules, on finit par les repérer. On peut pas y faire grand-chose, évidemment, à moins de les prendre sur le fait. Et encore, dans ce cas un autre prend sa place et rebelote depuis le début.

Novak se tut et leva la tête pour fixer Rebus droit dans les yeux :

— S'il avait reçu l'ordre de le faire, c'est probable qu'un d'eux se serait chargé de Jackie Simpson…

Il déverrouilla la grille et les fit passer de l'autre côté. Rebus prit la parole pendant qu'il tournait de nouveau la clé dans la serrure.

— Il aurait fallu que le type soit de garde de nuit. De qui tu te méfies dans ton équipe ?

La question posait un dilemme à Novak. Il s'était déjà remis en marche lorsqu'il sembla l'avoir résolu.

— Samms, scanda-t-il. Blair Samms.

Rebus visualisa Samms : la vingtaine, grand et maigre, cheveux noirs taillés en brosse, l'air vaguement absent, comme s'il comptait les minutes qui le séparaient de la fin de son quart.

Samms, qui était avec Valerie Watts pour le service du dîner au réfectoire.

— Tu as donné son nom à la BEP ? (Novak secoua la tête.) Pourquoi ?

— La situation est suffisamment pourrie sans qu'on découvre en plus que certains agents touchent des pots-de-vin.

— Ta voiture a été incendiée en guise d'avertissement ?

— Ils ne m'aiment pas parce que je veux accroître la sécurité et la surveillance ; fini le trafic de portables et de drogues. Plus de caméras – des caméras *en état de marche* – dans la prison et sur les murs d'enceinte.

— Pourquoi me dire ça à moi ? continua Rebus. Qu'est-ce qui te fait croire que je ne vais pas tout rapporter à la sergente Esson ?

— À toi de voir. Mais ça ne venait pas de moi, c'est bien compris ? insista Novak en lui faisant passer la dernière porte avant la bibliothèque.

— Et tu ferais pas ça simplement pour couvrir tes miches ? osa demander Rebus.

Mais sa question resterait sans réponse. Novak interpella Jimbo, qui détala sans demander son reste de l'étrange monde dans lequel on l'avait catapulté. Rebus regarda les deux hommes s'éloigner, Novak plus droit que jamais, le genre d'homme qu'il fallait prendre au sérieux, tandis que Jimbo lui tenait la jambe sans trop s'attendre à ce qu'il lui décroche un mot.

La bibliothèque était occupée par un groupe de trois détenus accompagnés d'un gardien. On empruntait des ouvrages, que Megan Keighley notait scrupuleusement cependant que les usagers admiraient subrepticement la bibliothécaire. Les regards noirs que Rebus dardait dans leur direction semblaient n'avoir aucun effet, si bien qu'il se remit au travail sans s'en préoccuper. Quand un groupe céda la place à un autre, il n'y prêta pas attention, jusqu'à ce qu'il sente une présence derrière son épaule. Il pivota et tomba nez-à-nez avec le visage balafré de Bobby Briggs. D'un geste théâtral, ce dernier tendit le bras par-dessus Rebus pour attraper un livre sur une étagère, sa bouche à quelques centimètres de l'oreille de Rebus, son haleine un mélange de nicotine et d'oignons.

— Everett me dit que c'est trop tôt pour te buter ; un meurtre, ça occupe déjà bien. Mais j'attends mon heure, et t'iras nulle part. Christie prétend surveiller tes arrières, mais ça me fait ni chaud ni froid. Tu piges ?

— C'est pas seulement Darryl que tu foutrais en rogne, Bobby, improvisa Rebus. C'est Shay Hanlon, aussi.

— Foutaises.

— Demande à ton pote Everett la prochaine fois que tu le vois. Mieux encore, emprunte un portable et appelle Shay toi-même.

— Allez, tous les deux, fit le gardien d'astreinte.

Briggs, les yeux rivés sur Rebus, sembla sur le point d'ignorer l'injonction. Mais il finit par tourner les talons, non sans avoir poussé un ultime grognement sourd. Il quitta la salle en dernier, après avoir lancé un regard sinistre à Rebus.

Megan Keighley serrait un volume imposant contre sa poitrine.

— Il n'y a pas grand-monde par ici qui me donne la frousse mais lui est clairement en tête de gondole, dit-elle à Rebus.

— Pareil, répondit ce dernier en se rendant compte que son cœur battait à tout rompre et qu'il avait les nerfs à vif.

Une heure s'écoula dans le calme, son tour à la bibliothèque se termina et un gardien arriva pour l'escorter jusqu'à Trinity Hall. C'était Blair Samms, M. Nonchalance en personne.

— La journée se passe bien ? lança Rebus sur le ton de la conversation.

— La routine.

— Tu es beaucoup trop jeune pour être à ce point blasé.

— Ah bon ?

— Tu as un emploi rémunéré, tu devrais t'estimer heureux.

— On dirait mon grand-père.

— Il faisait quoi, ton grand-père ?

— Il vivait des allocs.

— Ma foi, c'est une carrière comme une autre, je suppose. J'espère que tu t'occupes bien de lui, deux trois billets ici ou là pour parier sur un cheval ou pour se payer une pinte.

— Qu'est-ce que ça peut te faire ?

— J'espère simplement que tu apprécies l'existence qui est la tienne. Il y a moyen de mener une bonne carrière dans l'administration pénitentiaire.

— Tu déconnes ? À la première occasion, je me casse.

— Pour faire quoi ?

— Peu importe.

— Quel gâchis, fit Rebus en secouant la tête d'un air exagérément navré. Tu as été auditionné combien de fois ?

— Ça te regarde pas.

— C'est juste que tu étais en service ce soir-là.

— Et alors ?

— Alors il est probable que...

— Il est probable que tu saches que dalle.

— D'où mon intérêt, insista Rebus. Le môme reconnaît que son dîner a pu être drogué. Tu n'as rien vu, j'imagine ?

— Il te raconte des craques. Je sais pas qui a tué Simpson, mais c'était pas un agent pénitentiaire.

— La faute à une hémorragie spontanée, peut-être. On devrait faire venir un exorciste ?

Rebus attendit une réaction de Samms, mais ce dernier restait mutique. Il insista :

— Si c'était pas un gars de chez vous, ça paraît logique que c'était un gars de chez moi. Tu mettrais ton billet sur qui ? Darryl Christie ? Everett Harrison ?

Samms lui jeta un regard noir.

— Pourquoi ces deux noms précisément ?

Rebus haussa les épaules.

Ils venaient d'atteindre la grille ouvrant sur le quartier de Rebus. Tandis que Samms s'attaquait aux verrous, Rebus étudia le jeune homme et tenta de l'imaginer en train d'égorger sa victime. Impossible. Mais d'un autre côté... déverrouiller une porte et envoyer quelqu'un comme Everett de l'autre côté, un couteau serré dans le poing ? Rebus songea que Samms aurait très bien pu s'accommoder de ce genre de scénario.

C'est Harrison, son voisin de couloir, que Rebus aperçut en premier lorsqu'il arriva à hauteur de sa cellule. Harrison qui lui fit un petit signe de la main tandis qu'il se dirigeait vers les cabines de douche, une serviette drapée sur l'épaule. Un petit signe et un sourire, d'ailleurs. Or Harrison n'était pas du genre souriant.

En entrant dans sa cellule, Rebus eut instantanément la sensation que quelqu'un avait pénétré les lieux en son absence : les choses n'étaient pas tout à fait à l'emplacement où il les avait laissées en partant. Pour autant, rien ne semblait avoir disparu, à première vue. Une troisième fouille du CID ? Peu probable. Il s'assit au bord de son lit, face à la porte. Le visage simiesque de Bobby Briggs se fondit dans celui de Chris Novak, puis dans celui de Blair Samms et pour finir dans celui, souriant, d'Everett Harrison, l'homme de main de Shay Hanlon. Tout autour de lui, l'espace commença à perdre sa densité, à se muer en tourbillon laiteux. Il posa les mains à plat sur le lit de part et d'autre de son corps pour s'ancrer en attendant que la sensation disparaisse. Il avait la bouche sèche, mais il n'avait pas l'énergie d'aller jusqu'au lavabo pour chercher de l'eau. Au bout d'un moment, la pièce se stabilisa et tout s'apaisa. Tout sauf son rythme cardiaque. Quand il vit Samms passer dans le couloir, Rebus l'interpella et lui signifia qu'il voulait réserver un appel téléphonique.

— Ce sera pour demain, l'avertit Samms mais Rebus secoua la tête.

— Dis au directeur que ça doit être aujourd'hui.

— Le directeur est un homme occupé.

— Dis-lui, tu veux ? insista Rebus en ravalant son irritation malgré la migraine qui commençait à lui vriller les tempes.

Samms se remit en marche sans donner de réponse. Rebus savait qu'il pouvait toujours insister auprès de Christie pour avoir un nouveau téléphone, mais plutôt crever que d'en arriver là, sachant surtout à quel point Christie était reparti en rogne la fois d'avant. Esson pouvait-elle attendre, le temps d'écouter ce que Novak lui avait dit ? Elle se trouvait sans doute encore quelque part dans le bâtiment. Il pourrait toujours demander à aller la voir, mais ça risquait d'éveiller les soupçons. Les soupçons et la curiosité. Un assassin rôdait dans ce lieu et selon toute vraisemblance, Rebus le connaissait. Le directeur était venu lui parler dans sa cellule ; Malcolm Fox, du COCT, l'avait convoqué pour une petite conversation dans le bureau du directeur ; et Christine Esson l'avait accueilli à la pastorale. Rebus était déjà mouillé jusqu'au cou. Il allait faire preuve de patience, attendre la confirmation qu'il pouvait passer un coup de fil, et jouer la carte de la sécurité.

Mais ouais, John. La carte de la cible facile, plutôt. Il se fit violence pour se relever, éprouvant le besoin urgent de quitter sa cellule. Il remonta le couloir, direction le bercail. Darryl Christie se trouvait là, ainsi que Mark Jamieson – toujours pas remis à cent pour cent –, le Sorcier, Ratty et Billy Groam. Tous regardèrent l'approche de Rebus avec un intérêt marqué. Valerie Watts, qui patrouillait en mâchonnant un chewing-gum, une main sur le talkie-walkie arrimé à son épaule, n'en rata pas une miette non plus. Quelqu'un sifflotait la chanson d'Amy Winehouse, comme à chaque fois que Watts était en service...

Quelqu'un parmi vous, songea Rebus par-devers lui. Quelqu'un parmi vous...

Une heure plus tard, il obtenait sa communication téléphonique. Il déplia le morceau de papier et entra le numéro de téléphone d'Esson. La voix coutumière lui rappela que son appel serait enregistré.

— Je suis au volant, répondit Esson en décrochant.

— Mais sans ton inspecteur sur le siège passager ?

— Comment tu sais ?

— Tu m'as mis sur haut-parleur. Tu es en train de rentrer au poste ?

— Oui.

— Dis-moi, tu as interrogé Blair Samms ?

— Deux fois.

— Une intuition en particulier ?

— Quel genre ?

— Tu as des antennes, Christine, comme Siobhan, comme moi. Elles n'ont rien capté ?

— Dis-moi ce qu'elles auraient dû capter.

Il entendit le cliquetis du clignotant comme elle négociait un croisement. Il se demanda comment allait sa vieille Saab, restée chez un garagiste spécialisé à Wardie.

— J'ai entendu dire qu'il toucherait des pots-de-vin, c'est tout.

— Qui t'a dit ça ?

— Je n'ai pas les mains libres sur le sujet.

— Tu n'as pas les mains libres *du tout*, John, lança-t-elle d'une voix agacée. Qu'est-ce que j'ai dit sur le fait de faire de la rétention d'informations sur cette enquête ?

— Tu as dit que c'était une belle et noble tradition ? En plus, je fais exactement ce qu'on m'a demandé : je partage des informations.

Esson resta silencieuse un moment, puis poussa un soupir sonore.

— Blair Samms ? répéta-t-elle.

— Exactement, confirma Rebus.

— Je le rajoute à la liste.

— Oh, et je voulais dire : j'aime bien ton nouveau partenaire. Un vrai rayon de soleil, celui-là.

— C'est un bon détective.

— Il doit se demander s'il peut dire la même chose de toi après nous avoir surpris en pleine discussion.

— C'est déjà oublié. Écoute, il faut que j'y aille.

— Bon courage, Christine. Sincèrement.

— Merci, John, dit-elle en mettant fin à l'appel.

*

* *

Dix minutes plus tard, quand Esson pénétra dans la BEP, Malcolm Fox était campé au beau milieu de la salle. Devant lui, Mae McGovern se tenait les bras croisés. Esson les rejoignit.

— Bonjour, Christine, la salua Fox.

— L'inspecteur Fox était en train de me dire que vous aviez travaillé ensemble par le passé, énonça McGovern avec froideur.

— Surtout avec des pincettes, jugea utile de préciser Esson.

— Eh bien, poursuivit McGovern, il est venu aujourd'hui nous faire profiter de son expertise.

— Et de quelle expertise parlons-nous ? s'enquit Esson en déclenchant un rire forcé chez Malcolm Fox.

— Bonne vieille Christine, fit-il tandis que les deux femmes échangeaient un regard.

Esson se rendait bien compte que McGovern était loin d'être enchantée par la présence de Fox. Présence que l'on pouvait aisément interpréter comme le signe que les échelons supérieurs de Police Scotland estimaient que la BEP avait besoin qu'on lui tienne la main. Dans la salle, Shah et Allbright étaient terrés derrière leur écran d'ordinateur.

— J'étais en train d'expliquer à l'inspecteur Fox que l'enquête progresse à un rythme que nous jugeons satisfaisant, continua McGovern.

— Absolument, acquiesça Esson.

— Je vous en prie, appelez-moi Malcolm, dit Fox à McGovern.

— Mais il tient à ce qu'on lui fasse un compte-rendu des différentes étapes jusqu'ici. Vous pourriez peut-être vous en charger, Christine ?

— Je pourrais, mais je pense que mon temps serait mieux employé à l'enquête.

Esson jeta un regard en direction des deux constables, mais McGovern n'avait pas l'intention de saisir l'allusion.

— Voilà qui est réglé, dit-elle en pivotant sur ses talons.

Soudain seule avec Fox, Esson fut soulagée de voir Jason Mulgrew passer la porte.

— Voici mon partenaire, dit-elle à Fox. Jason, Malcolm est ici depuis Gartcosh.

— On s'est rencontrés brièvement à la prison, dit Fox en serrant la main de Mulgrew.

— Content de vous revoir. Qu'est-ce qu'on peut faire pour vous ?

— Faites-moi un état des lieux de l'enquête, répondit Fox.

— Ça sera vite fait : on n'a pas fait d'avancée notable.

— Pas tout à fait, intervint Esson. J'ai appris il y a moins d'une heure qu'un des agents de nuit, un dénommé Samms, pouvait nous intéresser.

— Ah bon ? l'incita Fox à poursuivre.

— Il pourrait toucher des pots-de-vin.

— Intéressant, lâcha-t-il d'une voix traînante. De l'argent de Darryl Christie, tu veux dire ?

Esson se contenta de hausser les épaules.

— Christie réussit à diriger la ville depuis une cellule de prison, continua Fox. Ce qui est bien plus facile s'il peut s'en remettre à des garçons de course – soit un agent de prison, soit du personnel civil.

— C'est la première fois que j'entends parler de l'agent Samms, dit Mulgrew. L'info vient de ton pote Rebus ?

— C'est possible.

— Tu comptais me le dire quand ?

— Je viens de le faire, rétorqua Esson qui sentait son poil se hérisser.

— Donc tu as parlé à notre vieil ami John ? interrogea Fox sans la quitter des yeux.

— Apparemment, ils se sont croisés par hasard, affirma Mulgrew. Ils auraient parlé de choses en général mais *pas* du meurtre en particulier.

Fox continuait à dévisager Esson.

— Donc le nom de Samms est sorti, mais pas celui de Darryl Christie ou d'Everett Harrison ?

— Vous vous intéressez à Harrison, c'est ça ? demanda Mulgrew à Fox. Christine a évoqué le lien entre lui et la victime.

— Elle vous a dit qu'elle tenait l'information de moi ?

— Je n'ai pas de secrets, Malcolm, fit valoir Esson d'un air sombre. C'est toujours mieux quand les choses sont limpides, tu ne penses pas ?

— Absolument... La plupart du temps, en tout cas.

Il sourit, et Mulgrew l'imita.

— Jason, reprit Esson, tu pourrais peut-être montrer les images de vidéosurveillance à Malcolm ?

— Ça pourrait vous intéresser, renchérit Mulgrew. Deux agents pénitentiaires partent en balade – soi-disant pour aller aux W.-C.

— Samms est l'un des deux ?

Mulgrew secoua la tête.

— Mais la chronologie est intéressante. Ils manquent à l'appel pendant un long moment.

— J'ai potentiellement un autre nom pour vous, ajouta Fox. Bobby Briggs. Il est dans un autre quartier, mais c'est un ami de Harrison et il est connu pour son tempérament colérique.

Esson ressentit le besoin d'intervenir :

— Je doute que quiconque d'extérieur à Trinity Hall ait pu faire le coup. Mais de toute façon, ce n'est pas le meurtre qui t'intéresse, en réalité. Je me trompe ?

Fox refusa de mordre à l'hameçon. Il se contenta de poser délicatement la main sur la manche de Mulgrew.

— Allons donc voir ces images de surveillance. Et je t'en prie, appelle-moi Malcolm...

9

Avant Police Scotland, le pays était desservi par huit antennes régionales, parmi lesquelles la police des Lothian & Borders. Son QG occupait un cube de béton et de verre sur Fettes Avenue. À l'époque, le bâtiment hébergeait le CEOP, le Centre pour la sécurité sur internet et la lutte contre l'exploitation des enfants, mais à présent Fettes n'était guère plus qu'un entrepôt aux murs délabrés. Il était question de le raser pour faire place à des logements, mais rien n'avait encore été fait. Le CEOP n'était plus à cette adresse ; comme avait pu le constater Siobhan Clarke, le Centre n'était plus une préoccupation écossaise, puisqu'il relevait désormais de la juridiction de l'Agence nationale de la lutte contre la criminalité à Londres. Elle avait fini par être mise en relation avec la seule agente du campus du Crime écossais à Gartcosh, dans le Lanarkshire. La sergente Louise Hird lui avait donné une fenêtre de vingt minutes à partir de 11h30.

Comme de coutume, la circulation qui sortait d'Édimbourg par l'ouest roulait au pas, et les éclaboussures des voitures l'obligeaient à passer les essuie-glaces toutes les deux minutes. Siobhan Clarke ne se faisait pas particulièrement une joie de se rendre sur les terres de Malcolm Fox au QG des Normes professionnelles, dont elle ne conservait aucun souvenir heureux. Le seul avantage, c'est qu'elle était rompue aux protocoles en vigueur à la guérite bien gardée – et qui n'était pas sans lui rappeler la prison de Rebus. Elle patienta dans le spacieux atrium, en prenant soin de ne croiser aucun regard et en espérant passer inaperçue des collègues qu'elle avait snobés.

La sergente Hird avait une petite vingtaine. Seuls la crispation de sa mâchoire et l'éclat dans son regard laissaient deviner ce dont elle devait être témoin au jour le jour. Elle était habillée à la mode, d'une robe rouge qui tombait au-dessus du genou, de collants noirs fins et d'une chemise vert olive. À son cou oscillaient tous les badges électroniques dont elle avait besoin pour accéder aux entrailles du bâtiment. Elle arborait une chevelure courte d'un rouge doré. Son visage parsemé de taches de rousseur ne parvint pas à se fendre véritablement d'un sourire lorsqu'elle tendit la main à Clarke.

— Le retour de l'enfant prodigue, dit-elle.

— J'espérais avoir été reléguée aux oubliettes.

— Gartcosh n'oublie jamais, rétorqua Hird avant de désigner les escaliers et de devancer Clarke jusqu'à l'étage supérieur. Vous vous dites sans doute qu'on aurait pu faire ça par téléphone, mais je préfère le face-à-face.

— Je me dis surtout que nous avions autrefois un bureau entier à Fettes dévolu aux enfants à risque.

— Et maintenant ces pauvres petits n'ont plus que moi, déplora Hird en se tournant vers Clarke. Gains d'efficacité.

— Donc vous travaillez pour l'Agence nationale du crime ?

— Je travaille pour les victimes.

Hird gagna une porte à grands pas. Clarke peinait à ne pas se laisser distancer. Elle jeta un œil dans la vaste cage d'escalier où la police de la police avait ses bureaux.

— Avec moi, vous êtes en sécurité, commenta Hird. Et de toute façon, je n'ai pas vu Malcolm de la matinée.

Clarke lui emboîta le pas dans une petite pièce aux parois de verre couvertes de stores qu'on ne relevait vraisemblablement jamais. Rien ne s'offrait aux regards – pas de photos de prédateurs ou de victimes, aucune note de travail ni liste de noms. Une armoire verrouillée occupait un angle et un bureau le milieu de la pièce. Outre l'imprimante à laquelle pendouillait un câble d'alimentation, un stylo à bille et un bloc de papier vierge, il n'y avait rien. Hird s'assit et fit signe à Clarke de prendre l'autre chaise.

— Je suis désolée, dit-elle, on aurait dû s'arrêter au comptoir pour attraper un café.

— J'en ai pris un avant de venir, répondit Clarke.

Hird hocha la tête d'un air satisfait, puis déverrouilla le tiroir de son bureau et sortit un petit ordinateur portable dont elle déplia l'écran. Clarke nota qu'elle ferma de nouveau le tiroir à clé. Elle s'efforça de ne pas penser à ce qui pouvait s'y tapir, hors de vue.

— La mauvaise nouvelle, démarra Hird tout en tapant sur son clavier, c'est que c'est un tout nouveau dossier pour moi, donc je ne peux pas vous en dire grand-chose.

Elle s'interrompit un moment avant de faire pivoter l'écran vers Clarke. Il affichait la page d'accueil du site Young Fresh East Coast.

— Il y a beaucoup de turnover. La mise en scène est habituellement très semblable. Parfois, c'est un petit ami derrière la caméra.

— Les amis de Jasmine pensent qu'elle fréquentait quelqu'un après l'école. Personne ne sait de qui il s'agit.

Hird secouait déjà la tête.

— Trop de gens qui tournent, tous sexes confondus. Ça exige un peu plus d'organisation. Donc ce n'est pas simplement un petit ami persuasif armé d'une idée pour se faire de l'argent.

Elle se mordilla la lèvre puis cliqua sur la page d'accueil.

— J'ai réussi à mettre la main sur un client, dit Clarke. Il n'a pas pu me dire grand-chose, lui non plus. Il a l'air de penser que le site est mort.

Hird leva les yeux de l'écran pour les poser sur Clarke.

— Ce sera plus facile si vous amenez votre chaise ici.

Clarke se rapprocha et Hird lui fit de la place avant d'encercler l'onglet de Jazz à l'aide de la souris.

— C'est elle, votre personne disparue ?

— C'est elle, confirma Clarke.

— Une sauvageonne, c'est ça ?

— Ce n'est pas l'impression que j'ai.

— Du genre discret, alors, facilement manipulable ?

— Peut-être. La vie à la maison... Disons que le père passe beaucoup de temps ailleurs et que sa relation avec la mère de Jasmine est plutôt belliqueuse.

Clarke se pencha en avant pour montrer les photos :

— J'ai absolument besoin de localiser cet endroit. Y a-t-il une chance d'avoir la réponse ?

Hird gonfla ses joues.

— Une chance infime, finit-elle par concéder. Je transmettrai à Londres, mais ça prendra du temps. Ils peuvent décrypter les traits du visage. Pour ce qui est de remonter la piste depuis l'adresse IP... Vous ne connaissez pas de jeunes hackers, par hasard ? Ils auraient sans doute autant de chances d'y arriver. Le truc avec le monde virtuel, c'est que les raclures sont plus malignes que nous, en plus d'avoir trois longueurs d'avance. Dès l'avènement d'internet, le porno s'est empressé de le prendre d'assaut : il y en avait pour tous les goûts et on ne posait aucune question.

— Mais de là à obtenir que des adolescents ordinaires fassent ce genre de choses…

— J'en conclus que vous ne connaissez pas beaucoup d'adolescents ? Ils ont grandi en s'exhibant pour les écrans, tout ça pour décrocher des cœurs en émoji. La plupart d'entre eux voient bien pire que ça au bout de deux clics. (Hird dévisagea Clarke.) J'imagine qu'ils et elles ne font que se déshabiller et se toucher ?

— Le client a fait allusion à des plans à deux.

— Rien d'extrême, donc.

— Il a dit aussi que les exécutants ne rencontraient jamais les clients – mais ça doit arriver ?

— Vous pensez que c'est ce qui s'est passé pour Jasmine ? Qu'elle s'est trouvé un vieux plein aux as ?

— C'est vraisemblable ? dit Clarke, la gorge sèche.

— Sans doute pas sans l'accord de celui qui est derrière la caméra. Si on mettait la main sur les enregistrements, on pourrait entendre sa voix. Mais j'en doute – ça détruit l'illusion qu'il n'y a que le client et l'exécutant.

Hird cliqua sur l'icône du haut-parleur et augmenta le volume.

« *Je suis super excitée. S'il te plaît, choisis-moi. J'exaucerai tous tes désirs* »

— Tout le monde répète la même chose, commenta Clarke.

— On est sûr et certain que c'est sa voix ?

— Je n'ai pas encore vérifié.

Hird opina du chef.

— Pas la conversation la plus simple à avoir avec les parents.

— Je me doute bien, fit Clarke en se penchant en avant. Vous avez déjà vu ce genre de mise en scène – est-ce que ça vous évoque des gens dont les antécédents judiciaires pourraient correspondre ?

Hird eut un haussement d'épaules.

— Jasmine est à Édimbourg, mais les autres ? Est-ce qu'elle aurait pu faire le trajet jusqu'à Fife ou Glasgow, voire Newcastle ?

— Le site s'appelle East Coast.

— Ça ne veut pas dire grand-chose. Un jour, j'ai vu un film porno avec le mot « suédois » dans le titre. Dès le début je repère une voiture avec une plaque d'immatriculation allemande. Ça a tout gâché.

Clarke s'efforça d'esquisser un sourire.

— Les accents sont plutôt du coin.

Hird écouta deux ou trois enregistrements, puis souleva son stylo dont elle se servit pour tapoter sa joue.

— On a une liste des délinquants passés et actuels. Je peux voir si quelqu'un a le profil. Mais je sais pertinemment qu'aucun de ces individus n'habite à Édimbourg. Vous êtes sûre de ne pas vouloir un café ? Je ne dirais pas non.

— Dans ce cas, d'accord.

Hird referma l'écran de son ordinateur d'un coup sec et le remit à l'abri dans le tiroir.

— Je suis contente que vous m'ayez apporté ce dossier. C'est rafraîchissant, au fond.

— Rafraîchissant ?

— D'habitude, les victimes sont beaucoup plus jeunes – désolée d'être aussi abrupte.

— Je ne sais pas comment vous faites.

— En règle générale, je réponds : il faut bien que quelqu'un s'y colle.

Hird fit signe à Clarke de quitter la pièce, puis ferma à double tour derrière elles.

— J'ai des séances avec une psychologue, et le poste ne dure environ qu'un an, suivi aussitôt d'une promotion, dit-elle avant de conclure en aspirant de l'air entre ses dents serrées.

Au comptoir, un barista s'affairait devant les machines rutilantes.

— Mais la première réponse que je vous ai donnée, reprit Hird, elle va vraiment au cœur du problème, même si on a parfois l'impression d'affronter un tsunami avec des balais-brosses. Un cappuccino, ça vous ira ?

— C'est très bien, répondit Clarke à mi-voix.

Elles emportèrent leurs breuvages jusqu'à un des box où personne ne pourrait entendre leur conversation. Quelques agents firent un signe de la main à Hird en passant. Pendant une longue minute, les deux femmes se concentrèrent sur leurs boissons, puis Hird finit par renifler et se racler la gorge.

— Internet a normalisé des choses qui auraient été interdites il y a encore deux générations. Les filles comme Jasmine sont assaillies par la pornographie. L'étranglement, la pénétration anale, le spitting, ne posent aucun problème aux garçons de son école. Et si une fille se plaint… (Elle haussa les épaules.) Vous avez eu accès à son téléphone et à son ordinateur, vous avez épluché ses comptes sur les réseaux sociaux ?

— C'est en cours.

— Le gars derrière la caméra a très bien pu la rencontrer par ce biais. Il l'a amadouée jusqu'à ce qu'elle se laisse persuader.

— Il l'a payée, aussi. Ses amis affirment qu'elle était pleine aux as depuis peu.

— Pas de changement d'humeur radical ? D'absences que ses parents auraient remarquées ? (Ce fut au tour de Clarke de hausser les épaules.) C'est simplement que les drogues font souvent partie de l'équation : elles garantissent la docilité des exécutants. (Hird prit une nouvelle gorgée de café.) Qu'avez-vous fait à propos du client que vous avez identifié ?

— Il s'est identifié tout seul – il a sollicité une reporter en lui proposant son histoire moyennant finance.

— Joli.

— Mais pour répondre à votre question, je l'ai laissé mariner.

— Il s'est pris une suée, j'espère ?

— Qu'est-ce que je peux espérer de mieux, dans ces circonstances, Louise ?

— Dans le meilleurs des cas, elle réapparaît comme une fleur, saine et sauve. Comme vous l'avez évoqué, un client quelconque l'a emmenée se faire chouchouter dans le Sud de la France.

— C'est déjà arrivé ?

— Non.

— Il faut vraiment que je mette la main sur ceux qui dirigent les opérations.

— Je promets d'en toucher deux mots à Londres. J'aimerais pouvoir vous dire que ça deviendra un dossier prioritaire, mais…

Un nouvel agent salua Hird d'un hochement de la tête, mais, en s'éloignant, sembla brusquement resituer Clarke et se retourna par deux fois pour la dévisager avant de mettre le cap sur les Normes professionnelles.

— Vous êtes repérée, dit Hird.

Clarke vida sa tasse de café.

— Il faut que j'y aille, de toute façon. Merci encore de m'avoir reçue.

— Mais vous espérez que nous ne serons plus jamais appelées à nous voir, je me trompe ?

— Professionnellement, en tout cas.

Les deux femmes échangèrent une poignée de mains. Une fois dans les escaliers, Clarke jeta un œil en arrière et vit Louise Hird s'en retourner à son bureau fermé à double tour avec ses tiroirs emplis de cauchemars.

Elle lui souhaita bonne chance en silence.

Elle se changea les idées en écoutant de la musique dès qu'elle quitta Gartcosh pour regagner l'autoroute. Malgré tout, elle restait d'humeur grave et l'appel téléphonique de son collègue Cammy Colson l'informant du manque de progrès tangibles en son absence n'arrangea pas les choses, la lenteur funèbre de son élocution ne faisant qu'ajouter à sa morosité.

— On a craqué le mot de passe de son ordinateur, dit-il, mais on n'a pas trouvé grand-chose à se mettre sous la dent. Ses comptes sur les réseaux sociaux sont vraisemblablement sur son téléphone. Son fournisseur téléphonique nous a appris qu'elle ne l'avait toujours pas utilisé. Je dirais que ce n'est pas de bon augure. Il n'y a pas de tracker sur son téléphone – encore une impasse. J'espère que tu as eu plus de chance à Gartcosh.

— Pas vraiment, Cammy, pas vraiment…

À l'horizon, le ciel n'était plus qu'une couche tavelée de lourds nuages bas qui semblaient écraser sa voiture, lui donnant l'impression, même avec le pied au plancher, d'avancer à une vitesse d'escargot. Elle avait envisagé un instant d'appeler les parents de Jasmine pour les prévenir de son arrivée, puis s'était ravisée. C'était toujours plus intéressant de prendre les gens au dépourvu. Son téléphone sonna de nouveau, faisant apparaître le nom de Christine Esson à l'écran.

— J'espère que tu vas me remonter le moral, lança Clarke en décrochant.

— Ça va dépendre du potentiel comique de Malcolm Fox.
— Qu'est-ce qui se passe ?
— Il est ici même dans la salle de la BEP, en train de faire copain-copain avec Jason Mulgrew.
— Je me demandais pourquoi tu parlais à voix basse. Tu l'as pas envoyé chier ?
— D'après la tête de Mae McGovern, quelqu'un de mieux payé qu'elle a donné le feu vert.
— Autrement dit les patrons de Fox à Gartcosh. J'en sors tout juste, c'est marrant.
— Ah bon ?
— Jasmine posait pour un site porno.
— Voilà qui complique la donne. Tu as fait suivre le dossier au CEOP ?
— Si tu entends par là, ai-je fait suivre le dossier à une agente esseulée et complètement sous l'eau, la réponse est oui.
— Ça a été utile ?
— C'est trop tôt pour le dire.
— Tu as l'intention de rendre l'affaire publique ?
— Pas encore. Je ne veux pas que les responsables retournent se terrer dans leur trou.
— Comment s'appelle le site ?
— Young Fresh East Coast.
— Attends… (Clarke entendit le bruit du clavier d'Esson à l'autre bout du fil.) Ça y est, je suis devant.
— Sa photo est en haut à droite.
— Aucune des autres mannequins ne s'est manifestée ?
— Tu le ferais, à leur place ?
— Si c'était mon amie, un peu mon neveu, rétorqua Esson. (Puis, après une courte pause.) Mais c'est pas possible…
— Qu'est-ce qu'il y a ?
— Fox et Jason envisagent d'aller, je cite, « se faire une chope ». On dirait Terry et Bob dans les *Likely Lads*.
— Et maintenant je ne pourrai jamais me débarrasser de cette image, déplora Clarke.
L'espace d'un instant, leurs rires détendirent l'atmosphère.
— Plutôt le père et le fils dans *Steptoe and Son*, dans ce cas, renchérit Esson.

— Christine, tu n'es pas suffisamment âgée pour connaître ces deux sitcoms.

— Ils sont scotchés devant l'ordi de Jason depuis une heure. À force, Fox doit en savoir plus que moi sur le dossier.

— J'en doute fort. Mais j'en conclus qu'il n'y a eu aucune avancée ?

— Que dalle. Bon, faut quand même que je justifie mon salaire. On se prend un autre verre bientôt ?

— On se fait une chope, tu veux dire ? Oui, bonne idée. Au revoir, Christine.

— Ciao.

Clarke raccrocha et remit la musique. Le GPS lui indiquait qu'elle serait au domicile des Andrews sous vingt minutes, mais il faut dire que son GPS ne connaissait pas Édimbourg et ses travaux routiers aussi bien qu'elle.

Les deux voitures étaient encore dans l'allée en cette heure de déjeuner. James Andrews ouvrit la porte en mâchonnant une bouchée de sandwich. Il regarda un instant Clarke, puis déglutit.

— Ils lâchent pas l'affaire, c'est ça ? J'écrirai le mot d'excuses quand j'aurai la tête à ça.

— Je ne suis pas venue vous parler de Craig Fielding, monsieur Andrews.

Son ton de voix lui fit comprendre qu'elle était porteuse de nouvelles, et pas du genre agréables.

— Je vais chercher Helena. Elle est dans la cuisine...

Quand mari et femme revinrent, Clarke avait pris place dans le salon. Helena Andrews époussetait les miettes de son pull ample aux mailles distendues. Clarke désigna le canapé et ils obtempérèrent, s'asseyant côte à côte.

— Alors ? s'enquit James avec nervosité.

— Il n'est rien arrivé de grave, les rassura Clarke, mais je dois vous faire part de quelque chose et je veux que vous soyez préparés.

Elle sortit l'ordinateur de son sac à bandoulière et l'ouvrit. Sans un mot, elle joua l'enregistrement tout en veillant à dissimuler l'écran. Les époux Andrews échangèrent un regard. Helena, bouche bée, porta une main à sa bouche.

— Je ne…

James Andrews s'était levé et s'approchait de Clarke avec l'intention de regarder l'écran. Clarke referma l'appareil.

— Est-ce la voix de Jasmine ? demanda-t-elle.

— Je crois, balbutia Helena. Mais ces mots… je ne…

— Intelligence artificielle, grommela son mari. On peut truquer tout ce qu'on veut, de nos jours. C'est une mauvaise plaisanterie.

— C'est un site web, enchaîna Clarke d'une voix égale. Les gens paient pour voir des adolescents et des adolescentes se produire à l'écran.

Le visage d'Helena Andrews se décomposa.

— Vous êtes en train de dire que Jasmine était… ? C'est ridicule. Pourquoi ferait-elle une chose pareille ?

— Par méchanceté, répondit son mari. Pour te rendre la monnaie de ta pièce.

Il se tourna vers Clarke, la surplombant de toute sa taille :

— C'est pour ça qu'elle s'est fait la malle ? Quelqu'un voulait l'humilier ou la faire chanter ?

— Nous ne le savons pas encore.

— C'est un sacré bon mobile, pourtant.

Il se prit les cheveux à deux mains, comme s'il comptait se les arracher par poignées :

— Qui est derrière ça ? Donnez-moi un nom.

— James, l'avertit sa femme mais il la fit taire d'un geste.

— Parce que si je l'attrape avant vous…, menaça-t-il en montrant Clarke du doigt.

— Vous avez déjà un avertissement, monsieur Andrews.

— Ce n'est pas parce qu'ils utilisent sa voix que ça va plus loin que ça, plaida Helena.

— Un utilisateur du site a identifié Jasmine, souligna Clarke.

— J'espère que vous l'avez collé derrière les barreaux, dit James Andrews d'une voix rageuse.

— Écoutez, insista Clarke, c'est un choc, forcément, pour vous, mais j'ai besoin que vous réfléchissiez. Peut-être que Jasmine sortait parfois sans dire où elle allait, peut-être qu'elle recevait des appels ou des textos dans sa chambre et qu'elle a laissé échapper un nom ou une adresse…

— Cette espèce de faux cul qui habite la maison d'en face, affirma James Andrews. Je parie qu'il la filmait dans sa chambre. Il lui fait croire que ça reste entre eux et il balance ça sur internet !

— Ce n'est pas sa chambre, rectifia Clarke.

— Dans sa chambre à lui, alors !

Elle secoua la tête avec lenteur.

— Nous avons parlé à Craig. Pour l'heure, nos soupçons ne se portent pas sur lui. Et je vous déconseille vivement de le prendre à parti.

— Évidemment que ce n'est pas Craig, affirma Helena. C'est un bon garçon.

Elle s'était levée pour se poster devant la fenêtre qui donnait sur le jardin et les maisons voisines.

— Quelqu'un lui a parlé, l'a persuadée de faire ça, c'est obligé – par jeu ou par défi, je n'en sais rien, conjectura James Andrews en fixant le dos de sa femme. Comment s'appelle cette fille, déjà ? La petite prétentieuse ?

— Carla, répondit son épouse.

— Oui, Carla. Une vraie chipie, c'est ce qu'on disait d'elle. (Il pivota vers l'ordinateur de Clarke.) Elle est sur ce site, elle aussi ?

Clarke botta en touche :

— Nous partagerons avec vous toute information pertinente.

— Jas devait bien se douter qu'elle ne pourrait pas garder le secret éternellement – la pornographie est partout et les adolescents en consomment sans doute plus que n'importe qui.

— Tu as l'air de savoir de quoi tu parles, marmonna sa femme en tournant à moitié la tête dans sa direction.

— C'est de notoriété publique, c'est tout.

Mais Clarke avait noté la rougeur sur le visage de James Andrews.

— Comment s'appelle le site ? demanda Helena en se détournant de la fenêtre, bras croisés.

— Pour l'heure, cette information doit rester confidentielle, lui répondit Clarke.

— Mais il y a des photos… des vidéos de Jasmine ?

— Nous en saurons plus en temps voulu. Pour le moment, on n'y voit qu'un visage pixellisé.

— Mais la voix est nette, dit Helena à mi-voix, les larmes aux yeux.

— Ceux qui contrôlent ce site..., commença son mari, imaginons qu'elle ait décidé d'arrêter... qu'elle leur ait dit qu'elle allait en parler à la police...

— Bon sang, James, lâcha Helena en fermant les paupières et en se pinçant l'arête du nez.

— Elle est mineure – ils étaient forcément au courant. Ils sont combien d'autres sur votre foutue machine ? Combien d'autres gamins comme Jasmine ? insista-t-il d'une voix tremblante.

Clarke rangea l'ordinateur dans son sac et se leva. Elle vérifia ostensiblement son téléphone, comme si un message urgent venait de tomber.

— S'il vous revient quoi que ce soit qui puisse être utile...

Elle laissa la fin de sa phrase en suspens et se leva pour regagner la porte d'entrée et le monde plus sûr au-delà.

— Une gamine, bordel, s'énervait James Andrews. Exploitée, maltraitée, et vous autres qui en foutez pas une rame. Je sais pas comment vous fermez l'œil la nuit.

Clarke aurait pu lui rétorquer quantité d'arguments : le CEOP, l'Agence nationale contre le crime et le visage hanté de Louise Hird. Mais elle savait aussi que rien de tout cela ne pourrait rassurer ce père en cet instant. Pour autant, Andrews n'en avait pas terminé avec elle. Il resta planté sur le seuil de la maison, le bras tendu, le doigt pointé sur elle, tandis qu'elle ouvrait la portière de sa voiture, qu'elle prenait place derrière le volant en tirant la ceinture de sécurité et démarrait le moteur. Quand elle se risqua à jeter un œil par la vitre, elle le vit secouer la tête : son jugement était sans appel.

Elle alluma la musique et se mit en route.

Au bout de quelques heures à Gayfield Square, Fox sentit qu'on commençait à l'accepter. Le constable Paul Allbright lui avait préparé un mug de thé – un thé infâme et insipide, mais Fox l'avait siroté comme s'il n'avait jamais rien bu d'aussi délicieux – et la constable Zara Shah lui avait fait un compte-rendu des perquisitions menées dans les bâtiments et l'enceinte de la prison. Les agents de nuit faisaient l'objet d'un autre volet de l'enquête, mais rien pour l'heure n'indiquait d'entrée d'argent inattendue ou d'achats hors normes. Les retranscriptions d'auditions et les enregistrements racontaient leurs histoires propres, qui toutes menaient à une impasse. Fox s'était concentré sur les agents Novak, Watts et Samms, mais aussi sur les discussions avec Darryl Christie et Everett Harrison. Ces dernières étaient, au mieux, de pure forme, et il regrettait de ne pas avoir été présent sur place pour pimenter les échanges. Il nota que Rebus n'avait pas encore été formellement auditionné, sans doute parce qu'il avait dit ce qu'il avait à dire en privé à Christine Esson.

Fox en apprit un peu plus sur Bobby Briggs. Briggs avait travaillé au fil des ans pour un criminel du district de Govan du nom de Mickey Mason – essentiellement dans la sécurité. Dans le temps, Mason organisait des combats de boxe et Briggs était payé pour maintenir l'ordre au bord du ring et à la porte. Fox s'intéressa surtout au fait que Mickey Mason avait été récemment libéré de la prison de Barlinnie après un court séjour pour fraude aux allocations. D'après les renseignements dont il disposait, Mason reprenait rapidement ses vieilles habitudes, y compris en garantissant l'approvisionnement en drogue des banlieues de Glasgow. Fox ne savait que faire de cette information, mais entrevoyait des maillons possibles dans une chaîne – chaîne à laquelle pourrait bien être attaché Shay Hanlon comme une pierre précieuse.

Son téléphone sonna. L'appel venait du COCT, un sergent du nom de Stevie Hodge. Fox se laissa aller contre le dossier de sa chaise.

— Qu'est-ce que je peux faire pour toi, Stevie ?

Il écouta la réponse, le visage aussi impassible que possible, fortement conscient de la présence à proximité de Shah et Allbright. Esson et Mulgrew étaient en réunion dans le bureau de leur boss – ou plus vraisemblablement en train de déballer tout ce que Fox avait fait depuis son arrivée à la BEP. Son coup de fil terminé, il se leva et enfila sa veste sans se presser.

— Dites aux parents de ne pas attendre, dit-il à Shah et Allbright en désignant d'un geste vague le bureau de Mae McGovern.

Une fois dans le couloir, il accéléra le pas. Il sortit sur le parking, prit le volant, renseigna une adresse dans le GPS et mit les gaz.

Stevie Hodge l'attendait, garé le long du trottoir dans une rue calme de maisons victoriennes mitoyennes en plein Mayfield. Fox sortit de sa voiture et grimpa dans la BMW de Hodge. Ce dernier, la trentaine, râblé et cheveux en brosse, arborait depuis peu une moustache qu'il avait pris l'habitude de caresser comme un animal domestique.

— Redis-moi, ordonna Fox.

— La témoin était sortie faire ses courses. Parking de supermarché. Une voiture s'en va, mais une moto s'arrête devant, lui bloquant le passage. Le motard descend, sort un pistolet de son cuir et le braque sur la vitre conducteur. Fait signe au conducteur de baisser la vitre, l'autre obtempère. Le motard dit quelque chose, puis retourne à sa moto et se tire. Notre témoin – Mme Clarkson, cinquante-trois ans – n'a pas trop su décrire la moto ni le motard, mais quand la voiture a quitté son emplacement, elle a repéré la plaque minéralogique. Une Jaguar F-Pace verte au nom d'un certain Jake Morris, à cette adresse, dit Hodge en montrant une maison à travers le pare-brise. Elle est garée quatre voitures plus haut.

— Et on le sait l'un comme l'autre, fit Fox de sa voix traînante, Jake Morris est un des gars de Darryl Christie.

— Clairement un lieutenant de longue date, confirma Hodge.

— On a des images de surveillance du parking ?

— Pour ce que ça vaut – le motard a gardé son casque tout du long.

— Et Mme Clarkson n'a pas entendu ce qu'il disait ?

— Pas du tout.

— Eh bien, on ferait mieux d'aller poser la question, dans ce cas…

Quand ils sonnèrent à la porte, une chaîne coulissa dans sa glissière avant que le battant ne s'ouvre vers l'intérieur, laissant apparaître les yeux d'une femme dans l'entrebâillement. Fox lui montra son badge.

— Pourrions-nous nous entretenir avec M. Morris, je vous prie ?

— Il est absent.

La femme était lourdement maquillée, ses cheveux noirs de jais en tas sur le sommet de son crâne. Elle avait un accent anglais.

— Quand rentrera-t-il ?

— Il est parti rendre visite à sa famille. Dans le Yorkshire.

— Une décision soudaine, peut-être ? Sa voiture est garée juste là.

— Qu'est-ce que vous voulez ?

— Ce serait plus simple de discuter à l'intérieur.

— Y'a rien qui me dit que vous êtes vraiment de la police, fit-elle en désignant le badge de Fox d'un mouvement du menton. De nos jours, n'importe qui peut faire des faux comme ça.

Fox fouilla dans son portefeuille et en sortit une carte de visite qu'il glissa sous la chaînette de sécurité. Il la retira au moment où la femme allait s'en emparer.

— De quoi avez-vous peur, madame Morris ?

— Qui a dit que j'avais peur ?

— S'il vous plaît, dites à Jake que nous aimerions l'aider.

Elle lui prit la carte de visite des mains et l'étudia un instant.

— Au début, j'ai cru que c'était par rapport à Jasmine, dit-elle. Quand vous avez dit que vous étiez de la police.

— Jasmine Andrews ?

La femme opina du bonnet.

— Ma fille Carla est sa meilleure amie. Elle est morte d'inquiétude.

— Et maintenant ça..., dit Fox en se composant une mine compatissante.

— Ça quoi ? dit-elle sans ciller.

— Jake qui prend ses cliques et ses claques.

— Je vous ai déjà dit qu'il était parti rendre visite à des gens dans sa famille.

— Vous pourriez peut-être me donner leur adresse ?

Mais elle refermait déjà la porte au nez des deux détectives.

— N'oubliez pas, on veut l'aider, lança Fox d'une voix forte.

Il quitta le perron et fit quelques pas sur la pelouse, mais la fenêtre du salon était fermée par un voilage, et ne laissait voir aucun mouvement à l'intérieur. Il regagna le trottoir et s'approcha de la Jaguar. L'intérieur du véhicule ne lui apprit rien.

— Impôts et assurances acquittés, commenta Hodge.

— Une gentille famille respectueuse de la loi, murmura Fox.

Il pensait à la fille, meilleure amie de la disparue. C'était peut-être intéressant et peut-être pas. Il se dit que Siobhan Clarke y trouverait forcément quelque valeur.

Et puis au fond – pourquoi s'embêter à lui dire ?

Mais oui, pourquoi ? songea-t-il.

— Alors, t'en penses quoi ? demandait Hodge.

— Une querelle entre voleurs ? conjectura Fox. Ou alors l'émergence d'un nouvel acteur.

Raison pour laquelle, même s'il n'était pas prêt à échanger avec Siobhan Clarke de sitôt, il passerait clairement un coup de fil à Thomas Glaze à Londres.

Glaze, il le savait, serait intéressé. Intéressé *et* redevable...

10

Rebus avait fait de son mieux pour surveiller Blair Samms pendant que l'agent travaillait avec l'équipe de jour, ce qui n'avait pas échappé à l'attention de Ratty – car peu de choses échappaient à son attention. Il se faufila jusqu'à Rebus et se cala à côté de lui contre le mur, à quelques pas de sa cellule.

— Il a fait un truc ? demanda-t-il à mi-voix en faisant mine de se gratter le bout du nez pour étouffer ses paroles.

— Pourquoi cette question ? demanda Rebus sans quitter Samms des yeux.

— Tu as ta tête de sniper.

— Ça se voit tant que ça ?

— Tu réussis plutôt bien à avoir l'air naturel. La preuve, c'est que Samms n'a toujours rien calculé.

— Qu'est-ce qui se dit de lui, Ratty ?

— De Samms ? Pas d'embrouilles, il fait ses heures, c'est un peu une énigme.

— Il ne rend de services à personne ?

— En faisant entrer du matos dans la prison, tu veux dire ?

Ratty vit Rebus hocher imperceptiblement la tête. Il se frotta de nouveau le nez, cette fois d'un air pensif.

— On sait tout ce qui se passe.

— Mais est-ce qu'on sait qui s'en occupe ?

— Les bons cachent bien leur jeu.

— J'ai entendu les rumeurs – on se fait recruter, former, puis on bosse un temps sur les deux tableaux avant de se faire la malle.

— Tu crois que Samms mijote un truc dans ce goût-là ?

Rebus plissa les lèvres.

— Tu as du nouveau sur Jackie ?

— La police scientifique a trouvé tout un tas d'empreintes et d'ADN dans sa cellule, appartenant à la fois à des taulards et à des agents pénitentiaires. Ce qui paraît logique : Jackie était populaire, les gens aimaient bien passer du temps avec lui.

— Et comment tu sais tout ça ?

— Je m'entends bien avec l'équipe de nettoyage, qui passait par hasard dans le bureau du directeur à ce moment-là…

Rebus hocha la tête d'un air entendu.

— Un mot en privé, dit-il en mettant le cap sur sa cellule où il prit place à sa table en attendant que Ratty le rejoigne quelques instants plus tard. Vaut mieux laisser la porte ouverte. Ça aura l'air moins suspect.

— Tu m'inquiètes, fit Ratty avec un sourire nerveux.

— Tu as des raisons de t'inquiéter ?

— Qu'est-ce qui se passe, John ? Je suis dans de sales draps ?

— À toi de me le dire.

Ratty prit une mine absorbée. Puis il secoua la tête.

— Je croyais qu'on était copains, fit-il.

— C'est le cas. Mais tu bosses en cuisine et au service.

— T'as pas assez à becqueter ? Tu veux que je te rajoute des rations en douce ? Watts et Samms surveillent tout, mais je peux voir si…

— Et tu ne peux rien me dire sur eux deux ?

— Rien ne me vient à l'esprit.

— Et le reste de l'équipe : Devo et Malachi ?

— Mais merde, qu'est-ce qui se passe, John ?

— Mark Jamieson pense qu'on a pu lui faire prendre quelque chose le soir où il est tombé K.-O. Soit dans sa nourriture soit dans son thé.

Ratty étouffa un petit rire narquois.

— Il couvre ses miches. Le mec se shootait à mort aux médocs, il sait très bien l'impression que ça va donner de l'extérieur.

Les yeux plissés, Ratty ressemblait plus que jamais à un rat.

— Peut-être que c'était moi, hein, John ? C'est ce que tu es en train de te dire ? Pourquoi tu me le demandes pas franco ?

— Parce que je n'ai pas de raison objective de ne pas te faire confiance. Tu as toujours été correct avec moi. Donc je te pose la question – Watts, Samms, Devo et Malachi. Si l'un deux devait droguer quelqu'un, tu mettrais ton billet sur qui ?

Ratty se tut, s'avança de quelques pas jusqu'à la chaise et s'affala dessus, coudes sur les genoux, mains nouées. Au même moment, Samms passa devant la cellule avec sa détermination coutumière. Il aperçut Ratty et ses yeux se posèrent sur Rebus. Rebus serra le majeur et l'index d'une main et fit le signe de la croix comme si Ratty était à confesse. Samms lui répondit d'un large sourire avant de poursuivre son chemin. Rebus espérait qu'il continuerait à n'y voir qu'une blague, ou mieux encore qu'il oublierait totalement la scène.

Quand Ratty releva les yeux, l'encadrement de la porte était désert.

— Devo, dit-il à mi-voix. Je ne dis pas que c'est lui, franchement je ne pense pas qu'il l'ait fait. Mais si j'avais à choisir.

— Et pourquoi lui ?

— En partie parce qu'il était de service ce soir-là. Je veux dire qu'il faisait le service à la cantine. C'est plus simple de glisser un truc dans cette espèce de gloubiboulga sans que celui qui l'avale s'en rende compte. Dans des patates et des carottes, on le sentirait, non ? En dessert, c'était fruits au sirop et glace – là encore, pas facile de mettre de la drogue dedans sans se faire repérer.

— Et les tasses de thé ?

— Eh ben, on peut pas en mettre dans tout le distributeur de thé, quand même, si ?

— Certes, concéda Rebus. Les agents n'auraient pas pu intervenir à un moment donné ?

Ratty répondit d'un haussement d'épaules.

— Parle-moi de Devo, poursuivit Rebus.

— Qu'est-ce que tu veux que je te dise ? Il a dépouillé tout le monde, jusqu'à sa grand-mère et son grand-père. Il a passé plus de temps en taule que dehors. Il a été filmé par des caméras de surveillance en train de chourrer la boîte de donations d'une boutique d'Oxfam.

— Il est copain avec qui ?

— Tout le monde et personne.

— Everett Harrison ?

— La plupart des gars préfèrent rester à distance respectueuse du Big H.

Ratty dévisagea Rebus :

— Pourquoi tu te casses les reins sur cette affaire ?

— C'est mon métier.

— Tu essaies de détourner les soupçons de Novak et de ses potes ?

— Si tel était le projet, tu viens tout juste de donner un sacré coup de main.

— Comment ça ?

— Tu n'as pas mouchardé Watts ou Samms.

— Ouais, pas faux, concéda-t-il après un temps de réflexion.

— Donc je sais que je peux te faire confiance – tu as dit la vérité telle que tu l'as vue, tu n'as pas essayé de faire tomber un agent pénitentiaire.

— Je suis un idiot, conclut Ratty avec un fin sourire.

— Tu penses que tu pourrais en toucher deux mots discrètement à Malachi, histoire de vérifier s'il a vu quelque chose pendant le service ce jour-là ? Sans que ça se voie trop, j'entends.

— Ça risque d'être coton. Malachi a oublié d'être bête. Il mettra pas longtemps à deviner le pourquoi du comment.

Rebus s'était approché de la porte, signifiant la fin de l'entrevue.

— Je t'en serais reconnaissant, dit-il et comme Ratty passait devant lui, il posa la main sur son épaule. Une dernière chose. Si jamais tu arrives à mettre la main sur ces fameuses rations…

— Un paquet de biscuits égale deux clopes, expliqua Ratty.

— Sauf que je ne fume pas.

Ratty balaya du regard l'intérieur de la cellule.

— Peut-être un inhalateur, dans ce cas. Je saurai toujours quoi faire d'un inhalateur…

Après le départ de Ratty, Rebus s'allongea sur son lit, le bras replié sur ses yeux. C'était le genre de détail auquel on ne pensait jamais à l'extérieur – le contrôle que l'on exerce sur des gestes de tous les jours comme d'allumer ou éteindre une lumière. En prison, quelqu'un d'autre décidait de la marche des choses. Ce qui expliquait que les ex-taulards avaient parfois du mal à reprendre pied dans la vraie vie. Comment vouliez-vous qu'ils se démerdent à organiser les repas ou les courses – tous ces rayonnages, toutes ces décisions à prendre ?

D'autres, bien évidemment, se faisaient à la vie carcérale comme s'ils étaient nés pour ça et leur quotidien derrière les barreaux n'était guère plus que la prolongation des écoles et institutions qu'ils avaient connues toute leur vie. Rebus lui-même était parti à l'armée dès la fin de l'école et, de là, avait intégré le centre de formation de la police, mais toujours en posant des questions et sans jamais se contenter de suivre aveuglément les règles. Il avait survécu à son lot de mesures disciplinaires et pensait avoir réussi à ne pas être un simple rouage, au service d'une fonction dictée ailleurs dans la machine. S'il avait aspiré à une vie tranquille, il aurait demandé à être séparé des autres détenus, mais au fond, la vie tranquille, ça n'avait jamais vraiment été son truc. Pour autant, il savait qu'il n'était plus le même homme. Le corps se faisait davantage sentir, il n'était plus à la hauteur physiquement. C'est pourquoi, même les yeux fermés, il restait sur le qui-vive. Briggs était forcément sur la brèche. Il ne tarderait pas à interpeller Rebus sur sa relation fallacieuse avec Shay Hanlon. Ce qui l'obligerait à être sur ses gardes pendant la promenade. Mais même ici, dans le quartier de Trinity Hall, il ne fallait pas oublier Everett Harrison. Il était proche de Briggs. Jusqu'ici, il avait pris le parti de Rebus, mais ça pouvait basculer à tout moment – or il n'était qu'à une cellule de distance, cellule située directement en face de celle de Jackie Simpson. Jackie Simpson dont les mésaventures avaient entraîné l'emprisonnement de Harrison.

Rebus voyait bien le tableau. Un agent touche des pots-de-vin ; la cellule de Harrison qu'on déverrouille ; quelqu'un rejoint à pas de loup ce même agent qui ouvre la porte de Simpson ; Mark Jamieson mis K.-O. ; la serviette fourrée dans la bouche de Simpson avant qu'on lui tranche la gorge.

Le tout aurait pris combien de temps ? Deux ou trois minutes maximum. Après quoi, ménage : les vêtements tachés de sang glissés dans un sac, le sac sorti de l'enceinte de la prison à la fin du service, en même temps que l'arme du crime. Rebus savait qu'on pouvait introduire clandestinement des couteaux en céramique sans déclencher les détecteurs de métaux. Les caméras de surveillance auraient filmé l'extérieur de la cellule, au moment où quelqu'un en sortait, mais rien de plus simple que d'effacer ou d'endommager des bandes, non ?

Un boulot sans bavure, le tout alors que les agents pénitentiaires étaient clairement dans le cadre…

— À quoi tu cogites ?

La voix le fit sursauter, et il balança ses jambes par-dessus le lit pour se redresser.

— Doucement, fit Novak depuis la porte. Je ne voulais pas te faire peur.

— Qui a dit que j'ai eu peur ?

— L'imitation était très convaincante, disons.

Il avança de deux pas dans la cellule et tira la porte jusqu'à ce qu'elle soit entrouverte de quelques centimètres à peine. Il reprit la parole à voix basse.

— Blair Samms m'a dit que Ratty était passé te voir. Tu l'as convaincu de bosser pour toi ?

— Je recueillais sa confession, c'est tout.

— Ouais, ça a titillé Samms, expliqua Novak en faisant pivoter la chaise vers lui avant de s'installer.

— Mettons que Samms était en effet dans la poche de quelqu'un, dit Rebus. Ça serait qui, à ton avis ?

— La réponse évidente, c'est Darryl. Mais il y a toujours le pote de Shay Hanlon.

— Tu veux dire Harrison ?

— Je veux dire Big H, confirma Novak. Mais il y en a sans doute d'autres.

— J'ai eu vent de menaces contre certains agents – pas seulement ici, mais dans d'autres prisons aussi. Ta voiture a brûlé, mais est-ce qu'il y a eu autre chose ?

Novak réfléchit un instant à la question avant de répondre.

— Des coups de feu tirés d'une caisse au milieu de la nuit, des coups de klaxon. Un chat mort balancé par-dessus la clôture. Ma femme a même trouvé un mot dans son caddie quand elle est arrivée à la caisse du supermarché.

— Un mot qui disait quoi ?

— « Joue le jeu ».

— Rien d'autre ?

— Rien d'autre, confirma Novak en s'agitant sur sa chaise. Ça peut être quelque chose comme ça peut être rien.

— Pas d'autre mot depuis ?

Rebus scruta le visage de Novak qui secouait la tête :

— Ça voulait dire quoi, d'après toi ?

— Ça voulait dire : ferme les yeux, si on te demande de faire quelque chose, fais-le.

— Tu es sûr que ça t'était destiné ?

— Pas vraiment.

— Et est-ce qu'on t'a demandé de fermer les yeux ?

— Pas encore.

— Tu as raconté tout ça à Esson et son équipe ?

— À quoi bon ? À part faire de moi un suspect, je ne vois pas l'intérêt.

— Et ton cousin au CID ?

— Cammy ? Il est plutôt occupé à plancher sur des crimes qu'il n'a pas grande chance de résoudre.

— Si je me faisais l'avocat du diable, reprit Rebus après un silence, je dirais que nous n'avons que ta parole, concernant ces menaces. Tu as très bien pu inventer tout ça pour te donner l'air innocent, ou te faire passer pour un bouc émissaire.

— Tu es dur à satisfaire.

— Mark Jamieson pense que son repas a pu être drogué, ce soir-là. Ratty, Devo et Malachi étaient de garde, supervisés par Watts et Samms – l'homme qui selon toi pourrait bien toucher des pots-de-vin.

— C'est ce que tu demandais à Ratty ?

— Il s'est plus ou moins porté garant pour Watts et Samms.

— Ce qui laisse Malachi et Devo – si on exclut Ratty.

— L'un des deux te semble vraisemblable ?

— C'est pas compliqué à faire : un peu de poudre ou un comprimé. Si la demande venait de la bonne personne, je dirais qu'aucun des deux ne refuserait.

— On ne peut pas dire que quoi que ce soit ait changé chez eux depuis cette nuit-là.

— C'est pas comme si le commanditaire allait remplir leurs cellules de strip-teaseuses et de boutanches, non plus.

— Non, mais ils se retrouveraient à appartenir à son sérail.

— Je n'ai vu aucun signe, mais je vais clairement veiller au grain.

— Pour ce que ça vaut, Ratty pense que Devo est le candidat tout désigné.

Les deux hommes furent interrompus par des éclats de voix dans le couloir. Novak sortit précipitamment de la cellule et tourna à gauche. Rebus lui emboîta le pas. Des détenus s'étaient regroupés autour de Darryl Christie, et leurs cris se mêlaient aux siens. Des agents tentaient d'intervenir. Du point de vue de Rebus, certains détenus s'employaient à protéger Christie tandis que d'autres essayaient de s'en prendre à lui. Une espèce de bâton dépassait des têtes de tout le monde. Rebus comprit qu'il s'agissait d'une queue de billard.

En s'approchant de la mêlée, il distingua l'extrémité de la queue de billard enfoncée dans la bouche d'Everett Harrison. Ce dernier, le visage écarlate, manquait de s'étouffer. On l'avait contraint à se mettre à genoux et il essayait d'extirper la queue de billard d'une main tout en cognant contre l'avant-bras de Christie de l'autre. Deux des lieutenants de Christie maintenaient Harrison au sol en comprimant ses épaules. Quelqu'un décocha un coup de poing à un gardien, l'alarme se déclencha, des renforts affluèrent. Rebus lut sur le visage de Christie une expression qu'il avait déjà vue par le passé : une folie intense et palpable. Secouru par une nouvelle flopée de chemises blanches, Harrison parvint à se débarrasser de la queue de billard. Secoué de haut-le-cœur, il porta une main à sa gorge et s'éloigna en titubant pour se mettre à l'abri. Rebus ignorait ce qui avait mis le feu aux poudres, mais il savait qu'un scénario de cet acabit était imminent – l'accumulation de colère et de ressentiment après la mort de Jackie Simpson, le poids de l'incertitude et le sentiment qu'aux yeux du monde extérieur rien de tout cela, et aucun d'eux, n'avait vraiment d'importance.

L'ordre était en train d'être rétabli, Christie traîné *manu militari* en direction de la grille et du couloir de l'autre côté. Quand il passa devant Rebus, il lui sourit de toutes ses dents. Harrison était prostré, les genoux remontés sous le menton, dos au mur à côté de la table de billard. Samms et Novak l'examinaient. À présent, les détenus semblaient hésiter – quel parti fallait-il prendre ? Certains se tournèrent vers la grille que venait de franchir Darryl Christie. Christie était du coin et avait du pouvoir, mais Harrison bossait pour Shay Hanlon et ce dernier, moins connu, était auréolé d'un mythe. Tout le monde savait ce dont Darryl Christie était capable, mais le potentiel de Hanlon restait du domaine du fantasme. L'incertitude se lisait sur les visages. Les hommes, d'humeur belliqueuse quelques instants plus tôt, arboraient des mines déboussolées et retournèrent dans leurs cellules sans protester. On aida Harrison à se relever, qui ne dit pas un mot quand on suggéra de le conduire à l'infirmerie. Il semblait ne pas vouloir ou ne pas pouvoir parler, et gardait une main plaquée sur sa gorge.

— C'était quoi, cette histoire ? interrogea un gardien, mais Harrison se contenta de secouer la tête.

Billy Groam, le voisin de Rebus, se demanda à voix haute si les queues de billard allaient désormais être retirées de la circulation.

— C'est ce qui est arrivé la dernière fois avec la cible à fléchettes, bougonna-t-il.

— Retournons dans nos cellules, suggéra Novak. Laissons les choses se calmer.

Les bras écartés, il rassembla les détenus pour les ramener dans leurs quartiers. Rebus se planta sur le seuil de sa cellule. Quand Novak arriva à sa hauteur, il demanda à parler à Christie.

— Je ne suis pas du tout assez payé pour t'obtenir ça, John.

— C'est pour ça que j'ai besoin que tu fasses remonter l'info au directeur.

Novak le dévisagea.

— Le directeur a sans doute des problèmes plus urgents.

— N'empêche, j'ai besoin que tu lui fasses la demande.

— Il te doit une faveur, c'est ça ?

Au lieu de répondre, Rebus se retira sur son lit, où il s'allongea de nouveau, mais cette fois sans se couvrir les yeux. Il les garda ouverts, sans ciller, rivés sur le plafond et au-delà.

Plus d'une heure s'écoula avant que Graves ne se présente à sa porte et annonce que le patron voulait le voir. Comme ils remontaient le couloir, Rebus remarqua que les queues et les boules de billard avaient en effet été retirées. Ils approchaient du bureau du directeur quand Howard Tennent en personne en sortit, et verrouilla la porte derrière lui.

— Je prends la suite, annonça-t-il à Graves.

Puis, suivant des yeux le gardien qui rebroussait chemin :

— Est-ce absolument nécessaire, John ?
— J'en ai bien peur.
— Puis-je demander pourquoi ?
— Plus tard, peut-être.
Ils se mirent en marche.
— Ça avance ? finit par demander Tennent.
— À sa façon – essentiellement par processus d'éliminations, mais en soi ça peut porter ses fruits.
— Qu'est-ce qui vient de se passer entre Darryl et Everett ?
— Aucune idée.
— Vous allez poser la question ?
Tennent observa la légère inclinaison de la tête de son interlocuteur. Il regardait autour de lui, mais personne ne se trouvait à portée de voix, si bien qu'il poursuivit :
— L'enquête de police est au point mort – personne ne l'avoue, mais c'est évident. Seul l'inspecteur Fox semble avoir encore la flamme au ventre.
— Il a peut-être mangé un curry trop épicé.
— Il n'a pas votre agrément ?
— Je lui donne un bon point.
— J'aime plutôt ce que j'ai vu du bonhomme.
— Tenez bon, parce qu'il ne tardera pas à vous décevoir.
Rebus reprit après un silence :
— Je peux vous demander quelque chose ?
Tennent le dévisagea.
— Quoi ?
— Il vous arrive d'avoir des nouvelles de mon pourvoi en cassation ?
Le directeur secoua la tête.
— Le cas échéant, vous me le diriez ? insista Rebus.
— Écoutez, John, je pense que vous n'avez rien à faire en prison. Mais personne ne m'en parlera avant de vous le dire à vous.

Tennent se concentra sur le verrou d'une énième porte métallique. Ils étaient en chemin pour l'USR, où Rebus avait purgé les trois premiers mois de sa peine. Les cellules d'isolement faisaient partie du complexe – deux cellules, de petite taille, dotées chacune d'un lavabo et d'un W.-C., sans aucune intimité, toute ablution parfaitement visible depuis le judas. Là, pas de téléphones, de téléviseurs, de bouilloires ou de rayons de livres. Un rebord en béton faisait office de lit recouvert d'un fin matelas et d'une couverture. Sans oublier un bout de fenêtre en hauteur, si haut qu'elle en devenait insignifiante.

L'agent chargé de l'unité de séparation et de réintégration les attendait. Il inclina sèchement le menton à l'attention de Rebus en guise de salutation tandis qu'il déverrouillait la porte pour l'ouvrir. Darryl Christie était assis sur le rebord en béton, tête baissée.

— Vous allez devoir m'attendre ici, dit Rebus à Tennent avant d'entrer dans la cellule et de refermer derrière lui.

— À t'entendre, tu es le propriétaire des lieux, commenta Darryl sans lever la tête.

— Ça impliquerait de prendre ta place, Darryl. Je ne suis pas sûr d'avoir la carrure.

— Je suis le propriétaire de peau de couille, c'est ça la vérité, lâcha Christie d'une voix qui trahissait toute son amertume.

— Qu'est-ce qui s'est passé ?

Rebus patienta, mais n'obtint en guise de réponse qu'un signe de dénégation lente. Au bout de trente secondes, Christie releva brusquement la tête et posa les yeux sur son visiteur.

— Malcolm Fox et toi, ça remonte à longtemps, hein ?

— On a eu de bons moments.

— Il est au Crime organisé – dans le temps, cette bande de connards me collaient le cul tout le temps, écoutes téléphoniques, la totale. Pour autant que je sache, ils ont toujours la trique pour moi, même si j'ai disparu de la circulation.

— Qu'est-ce que le Crime organisé vient faire dans tout ça ?

Son sourire se dessina de nouveau, ce fameux sourire plein de dangers.

— Tout, affirma Christie.

— Je dois attendre encore combien de temps avant que tu mentionnes son nom ?

— Quel nom ?

— Shay Hanlon.

— Cet enfoiré, grogna Christie.

— Harrison bosse pour Hanlon. Jusqu'ici, vous avez toujours été en bons termes, mais quelque chose a changé. Impossible pour toi d'atteindre Hanlon, mais tu peux t'en prendre à ce qui s'en rapproche le plus – ce que tu as fait.

— Tu étais déjà aussi fûté à l'école ? Le genre qui a toujours la main en l'air pour répondre aux questions de la maîtresse ?

— J'étais plutôt médiocre, si tu veux tout savoir. Je séchais beaucoup. Depuis, j'essaie de me rattraper.

Christie s'était décidé. Il vérifia par-dessus l'épaule de Rebus que la porte était bien fermée, mais malgré tout il se leva, et inclina la tête pour chuchoter à son oreille.

— Deux de mes gars ont été touchés. Des porte-flingues les ont braqués, en leur disant de quitter la ville sinon gare. Les agresseurs sont à moto et ils ont un accent de Liverpool.

— Liverpool égale Hanlon, acquiesça Rebus.

— Les gars qu'il a menacés sont les meilleurs de la classe. Si eux s'en vont, il ne restera plus que les moyens et les cancres.

— Hanlon joue le grand jeu, supputa Rebus.

— J'ai besoin de savoir ce que Fox sait. Tu penses qu'il t'en causerait ?

La seule réponse crédible à la question étant « jamais de la vie », Rebus tint sa langue. Non pas que Christie y prêtât attention, tant son esprit semblait déborder d'une énergie frénétique.

— Si Hanlon est de retour sur le sol britannique, je peux préparer un coup. Et même s'il ne l'est pas, j'ai besoin de savoir qui il a mis aux manettes par ici.

— Dommage que tu n'aies pas posé la question à Harrison.

Christie reprit après un temps de réflexion :

— Ouais, eh bien… j'y pensais, mais quand je me suis approché de lui, il avait un grand sourire de faux jeton sur la tronche et j'ai eu envie qu'il le ravale – parce que son sourire me disait qu'il savait que je savais. Il pense que son boss peut se permettre de débarquer comme ça dans ma ville, après tout le mal que je me suis donné. Il a fallu que je lui fasse bien comprendre, et à ce moment-là Mark Jamieson avait choisi son axe de visée, et la queue de billard m'a fait de l'œil juste comme je passais à côté de lui…

— C'est une manière comme une autre de torpiller ses arrières, on va dire.

— Raison pour laquelle je dois accéder à Fox et à sa confrérie de costards-cravates.

Rebus fit mine de réfléchir.

— Il va me falloir un téléphone.

— Rien de plus simple.

— Pas tant que tu es cloîtré ici jusqu'à nouvel ordre.

La naïveté de Rebus arracha un hochement de la tête navré à Christie.

— Troisième cabine de douche en partant de la gauche. Dans le tuyau d'évacuation. Il devrait y avoir largement de quoi faire question batterie et crédit téléphonique. Tu pourras le garder – disons que c'est ta récompense.

Il recula un peu pour que Rebus voie bien l'index qu'il agitait sous son nez.

— Mais je veux cette info, John. Si je ne l'obtiens pas, je serai de très, très vilaine humeur.

— Une chance pour moi qu'il n'y ait plus de queues de billard disponibles.

— Ne t'inquiète pas pour ça – je suis connu pour improviser. Je suis certain que je trouverai le moyen de te faire du mal.

— C'est noté.

Rebus passa devant Christie et poussa le battant. Tennent se tenait de l'autre côté, le visage impassible. Qu'il ait ou non entendu la conversation. Rebus n'était pas sûr que ce point ait la moindre importance.

— On se parlera plus tard, Darryl, lança le directeur d'un ton sévère.

— Et dire qu'ils appellent ça « être à l'isolement », rétorqua Christie. On peut pas avoir la paix pendant cinq minutes...

*

* *

Rebus attendit la fin de l'après-midi avant d'enrouler sa serviette de bain et de prendre le chemin des douches. Les jeunes gars, ceux qui faisaient de la musculation, ne voyaient pas d'inconvénient à se déshabiller dans leur cellule pour gagner les douches en tongs ou en baskets, une serviette nouée à la taille. Ce n'était pas la technique de Rebus. Il retirait ses vêtements une fois à l'intérieur de la cabine de douche, en ressortait pour les déposer de côté avant de retourner à l'intérieur et d'accrocher sa serviette sur la porte qui montait à hauteur de poitrine. Le sol et les parois étaient encore humides après le passage de l'usager précédent. Il fit couler l'eau – à cette heure de la journée, elle était à peine tiède – et jeta un œil par-dessus le battant pour vérifier que personne ne rôdait dans les parages. Il s'accroupit et glissa ses ongles sous le rebord de la grille qui filtrait l'eau de ruissellement. Les vis qui l'avaient retenue autrefois avaient disparu, leur absence camouflée par des paquets de savon agglomérés enfoncés dans chaque trou. Rebus réussit sans peine à faire levier.

Il se pencha pour regarder dans le tuyau d'évacuation et finit par apercevoir un mince filin accroché sur le rebord juste en dessous du niveau du sol. Il tira dessus et sentit une résistance. Le sachet en plastique transparent auquel il était relié finit par émerger. Il distingua le petit losange de couleur sombre à l'intérieur. Il déroula le filin et le replaça dans le tuyau d'évacuation, puis remit la grille en place. Il coupa l'eau et se sécha. Les fouilles menées par la police avaient-elles omis les douches ? Ou avaient-elles été trop sommaires ? Il songea que le téléphone avait pu trouver sa place dans le tuyau une fois les perquisitions terminées, mais en attendant, il avait bien fallu le planquer quelque part. En outre, le tuyau d'évacuation aurait tout aussi bien pu dissimuler une arme – voire un couteau à lame dentelée.

Les autres cabines de douche étaient vides. Rebus les passa en revue, mais les grilles d'évacuation étaient fermement clouées au sol. Il se rhabilla, le cœur battant légèrement plus vite qu'à l'accoutumée et, le téléphone enroulé dans sa serviette de bain, retourna dans sa cellule en s'efforçant de marcher d'un pas tranquille. Il rangea le portable dans le petit coffre-fort sous son lit. Pour une fois, il le ferma à double tour.

Ce soir-là, après la fermeture des portes, il grimpa sur la lunette des W.-C., alluma le téléphone et composa le numéro de Christine Esson. Elle mit longtemps à décrocher.

— C'est John, murmura-t-il dans le combiné.

Esson ne réagit pas immédiatement et Rebus en profita pour analyser le fond sonore.

— Tu es au pub ? devina-t-il.

Il l'entendit écarter son portable le temps d'expliquer à quelqu'un qu'elle revenait dans deux minutes.

— Tu es dans quel bar ? insista Rebus.

— Au Jeremiah's Taproom, finit par répondre Esson. Près de Gayfield Square.

— Siobhan est avec toi ?

— Non.

Elle était sortie dans la rue, et le bruit de la circulation avait remplacé le brouhaha des conversations.

— On dirait qu'il pleut, nota Rebus.

— Il a plu. Ça s'est arrêté. Qu'est-ce que tu veux, John ?

— Ce que je *veux*, c'est sentir l'herbe du parc des Meadows après la pluie. Mais ce dont j'ai *besoin*, c'est de parler à Fox – tu as son numéro ?

— À plus d'un titre. Tu as l'intention de lui parler de quoi ?

— C'est confidentiel, Christine. Mais rien à voir avec ton affaire, je te le promets.

— Attends une seconde, dans ce cas.

Elle lui récita un chapelet de chiffres, que Rebus inscrivit au stylo sur le dos de sa main.

— Merci, dit-il. Alors, ça avance, ton enquête ?

— Tu as quelque chose pour moi ?

— Mark Jamieson pense qu'on a pu droguer son dîner. Et d'un. Chris Novak affirme qu'il est l'un des agents pénitentiaires pris pour cible en dehors de la prison – non seulement sa voiture a brûlé, mais il a reçu des mots de menaces, ce genre de choses. Donc ça fait deux éléments que tu ignorais sans doute. Oh, et Darryl Christie vient d'enfoncer une queue de billard dans la gorge de Harrison, apparemment pour se venger de ce que le boss de Harrison s'en prend à son équipe hors de la prison. Et toi – tu as réussi à dénicher quelque chose sur Blair Samms ?

— Rien de spécial. J'ai réécouté ses auditions. Manifestement, il a l'esprit d'équipe, et il débite le même texte que ceux qui étaient d'astreinte cette nuit-là. Les caméras de surveillance le montrent en train de faire rapidement le tour de Trinity Hall, rien de plus. En fait, il y reste très exactement soixante-treize secondes comparativement aux deux heures et demie qu'il passe assis sur son postérieur à boire du chocolat chaud en lisant le journal.

— Bien, donc tu es méthodique.

— Méthodique *et* méticuleuse.

— Le tout sans arriver nulle part.

— Pendant que toi, tu as indubitablement deviné qui a empoisonné le compagnon de cellule de Simpson ?

— Je m'intéresse à quelques candidats prometteurs, même si je préfèrerais m'intéresser à une pinte de bière en ta compagnie.

— Le hamburger est pas mal non plus.

— À ma sortie, la première chose que je ferai sera de réserver une table à Prestonfield House.

— Je suis invitée ?

— Du moment qu'on partage l'addition.

— C'est à cause de Christie que tu veux parler à Fox ?

— Si la troupe de Darryl est prise pour cible, il sera au courant.

— Il s'est associé à l'enquête, tu sais.

— Toutes mes condoléances… Pendant que j'y pense : tu connaîtrais un certain Cammy au CID ?

— Cammy Colson, c'est tout. Il fait équipe avec Siobhan, en ce moment. Pourquoi ?

— Rien de spécial. Je ferais mieux de te laisser à tes festivités.

En position accroupie sur la lunette des toilettes, ses hanches souffraient le martyre.

— Si et quand tu as du nouveau, tu sais où me trouver, conclut-il.

Il raccrocha et regagna la porte de sa cellule, dont il éprouva la poignée. Bien évidemment, elle était fermée, et les sons de l'extérieur lui parvenaient étouffés : toussotements ; quelqu'un sifflait encore « *Valerie* » ; une ligne de basse sourde que les agents pénitentiaires ne tarderaient pas à faire taire filtrait d'une autre cellule. Il entendit le bruit de la grille du couloir qu'on déverrouillait puis verrouillait de nouveau – un agent qui arrivait ou sur le départ. S'il y avait bien une chose qui rendait Rebus à moitié fou, c'était le ballet constant des verrouillages et déverrouillages. On ouvrait une porte ou une grille, pourtant il n'y avait rien de l'autre côté si ce n'est un couloir qui se terminait sur une autre porte ou grille. Pourquoi fallait-il fermer le premier passage à double tour ? Les gardiens et ses codétenus n'avaient pas l'air de s'en émouvoir, mais la question irritait Rebus. Il songea à Billy Groam – avait-il réellement entendu l'ouverture d'une cellule ? Il flanqua un coup de pied dans la sienne, suffisamment fort pour se tordre un orteil.

— Ça t'apprendra, grommela-t-il en battant en retraite jusqu'à sa couchette, accompagné par la pensée d'un pub chaleureux et d'un steak saignant.

Esson regardait fixement son téléphone après que Rebus avait mis fin à la conversation. Lorsque l'écran vira au noir, elle poussa de nouveau la porte d'entrée et retourna à sa table. Prise d'un léger frissonnement, elle essuya les quelques gouttes tombées sur ses bras.

— Il pleut de nouveau ? demanda Malcolm Fox en se mouchant.

De l'autre côté de la table, Jason Mulgrew faisait tournoyer le contenu de sa pinte pour en renouveler le col de mousse. À l'origine, Fox et Mulgrew avaient pris leurs dispositions pour aller au pub, mais n'ayant pas l'intention de laisser Fox s'en sortir à si bon compte, Esson s'était incrustée.

— Désolée, dit-elle. Il fallait que je prenne l'appel.

— Pour le boulot ? s'enquit Fox.

— Une source.

Elle se tut, baissa les yeux sur le fond de vodka-tonique dans lequel baignaient trois tranches de citron.

— D'après cette source, les membres du réseau de Darryl Christie ont la trouille, ajouta-t-elle en levant les yeux pour les poser sur Fox.

— Ah bon ? fit l'intéressé en prenant son verre d'eau.

— À toi de me le dire.

Il haussa les épaules en guise de réponse.

— Je ne savais pas que le sujet t'intéressait.

— Tu m'as dit toi-même qu'Everett Harrison aurait très bien pu avoir une dent contre la victime, or Harrison travaille pour Shay Hanlon. Hanlon a des vues sur Édimbourg, mais il ne se passera rien tant qu'il n'aura pas fait un sort à la bande de Darryl.

Elle s'avança, coudes sur la table :

— Hanlon est-il de retour au pays, Malcolm ? Est-ce pour ça que Londres est toute retournée ?

— J'ignore si Hanlon est oui ou non rentré du Brésil. Mais il est vrai que la bande de Christie est en train de se faire éliminer. Le dernier en date était un type du nom de Jake Morris. Un motard lui a collé un pistolet sous le nez et maintenant Jake se planque quelque part.

Esson remarqua à quel point Jason buvait les paroles de Fox – ce dernier s'en était aperçu, lui aussi, et s'évertuait à captiver son auditoire en répétant son récit à grand renfort de gestes et de détails dont Esson ne tarda pas à se dire qu'ils étaient fabriqués de toutes pièces. Fox évoqua sa « relation étroite » avec SO15 – « Tu as peut-être entendu parler de la Special Branch, Jason, mais le nom a changé il y a un moment. » Puis il aborda Gartcosh et les diverses agences « de haute autorité » domiciliées là-bas. « Je te ferai faire la visite, un jour, si tu veux. »

Mulgrew inclina la tête en signe de gratitude.

Fox finit par s'essouffler et tourna son attention vers Esson.

— Ta source m'intéresse, Christine. Elle a l'air de savoir des choses qui ne sont pas exactement de notoriété publique.

— Je lui ai promis l'anonymat. Je ne peux pas revenir sur ma parole.

— Je croyais qu'on faisait équipe.

— Vraiment, Malcolm ?

— Je me rends bien compte qu'on est partis du mauvais pied, toi et moi…

Esson savait qu'il faisait référence à la discussion qu'ils avaient eue dans la voiture de Fox. Ce dernier s'apprêtait à ajouter quelque chose quand les vibrations de son téléphone l'interrompirent. Esson supputa que l'écran afficherait *Numéro masqué* pendant que Rebus attendait à l'autre bout du fil. Fox ne prit pas la peine de répondre. Il éteignit son téléphone et le glissa dans sa poche.

— C'est ma tournée, je crois, annonça Mulgrew en éclusant son verre.

— Trois verres, ça suffit, le réprimanda Fox. Il faudra avoir les idées claires demain. Mais c'était une bonne idée, tu ne trouves pas ? De créer un peu des liens en dehors du bureau ?

— Absolument. C'était gentil de nous inviter, n'est-ce pas, Christine ?

— Je n'aurais raté ça pour rien au monde, rétorqua Esson tout en sachant que son sourire ne tromperait qu'un seul des deux hommes à table.

— C'est Rebus, hein ? lança Fox avec un sourire pareil au sien. Cette source qui est au courant de ce qui se passe autour de Darryl Christie. Tu devrais faire attention, Christine.

— Pas de sermon, Malcolm, je te prie – surtout pas venant de toi.

— Mais j'ai raison, hein ? Qu'est-ce qu'il t'a dit d'autre ?

— Rien si ce n'est que Chris Novak a reçu des menaces et que le repas de Mark Jamieson a pu être drogué le soir du meurtre.

— Ça en fait, des bons points à rapporter à Mae McGovern.

— Ouais, bien joué, bravo Christine, ajouta Mulgrew d'une voix un tantinet agacée.

— Tu auras ton heure de gloire, Jason, n'aie crainte, lui dit Fox en posant la main sur son bras.

— On en reste là pour aujourd'hui ? suggéra Esson, désireuse de mettre un terme à cet étalage de bromance.

— Jusqu'à la fois prochaine, répondit Fox sans desserrer son étreinte sur Mulgrew, comme s'il rechignait à lâcher prise.

— Il me reste encore deux gorgées, se plaignit Mulgrew en tapant le fond de son verre contre la table.

Avec un soupir, Esson se leva et les laissa seuls.

JOUR 4

11

Jason Mulgrew attendait Esson sur le trottoir bondé. En temps normal, le quartier était paisible et sans histoires. Ce matin-là, quelques voitures en route pour l'école, ou quelques livraisons matinales passaient. Des voisins étaient sortis sur le pas de leur porte pour observer l'agitation. Deux fourgons de scène de crime étaient garés à côté de quatre voitures de police.

— J'espérais que tu aurais des cafés, glissa Mulgrew en ouvrant la portière d'Esson pour qu'elle sorte de sa voiture.

— Trois pintes, ça faisait peut-être beaucoup, non ?

— Il m'a semblé que c'était la meilleure chose à faire. Malcolm a l'air d'être un bon gars, sans entourloupes.

— Tu souffres d'un Covid long ? Tu as perdu l'odorat ?

Mulgrew pinça les lèvres :

— Au moins, je comprends pourquoi John et toi discutiez le bout de gras au bureau de la pastorale.

— John veut obtenir un résultat, comme nous tous.

Ils étaient arrivés à hauteur d'un des fourgons : les portières arrière étaient ouvertes et un agent faisait la distribution de combinaisons, gants et surchaussures. Esson jeta un coup d'œil à la maison de deux étages qui les attendait.

— Qui t'a mis au courant ? demanda-t-elle.

— L'inspecteur-chef l'a appris à la première heure et a reconnu le nom de la victime.

La rue était bordée d'arbres dont les branches s'égouttaient sur Esson. Elle remonta sa capuche non sans leur avoir lancé un regard noir. Pour la plupart des habitants d'Édimbourg, le quartier de Barnton n'était qu'un lieu de transit pour les trajets vers le nord et l'ouest. Il accueillait les professions libérales et ceux qui avaient bien réussi dans la vie. Une femme d'âge moyen se plaignait auprès du jeune agent qui installait le cordon de sécurité.

— Elle doit s'inquiéter de la valeur immobilière de sa barraque, commenta Esson. Qui a trouvé le corps ?

— La mère de la victime. Elle n'avait pas de nouvelles de lui depuis plusieurs jours – et trouvait ça inhabituel. Elle est passée voir. Peu après son arrivée, elle faisait le 999.

— Où est-elle en ce moment ?

— Ils l'ont raccompagnée chez elle. Dans l'espoir de l'auditionner dès qu'elle se sera calmée.

Ils étaient arrivés à la porte d'entrée, où ils déclinèrent leur identité à un agent muni d'un porte-bloc. Puis ils entrèrent. Le séjour était spacieux, dépourvu de cloisons et paré de teintes vives, les œuvres accrochées aux murs manifestement choisies pour leurs couleurs criardes qui juraient entre elles. Un projecteur était braqué sur le seul mur nu. Deux canapés en cuir couleur crème étaient disposés en V, et des étagères proposaient un étalage de bouteilles, verres, jeux vidéo et magazines de foot. Des tapis à motif zébré recouvraient partiellement le parquet.

— On l'a trouvé dans la cuisine, énonça Mulgrew.

Ils se dirigèrent donc vers la cuisine. Le corps était encore *in situ*, mais sur le point d'être emporté. Un technicien photo vérifiait ses clichés pour s'assurer qu'il n'avait rien oublié. La cuisine arborait un îlot central recouvert de marbre blanc moucheté. Deux agents de la police scientifique y consacraient toute leur attention. Même à deux mètres de distance, Esson reconnut les traces de sang sur un angle du meuble. Elle n'avait pas connu Zak Campbell de son vivant – c'était Siobhan Clarke la fan de foot, pas elle – mais l'homme gisait là, son cadavre refroidissant sur le sol de sa cuisine.

Haj Atwal, le responsable de scène de crime, reconnut Esson, qu'il salua d'un hochement de tête. En apercevant Mulgrew, il laissa échapper un grognement.

— Mets ta capuche, nom d'un chien !

Mulgrew, qui était en train de se gratter le cuir chevelu, tira promptement la protection élastique sur sa tête d'un air mortifié.

— J'imagine que la victime ne s'est pas juste cogné la tête en trébuchant, dit Esson derrière son masque.

— Les blessures au front ont probablement été faites par le plan de travail, répondit Atwal. Quant à savoir pourquoi il a basculé en avant…

Il hocha la tête en direction d'un des sacs à mise sous scellés alignés sur ledit plan de travail. Les détectives s'en approchèrent. Il renfermait un couteau de cuisine de quinze centimètres dont la lame était maculée de sang et le manche présentait des traces de poudre dactyloscopique. Esson porta son regard un peu plus loin sur le meuble, sur le bloc à couteaux dont un emplacement était vide.

— Une seule plaie punctiforme, infligée par derrière, continua Atwal. Puis le couteau a été abandonné par terre.

— Dis-moi qu'on a des empreintes, souffla Mulgrew en fixant le cadavre.

Atwal secoua la tête.

Esson arracha son attention des sacs à mise sous scellés.

— Qui est aux commandes ? demanda-t-elle.

— L'équipe de Gillian Reeves.

— Et donc ils sont où ?

— À l'étage, peut-être, répondit Atwal.

Esson pivota sur ses talons et quitta la cuisine pour regagner le vestibule.

— T'en penses quoi ? l'interrogea Mulgrew une fois dans les escaliers.

— Tout ce qu'on sait pour l'instant, c'est que Zak Campbell était très ami avec Marcus Simpson et que notre enquête touche incidemment au père de Marcus.

À l'étage, les murs du couloir étaient recouverts de maillots de foot encadrés et de coupures de presse remontant à l'âge d'or de Zak Campbell. Toutes les portes étaient ouvertes et des voix leur parvenaient de celle du fond. Esson passa devant une salle de bains, ce qui ressemblait à la chambre principale, puis une chambre transformée en bureau. Tout le monde s'était rassemblé dans la toute dernière chambre. Les rideaux étaient tirés et la pièce éclairée par une ampoule rose qui pendait au plafond. Un appareil photo numérique était installé sur un trépied, braqué sur le lit.

— Apparemment, il filmait ses conquêtes, commenta un agent à l'attention d'Esson et Mulgrew.

Esson l'ignora, son attention tout entière fixée sur le lit et le mur derrière. Le papier peint à rayures ne lui était pas étranger.

— Oh merde, lâcha-t-elle.

L'inspectrice Gillian Reeves se tourna vers elle.

— Qu'est-ce qu'il y a, Christine ?

— J'ai déjà vu cette chambre, Gillian, répondit Esson en tentant d'extirper son téléphone de sous sa combinaison de protection, en vain. Et ce que Zak Campbell faisait ici allait bien au-delà d'accrocher des trophées à son tableau de chasse…

La réunion eut lieu dans le bureau de l'inspecteur-chef Bryan Carmichael à St Leonard's, décoré d'un étalage de médailles de natation et de photos encadrées montrant ses parents et son compagnon de longue date, Adam. Une fois Esson, Mulgrew, Siobhan Clarke et Gillian Reeves entassés dans la pièce, il ne restait plus beaucoup de place et, songea Esson, encore moins d'oxygène. Un filet de transpiration lui coulait le long du dos. Elle avait expliqué la situation à Clarke au téléphone et les deux femmes venaient à l'instant de terminer d'exposer les faits au patron de Clarke, tandis que la cheffe d'Esson se joignait à la conversation par haut-parleur interposé. Clarke tenait son ordinateur portable ouvert, la page d'accueil de Young Fresh East Coast visible, montrant chaque mannequin posant sur le même lit devant le même papier-peint. Reeves se tenait dans un silence de mort, les mains nouées dans le dos, implorant Carmichael du regard de ne pas lui retirer l'affaire.

— Bien, fit Carmichael en concentrant son attention sur le téléphone posé devant lui. J'ai l'impression, Mae, qu'il y a un lien plus important avec l'affaire de disparition que la mort à la prison, et étant donné que Jason et Christine ont déjà de quoi s'occuper avec un meurtre…

— Je ne suis pas contre, grésilla la voix à l'autre bout du fil. Mais j'aimerais que mon équipe garde un pied dans votre camp. Le lien est certes ténu avec Jackie Simpson, mais il existe. J'ai besoin d'avoir la certitude que c'est vraiment sans rapport.

— Cela me convient très bien. Christine et Siobhan ont déjà collaboré par le passé, ce qui fait de Christine la candidate toute désignée.

Jason Mulgrew en prit manifestement ombrage.

— Je perçois une divergence d'opinion dans les rangs, commenta Carmichael.

— Sauf le respect que je vous dois, madame, dit Mulgrew à l'attention du téléphone, cette responsabilité ne devrait-elle pas incomber au plus haut gradé ?

— La décision a déjà été prise, Jason, trancha McGovern d'une voix glaciale. Et Christine, vous serez à cheval sur deux dossiers, mais vous n'oublierez pas celui qui a la priorité.

— Compris.

— Nous aurons besoin de vous ici, à Gayfield Square, le plus possible. Et s'il s'avère que cet incident n'a rien à voir avec notre propre enquête…

— Compris là aussi.

Carmichael se pencha vers le combiné.

— On est un peu à court de bras par ici, Mae.

La réponse de McGovern fut précédée d'un rire tonitruant.

— Bienvenue au club, Bryan.

— Donc, je suis maintenue ? interrompit Gillian Reeves.

— Évidemment, rétorqua Carmichael. Et n'hésitez pas à amener des renforts… en masse.

Il reprit après une pause :

— Qu'en pense-t-on, on a terminé ?

La salle fut parcourue de hochements de tête d'assentiment, Mulgrew endossant le rôle du seul et unique dissident. Il ne s'était toujours pas départi de son air renfrogné lorsqu'ils sortirent tous les quatre en file, laissant les deux inspecteurs-chefs parler tactique. Dans le couloir, il se tourna vers ses trois collègues, et posa les yeux sur Christine Esson.

— Si j'ai bien compris, je retourne en Sibérie, dit-il. Nous feras-tu la grâce de ta présence avant la fin de la partie ?

— Haut les cœurs, Jason. Tu vas passer plus de temps avec ton nouveau copain Malcolm.

Mulgrew regagna la sortie non sans lui avoir jeté un regard noir.

— J'espère que tu n'as pas l'impression de te faire entuber, Gillian, lança Clarke à Reeves.

— Pas autant que l'inspecteur Mulgrew.

— La fragilité masculine, dit Clarke.

— Donc, c'est quoi le plan ? demanda Reeves en croisant les bras.

— Je suis la seule à ne pas avoir vu les lieux, répondit Clarke après un temps de réflexion. Peut-être que Christine pourrait m'y amener après que je vous ai présentées toutes les deux à l'équipe ici. Il faut les briefer pour lancer le porte-à-porte et les entretiens. On se retrouve ici dans deux heures et on met l'affaire en route.

Elle soutint un instant le regard de Reeves, qui finit par acquiescer.

— Nous voilà parées, conclut Esson avec un sourire qu'elle espérait fédérateur.

L'équipe médico-légale s'affairait encore au domicile de Zak Campbell. L'autopsie avait été fixée au lendemain matin. La mère de Campbell – son père était décédé de longue date – avait formellement identifié le corps, avant de s'effondrer totalement. Une voisine, qui était en outre son amie la plus proche, tentait de la réconforter. La rubalise de scène de crime s'étirait sur toute une voie de la route à l'extérieur de la maison de Campbell. Une procession de véhicules s'était amassée sur la seule file de circulation disponible. Siobhan Clarke s'attendait à ce qu'elle draine son cortège habituel de fouineurs, armés de leurs téléphones brandis par la vitre pour arracher des vidéos et des photos à la volée puis les jeter en pâture aux réseaux sociaux. Clarke avait déjà reçu un texto de Laura Smith. Deux petits mots à peine – *Donnant donnant* – dont la signification était claire : Clarke lui était redevable et la journaliste avait la ferme intention de le lui rappeler.

Dans l'intervalle, les médias étaient arrivés sur les lieux, les fourgonnettes des radios et télés s'étaient garées le long du trottoir, rétrécissant la rue d'autant. Tandis qu'elles passaient le cordon et se mettaient en tenue, les deux détectives essuyèrent un barrage de questions. On avait déverrouillé la porte du garage attenant à la maison. À l'intérieur trônait une Maserati – rouge vif, comme il se doit. Derrière était garée une moto de même teinte. Les deux étaient passées au peigne fin à la recherche de preuves. À l'intérieur, tout ou presque dans le bureau de Campbell avait été ensaché et étiqueté et était en cours de retrait. Clarke intercepta un des agents et jeta un œil au sac sous scellés qu'il emportait. Il contenait une feuille bristol format A4 avec une inscription en lettres majuscules au marqueur noir.

Je suis super excitée. S'il te plaît, choisis-moi. J'exaucerai tous tes désirs.

— Je sais, lâcha Esson en captant le regard de Clarke.

— L'analyse de l'ordinateur va être décisive, affirma Clarke une minute plus tard en s'avançant vers la chambre.

Le matériel d'enregistrement de Campbell avait déjà disparu. Un tabouret de cuisine à cadre métallique avait été disposé juste derrière l'emplacement du trépied. Clarke s'y assit, face au lit. Zak Campbell se perchait là, Clarke en avait la certitude.

— Il faut que je parle avec Louise Hird, dit-elle.

— Qui?

— L'agent du CEOP dont je t'ai parlé.

— Tu penses que Campbell est derrière tout ça ?

— Ça y ressemble, tu ne trouves pas ?

— Mais y serait-il arrivé sans aide extérieure ? D'un point de vue technique, je veux dire ?

— J'espère qu'on tirera ça au clair.

— Le légiste estime qu'il gisait par terre depuis plusieurs jours. Ça remonterait au moment où Jasmine a disparu.

— Oui.

Esson étudia sa collègue.

— Ça fait un sacré mobile, Siobhan.

— Indubitablement.

— J'entends un « mais ».

— Campbell a pu se faire tout un tas d'ennemis.

— Son garde du corps pourrait nous éclairer.

— Marcus Simpson, acquiesça Clarke. Une autre conversation à avoir.

Elle s'approcha du lit, dont les draps et les taies d'oreillers étaient en route pour le labo. Le matelas avait l'air flambant neuf. Elle le souleva mais ne trouva rien sinon un sommier à lattes en bois. Des moutons de poussière couvraient le sol. Même si Campbell avait employé du personnel de ménage, il ne laissait vraisemblablement entrer personne dans cette pièce. Un coup d'œil à la porte lui confirma qu'un verrou avait été ajouté au battant. Elle ouvrit les rideaux et regarda dehors.

— Les allers et venues ont forcément attiré l'attention des voisins. Je me demande bien ce qu'ils pensaient de tout ce trafic.

— Ils le connaissaient comme footballeur, supposa Esson. Jeune, séduisant, plein aux as. Un « aimant à gonzesses », selon l'expression consacrée.

— Il y avait forcément des regards désapprobateurs derrière toutes ces fenêtres – on est à Édimbourg, après tout. On va devoir toquer à un sacré paquet de portes.

— Espérons que nos inspecteurs-chefs nous auront dégotté ces fameuses paires de bras en plus.

— Espérons-le, reprit Clarke en écho.

La chambre principale ne les retint pas longtemps. Des penderies encastrées remplies de vêtements haute couture, un tiroir rempli de sous-vêtements féminins, très vraisemblablement en vue d'une utilisation dans la chambre voisine. Un petit téléviseur se découpait sur le mur en face du lit. Rien à lire sous quelque forme que ce soit.

— L'équipe a mis la main sur des drogues – coke, herbe et sachets de comprimés, dit Esson en désignant la table de nuit. De quoi donner du bon temps à beaucoup de gens. Il y a des traces dans le salon, aussi.

Une fois au rez-de-chaussée dans la cuisine, elles sortirent leurs téléphones et étudièrent les images envoyées par le photographe de scène de crime. Des Post-it numérotés étaient disposés aux endroits concernés.

— On peut obtenir des empreintes digitales sur une surface de granite, on est d'accord ? s'enquit Clarke auprès d'une technicienne qui passait par là.

— Ça ne devrait pas poser de problème, lui confirma cette dernière. Mais ce qui pourrait poser un problème, c'est la quantité. Pas sur l'arme du crime, mais partout dans la maison ; il y en a de multiples dans presque toutes les chambres.

— Ô joie, grommela Esson.

Cinq minutes plus tard, elles reprenaient place dans la voiture de Clarke. En passant devant l'attroupement de journalistes, Clarke repéra Laura Smith. Elles échangèrent un regard. Quand Clarke reprit la route, Esson se demanda sans doute pourquoi sa collègue n'enfonçait pas le champignon, jusqu'à ce qu'elle remarque que son attention se portait sur le rétroviseur. Quelques encablures plus loin, Clarke se gara dans une rue latérale et attendit.

— Je crois connaître la suite, affirma Esson.

Quelques instants plus tard, la portière arrière s'ouvrit et Laura Smith, qui avait garé son véhicule juste derrière, prit place sur la banquette.

— Bingo, fit Esson.

— Tu connais Laura ? lui demanda Clarke.

— Je connais la constable Esson, rétorqua Smith en tendant la main entre les deux sièges avant.

Esson lui serra la main. Main qui laissa aussitôt place au visage rouge de la journaliste.

— Donc, qu'est-ce que vous pouvez me dire ?

— Pour l'instant, pas des masses, dit Clarke en mesurant ses paroles. Zak Campbell était apparemment le cerveau derrière Young Fresh East Coast.

— Et maintenant il est mort et une des filles de son site a disparu comme par magie.

— N'essaie pas d'aller plus vite que la musique, Laura. Pour l'instant, on ne relie pas les deux dossiers.

— Bien sûr que si, sinon vous ne seriez pas ici. Et vous, constable Esson ? Je croyais que vous étiez occupée par le meurtre de Jackie Simpson ? Quel est le lien ?

Esson ne dit mot.

— Tu ne serais pas arrivée jusqu'ici sans moi, insista Smith en tournant son attention vers Clarke. Tu me dois bien quelque chose, rien que pour ça.

— Je ferai mon possible, répondit Clarke. Tu le sais très bien. Mais pour le moment, beaucoup d'informations ne peuvent pas être rendues publiques. Il faut penser à tous les jeunes gens que Campbell exploitait. Ils ont des familles. Il va y avoir des conversations difficiles. Il vaut mieux qu'elles aient lieu avant la curée.

— Tu te doutes que ça va fuiter, quand même ? continua Smith. Vous êtes des vraies passoires, vous autres. Il suffit d'un bavard qui prévienne une rédaction et je me retrouverai le bec dans l'eau.

— Laura…

Clarke, mains crispées sur le volant, tourna la tête au maximum pour établir un contact visuel avec la journaliste :

— Je ferai tout mon possible. Tu seras la première personne à qui je m'adresserai. Tu as ma parole.

Smith soupesa cette affirmation, puis se laissa aller contre le dossier de la banquette.

— La conférence de presse est pour quand ?

— Il y a des choses à faire avant.

— Qui dirige la BEP ?

— C'est moi, répondit Clarke.

— C'est pas Gillian Reeves ? Son équipe était la première sur les lieux – elle se sent comment par rapport à ça ?

— On est vraiment attendues ailleurs, Laura.

Smith saisit l'allusion, et hésita un moment avant de pousser la portière pour sortir. Clarke démarra le moteur et enfonça l'accélérateur.

— Merci de m'avoir laissée gérer, dit-elle à Esson. Faut surtout pas sous-estimer Laura. Elle est toute seule, sans aucun organisme qui la soutienne.

— Autrement dit, il lui faut des vues et des clics – et quoi de mieux pour en générer que de la pornographie d'ados et l'assassinat d'une célébrité ?

— Quelque chose dans ce goût-là, maugréa Clarke.

Elles arrivaient à hauteur d'un feu qui s'apprêtait à passer au rouge. Clarke accéléra et passa le croisement à tombeau ouvert.

— Tout doux, Lewis Hamilton, commenta Esson.

Clarke laissa échapper un rire bref, qui emporta un peu de tension avec lui. Pendant le reste du trajet, elle resta scrupuleusement en deçà de la limite autorisée.

12

Malcolm Fox était au bureau de Gayfield Square. Il avait demandé à savoir où se trouvaient Esson et Mulgrew, mais personne n'avait l'air au courant. Pour la énième fois, il étudiait les images de vidéo surveillance de la prison, mais en se concentrant cette fois-ci sur les cellules de Harrison et Christie avant la fermeture des portes la nuit du meurtre. Il traquait les interactions avec les agents ou le signe que l'un des deux détenus se montrait plus nerveux ou agité qu'à l'accoutumée. Rien ne lui sautait aux yeux. Pareil pour la suite de la découverte du corps. Tous les agents avaient l'air surpris, alors que Harrison et Christie étaient égaux à eux-mêmes. Là encore, les personnes impliquées dans le meurtre se savaient surveillées et filmées. Elles se seraient préparées à agir avec naturel. Quand il scruta la file d'attente au dîner du soir précédent, il constata avec plaisir que Rebus était tout en bas de la hiérarchie, derrière une douzaine de détenus. Quant à Darryl Christie, il était bien évidemment en tête. La victime, Jackie Simpson, avait l'air détendu. Il se tenait trois places devant Rebus et au moment du service, Fox ne remarqua rien d'anormal, rien à première vue venant d'un autre détenu ou d'un agent.

Fox s'étira et fit craquer ses vertèbres pour les remettre en place. À côté de son ordinateur était posé un document papier détaillant chaque minute enregistrée du quart de nuit, et soulignant les trous pendant lesquels les déplacements des agents ne pouvaient pas être attestés. La pause toilettes prise par Novak et Watts était la plus notable, puisqu'il n'y avait aucune preuve de leur entrée ou de leur sortie des toilettes. Néanmoins, tel que le montraient les retranscriptions d'auditions, ils s'en tenaient à leur version des faits. À force de scruter les images pour y déceler le moindre signe de jeu d'ombres ou d'activité hors champ, Fox sentit ses yeux lui brûler.

Il compulsa de nouveau les documents imprimés : la profusion de détails y était impressionnante mais parfaitement inutile.

À l'arrivée de Jason Mulgrew, qui retira rageusement sa veste, Fox se leva.

— Qu'est-ce qui se passe ? demanda-t-il.

Mulgrew s'était arrêté entre les bureaux de Zara Shah et Paul Allbright.

— Marcus, le fils de notre victime, était bien copain avec une célébrité locale du nom de Zak Campbell. Campbell vient d'être trouvé mort et il semblerait qu'il y ait un lien avec la lycéenne qui a disparu. Pour les besoins de l'enquête, on nous a fauché Christine jusqu'à nouvel ordre.

Il regarda ses deux collègues assis :

— Ils voudront sans doute vous interroger sur vos auditions de Marcus Simpson. Assurez-vous que vos notes tiennent la route.

Il attendit que Shah et Allbright lui répondent d'un hochement de tête, puis poursuivit jusqu'à la bouilloire, qu'il mit à chauffer. Fox le rejoignit.

— Tu es en colère, affirma-t-il.

— Ç'aurait dû être moi, pas Christine, grommela Mulgrew en versant des cuillerées de café soluble dans une tasse.

— Je sais bien – tu es l'officier supérieur. Mais tu es responsable de *cette* affaire, Jason, et j'en suis bien content. Tu es un bon détective, et Dieu sait si cet endroit en a besoin. À en juger par la nuit dernière, Christine a peut-être pris un peu trop de mauvaises habitudes auprès de gens comme Siobhan Clarke.

— Christine est un bon flic, elle aussi, tu sais.

— Si tu le dis.

Mulgrew sembla se calmer un peu. Il se tourna vers le bureau occupé par Fox.

— J'imagine que tu n'as rien trouvé ?

— Pas grand-chose, non. Mais je me pose des questions sur Valerie Watts. Elle est d'astreinte pendant le repas, puis elle ferme la cellule de Simpson à l'extinction des feux…

— Sans oublier le trou dans les images de vidéosurveillance.

— La fameuse pause toilettes, en effet.

— Tu penses qu'on devrait retourner lui parler ?

— Si on le fait, j'aimerais autant que ce soit en dehors de son lieu de travail. On en apprend beaucoup en voyant comment les gens se comportent chez eux.

— En civil, pour ainsi dire ?

Fox hocha lentement la tête pendant que Mulgrew ajoutait du lait à sa boisson.

— J'aurais dû te demander si tu voulais une tasse, Malcolm.

— Ça va, le rassura l'intéressé.

Il balaya du regard le bureau quasiment vide :

— Maintenant que Christine n'est plus dans les parages, j'imagine qu'on a vraiment besoin de moi ici, tu ne crois pas ?

— Absolument, confirma Mulgrew. Je ne vois pas les choses autrement...

Le secteur des visites de la prison était un espace aussi lumineux, spacieux et accueillant que possible. Un coin proposait même un assortiment de jeux pour enfants. En cet instant, les lieux étaient déserts, les visites étant terminées pour la journée, exception faite de Siobhan Clarke, qui était assise à une table à proximité de la sortie. Rebus arriva accompagné par une agente, qui alla ensuite se poster contre le mur du fond pour leur laisser un peu d'intimité. Rebus s'approcha en posant sur Clarke un regard interrogateur.

— J'ai fait jouer quelques relations, expliqua-t-elle.

— C'est une bonne surprise, quoi qu'il en soit, répondit Rebus en tirant une chaise pour s'asseoir face à elle.

— Qui est-ce ? demanda-t-elle dans un semi-murmure en montrant l'agente qui semblait s'intéresser à leur entrevue.

— Elle s'appelle Valerie Watts.

— Elle fait très... glamour.

— C'est juste un peu de maquillage et de teinture capillaire, Shiv. Et donc pourquoi tu brûlais de me voir ?

— Tu vois Zak Campbell ? L'ancien footballeur ?

— Je sais qu'on l'a buté. (Découvrant le regard de Clarke :) On n'est pas totalement coupés des actualités ici.

— Marcus Simpson était un de ses plus proches amis.

— Le fils de Jackie ?

Il la regarda hocher lentement la tête, et en jetant un œil vers Watts, se rendit compte que l'agente pénitentiaire tendait le cou au maximum, à la limite d'incliner tout le corps en avant.

— Viens donc te joindre à nous, l'interpella-t-il.

Aussitôt la tête de l'agente reprit sa position initiale. Rebus poursuivit à voix basse :

— La rumeur dit qu'elle est la petite copine de Chris Novak, l'agent dont on est tous censés penser qu'il a tué Jack Simpson.

— Et toi, tu n'y crois pas ?

— Ne jamais se laisser abuser par le battage médiatique, Siobhan. Je croyais te l'avoir appris, non ?

— J'ai dû désapprendre la plupart des choses que tu m'as enseignées, sous peine de me faire virer de la police.

— Pas faux. Et qui a tué Zak Campbell ?

— Il gérait un site porno. Jasmine Andrews était une des filles qui y figuraient.

— La gamine qui s'est enfuie ? Tu crois qu'elle l'a tué ?

— C'est une possibilité.

— Et pourtant ?

— Tu l'as dit toi-même, John – faut se méfier du battage médiatique. Même si effectivement, elle a disparu à peu près à la même période.

— Un chevalier blanc s'est occupé de la venger ?

— Et si elle avait été au courant…

— Elle aurait pris la fuite ? Et ce chevalier, ce pourrait être qui ?

— Il est encore trop tôt pour le dire.

— Ce genre de dossier, faut l'aborder dans les règles de l'art – les auditions, les porte-à-porte, les rapports du labo et de l'autopsie… Ce sera Deborah Quant, la médecin légiste ?

— Tu veux que je lui transmette tes salutations ?

— Je doute qu'elle les accepte.

— Une fois que ton pourvoi en cassation aboutira, peut-être. Aucune nouvelle ?

— Dieu seul sait à quoi je paie mes avocats. Heureusement, j'ai largement de quoi m'occuper l'esprit. Darryl Christie est inquiet. Il dit que la troupe de Hanlon élimine les siens. Il s'en est pris à son bras droit. Je ne pense pas que ça puisse bien finir.

— Mieux vaut que tu fasses profil bas, dans ce cas.

— Je suis connu pour ça. Donc si Zak Campbell a un lien avec le meurtre d'ici par le biais du fils de Jackie…

Clarke opina lentement du chef.

— Trois enquêtes n'en font plus qu'une.
— Ce qui veut dit que tu fais équipe avec Christine ? Du bruit du côté de Malcolm Fox ?
Clarke plissa les yeux.
— Il devrait y en avoir ?
— S'il a le choix, Fox fourre son nez dans absolument tout ce qui bouge.
— Quelle charmante image.
— Il faut que tu gardes ton sang-froid, Siobhan. Depuis que tu l'as snobé, il voit sans doute Christine comme un substitut. Dans tous les cas, il ne fera jamais rien dans ton intérêt. (Il ménagea une pause, soupesant ce qui allait suivre.) Le fait est que j'ai discuté avec Christine hier soir. Elle était dans un bar. Elle n'a pas dit explicitement qu'elle était avec Fox, mais...
— Malcolm s'intéresse à ce qui s'est passé ici – ça paraît logique qu'il veuille parler avec Christine. Et puis pourquoi tu l'as appelée, d'abord ? J'imagine que c'était depuis un de tes portables de contrebande ?
— Peut-être que j'avais juste envie de parler, moi aussi. Et contrairement à Fox, je ne peux soudoyer personne à coup d'apéro.
— Eh bien, Christine est détachée sur mon enquête, maintenant, ce qui laisse Fox se tourner les pouces à Gayfield Square.
— Il mettra le grappin sur quelqu'un d'autre – vraisemblablement Jason Mulgrew.
— Tu connais Jason ?
— Une brève rencontre. Mais je l'ai trouvé ambitieux. Fox va le sentir et le faire jouer à son avantage.
Rebus recula, mains à plat sur les genoux :
— N'hésite pas à partager tes idées avec moi aussi souvent que tu le veux. Mais je doute de pouvoir suggérer quoi que ce soit qui ne figure pas déjà dans ta liste de tâches.
— Ça va aller pour toi, John ?
Après un temps de réflexion, Rebus finit par secouer la tête. Elle reprit :
— Tu ne vas pas te terrer dans une tranchée ?
— Fais-moi entrer une pelle en douce, on verra bien.
Clarke prit une moue dépitée.
— Quelle imbécile – j'ai oublié d'apporter des douceurs.

— Les grands me les piqueraient, de toute façon. Tu rentres chez toi ou tu travailles tard ?

— Je travaille tard.

Elle était sur le point de rajouter quelque chose, mais se ravisa.

— Quoi ? fit Rebus.

— J'allais te demander quels étaient tes projets. (Elle jeta un œil alentour.) Parfois, j'oublie où on est.

— Veinarde, dit Rebus en lui tapotant la main. Oh, au fait, comment se porte ton partenaire ? (Et devant l'air perplexe de Siobhan :) Cammy Colson, c'est bien ça ?

— C'est ça.

— C'est le cousin de Chris Novak, notre suspect numéro un.

— Et ?

— Et rien. Je me demandais juste s'il en avait parlé.

— Non.

Valerie Watts s'était approchée d'un pas lourd, signifiant que l'entrevue était terminée.

— Je retourne au front, annonça Rebus en se levant lentement.

— J'espère que c'est une métaphore.

— Pour l'instant ça va, mais ça pourrait encore barder, et il y a un ogre qui a bien envie de goûter à mon sang – je fais de mon mieux pour l'éviter.

— Je vais peut-être bien finir par t'apporter une pelle en douce.

— Une pelle tranchante, pendant que tu y es, conclut Rebus.

Il tourna la tête vers Valerie Watts tandis qu'ils remontaient le couloir.

— Je sais que tu meurs d'envie de poser la question, dit-il.

Elle regarda droit devant sans ciller.

— Tu me le diras si tu en as envie.

— Ça n'a rien à voir avec ici, si c'est ça qui t'inquiète.

— Chris n'a rien fait, énonça-t-elle avec fermeté.

— Eh bien, quelqu'un l'a fait, et vous n'étiez que douze en service de toute la nuit. Au CID il n'y a que des âmes simples, au fond. Si tu leur donnes une conclusion évidente, ils vont se jeter dessus. Chris Novak ne portait pas Jackie Simpson dans son cœur. Il avait déjà tenté de s'en prendre à lui un jour où ils étaient seuls dans cette cellule.

— Seulement à en croire ton pote Jackie, qui se gardait bien de dire la vérité si un mensonge faisait l'affaire. C'est lui qui menaçait de rendre une petite visite à Chris et à sa famille à sa sortie de prison.

— Et qu'est-ce que toi tu aurais fait dans cette situation, agente Watts ? Qu'est-ce ça t'aurait poussée à faire ? Chris Novak avait les moyens et l'opportunité pour aller avec le mobile.

Watts s'arrêta brusquement et se tourna vers Rebus, les yeux débordant de rage.

— Les minutes manquantes. Le CID a l'air de penser que c'est la fameuse « opportunité » dont tu parles. Mais on n'allait pas vers les cellules.

— Vous alliez où, alors ?

Elle s'interrompit, prit une profonde inspiration.

— On était dans la réserve à côté de la salle de repos. Ça va pas chercher plus loin. Il y a un angle mort entre les deux portes – ça facilite les choses. Certains se calent là pour fumer une clope. D'autres…

Sa voix resta en suspens. Rebus étudia ses traits.

— Pourquoi me le dire à moi ?

— Parce que Chris a l'air de penser que tu es de son côté.

— Donc si ce n'était pas vous deux – qui ?

— Il t'a déjà parlé de Samms.

— Samms n'a pas disparu des radars pendant dix minutes ce soir-là.

Watts prit une nouvelle inspiration puis souffla.

— Je le défendrai jusqu'au bout, tu sais ça ? Même si ça veut dire que sa famille doit apprendre ce qu'il y a entre nous.

— Parce que tu es amoureuse de lui ?

— Parce que je sais qu'il est innocent, le corrigea-t-elle.

Elle se remit en marche. Rebus lui emboîta le pas.

— C'était quoi toute cette histoire avec Darryl Christie, aujourd'hui ? demanda-t-elle.

— Il déteste qu'on triche au billard.

Sa répartie exhuma l'ombre d'un sourire.

— Personne n'a l'air prêt à parler.

— C'est une affaire de territoire.

— Shay Hanlon, c'est ça ?

— C'est ça.

— Ce qui veut dire qu'on doit séparer Christie et Everett Harrison à tout prix ? (Rebus acquiesça.) Bon, de toute façon Darryl va être à l'isolement pendant un moment. Ça laisse le temps aux choses de se calmer.

— Je doute qu'il voie la situation sous cet angle. On est en train de lui arracher la mainmise sur la ville. Il voudra plus que jamais rééquilibrer ses chances.

— Ça promet, fit Watts avant d'ouvrir la grille du quartier de Rebus pour le laisser passer.

— Vous étiez douze en service, rappela-t-il. Moins vous deux, ça fait dix.

— Partant du principe qu'il n'était pas déjà mort à la fermeture des portes.

— Tu as verrouillé la cellule – j'imagine que tu as jeté un œil à l'intérieur ?

— Je ne pourrais pas le jurer.

— Son compagnon de cellule certifie qu'il respirait encore à l'extinction des feux.

— On parle de Mark Jamieson, là – ce type est un vrai zombie. Il passe la moitié de ses journées défoncé – tu penses pouvoir te fier à sa mémoire ?

Rebus fit mine de considérer la question.

— Entre ces murs, je ne suis pas sûr qu'il soit bien raisonnable de se fier à quiconque ni à quoi que ce soit.

— Moi y compris ?

— Tu as plus à perdre que d'autres, dit-il en s'éloignant vers sa cellule.

13

Le temps que Clarke retourne à St Leonard's, Esson et Reeves avaient fini les présentations. L'espace était exigu, si bien qu'on partagea les bureaux. Clarke ne put s'empêcher de repenser aux années formatrices qu'elle avait passées entre ces murs en compagnie de John Rebus, et au cours desquelles elle avait eu l'impression de faire partie de l'essence même du lieu.

Ces jours-ci, elle avait le sentiment d'être en visite.

Esson bavardait avec Cammy Colson, les yeux déjà vitreux tandis qu'il lui infligeait son inénarrable voix traînante. Sous le prétexte de s'occuper des câbles informatiques et des rallonges, Pete Swinton et Trisha Singh gardaient leurs distances.

En apercevant Clarke, Esson s'excusa auprès de Colson, qui continua à parler pendant quelques secondes avant de se rendre compte qu'il avait perdu son auditoire.

— Il est toujours comme ça ? s'enquit-elle en se penchant vers Clarke.

— Et encore, il est dans un bon jour. Tout va bien à part ça ?

— Tu étais passée où ? demanda Esson en ignorant la question.

— Je rendais visite à un vieil ami. Tu as bien aimé boire un coup avec Malcolm Fox ?

Esson lui lança un regard.

— Malcolm et Jason avaient prévu de prendre un verre ; je me suis imposée.

— Donc Fox nous a larguées toutes les deux en faveur de Jason Mulgrew ?

— Si tu réfléchis bien, c'est nous qui avons largué Fox, souviens-toi.

— Pas faux.

Et après un silence, Clarke reprit :

— Pourquoi John t'a-t-il appelée ?

— Il ne s'est pas confié à toi ? Dans ce cas, je ne devrais sans doute pas le faire non plus.

— Tu n'es pas son avocate, Christine – tu as le droit de parler.

— Il avait des infos.

— Sur le meurtre de Simpson ?

— Oui.

— Il t'a aussi raconté que Darryl Christie avait pété un plomb ?

— Tout à fait. Il voulait que j'en parle à Malcolm, histoire de vérifier s'il était au courant de ce qui se passait dans la bande à Christie.

— Et comme Fox était juste là à côté...

Clarke s'interrompit comme l'inspecteur-chef Bryan Carmichael faisait son entrée en tapant dans ses mains pour attirer l'attention de toute l'assemblée.

— Comme vous pouvez le voir, attaqua-t-il, j'ai gardé mon manteau. Hélas, je ne suis pas en route pour passer la soirée chez moi devant un feu de cheminée et un verre de single malt, mais pour une connerie de dîner assommant auquel je ne peux pas couper. Mais je tiens à vous remercier de rester tard et de donner de votre temps. Il faut que quelqu'un pousse l'équipe médico-légale à nous livrer ses conclusions d'analyse de la scène de crime. À nous deux, l'inspectrice-cheffe McGovern et moi avons réussi à rameuter l'équivalent d'une équipe de foot d'agents en uniformes pour commencer le porte-à-porte demain matin. Il faut quelqu'un à l'autopsie susceptible de ne pas tomber dans les vapes, et il faut de nouveau interroger la mère du défunt, sans oublier tous les amis et associés. (Après une pause, il conclut :) Et tout ça avant même de nous attaquer aux images de caméras de surveillance et de seuils de portes. De quoi vous garder sur le droit chemin.

Son regard papillonna entre Clarke et Reeves – les deux inspectrices de l'assemblée.

— Tout se passe bien jusqu'ici ?

— Tout à fait, répondit Reeves.

L'attention de Carmichael se porta sur Esson.

— Je sais que tu as d'autres chats à fouetter ; si ça commence à faire trop, n'hésite pas à le garder pour toi et à tenir bon envers et contre tout – et ne répète pas à McGovern ce que je viens de dire.

Il resserra le foulard en cachemire rouge autour de son cou, en s'assurant qu'il n'avait rien oublié. Puis, avec un hochement de tête tout professionnel, il s'en fut. L'atmosphère de la pièce se détendit imperceptiblement.

— Faut préparer du thé, lança une voix.

Gillian Reeves navigua entre les bureaux pour rejoindre Clarke et Esson.

— On a reçu un coup de fil de la femme que la victime fréquentait. Je l'ai conviée à une petite discussion.

— Une petite amie, tu veux dire ? vérifia Esson, et Reeves acquiesça.

— Elle arrive quand ?

Reeves consulta ostensiblement l'heure sur son téléphone.

— Dans vingt minutes environ. Oh, et on a envoyé deux agents à l'adresse de Marcus Simpson, mais personne n'a répondu. Ils réessaieront demain matin.

Cammy Colson se joignit au groupe.

— Des volontaires pour la morgue demain ?

— C'est un travail d'homme, tu ne crois pas, Cammy ? lança sournoisement Clarke.

— Je le ferai s'il n'y a personne d'autre, finit-il par concéder.

— Je savais que les filles pouvaient compter sur toi.

Colson leva les yeux au ciel et comme il s'apprêtait à partir, Clarke le retint.

— Au fait, tu n'as jamais dit que tu étais le cousin de Chris Novak.

Elle coula un regard en biais à Esson, dont les sourcils s'étaient haussés.

— Y a-t-il un conflit d'intérêt ?

À son tour, Colson regarda Esson.

— Je ne pense pas. Et toi, Christine ?

Il fallut un moment à Esson avant de secouer la tête.

— Chris est un mec génial, affirma Colson. Je ne le vois pas souvent, mais il est solide – un bon père de famille, vous voyez ?

— T'a-t-il parlé de la situation à la prison ? s'enquit Esson.

— Comme je viens de le dire, on ne se voit pas beaucoup.

Son regard glissa d'Esson à Clarke :

— On a fini ? J'ai des trucs qui m'attendent sur mon bureau.

Sans attendre la réponse, il tourna les talons et traversa la salle de son pas tranquille.

L'équipe s'était mise au travail, après avoir mis la main sur un nombre suffisant de chaises. Le mur des indices – un grand tableau blanc à roulettes – avait été installé et la sélection des photos prises sur la scène de crime s'y accumulaient à côté du portrait professionnel de Zak Campbell prélevé dans son salon. Clarke prit le temps de détailler ses traits. Une fois que serait porté à l'attention du public le fait qu'il avait gagné la confiance d'une multitude de jeunes en vue de les exploiter, son capital sympathie ne tarderait pas à fondre comme neige au soleil, et avec, son désir d'aider l'enquête. Il leur fallait travailler vite – en parant à la moindre fuite. Elle se rappela une fois encore qu'elle devait prévenir Louise Hird au CEOP, mais la journée était trop avancée. Trisha Singh était en train d'expliquer à la cantonade qu'il n'y avait pas assez de tasses pour tout le monde, et qu'il fallait soit apporter la sienne soit rincer et ranger celle qu'on utilisait. Swinton ajouta qu'il semblait n'y avoir qu'une seule imprimante en état de marche – et qu'elle manquait de cyan.

— Un grand classique, répondit Reeves. D'ailleurs, qui parmi nous peut expliquer ce qu'est le cyan ?

Il y eut quelques rires, puis chacun se mit au travail. Clarke hocha la tête à l'attention d'Esson : c'était pas si mal pour un début. D'un autre côté, la salle était chargée en adrénaline, comme toujours au début d'un gros dossier. La difficulté était de ne pas perdre l'élan – il s'agissait donc de faire de solides avancées dans les vingt-quatre à quarante-huit heures à venir.

L'agent de permanence apparut dans l'encadrement de la porte. Il repéra Clarke et mit le cap sur elle.

— Une jeune femme à l'accueil à propos de Zak Campbell.

Clarke chercha Gillian Reeves des yeux, mais l'intéressée était au téléphone, si bien qu'elle se rabattit sur Christine Esson.

— Pendant que j'y suis, dit cette dernière en la suivant vers la sortie.

L'immeuble résidentiel flambant neuf flanquait l'Union Canal près de Fountainbridge. Il était doté d'un interphone vidéo et Fox patienta après avoir appuyé sur le bouton d'appel. Partant du principe qu'il était filmé, il exhiba son badge.

— Oui ? crépita une voix de femme.

— Madame Watts ? Je m'appelle Fox. Je suis avec l'inspecteur Jason Mulgrew – je crois savoir que vous vous êtes déjà vus lors de votre première audition. Nous avons quelques questions supplémentaires à vous poser.

— Vous me les poserez à la prison.

— Nous pouvons tout à fait procéder ainsi, mais nous avons pensé qu'un peu plus de discrétion…

Sa voix resta en suspens, l'invitant à interpréter ses paroles comme elle l'entendait.

— L'appart' est un vrai dépotoir.

— J'ai deux paires d'œillères dans ma poche – on peut les porter, si vous voulez.

Il y eut un silence, bientôt brisé par la voix dans l'interphone :

— Donnez-moi deux minutes.

Puis la ligne fut coupée. Fox recula de l'objectif pour étudier les environs. Sur le canal, quelques bateaux étaient amarrés et un couple de cygnes glissait sur les eaux.

— Ils ont fait du bon boulot dans le coin. C'était une vraie décharge, avant.

— Donc elle est en train de répéter son laïus ou d'appeler Novak pour lui demander comment faire ? supputa Mulgrew.

— L'avenir nous le dira, répondit Fox en frottant l'une contre l'autre les paumes de ses mains en déplorant d'avoir laissé ses gants dans la voiture.

En fin de compte, ils attendirent plus de deux minutes, et même plus de cinq. Fox s'apprêtait à appuyer de nouveau sur le bouton d'appel quand un bourdonnement annonça l'ouverture de la grille. Ils empruntèrent l'ascenseur jusqu'au deuxième étage. Valerie Watts se tenait sur le pas de sa porte, habillée comme pour une séance de gym.

— Vous avez des œillères sur vous ? demanda-t-elle à Fox.

— Deux paires, dit-il en tapotant ses poches.

Elle fit signe aux deux hommes de la suivre dans un séjour ouvert de superficie moyenne. Il était joliment meublé, et le fouillis qui y régnait avait été dissimulé tant bien que mal à l'abri des regards. Watts passa une main dans ses cheveux. Fox avait déjà pris place sur l'étroit canapé, laissant tout juste assez de place pour Mulgrew. Watts hésita, puis alla se percher sur l'accoudoir de l'unique fauteuil.

— Alors ? fit-elle.

Fox la gratifia d'un sourire rassurant avant d'exhiber son téléphone.

— Vous permettez que j'enregistre l'audio – au cas où j'oublie quelque chose ?

Watts s'agita mais ne refusa pas, laissant Fox appuyer sur le bouton d'enregistrement et déposer le téléphone sur sa cuisse.

— La plupart des armes découvertes en prison sont fabriquées sur place, n'est-ce pas ?

— Bien sûr, dit-elle. Il suffit d'émousser la tête d'une brosse à dents et d'y insérer une lame de rasoir.

— Ce qui donne un « surin », si je ne m'abuse ?

Son acquiescement l'incita à continuer :

— Mais ce n'est pas à ça que nous avons affaire. Le médecin légiste estime qu'il s'agit d'une lame crantée, de celles qu'on trouve exclusivement en cuisine…

— Et tout le personnel et les détenus de confiance qui travaillent à la préparation des repas ont déjà été interrogés à ce propos. (Elle regarda Mulgrew.) Je vous l'ai expliqué, non ? Les couteaux sont gardés sous clé…

— À l'écart des prisonniers, oui, interrompit Fox, mais le personnel ?

— On compte les couteaux à la fin du service. Il ne manque rien en cuisine. On a vérifié, vous avez vérifié.

De nouveau, elle regarda Mulgrew, qui hocha la tête pour confirmer ses dires.

— Le jour du meurtre, continua Fox, l'équipe en cuisine consistait en trois détenus de confiance ainsi que vous-même et l'agent Samms ?

— C'est exact.

— Que pouvez-vous nous dire sur lui ?

Elle cligna des yeux.

— Samms ?

— On raconte qu'il serait à vendre au plus offrant – vous avez sans doute eu vent de ces rumeurs ?

— En effet.

— Il faisait partie de l'équipe de nuit, avec vous et Chris Novak.

— En effet.

— Était-il là quand vous avez verrouillé la cellule de Jackie Simpson ce soir-là ?

— Il était dans les parages.

Sa voix s'était durcie, son dos raidi.

— On ne peut pas voir la cellule, évidemment – encore cette affaire de caméra en panne qui tombe à pic… Et vous avez bel et bien verrouillé la porte ?

— J'en ai assez de vos questions.

— Un autre agent aurait-il pu la déverrouiller ? insista Fox. Un agent tel que Blair Samms.

Elle secoua la tête avec lenteur.

— La théorie de Mark Jamieson est arrivée jusqu'à vous ? interjeta Mulgrew.

— Quelle théorie ?

— Son repas était drogué.

— Par pitié, épargnez-moi.

— C'est ce qu'on essaie de faire, énonça Fox à voix basse. C'est pour cela que cette conversation se tient loin des oreilles et des regards indiscrets.

— Je n'ai pas entendu parler de nourriture droguée ou d'un couteau chouré en cuisine ou de Blair Samms qui serait à la solde de quelqu'un.

— Mais il y a bel et bien de la contrebande dans la prison, n'est-ce pas ? Que Darryl Christie s'occupe de revendre. Ce qui ne peut avoir lieu qu'à condition qu'une personne de l'extérieur soit impliquée : agent pénitentiaire ou analogue.

Après une pause, il relança :

— Quelque chose à dire sur Everett Harrison ?

— C'est quoi le rapport avec le reste ?

— Vous savez qu'il travaille pour un Liverpudlian du nom de Shay Hanlon ?

— Et alors ?

— Harrison avait peut-être de bonnes raisons de vouloir la mort de Jackie Simpson. (Elle se contenta de hausser les épaules.) Eh bien, si vous n'avez rien à dire sur ce point, on peut peut-être passer à la pause toilettes que vous et Chris avez prise.

— Pourquoi ?

— Parce que vous avez disparu pendant dix minutes. Nous savons qu'il y a des angles morts dans la prison. Nous savons aussi que les agents les connaissent très bien. Il est peut-être même possible de passer de la salle de pause à Trinity Hall sans être vu de la moindre caméra.

Watts secouait de nouveau la tête.

— Je sais que vous voulez faire tomber Chris, mais je ne l'ai jamais quitté des yeux de tout le service.

— Même quand vous êtes allée aux toilettes ?

Elle réfléchit un moment, puis montra le téléphone de Fox.

— Éteignez-moi ça.

Malcolm obtempéra et inclina l'écran vers elle pour lui en donner la preuve. Elle ferma brièvement les yeux avant de les rouvrir et de se lancer.

— Vous avez raison à propos des angles morts. L'un d'eux est la réserve à côté des toilettes. On voulait un peu d'intimité.

— D'intimité ? répéta Fox. Pendant combien de temps ?

— Une dizaine de minutes.

— Vous pensez que vos collègues n'étaient pas au courant ?

Elle fit une moue.

— Personne ne dit jamais rien tout haut.

— Mais cela se produisait régulièrement ? C'est pour cela que vous étiez souvent d'astreinte au même moment ?

— C'est aussi pour ça que Chris n'a rien à voir avec la mort de Simpson.

— C'est un coup monté contre lui ?

— Ça y ressemble.

— Mais pour protéger qui ?

— C'est votre boulot de découvrir ça, non ?

— Pas facile quand on nous sert des demi-vérités et des mensonges, commenta Mulgrew.

Elle l'ignora, sortit son téléphone de sa poche et en consulta l'écran.

— Chris vous a répondu ? devina Fox.

Voyant sa réaction, il esquissa un fin sourire :

— Il est marié, avec des enfants, donc coincé chez lui. Vous ne pouviez pas courir le risque d'appeler pour le prévenir de notre arrivée, donc vous avez envoyé un texto.

— Il dit que je ne devrais même pas vous ouvrir la porte.

— Vous pourriez peut-être lui répondre que vous nous avez aidés à sauver sa peau.

Watts rangea son téléphone et se leva. Fox comprit le message. De toute façon, il avait obtenu tout ce qu'il voulait.

— Que pensez-vous des menaces à l'encontre de Chris ? demanda-t-il d'une voix détachée.

— Ça fait partie du métier.

— Vous-même n'en avez pas reçu ?

— Je ne m'expose pas comme Chris le fait.

— C'est-à-dire ?

— Il demande plus de contrôles, une meilleure surveillance.

— Pour empêcher la contrebande de drogues ?

— De drogues, de téléphones, d'armes…

Elle posa les yeux sur Fox :

— Je vous le répète : c'est pas Chris, le méchant dans cette histoire. Sinon je ne serais pas avec lui.

Fox réfléchit un instant avant de conclure :

— Merci pour votre accueil. Profitez bien du reste de la soirée.

— Dès que vous m'aurez débarrassé le plancher, espèce de trou-ducs, maugréa Watts en ouvrant la porte.

Les deux hommes restèrent un moment dans la voiture, moteur en marche, chauffage allumé. Fox avait vérifié que l'enregistrement était audible.

— Je te l'enverrai, dit-il à Mulgrew. Même si le meilleur est arrivé hors micro.

Il inclina le buste vers le siège passager :

— Tu as remarqué qu'elle a fermé les yeux, comme si elle s'apprêtait à réciter un texte appris par cœur ? À mon avis, on n'est pas les premiers à qui elle avoue.

— À qui d'autre ?

— J'en sais rien. Mais je t'avais bien dit, non ? C'est toujours intéressant de jeter un œil au domicile d'un suspect. Une leçon à retenir, Jason.

— Tu sais que j'ai le même grade que toi, Malcolm ? Je ne suis pas exactement frais émoulu de la fac.

Fox comprit qu'il devait faire marche arrière.

— Même grade, mais tu es beaucoup plus jeune. Ça en dit long. Désolé si j'ai paru condescendant.

— Tu parles d'elle comme d'une suspecte – tu le penses encore ?

— Peut-être moins. Et maintenant ? Ça te dit de t'en jeter petit avant de rentrer ?

— Pas spécialement, répondit Mulgrew en faisant défiler l'écran de son téléphone. J'ai demandé à Christine de me tenir au courant. Tout ce qu'elle me dit, c'est que le fils de Jackie Simpson est introuvable.

— Intéressant. Ça fait donc deux personnes qui ont pris la tangente.

— Une phrase, c'est tout, merde, grommela Mulgrew sans relever les yeux de son téléphone.

— Elle est très occupée, fit valoir Fox en se préparant à démarrer. Tu es sûr de ne pas te laisser tenter par un verre ?

— Oh, et puis allez, va, céda Mulgrew en rangeant son téléphone.

Tamsin Oakley avait le nez dans son portable quand Clarke et Esson entrèrent dans la salle d'interrogatoire. Ses longs ongles peints ne semblaient pas ralentir le ballet de ses doigts sur l'écran.

Clarke constata qu'on avait prélevé dans cette salle les chaises supplémentaires qui avaient atterri au bureau de la BEP. Tamsin Oakley était assise, mais il ne restait plus rien pour les autres. De même qu'il n'y avait pas de caméra vidéo, mais Esson s'était munie de deux cassettes neuves pour l'enregistrement audio. Oakley releva le nez de son téléphone qu'elle braqua sur les deux détectives. Clarke tendit la main devant l'appareil.

— C'est interdit.

— Mais c'est pour les réseaux, argua Oakley.

Elle avait l'accent d'Édimbourg, des extensions et des mèches, le teint hâlé, de longs cils épais et les lèvres rouge sombre. Sa tenue criarde paraissait coûteuse. Clarke n'avait aucun moyen de s'assurer de l'authenticité du sac Vuitton posé sur ses genoux.

Esson avait lancé la bande ; les deux détectives se présentèrent, avant de citer le lieu et l'heure de l'enregistrement.

— Je m'appelle Tamsin Oakley, énonça l'intéressée en se penchant vers le micro.

— Nous sommes désolées pour Zak, dit Clarke en scrutant sa réaction.

Oakley se redressa et son visage s'assombrit consciencieusement. Elle alla même jusqu'à sortir un mouchoir en papier des tréfonds de son sac.

— C'était un amour. Que s'est-il passé, exactement ?

— C'est ce que nous tentons d'établir, et nous vous sommes reconnaissantes d'être venue à nous.

— Theresa et Katie m'ont dit qu'il fallait absolument – d'après elles, ça va me rendre célèbre… C'est mes meilleures copines. Je leur ai promis une photo des détectives. (Elle étudia les deux femmes.) Pas sûre qu'elles s'attendaient à ça.

Clarke ignora la pique.

— Diriez-vous que vous connaissiez bien Zak, Tamsin ?

— On était plus ou moins ensemble.

— C'est-à-dire ?

— Je ne suis pas en train de dire qu'il n'allait pas voir ailleurs, mais il revenait toujours vers moi.

— Donc, vous étiez proches ? C'était plutôt du sexe entre amis ?

— Peut-être qu'il voyait ça comme ça…

— Vous vouliez plus d'engagement ?

— Peut-être.

Oakley sortit un chewing-gum qu'elle brandit sous leur nez. Clarke lui signifia d'un hochement de tête que c'était autorisé, et elle l'enfourna dans sa bouche.

— Que faites-vous dans la vie, Tamsin ?

— Coiffeuse-visagiste. Au salon Wilhelm's de Stockbridge.

Clarke et Esson sentirent qu'elle évaluait leurs coupes de cheveux en silence.

— C'est comme ça que vous avez fait la connaissance de Zak ?

Elle secoua la tête.

— Dans un bar de George Street. Theresa savait qui c'était – elle avait des vues sur lui, mais c'est à moi qu'il a payé un verre. Un à zéro, la balle au centre.

Elle sourit de sa chute, qui de toute évidence sentait le réchauffé.

— Ça remonte à quand ?

— Trois mois, peut-être.

— Et il vous traitait bien ?

— Sinon je ne serais pas restée.

— Vous êtes allée chez lui ? (Oakley confirma d'un signe de tête.) Souvent ?

— J'y ai passé quelques nuits. Zak n'aimait pas trop.

— Pourquoi ?

Oakley haussa les épaules.

— Quelqu'un l'a tué, c'est ça ? demanda-t-elle le regard avide.

— Ça y ressemble. Avait-il des ennemis ?

— Aucun.

— Dans ce cas, pourquoi avait-il un garde du corps ?

Oakley réfléchit.

— Vous voulez parler de Marcus ? C'était juste un pote d'avant qui aimait bien traîner avec lui.

— Donc vous n'avez jamais été témoin de problèmes quand vous étiez en compagnie de Zak ?

— Au contraire – c'étaient carrés VIP et cocktails offerts par la maison.

— Pour en revenir à la vie personnelle de Zak, y avait-il d'autres personnes chez lui lorsque vous lui rendiez visite ?

— Y'avait que moi. Il ne faisait pas vraiment de fêtes – il aimait bien avoir la maison pour lui.

— Vous disiez qu'il fréquentait d'autres personnes – des noms en particulier ?

Oakley secoua de nouveau la tête, puis pensa à quelque chose.

— Un jour, il était dans la cuisine quand il a reçu un message sur son téléphone. J'étais allongée juste à côté sur le canapé, alors j'ai jeté un œil. C'était une fille. Plus jeune que moi, à en juger par la photo – même si on peut pas vraiment s'y fier.

— Jeune comment, diriez-vous ?

Elle dévisagea tour à tour les deux détectives.

— Qu'est-ce qui se passe ?

— Avez-vous déjà jeté un œil dans la chambre d'amis à l'étage, Tamsin ?

La question venait d'Esson, qui faisait mine de vérifier que l'enregistrement se déroulait sans accroc. Comme si la question était sans grande importance.

— Non.

— Parce qu'elle était fermée à clé ? Zak vous a-t-il dit ce qu'elle contenait ?

— Non, répondit-elle d'une voix plus craintive.

— Pour en revenir à son téléphone, interrompit Clarke, vous ne connaîtriez pas son code Pin, par hasard ?

— C'est sa date d'anniversaire – il me l'a dit un jour. Il était nul en mots de passe.

— Vous n'avez jamais eu envie de jeter un œil dans son téléphone ?

— Mais quelle idée ! On était trop occupés à se donner du bon temps. Il avait des ennuis ? Il a mis la fille en cloque ou un truc comme ça ?

Esson et Clarke échangèrent un regard, et cette dernière secoua imperceptiblement la tête – tout ce qu'elles révèleraient à Oakley finirait sur les réseaux sociaux dans les cinq minutes. D'ailleurs Oakley ne cessait de jeter un œil à son téléphone, dont l'écran s'illuminait toutes les deux secondes.

— Theresa et Katie sont curieuses de savoir comment se passe l'entretien ? devina Clarke.

— C'est des notifications, c'est tout, répondit Oakley en reposant le téléphone à l'envers sur sa cuisse.

— Voudriez-vous nous dire autre chose, Tamsin ? demanda Esson.

— Faut que vous attrapiez celui qui a fait ça, c'est tout. Zak était un type exceptionnel.

— On l'attrapera, assura Esson. Et pour ce faire, avant que vous partiez, nous allons vous demander vos adresse et numéro de téléphone, afin de pouvoir garder le contact.

— Ainsi qu'un prélèvement de salive et d'empreintes digitales, à des fins d'élimination, ajouta Esson. Comme toutes les personnes qui se sont rendues au domicile de Zak.

Ce dernier point sembla rassurer Oakley, qui donna néanmoins son accord d'un signe de tête circonspect.

— On devait aller à Prestonfield ce week-end, y passer la nuit. Il aimait bien m'inviter dans des hôtels chics.

Enfin, les larmes arrivèrent. Elle se tamponna les yeux en faisant au mieux pour ne pas abîmer son maquillage.

Elles la raccompagnèrent jusqu'à l'entrée principale. La porte était entourée de fenêtres, à travers lesquelles elles aperçurent Oakley se prendre en selfie devant le panneau de Police Scotland, en prenant bien soin de rejeter ses cheveux en arrière et de croiser un pied devant l'autre.

— On lui a dit que ça donnait l'air plus mince, commenta Esson.

— Ça ne suffirait pas à faire la blague, en ce qui me concerne, rétorqua Clarke. Elle n'avait pas l'air bouleversée, si ?

— Un de perdu, dix de retrouvés. Si on regarde ses comptes sur les réseaux sociaux, on verra tout de suite que ça se bouscule au portillon.

— Les journaux vont se jeter sur elle comme la faim sur le monde.

— C'est marrant que tu dises ça, Siobhan. John me certifiait que la première chose qu'il ferait en sortant, c'était de prendre une table à Prestonfield – je crois qu'il a dans l'idée de dévorer un steak.

— C'est un endroit très couru, observa Clarke en rebroussant chemin en direction du bureau de la BEP.

Elle commença à rédiger un texto pour le labo de Howdenhall, en demandant de tester la date de naissance de la victime pour débloquer son téléphone.

— Elle va blablater à tout-va à propos de la chambre d'amis fermée à clé, tu ne crois pas ? supputa Esson. Je n'aurais peut-être pas dû en parler.

— Ce n'est pas grave, la rassura Clarke. Le fait est qu'elle n'avait aucune idée de ce qu'il manigançait. Et elle est la preuve d'une chose…

— Quoi donc ?

— La clientèle de Zak aimait peut-être les beefsteaks bleus, mais lui préférait les siens un peu plus cuits.

JOUR 5

14

Dans la file d'attente pour le petit déjeuner, deux détenus demandèrent à Rebus des nouvelles de Darryl Christie.

— Pourquoi vous demandez pas à quelqu'un de sa bande ? interrogea John en retour.

— Ils ont pas les mêmes privilèges que toi, apparemment.

— Privilèges ou pas, je sais peau de couille, asséna Rebus en emportant son plateau.

Il s'installa en face de Ratty. Pour une fois, ce dernier tournait le dos aux serveurs. Rebus les observa par-dessus l'épaule de son commensal.

— Devo te lance des regards tellement vicieux que je devrais pouvoir les vendre sur Pornhub.

— Ça, c'est parce que j'ai interrogé Malachi à son sujet, et que Malachi m'a balancé.

Rebus comprit alors pourquoi Ratty tournait le dos à Devo, mais aussi pourquoi il promenait sa nourriture sur son assiette au lieu de l'avaler.

— Tu devrais manger. Si tu commences à te sentir chose, on aura serré notre homme.

— Je n'ai pas peur de me faire droguer.

Rebus haussa les épaules et piocha une fourchette d'œufs dans l'assiette de Ratty. Ce dernier le regarda mastiquer en silence.

— Ça vaut ce que ça vaut, Ratty, mais je ne crois pas que Jamieson ait été drogué à son insu. Il faisait ça très bien tout seul.

Rebus chercha Mark Jamieson des yeux. Il était assis en compagnie du Sorcier. Sa célébrité avait duré presque aussi longtemps que le bandage qu'on avait retiré de son front bardé d'agrafes. Personne ne faisait attention à lui. Rebus fit glisser son plateau vers Ratty.

— Finis mon assiette si tu veux, dit-il. Je n'ai pas grand appétit.

Ratty ne se le fit pas répéter deux fois.

Rebus se leva et s'avança jusqu'à la table de Jamieson.

— Ça va ? fit-il en guise de salutations en se glissant à côté de Jamieson qui dut se pousser pour lui faire de la place. Je veux juste dire un mot, dit-il au Sorcier.

Jamieson avait arrêté de mâcher et refermait la main sur sa tasse de thé.

— Mettons que personne ne t'ait drogué ce soir-là, démarra Rebus dans un murmure. (Les autres détenus manifestaient un intérêt limité à Jamieson, mais l'ajout de Rebus à l'équation changeait la donne.) Tu es sûr et certain que ton compagnon de cellule était bien en vie à l'extinction des feux.... (Il attendit que Jamieson acquiesce.) Mais tu as commencé à te sentir dans le cirage – plus que d'habitude ? (Jamieson hocha de nouveau la tête.) Peut-être que celui qui t'a fourni ce jour-là avait chargé la dose. C'est possible ?

Jamieson le dévisagea et finit par secouer lentement la tête.

— On t'avait pas donné plus de cachetons que d'habitude ? (Encore non.) Et tu es sûr que c'étaient les mêmes cachetons ?

Cette fois-ci, Jamieson confirma.

— Quelqu'un t'avait pas refourgué quelque chose ce jour-là, Mark ? Un petit cadeau ? De la came à tester ?

— Non, fit Jamieson en aspirant son thé.

— Dans ce cas il n'y a aucune raison pour que tu aies été défoncé à ce point.

— Quelqu'un m'a assommé.

— Oui, mais tu dis que tu étais dans les vapes quand c'est arrivé – sans quoi tu aurais entendu quelque chose. Ce qui nous ramène à la raison pour laquelle tu étais dans les choux. De toute évidence à cause d'un truc qu'on t'avait refilé.

— À mon insu, dit Jamieson en jetant un œil en direction de Devo.

— J'imagine que c'est Darryl Christie qui te fournit habituellement ? Lui ou un de ses gars ?

— Darryl n'est pas le seul sur le marché, interjeta le Sorcier. Il y avait déjà tout un tas de trucs en circulation avant qu'il entre en scène.

— Mais maintenant il est là – tu es en train de me dire qu'il laisserait faire la concurrence ?

— Peut-être qu'il n'a pas le choix, insista le Sorcier en soutenant le regard de Rebus.

— Tu veux parler d'Everett Harrison ?

Le Sorcier se contenta de hausser les épaules, et termina son assiette.

— Tout va bien par ici ?

Rebus releva les yeux. Blair Samms se tenait devant eux.

— Comme sur des roulettes.

— Tu es un peu pâlot, Mark, continua Samms en ignorant Rebus. Tu veux consulter l'infirmière ?

— Ça va, répondit Jamieson.

— Je vais m'occuper de lui, dit le Sorcier à l'agent, mais les yeux de Samms étaient rivés sur Rebus.

— Fais donc ça, dit-il en s'éloignant.

Rebus le regarda partir en se souvenant que Samms était lui aussi de service à la cantine ce soir-là. Il tourna de nouveau son attention vers le Sorcier et dit à mots lents :

— Je suppose qu'il est envisageable que le fournisseur ne soit pas forcément un détenu...

— On est en taule, John. Ça vaut pour Darryl, pour toi, moi et Mark. Mais certaines personnes ont la liberté d'aller et venir. Il suffit d'un seul individu.

Rebus s'adressa de nouveau à Jamieson.

— T'en penses quoi, Mark ? Tu es prêt à me lâcher un nom ?

— Pourquoi veux-tu qu'il fasse un truc pareil ? s'agaça le Sorcier en durcissant le ton. Le môme a suffisamment de merde à gérer sans se transformer en mouchard.

— J'essaie d'obtenir justice pour Jackie Simpson, contra Rebus.

— Un homme que tu connaissais à peine ? Tout ça parce que le directeur te l'a demandé ? le rabroua le Sorcier avec un ricanement. Je me demande ce que tu y trouves – à part ton précieux sens de la « justice ».

Il agita sa fourchette sous le nez de Rebus :

— On sait tous qui a fait le coup – le type à qui Jackie voulait rendre une petite visite à sa sortie. Lui, il ne lui arrivera rien. Toi et ta bande, vous avez déjà serré les freins – personne s'est manifesté récemment ? Des agents pénitentiaires qu'on embarque brusquement pour un interrogatoire ?

Rebus sollicita de nouveau l'attention de Jamieson.

— Ça aiderait que quelqu'un parle.

— Et montre du doigt un autre détenu, tu veux dire ? fit le Sorcier avec un rire glacial. Laisse tomber, John. Tu ne vas pas…

Il fut interrompu par l'arrivée de Blair Samms qui avait terminé son tour de salle.

— Ça chauffe un peu, par ici, messieurs. C'est peut-être le moment de lever le camp, John.

Au même moment, Mark Jamieson bondit sur ses pieds et empoigna son plateau.

— J'ai fini, de toute façon, grommela-t-il.

— Ouais, moi aussi, renchérit le Sorcier en se levant avec son habituelle lenteur étudiée.

Rebus le suivit du regard. Le Sorcier déposa son plateau et emboîta le pas à Jamieson en direction de la cellule qu'ils partageaient.

— Tu m'as l'air doué pour te bouffer le nez avec tout le monde, dit Samms.

— En parlant de nez – ce serait pas toi qui ferais venir de la came dans la prison, par hasard, agent Samms ?

Samms lui jeta un regard noir.

— Qu'est-ce qui te prend de faire ce genre d'accusation ?

Rebus réfléchit à la réponse à donner.

— Peut-être que je suis au bout du rouleau.

— Fais gaffe qu'il se transforme pas en rouleau compresseur.

Samms repartit faire un tour de salle. Rebus, seul à sa table, sentait le poids de tous les regards peser sur lui. Il ferma les yeux et se passa une main sur le front.

— Allez tous vous faire foutre, marmonna-t-il pour lui-même.

Clarke était assise à son bureau, sirotant de temps à autre une gorgée de café dans un gobelet. Elle avait enfin réussi à joindre Louise Hird.

— Je passais vous donner des nouvelles, annonça-t-elle.

— Je commençais à me sentir snobée.

— Alors comme ça, vous êtes au courant ?

— Vous avez réussi à entrer dans son disque dur ?

— On y est presque. Ses deux téléphones ont été déverrouillés, mais ils ne contiennent pas grand-chose. C'est un peu comme s'il essayait de garder ses deux vies séparées.

— Ce ne serait pas le premier. Londres s'intéresse à toutes les données disponibles – et si votre labo n'est pas en mesure de les extraire…

— Ce n'est pas ce que j'ai dit.

— Donc vous avez avancé dans l'identification de l'enflure qui a tué l'enflure ?

— Un de ses copains s'est fait la malle.

— Sans parler d'une certaine collégienne – je peux venir voir ce que vous avez ?

Un bourdonnement informa Clarke d'un appel entrant. Le numéro provenait d'un portable qui lui était inconnu.

— Il faut que j'y aille, dit-elle à Hird avant de prendre l'appel.

— C'est quoi ce bordel ? éructa une voix masculine.

En fond sonore, une femme ajoutait ses plaintes au concert de récriminations. Il ne fallut pas longtemps à Clarke pour les resituer.

— Monsieur Andrews, il y a un problème ?

— On peut appeler ça un problème, ouais, gronda James Andrews. Étant donné qu'on vient d'apprendre que notre fille se faisait manipuler par un salopard de pédophile. Vous comptiez nous le dire quand ?

Clarke reposa son café, paupières baissées.

— Vous n'auriez pas dû l'apprendre de cette manière. J'imagine que la presse vous a contactés ?

— Une certaine Laura voulait un commentaire. Elle a dit qu'elle pensait que la police nous aurait déjà mis au courant. Qu'est-ce qui s'est passé ?

S'ensuivit le bruit du téléphone qu'on lui arrachait des mains.

— J'espère qu'il brûlera en enfer, dit Helena à Clarke d'une voix tremblante. Moi je décernerais une médaille à celui qui lui a fait la peau, cracha-t-elle avant de rendre le téléphone à son mari.

— La journaliste vous a dit autre chose ? demanda Clarke.

L'expression stupéfaite de cette dernière avait attiré l'attention de Christine Esson, qui s'approcha de son bureau.

— Elle voulait savoir si on connaissait cette espèce de vicelard, répondit Andrews.

— Et ?

— Non. Helena est catégorique : Jas n'a jamais parlé de lui et ne l'a jamais ramené à la maison.

Clarke poursuivit, les yeux posés sur Esson.

— L'appel téléphonique de Laura Smith était totalement déplacé. Pour répondre à votre question, j'avais l'intention de vous apprendre la nouvelle aujourd'hui en personne.

— Jasmine est suspectée ?

Clarke tenta de formuler une réponse diplomatique.

— Mais c'est pas possible, vous déconnez, gronda Andrews à l'autre bout du fil.

Esson s'était connectée sur le blog de Laura Smith depuis l'ordinateur de Clarke, mais le site ne faisait état d'aucune mise à jour.

— D'autres journalistes ne vont pas tarder à vous harceler, dit Clarke à Andrews. À vous de décider si vous voulez leur parler, mais ça risque de ne pas faciliter notre tâche.

— On veut retrouver Jasmine, c'est tout. On veut qu'elle rentre à la maison.

— Je comprends. Nous pourrions nous retrouver pour en parler ; est-ce que cela pourrait vous aider ?

— J'en doute. Ne nous laissez pas dans le noir, c'est tout, souffla-t-il d'une voix vidée de toute colère.

— Je vous le répète, je suis désolée que vous l'ayez appris de cette manière...

Clarke se tut : le père de Jasmine avait raccroché.

— Pas croyable, marmonna-t-elle en appelant le numéro de Laura Smith.

Esson s'appuya au bord du bureau. Clarke posa les yeux sur la page d'accueil du blog de Smith. La mise à jour se fit au même moment. Elle hocha la tête en direction de l'écran et Esson se pencha pour regarder. On y voyait une photo du domicile de Zak Campbell, prise depuis le cordon de police. *La Maison du vice d'un enfant chéri du football*, hurlait la manchette.

— Je sais que ce n'est pas très subtil, s'excusa Smith en décrochant. Mais on ne paie pas les factures en faisant dans la nuance.

— Mais qu'est-ce qui t'a pris de faire ça ? demanda Clarke en réfrénant sa colère.

— Tu aurais dû les en informer, Siobhan. J'étais sincèrement estomaquée que tu ne l'aies pas fait.

— Tu sais très bien qu'on ne voulait rien dévoiler pour l'instant.

— Mais ça n'allait pas durer, si ? Il fallait que je prenne une longueur d'avance sur le peloton. C'est *mon* papier, ne l'oublie pas – c'est moi qui t'ai trouvé Pedro. Sans moi, tu serais encore en train de patauger.

— En réalité, c'est lui qui t'a trouvée.

— Ça reste mon papier.

— Pendant encore quelques minutes – après, ce sera le papier de tout le monde, félicitations.

— J'ai des quotidiens de Londres qui me proposent de couvrir l'affaire en exclusivité. Des radios et des télés s'y intéressent aussi. Je ne peux pas refuser, Siobhan. Il faut que j'avance.

— Tu compromets notre enquête.

Mais Smith avait déjà l'esprit ailleurs.

— Mais nom de Dieu, tu vois pas le nombres de visites que j'engrange ? Mon téléphone pète les plombs. Il faut que j'y aille, Siobhan. Tiens-moi au courant, d'accord ? Chose promise, chose…

Clarke mit un terme à la communication avant la fin de la phrase.

— Et maintenant ? demanda Esson.

Clarke resta un instant à se mordiller la lèvre, puis elle se leva, et tapa dans ses mains comme l'inspecteur-chef Carmichael l'avait fait la veille.

— Écoutez-moi, s'il vous plaît ! lança-t-elle par-dessus le brouhaha. L'info a été divulguée – en ligne pour le moment, mais elle ne va pas tarder à sortir partout. (Les agents échangèrent des regards.) Ce n'était pas une fuite. C'est seulement une journaliste qui a fait le rapprochement et qui a pris les devants. Mais ça veut dire qu'il faut qu'on passe la seconde, parce que tous les individus liés à Zak Campbell et son site web vont décider de ce qu'ils veulent bien nous dire et de ce qu'ils préfèrent cacher.

— Je peux peut-être aider, répondit Gillian Reeves en agitant son portable. Le labo a réussi à entrer dans l'ordinateur du défunt grâce à un mot de passe stocké dans un de ses téléphones. Apparemment, le niveau de protection de l'appareil était lamentable. Ils nous envoient tout ce qu'ils ont. Ça devrait arriver sur vos postes d'un instant à l'autre.

La salle entière retomba dans le silence, chaque agent fixant son moniteur, dans l'expectative. C'est le moment que choisit Cammy Colson pour faire son entrée de son pas traînant.

— Y'a plus d'ambiance à la morgue, dites-moi, fit-il.

— Du nouveau ? demanda Clarke sans quitter son ordinateur des yeux.

— Un coup unique à l'arme blanche, qui a perforé un poumon. Il a sans doute perdu conscience lorsque sa tête a tapé contre l'îlot de cuisine. Le médecin légiste estime qu'il aurait pu s'en sortir s'il était allé aux urgences. Mais il est resté comme ça pendant trois jours, à en juger par la rigidité et la lividité cadavériques. Il avait pas mal de cocaïne dans l'organisme et son dernier repas se composait de chips épicées thaï – ondulées, les chips, si ça vous intéresse.

Il se saisit de la bouilloire pour préparer une tasse de thé, cherchant en vain un mug propre.

— Y'a pas de lait non plus, lança quelqu'un.

— Pourquoi faut toujours que ça tombe sur moi ?

Personne ne répondit. Les données venaient d'apparaître sur les ordinateurs.

— Il y en a une tonne, commenta Esson en regardant son écran par-dessus l'épaule de Clarke.

Cette dernière se leva, bras écartés.

— Ce côté de la salle, vous vous concentrez sur les clients – identités et coordonnées. L'autre côté, vous vous concentrez sur les mannequins – n'hésitez pas à les appeler « victimes » si vous préférez, parce qu'à mon avis, c'est ce qu'elles sont. Là encore, noms et coordonnées. Après quoi on commencera à passer des coups de fil. Je veux que les clients soient amenés ici pour être interrogés ; les victimes peuvent être auditionnées à leur domicile, en présence des parents si nécessaire.

— Certains utilisateurs sont à l'étranger, annonça Trisha Singh en écumant la liste.

— Ceux-là, on leur envoie un mail si on n'arrive pas à les joindre par téléphone. Il faut pas traîner. Les grands médias ne vont pas tarder à couvrir l'affaire. Je vais devoir nous faire livrer des provisions de sucre et de caféine.

— Et de lait, ajouta Colson.

— Tous les petits luxes de la vie, Cammy, lui répondit Clarke. Et on ajoutera ton rapport au dossier une fois que tu l'auras tapé.

— Ça risque de prendre un certain temps, commenta Esson à mi-voix en regardant Colson regagner sa chaise avec toute la grâce d'un Néandertalien.

Au même moment, son téléphone lui annonça la réception d'un texto de Mulgrew. Il avait monté les enchères à trois points d'interrogation.

— Redis-moi, fit Clarke en balayant la salle du regard. Qui s'occupe des clients et qui s'occupe des mômes ?

— J'ai déjà oublié, avoua Esson en regagnant son bureau.

Fox ayant été convoqué à une réunion au COCT, Mulgrew et Zara Shah s'étaient rendus à la prison d'Édimbourg pour auditionner Chris Novak. Sa réunion terminée, Fox avait fait la route jusqu'à Gayfield Square, où on lui remit une copie de l'enregistrement, qu'il écouta avec des écouteurs. Novak niait toute relation, de quelque nature qu'elle fût, avec Valerie Watts. Il n'y avait eu aucun rendez-vous secret dans la réserve, et au cours de ces fameuses dix minutes, il s'était contenté de couler un bronze. Ces dénégations n'étonnaient pas particulièrement Fox. Novak était marié, il avait des enfants.

— Ce qui se dit ici ne sortira pas de ces murs, avait affirmé Mulgrew en guise d'ouverture.

— C'est pour ça que vous m'enregistrez ? avait rétorqué Novak.

— Vous ne vous rendez pas service, en faisant ça, Chris, avait insisté Mulgrew. Réfléchissez un peu : en étant avec Valerie, vous avez un alibi.

— Je n'ai pas besoin d'un alibi.

La réplique de Novak s'accompagnait d'un bruit sourd que Fox interpréta comme celui d'un poing qu'on abat sur une table. Après quoi l'entretien n'avait pas tardé à tourner en rond. Novak se refusait à dire du mal de Valerie Watts ou de Blair Samms. Il ignorait tout d'agents qui toucheraient des pots-de-vin, et pourquoi passaient-ils tout ce temps à harceler le personnel au lieu d'interroger les détenus ? Si les agents pénitentiaires pouvaient s'acheter, pourquoi pas les détectives ? Et voulait-on bien le laisser retourner au travail pour lequel le pauvre contribuable écossais l'employait?

Fox retira les écouteurs et les ramena au bureau de Mulgrew.

— Beau travail, dit-il. Si je puis me permettre sans avoir l'air condescendant.

Mulgrew avait son téléphone à la main, qu'il ne cessait de consulter.

— Christine ? devina-t-il.

— Silence radio.

Mulgrew jeta un œil au bureau :

— Ça serait pas mal qu'elle revienne. On est sous pression, crevés, et on n'arrive à rien.

— On est arrivés à quelque chose hier soir avec Valerie Watts, fit valoir Fox.

— Exclure des pistes, ce n'est pas la même chose que d'en dégoter des nouvelles.

Fox secoua la tête.

— Je n'exclus pas Valerie Watts – ni son amant, si tu vas par là. Plus j'y pense, plus je trouve cohérent qu'on ait laissé une cellule ouverte après l'extinction des feux. Novak n'a plus qu'à aller là plutôt que dans la réserve.

— Sans qu'aucun autre agent le voie ?

— Qui dit le contraire ? La tentative de dissimulation pourrait être bien plus importante qu'on ne le croit. La question est la suivante : l'a-t-il fait pour des raisons qui lui sont propres, ou quelqu'un lui a-t-il graissé la patte ?

— Ce qui nous ramène une fois encore à Everett Harrison..., fit Mulgrew en faisant courir ses ongles le long de son menton. Je ne sais pas trop, Malcolm.

— Prends le temps d'y réfléchir, Jason, conclut Fox en lui tapotant l'épaule avant de regagner le murs des indices.

Zara Shah étudiait les photos de la cellule.

— Tu travailles sur quoi ? lui demanda Fox.

— Le sang, dit-elle. Plus précisément ce qui lui est arrivé.

— C'était un vampire, lança Paul Allbright.

— Eh ben voilà, dit Fox à Shah. Chaque question a sa réponse.

— En l'occurrence une réponse vraiment débile, dit-elle en lançant un regard mauvais à Allbright.

— Oh ça va, Vampira, lâcha l'intéressé.

15

Everett Harrison, allongé dans son lit, lisait un manuel de droit.

— Tu penses avoir une chance ? lança Rebus depuis le seuil.

— Tu veux quoi, merde ? répondit Harrison d'une voix encore éraillée.

— Je me demandais si tu avais envie de taper dans une boule de billard.

— Le seul truc que j'ai envie de taper, c'est ton copain Darryl.

— Tout le monde a l'air de penser qu'on est amis.

— Il veille sur toi ici, non ?

— Je lui ai rien demandé.

Harrison posa le manuel de côté et se redressa en faisant pivoter ses jambes par-dessus le matelas. Il toisa Rebus d'un œil noir. Ses bras arboraient des tatouages qui, pour la plupart, faisaient écho aux posters du Liverpool Football Club accrochés aux murs. Rebus s'était approché à quelques centimètres de la seule et unique chaise de la cellule. Il inclina la tête d'un air interrogateur et Harrison finit par acquiescer. Rebus s'assit, en restant sur ses gardes.

— C'est vrai que ton boss s'en prend au gang de Christie ?

— Christie a l'air de le penser.

— Mais c'est vrai ?

Harrison eut un petit rictus froid.

— Ça l'a secoué, hein ? fit-il en passant un doigt en travers de sa gorge. C'est tout ce qui compte.

— Tu es en train de me dire que Hanlon n'est pas de retour au Royaume-Uni ?

— Pas de retour au Royaume-Uni, pas particulièrement intéressé par un avorton comme Darryl Christie, et il ne te connaît ni d'Ève ni d'Adam. (Il agita le même doigt en direction de Rebus.)

Contrairement à ce que tu as dit à Bobby Briggs à la bibliothèque. Ça n'a pas beaucoup plu à Bobby, et à moi non plus.

— Dans ce cas, pourquoi les hommes de Christie pètent tous de trouille ? demanda Rebus sans se laisser désarçonner.

— D'après ce que j'ai entendu dire, ils se font la malle, en effet, dit Harrison avant de ménager un silence. Peut-être qu'ils sont capables de reconnaître quand un navire prend l'eau.

— Ça va barder quand Darryl sortira du mitard ?

— Ça dépendra de lui. Je suis prêt à gérer tout ce qu'il met sur la table.

— Tu m'as l'air plutôt normal, comme gars, si tu me permets.

— Parce que lui non ?

— Je l'ai déjà vu abattre un type d'une balle en plein visage. Quand les fils se touchent, il faut s'attendre à tout.

— Je ferais peut-être bien de lancer les représailles en premier, dans ce cas.

— Ou tu pourrais demander à être transféré dans un autre quartier.

— Comme si ça allait changer quelque chose.

— C'est marrant, vous aviez l'air de bien vous entendre, passé un temps.

— Il a cru qu'il pouvait me retourner. C'est mal connaître le code de Liverpool.

Harrison se rallongea et reprit son livre. Rebus se leva.

— Je suis content qu'on ait eu cette petite discussion, Everett. C'est bien de parler.

— Casse-toi, maintenant, gronda le détenu.

Le service régulier avait repris.

De retour dans sa cellule, Rebus décida de prendre un risque. Il ferma sa porte et se hissa sur la cuvette des toilettes, muni de son téléphone jetable. Il avait griffonné le numéro sur sa main avant de l'effacer, persuadé qu'il était de l'avoir mémorisé. Il tomba sur une femme à la voix tendue, avec les hurlements d'un tout-petit en fond sonore. Il fouilla sa mémoire, numérota de nouveau, et tomba cette fois-ci sur un centre technique automobile.

La troisième fois sera la bonne, se dit-il en remettant le couvert.

— Qui est à l'appareil ? répondit Fox.

— La répression des fraudes, monsieur. Nous avons des raisons de croire qu'un dénommé Malcolm Fox se fait passer pour un détective.

— On en est réduit aux canulars téléphoniques, John ? À moins évidemment que vous n'ayez quelque chose pour moi.

— Vous n'êtes pas très doué pour répondre au téléphone, Malcolm.

— Pas quand c'est un numéro qui m'est inconnu.

— Vous pensez vraiment que les hommes de Christie sont pris pour cible ?

— Absolument. Le dernier en date s'est fait braquer alors qu'il était au volant. En plein jour. Un témoin a relevé la plaque minéralogique. Le véhicule appartenait à un membre du gang Christie, mais le type avait mis les bouts le temps qu'on arrive chez lui.

— Vous n'avez pas réussi à identifier l'assaillant ?

— Il portait un casque, visière baissée.

— Et si je vous disais qu'il avait l'accent de Liverpool ?

— C'est le cas ?

— À en croire Darryl Christie.

— Donc c'est le gang de Shay Hanlon.

— Pourtant, je viens juste de discuter le bout de gras avec Everett Harrison, et il dit que Hanlon est encore à l'étranger et qu'il ne s'intéresse pas particulièrement à Darryl.

— Évidemment qu'il dit ça ! Mais Darryl semble d'un autre avis, vu qu'il a essayé de coller un snooker aux amygdales de Harrison. Ou c'est moi qui suis pas très futé ?

— Évidemment que vous n'êtes pas futé – c'est la marque de fabrique de Malcolm Fox d'être bas de plafond.

Rebus tendit l'oreille au silence qui enflait à l'autre bout du fil :

— Je ne vous ai pas blessé, j'espère ?

— L'équipe d'Esson ne fait pas beaucoup de progrès, si ? Mais faut dire qu'elle a d'autres chats à fouetter.

— Ah bon ?

— Voyez-vous, John, je sais des choses que vous ignorez.

— Vous voulez parler du meurtre de Zak Campbell ? La terre entière est au courant. Je suis sérieux, Malcolm. Vous devez vous poser la question de savoir qui a tout intérêt à ce que l'empire de Christie s'effondre.

— J'aurais pensé qu'on en profitait tous.

Fox se tut. Rebus entendait presque les rouages se mettre en branle dans son cerveau.

— Attendez, vous voulez parler de Mickey Mason ? relança Malcolm.

— Vous croyez ?

— Récemment libéré du Bar-L et qui cherche à revenir dans le jeu.

— C'est bien lui, improvisa Rebus.

— Bobby Briggs vous a parlé de lui ?

— Il est muet comme une carpe. Fut un temps où ils étaient très proches, dit Rebus d'un ton qui se voulait affirmatif.

— Et comme vous l'avez souligné, Briggs et Harrison sont copains. Les maillons d'une chaîne, John, les maillons d'une chaîne.

Rebus gardait un œil sur la porte de sa cellule. Il ne pouvait se risquer beaucoup plus longtemps dans cette posture.

— Peut-être que vous êtes plus intelligent que je ne le pensais, Malcolm. Vous me tiendrez au courant ? Et en échange, je garderai les oreilles grandes ouvertes.

— Je vais y réfléchir.

— Oh, et Malcolm ? La prochaine fois que vous ne reconnaissez pas le numéro, répondez quand même.

Rebus mit fin à la communication et descendit de la cuvette, tout sourire à l'idée de l'avalanche de démarchage par téléphone que Fox allait devoir se coltiner.

Après avoir dissimulé le portable, il s'installa à son bureau. Il était assis depuis à peine trente secondes quand Blair Samms ouvrit la porte à la volée.

— Tout va bien là-dedans ?

— Je peux faire quelque chose, surveillant ?

— Je vérifiais juste. Maintenant que Darryl Christie n'est plus dans le coin, certains prisonniers pourraient avoir des idées.

— Mais je suis universellement admiré, plaida Rebus.

— Y compris par Bobby Briggs ? Nos vies seraient bien plus tranquilles si tu retournais à l'USR. Le patron dit y réfléchir.

— Quel patron ? demanda Rebus d'un ton qui se voulait innocent.

— Le nôtre – M. Tennent. Tu croyais que je parlais de qui ?

— Un homme a parfois deux maîtres. Il y a eu une pièce de théâtre à ce propos, il y a quelques années.

— Je ne vois pas de quoi tu veux parler.

Mais Rebus voyait bien dans ses yeux que le jeune agent avait parfaitement compris l'allusion.

— Pourquoi tiens-tu personnellement à ce qu'on me transfère ?

— Ça n'a rien de personnel.

— Serais-je un caillou dans ta chaussure, agent Samms ? À poser trop de questions gênantes ?

Le visage du gardien resta impassible.

— Le directeur réfléchit à ma suggestion, souligna-t-il avant de tourner les talons.

Rebus se repositionna sur sa chaise de sorte à être face au mur, avec ses graffitis, ses traces et ses taches.

— Si ce n'est pas Hanlon, alors qui ? s'interrogea-t-il à voix basse. À qui profite l'implosion de l'empire de Darryl Christie ?

J'aurais pensé qu'on en profitait tous.

— C'est peut-être pas faux, Malcolm, ajouta-t-il. Même si je doute que vous soyez suffisamment intelligent pour le voir...

Il fit une demande pour parler au directeur, et fut surpris quand l'intéressé en personne se présenta à la porte de sa cellule.

— Moi qui me faisais une joie de déguster des biscuits, dit Rebus d'un ton dépité.

Howard Tennent portait un manteau d'hiver qui tombait sous le genou, ainsi qu'une mallette. Rebus songea que le cadenas à combinaison avait dû être verrouillé avant qu'il ne sorte de son bureau.

— Je suis pressé, John.

— Vous partez dans un coin sympa ?

— J'imagine que vous avez quelque chose pour moi ?

Rebus était assis à son bureau. Il ne voyait pas de raison d'en partir.

— Je ne veux pas être transféré, affirma-t-il.

— Qui parle de vous transférer ?

— Blair Samms y a fait allusion.

— Blair Samms ne dirige pas cette prison.

— D'après lui, maintenant que Darryl n'est plus là, on pourrait s'en prendre à moi.

— Eh bien, il n'a pas tort, si ?

— Je ne suis pas certain que ce soit la raison pour laquelle il souhaite mon transfert. Il se peut qu'il s'intéresse davantage à ma petite enquête.

Tennent plissa les yeux.

— Et en quoi cela l'intéressait-il tout particulièrement ?

— Vous avez entendu la rumeur selon laquelle il touche des pots-de-vin ?

— La question a été étudiée et écartée, dit le directeur d'un ton agacé.

— On pense que c'est le comparse de Darryl Christie ou plutôt celui d'Everett Harrison ?

— Je n'ai vraiment pas le temps pour ce genre de choses, John.

— Je veux rendre visite à Darryl une nouvelle fois.

— Pourquoi ?

— J'ai des questions à lui poser.

Tennent le scruta, attendant d'en savoir plus, mais Rebus lui opposa son silence.

— En rapport avec la mort de Jackie Simpson ?

— Quoi d'autre ?

— J'ai l'impression que vous n'avez pas particulièrement fait des étincelles sur le sujet.

— Je ne vois personne faire mieux.

— L'inspecteur Fox me tient régulièrement au courant – les auditions sont en cours, les preuves médico-légales sont analysées...

— Je suis un ancien de la Criminelle, Howard. Fox vous sert les foutaises habituelles. Je ferais exactement la même chose si je ramais à ce point. Vous vous dites peut-être que je suis lent, mais c'est comme ça que je travaille. (Rebus fit tournoyer son index dans l'air.) En cercles, lentement, vers l'intérieur.

— Donc il y a du nouveau ?

— Ça se pourrait bien – une fois que j'aurai parlé à Darryl.

Le directeur poussa un soupir.

— Vous êtes un vrai casse-bonbons, John – on vous l'a déjà dit ?

— C'est un chapitre de mon autobiographie.

— Vous me donnerez le résultat demain, d'accord ?

— Oui, monsieur.

Rebus porta deux doigts à sa tempe en guise de salutation.

Quarante minutes plus tard, il était en route pour l'USR, accompagné par Eddie Graves.

— Quoi de neuf ? lança Rebus.

— Mon dos fait encore des siennes. Je dors pas hyper bien non plus. Mon fiston a plié sa caisse. Il va bien, mais c'est la troisième fois. À ce rythme, ça va devenir impossible de l'assurer.

— Mais ça pourrait être pire, non ?

Graves lui jeta un coup d'œil.

— Comment ça ?

— Eh bien, tu pourrais passer tes journées entouré de la lie de la société.

— Vivement la retraite.

— On va te manquer.

— Me faire appeler Michelle ne me manquera pas.

— C'est affectueux, dit Rebus. Mais pour revenir à ma question initiale, je voulais parler d'ici – avec le meurtre, Darryl Christie qui s'énerve et tout le monde au bord du craquage...

Graves eut un haussement d'épaules.

— C'est le vieil adage – ce qui doit arriver arrivera.

— J'ai toujours trouvé ça un peu tristounet, comme manière de voir les choses.

— Tout ça pour dire ?

Rebus se rendit compte qu'il n'avait pas la réponse à la question, aucune susceptible de réconforter Graves ou de lui faire changer sa vision du monde en tout cas. Ils parcoururent le reste du chemin en silence jusqu'à la cellule de Darryl Christie.

La porte fut déverrouillée par un agent que Rebus reconnut de son séjour dans l'unité. Les deux surveillants montèrent la garde, porte entrebâillée, tandis que Rebus pénétrait dans l'espace confiné.

— Faut vraiment que je regarde le sens du mot « isolement » dans le dico, maugréa Darryl.

Il était allongé sur son lit, les mains nouées sur le ventre. Il tourna à moitié la tête pour regarder son visiteur.

— Comment ça se passe au-dehors ?

— Everett Harrison s'est mis à parler avec une grosse voix de fumeur à la Jeanne Moreau et Blair Samms veut que je sois transféré ici. Everett, c'est à cause de toi, mais Blair Samms ?

— Il n'a pas tort – jusqu'ici on t'a toléré, mais t'es quand même un ex-flic et en règle générale les ex-flics s'en sortent moyen au milieu des autres détenus. Sans oublier que tu es l'homme à abattre.

— Tu veux parler de Bobby Briggs ?

— Pour commencer.

— Qui d'autre ?

— Tu as du temps devant toi ? lança Christie en pianotant d'une main sur les articulations de son autre main. Bref, qu'est-ce qui t'amène dans la salle du trône ? Tu as réussi à causer à Malcolm Fox ?

— Il sait qu'il faut que je lui parle, improvisa Rebus avant d'ajouter : Tu es le fournisseur de Mark Jamieson, je ne me trompe pas ?

— Sans commentaire.

— Tu vois, il a fini au tapis. En tant que consommateur régulier, il devrait savoir quelles doses prendre et les effets attendus. Là, c'est allé au-delà de tout.

— Tu es en train de dire qu'on a manipulé la came ?

— Soit ça, soit quelqu'un l'a échangée.

— Celui qui s'est occupé du pauvre Jackie ? (Christie hocha la tête d'un air entendu.) Mais il fallait quand même déverrouiller la cellule, non ? Et j'ai du mal à trouver la solution à l'énigme de la clé magique. Aucun de nous n'aurait réussi à mettre la main dessus sans prendre de surveillant en otage – mais c'est pas ce qui s'est passé, si ?

— En y mettant le prix, c'était pas la peine de passer par la case otage. Qui fait entrer la came ? Blair Samms ?

— Je pourrais te le dire, mais après il faudrait que je te tue, fit Christie avec un clin d'œil.

Rebus se fit la réflexion qu'il avait l'air plus détendu que la fois précédente, presque content de lui.

— Tu es sûr que c'est Hanlon qui traque tes gars ? Tu n'as pas d'autres candidats en tête ?

— J'en suis sûr.

— Pourquoi tu souris ?

— Je viens d'apprendre qu'on avait riposté. Ce salopard de Liverpool a encore braqué une voiture, mais cette fois mon gars lui a arraché l'arme et a failli lui péter le poignet. Le type s'est enfui à moto en laissant son pétard et sa dignité dans son sillage. C'est exactement le message dont mes troupes avaient besoin – on peut vaincre ces connards. Et tu veux savoir la meilleure ?

— Quoi ?

— C'était un pistolet à air comprimé. Aucun danger. Tu pourrais passer l'info à Everett Harrison – aucun danger.

Christie leva de nouveau les yeux vers le plafond tandis qu'un sourire se dessinait sur son visage.

— À moins que Hanlon décide de monter en puissance, supposa Rebus.

— Il ferait bien de pas traîner, dans ce cas, maintenant que sa tête est mise à prix.

Il fallut un temps à Rebus pour digérer l'information.

— Combien ?

— Suffisamment.

— Billets d'avion inclus ?

— Hanlon pense qu'il est protégé au Brésil – mais avec le bon prix, cette protection disparaîtra en un clin d'œil.

Christie jeta un regard à Rebus :

— Pas besoin de payer l'avion.

— Je devrais pas rapporter ça à Harrison, si ?

— Peut-être que je teste ta loyauté.

— Et peut-être que tu me racontes des salades. Tu en as encore pour combien de temps à l'isolement ?

— Je devrais sortir demain.

— De retour à Trinity à côté de Harrison ?

— Ça dépend du directeur.

Christie s'interrompit, bâilla et s'humecta les lèvres :

— C'est la somme totale de tes avancées sur le meurtre de Jackie ? M. Tennent doit être déçu.

— Un peu plus de coopération ne serait pas de trop.

— Tu es en train de me dire que je devrais coopérer avec un ex-flic qui a pour mission de faire porter le chapeau à un taulard plutôt qu'à un maton ? Barre-toi, John. Si tu n'y vois pas d'inconvénient, j'aimerais bien piquer un petit roupillon. (Il bâilla de plus belle.) À force d'attendre l'extinction des feux pour passer des coups de fil, je fais pas mes huit heures de sommeil.

D'un geste de la main, il congédia Rebus, puis roula sur le flanc, face au mur. Rebus resta un moment les bras ballants avant de pousser la porte. Graves jeta un œil à la silhouette étendue.

— Tu l'as endormi, commenta-t-il avec une pointe d'envie.

16

Assises côte à côte dans le bureau, Clarke et Esson compulsaient une liste imprimée de noms, d'adresses mail et, dans certains cas, de numéros de téléphone.

Fort heureusement, Zak Campbell n'était pas versé dans le dark web et avait laissé derrière lui quantité de pense-bêtes contenant les mots de passe nécessaires pour accéder à ses différents noms de domaines. Les abonnements et autres frais étaient versés en bitcoins sur un compte offshore hors de la juridiction du Royaume-Uni. Grâce à toutes ces consignes, elles avaient accédé à son compte en banque : son solde se chiffrait en centaines de milliers – aux taux de change courants.

Il payait ses mannequins essentiellement en espèces ou par des dons de matériel électronique ou des bons d'achat pour des magasins en ligne. Les vingt-trois jeunes gens répertoriés à sa solde avaient désormais un visage et un nom. La plupart avaient plus de dix-huit ans, mais quatre d'entre eux étaient encore considérés comme des enfants. Jasmine était la seule de son établissement scolaire. Le ballet délicat des appels téléphoniques et des visites aux domiciles des parents avait commencé. Jusqu'ici, seule Jasmine manquait à l'appel. Les prélèvements ADN et les empreintes étaient envoyés au labo pour comparaison à ceux trouvés sur la scène du crime. Chaque étape de l'enquête était menée avec minutie afin de préparer l'épreuve des avocats de la défense. Le bureau du procureur de la Couronne était en contact étroit avec l'inspecteur-chef Carmichael, et lui-même prenait régulièrement le soin de vérifier que l'enquête avançait conformément aux procédures et aux protocoles.

Les utilisateurs du site qu'ils avaient identifiés jusqu'ici – près d'un millier d'habitués, et des milliers de visiteurs uniques – étaient des hommes allant de la vingtaine à la soixantaine, de tous les coins du Royaume-Uni et au-delà, jusqu'en Australie et aux Bermudes. Une seule femme à ce stade, résidant à Hong-Kong mais née en Écosse.

Certains comptes ouverts sous pseudonymes se révélaient plus difficiles à démanteler. Mae McGovern s'était laissé persuader par le CEOP d'accepter la proposition d'aide de l'Agence nationale de la lutte contre la criminalité, qui estimait que ces individus avaient l'habitude de brouiller leurs traces et par conséquent d'enfreindre la loi de bien d'autres manières – soit ça, soit il s'agissait de professionnels de l'informatique. Clarke et Esson épluchèrent de nouveau la liste. Un conseiller municipal de Glasgow, un agent des services de probation à Derby, un chef d'entreprise à Aberdeen, un enseignant dans le Nord du pays de Galles. Certains avaient déjà été contactés. Peter « Pedro » Cowan y figurait lui aussi, et Clarke songea aussitôt à Laura Smith et à la révélation de l'affaire. Depuis, la brigade des enquêtes prioritaires répondait aux sollicitations, les médias traditionnels se montrant particulièrement voraces. Bryan Carmichael avait tenu une conférence de presse organisée à la hâte au cours de laquelle il avait dévoilé le minimum d'informations, au grand agacement du parterre de journalistes. Le bureau avait suivi les débats par téléphones et ordinateurs interposés, sans grande conviction. Voilà qui peinerait à rassasier les médias et qui ferait sortir du bois les habituels guerriers du clavier. Quelqu'un avait d'ores et déjà jeté un pot de peinture sur la fenêtre du rez-de-chaussée au domicile de Zak Campbell et bariolé la porte de son garage du mot PÉDOPHILE.

— Au moins, c'est épelé correctement, avait commenté Esson en découvrant les images.

On avait ouvert la fenêtre du bureau pour laisser s'échapper les odeurs des divers plats de restauration rapide livrés sur les tables des agents qui n'avaient pas le temps ou l'envie de faire une vraie pause. Pour son dernier repas, Clarke avait avalé un sandwich, et pareil la fois d'avant. Non pas qu'elle eût grand appétit. Le café l'aidait à tenir. Esson, comme à son habitude, se contentait de boire des mugs d'eau chaude – elle ne supportait ni le thé ni le café. Elle avait donc l'air beaucoup moins tendue que Clarke.

— Ça en fait, des suspects, commenta Gillian Reeves en agitant la fameuse liste de noms en passant devant les bureaux partagés.

Et toujours pas la moindre trace de Marcus Simpson. Une de nos patrouilles a encore vérifié il y a une heure.

— Les voisins disent quoi ?

— Apparemment, ça n'a rien d'inhabituel.

— On a bien fait circuler sa plaque d'immatriculation ?

Reeves opina.

— Tout le monde est en alerte.

Clarke et Esson échangèrent un regard. Jasmine Andrews et Marcus Simpson : tous les deux connus de la victime, tous les deux introuvables. L'enquête sur la disparition de Jasmine s'était transformée en une chasse à l'homme, l'inspecteur-chef Carmichael étant convaincu que le moment de sa disparition n'était pas une coïncidence. Toutefois, il avait également pris soin de souligner que personne en dehors de la BEP – y compris ses parents – ne devait en être informé. Cammy Colson s'était montré un tantinet plus direct dans son résumé les faits : *Soit elle l'a fait, soit elle a trouvé quelqu'un pour le faire à sa place...*

— On peut sans doute éliminer un paquet de noms dans cette liste, non ? dit Esson en tapotant la liasse de feuilles agrafées. Ceux qui sont à l'étranger, je veux dire.

— On ne peut écarter personne, Christine, ça ne plairait pas au procureur.

— Mais si on devait les classer par ordre d'importance...

Clarke eut un signe d'assentiment.

— Bien évidemment, c'est moins probable. On interroge d'abord les gens du cru, mais ça inclut probablement Glasgow... voire notre homme à Aberdeen.

— On a déjà plusieurs entretiens de prévus – avec la promesse d'une discrétion maximale en échange de leur coopération.

— Ça ne va pas chômer, dans cette salle. On aura une caméra installée au plus tard demain.

Le téléphone d'Esson vibra. Elle jeta un coup d'œil à l'écran et se leva pour s'éloigner de son bureau.

— Salut Jason. Désolée de ne pas avoir répondu plus tôt.

— J'ai clairement l'impression d'être mis sur la touche, Christine.

— Tu es à la prison ou à Gayfield Square ?

— À Gayfield.

— L'enquête est dans l'impasse ?

— Heureusement pour nous, l'attention du public est déjà focalisée ailleurs. Ça n'a pas empêché Mae McGovern de serrer la vis, note bien. Comment ça va, à St Leonard's ?

Esson se détourna de la fenêtre pour jeter un coup d'œil circulaire.

— L'ambiance est un tantinet survoltée. On a trouvé la plupart des utilisateurs du site sur l'ordinateur de Campbell.

— Eh bien, c'est un grand pas. Il en ressort des noms intéressants ?

— Des gens connus, tu veux dire ? Pas vraiment. Un ancien footballer, qui sera choqué d'apprendre qui lui prenait son argent.

— Donc l'étape suivante, c'est l'interrogatoire en bonne et due forme ?

— On va être bien occupés.

— Marcus Simpson a refait surface ?

— Non. J'imagine que tu ne peux pas nous éclairer sur ce point ?

— Il a encore de la famille en ville, c'est à peu près tout ce que je sais. Si ce n'est qu'il a un enterrement à organiser. Ça vaudrait peut-être le coup de vérifier s'il est toujours en lien avec les pompes funèbres.

— C'est une bonne idée, merci.

— Tu viendras donner un coup de main en échange, d'accord ?

Esson ne put s'empêcher de sourire face à son obstination.

— Donne-moi trente minutes.

De retour à son bureau, elle téléphona à la morgue où reposait la dépouille de Jackie Simpson. Elle s'enquit des préparatifs pour les obsèques et obtint un nom et un numéro de téléphone. Elle prit de nouveau place à côté de Clarke, puis appela une entreprise de pompes funèbres à Greenhill. Clarke lui lança un regard interrogateur, mais Esson avait déjà son interlocuteur à l'autre bout du fil.

— Oui, bonjour. Ici la sergente Christine Esson. Je suis affectée à l'enquête concernant Jackie Simpson – qui apparaît peut-être sous le nom de John Simpson dans vos registres.

Tout en écoutant la réponse, elle articula les mots *pompes funèbres* à l'attention de Clarke, qui hocha la tête d'un air entendu.

— Oui, c'est exact, poursuivit Esson. Je me demandais si vous étiez en contact avec son fils, Marcus ? (Clarke fit le geste de l'applaudir en silence.) Quand est-il attendu à ce rendez-vous ? Aujourd'hui ? (Elle inclina son téléphone pour vérifier l'heure qui s'affichait à l'écran.) Soit dans une heure. Il n'a pas appelé pour annuler ou modifier l'horaire ? (Elle écouta la réponse, puis secoua la tête pour Clarke.) Eh bien, s'il vous contacte, je vous serais reconnaissante de ne pas faire allusion à notre conversation. (Là encore, elle écouta la réponse à l'autre bout du fil.) Oh, je ne doute pas que la discrétion fasse partie de votre métier. Encore tous mes remerciements.

Elle mit fin à l'appel, se saisit d'un bloc-notes et griffonna les coordonnées de l'entreprise de pompes funèbres qu'elle tendit à Clarke.

— Il faut que je file, dit-elle. Tout ça, c'est grâce à Jason et il veut que je fasse acte de présence à Gayfield Square.

— Une avancée dans l'enquête ? s'enquit Clarke.

— Pas du tout. Tu peux retenir Marcus jusqu'à mon retour ?

— Ça dépend s'il est d'humeur à coopérer – à supposer qu'il se pointe.

— Oh, femme de peu de foi, dit Esson en regagnant la porte.

Dès l'arrivée de Clarke, Marcus Simpson voulut savoir s'il avait besoin d'un avocat. Ils étaient alors dans la voiture de Siobhan. Simpson était arrivé au funérarium en taxi et Clarke et Colson l'avaient intercepté avant qu'il n'atteigne la porte d'entrée. Il s'était laissé guider jusqu'à l'Astra d'un air résigné et avait pris place sur la banquette arrière, où Colson l'avait rejoint après avoir vérifié que la sécurité enfant était enclenchée – pas question qu'il se tape un sprint au premier feu rouge.

— Vous pensez avoir besoin d'un avocat ? avait rétorqué Clarke en le regardant par rétroviseur interposé.

— À vous de me le dire.

— Ma foi, ça dépend de vous, Marcus. Tout ce qu'on veut, pour le moment, c'est bavarder un peu.

— Allez-y.

— Une fois qu'on sera à St Leonard's.

— À St Leonard's ?

— Ce n'est pas à propos de votre père – mais à propos de votre copain Zak.

— Ah oui, pourquoi ? avait-il répliqué en tournant la tête brusquement pour s'absorber dans le paysage qui défilait par la vitre.

— Je vous conseille de ne jamais jouer au poker, Marcus. Votre langage corporel n'est pas exactement à toute épreuve...

Une fois au poste, on l'invita à se mettre à son aise dans la salle d'interrogatoire. Clarke lui apporta une tasse de thé et un KitKat.

— Traitement préférentiel, annonça-t-elle. (Marcus avait son téléphone à la main, ses genoux tressautaient.) Vous avez appelé qui ?

— Le croque-mort – fallait bien que je m'excuse, non ?

— C'est fort aimable de votre part. Nous ne rendrons pas le corps de sitôt, en tout cas.

— Pourquoi attendre ? C'est pas comme si la police allait résoudre l'affaire.

— Qu'est-ce qui vous fait affirmer une chose pareille ?

— Ça paraît logique, fit-il en levant la tasse à ses lèvres.

— Vous étiez planqué où, ces derniers temps ?

— J'étais pas planqué. Je créchais chez mon cousin, c'est tout. Je fais ça, des fois. On joue en ligne – vous devriez voir son installation : plein d'écrans, chaises interactives, casques VR...

— Vous ne vous êtes pas dit qu'on aurait envie de vous parler ?

— Ça m'était bien égal.

Il aspira bruyamment une gorgée de thé. Clarke eut le sentiment qu'il essayait de la déstabiliser. Elle s'empara de la barre de KitKat posée sur la table, déchira l'emballage et mordit dedans.

— Et le traitement préférentiel, alors ? fit-il en fronçant les sourcils.

— C'était avant que vous commenciez à me courir.

La mâchoire en avant, il brandit son téléphone avec véhémence.

— Je devrais peut-être parler à votre boss.

— Mon boss ?

— L'inspecteur-chef Fox.

— D'où connaissez-vous Malcolm Fox ?

— Mon père lui a rendu service plusieurs fois.

— Vous m'en direz tant, fit Clarke en poussant sur la table les restes de KitKat, que Simpson contempla d'un air morne. Quel genre de services ?

Et comme le jeune homme haussait les épaules :

— Il vous a contacté après la mort de votre père ?

— Non. Mais je l'ai appelé.

— Quand ?

— Je ne voulais pas qu'on me montre du doigt quand Zak est mort. Fox m'a dit qu'il ne pouvait rien faire. Il m'a dit de ne jamais le rappeler.

— C'est la seule fois que vous avez parlé à l'inspecteur-chef Fox ?

Simpson hocha la tête.

— Il y a quelque temps, mon père m'a donné son numéro de téléphone. Il se disait qu'en cas d'ennui, ce serait pas mal que je puisse compter sur un ami. Ça aurait pu marcher si mon père s'était pas fait tuer. Après ça, Fox nous a complètement zappés.

Il prit la barre de KitKat, examina les éventuelles traces de salive, puis croqua un morceau. Clarke consulta l'heure à son téléphone. Elle espérait ne pas avoir à faire intervenir Colson.

— On ferait sans doute mieux de garder tout ça pour l'entretien, dit-elle.

— Mais il a pas déjà commencé ?

À peine eut-il prononcé ces mots que la porte s'ouvrit à la volée et que Christine Esson fit son entrée, une chaise à la main.

— Désolée de vous avoir fait attendre, dit-elle à bout de souffle.

Elle prépara le matériel d'enregistrement avant de se mettre à l'aise en ôtant son manteau dont elle drapa le dossier de sa chaise.

— Avant que tu lances la bande, la prévint Clarke. Marcus était en train de me dire que son père rendait parfois service à un inspecteur-chef du nom de Malcolm Fox.

— Ah ? réagit Esson en regardant Simpson. Quel genre de services ?

— Un peu comme un indic, j'imagine. Quand on voit où ça l'a mené…

L'enregistrement en marche, elles déclinèrent leurs identités et invitèrent Simpson à en faire de même.

— Je n'ai pas touché à Zak ! explosa-t-il à la place.

— Votre nom, s'il vous plaît, répéta Esson d'un ton péremptoire.

— Marcus Simpson, finit-il par céder.

— Et quelle est votre relation avec le défunt, monsieur Simpson ?

— On était potes.

— Vous n'avez pas l'air très affecté.

— Vous m'avez dit la même chose quand vous m'avez interrogé sur mon père. Peut-être que je ne montre pas mes émotions, c'est tout.

Il croisa les bras, mais se rappelant sans doute la pique de Clarke sur le poker, les déplia et fourra les mains dans ses poches. Il avait gardé la capuche de son anorak qu'il avait coiffée en sortant du taxi devant les pompes funèbres. Clarke n'avait pas relevé, mais Esson lui demanda s'il avait froid.

— Non.

— Vous n'étiez pas simplement potes avec Zak, si ? demanda Clarke.

— Non, répéta-t-il avec agacement.

— Je veux dire que vous travailliez pour lui – un peu comme un garde du corps.

— Je faisais gaffe à lui, un peu comme un bras droit.

— Et lui prenait soin de vous – financièrement, j'entends ?

— Il mettait la main à la poche, des fois.

— Mais vous ne l'avez pas trop vu, ces derniers temps ? lança Esson. Est-ce parce que vous avez découvert Young Fresh East Coast ?

Simpson remua sur sa chaise et rentra la tête dans les épaules sans dire un mot.

— C'est plutôt à votre honneur, Marcus, observa Clarke. De vous désolidariser de lui une fois que vous l'avez appris. Évidemment, ç'aurait été encore mieux de venir nous voir. Peut-être même que Zak serait encore en vie, d'ailleurs...

— Ceci étant, coupa Esson, peut-être que ce qu'il faisait à ces mômes ne vous gênait pas le moins du monde. Peut-être même que vous étiez complice. Nous nous entretenons avec toutes les victimes de ses abus, donc de toute façon on finira par le savoir.

— Je n'ai rien à voir avec ça ! bafouilla Simpson, le visage empourpré. Et vous avez raison, c'est pour ça que j'ai pris mes distances. (Il gonfla ses joues et souffla.) Elles étaient jeunes au début, mais pas si jeunes que ça – dix-huit ans et plus. Il les draguait dans des pubs et des clubs. Il avait une espèce de sixième sens pour trouver celles qui seraient partantes. Allez savoir où il a eu l'idée, mais ça a rapidement fait boule de neige.

Il s'interrompit pour voir s'il restait du thé dans sa tasse.

— Mais les michetons arrêtaient pas de le harceler, ils voulaient des plus jeunes, toujours plus jeunes, et ils étaient prêts à payer des fortunes. Zak a commencé à traîner à la sortie des écoles et des centres de loisir. Il se plantait à côté de sa Maserati et il attendait de voir qui s'y intéressait. Moi je n'y étais jamais – demandez à qui vous voulez – mais un soir il m'a montré... il m'a montré la vidéo, il m'a donné l'âge de la fille...

— C'était Jasmine ?

— C'était Jas, ouais.

— Vous la connaissez ?

— Je l'ai vue une fois chez lui, le temps de dire bonjour, c'est tout.

— Vous n'avez pas pensé à la mettre en garde ?

— J'aurais dû.

— Quand l'avez-vous vue pour la dernière fois ?

— Cette fois-là à la maison – ça remonte à six semaines, peut-être.

— Zak vous parlait-il de ses clients ?

— Les michetons, vous voulez dire ? précisa Simpson, et il secoua la tête.

— Seriez-vous disposé à nous laisser un prélèvement buccal et des empreintes, Marcus ? demanda Esson.

Ses yeux firent un aller et retour entre Esson et Clarke.

— J'arrête pas de vous dire que je l'ai pas tué.

— Mais vous êtes allé à son domicile, ce qui veut dire que votre ADN est sans doute sur les lieux.

Il retira sa capuche pour passer une main dans ses cheveux, en proie à une nervosité croissante.

— Nous voulons découvrir la vérité, Marcus, c'est tout, dit Esson à mi-voix.

— Comme avec mon père, vous voulez dire ? rétorqua-t-il en lui décochant un regard noir.

— Je reviens tout juste de Gayfield Square. Nous sommes loin de jeter l'éponge sur l'enquête concernant la mort de votre père.

Il baissa de nouveau la tête.

— Qu'avez-vous réellement ressenti quand vous avez appris la mort de Zak ? demanda Clarke.

Il réfléchit un instant à la question.

— J'ai cru que je me tapais des hallu – d'abord mon père, et maintenant ça. Mon cousin dit que je suis une espèce de porte-malheur.
— Mais la nouvelle vous a surpris ?
— Choqué, ouais.
— Donc il n'était pas particulièrement inquiet – il n'avait pas peur d'une agression, je veux dire ? Le fait qu'il vous ait pris comme garde du corps laisse à penser qu'il avait des ennemis.
— Il voulait en imposer. Alors oui, de temps en temps un connard dans un pub ou un club voulait se mesurer à lui – mais c'était parce que Zak s'en sortait mieux qu'eux et qu'il ne se gênait pas pour le montrer. Je le jure, il était capable de lever n'importe quelle nana – au nez et à la barbe du petit ami, il l'emmenait dans sa Maserati. Parfois il les filmait, il avait une petite caméra sur une étagère à côté de son lit.
— On a vu certaines images, acquiesça Clarke.
— Ouais, moi aussi. Zak était pas du genre timide et réservé.
— Mais vous ne voyez pas du tout qui aurait pu vouloir sa mort ?
— Pas du tout.
Il s'affala encore plus sur sa chaise tandis que ses genoux continuaient à monter et descendre comme des pistons caféinés.
— Quelque chose me chiffonne depuis le début, articula Clarke à mots lents. De ce qu'on a découvert, Zak n'était pas particulièrement doué en informatique. Comment a-t-il bien pu créer son site web et tout ce qui allait avec ? (Le visage de Simpson se décomposa.) Il avait forcément sous le coude quelqu'un capable de s'en charger – quelqu'un comme votre cousin gamer.
Simpson tourna la tête vers le mur du fond, comme s'il s'y trouvait quelque chose de plus fascinant que de la peinture pelée. Bingo, se dit Clarke.
— Ce quelqu'un en question aurait des ennuis ? finit-il par marmonner.
— Je ne vois pas pourquoi.
— J'aurais jamais dû les présenter. Zak payait même pas à Tommy ce qu'il lui devait.
— Nous allons devoir nous entretenir avec Tommy du travail qu'il fournissait pour Zak, affirma Clarke avec une autorité tranquille. Il pourra nous aider à négocier certains écueils.
— Il saura que je l'ai balancé.

— C'est la famille. Il comprendra. Et si ça nous permet de mettre la main sur l'assassin de Zak, il nous aura aidés à confirmer votre innocence. Je dirais que c'est gagnant-gagnant pour vous deux. Il nous faut juste son adresse…

Simpson s'humecta la lèvre, puis, sa décision prise, il récita l'adresse dans le micro.

— Merci, Marcus, dit Clarke.

Quand elle se tourna vers Esson, cette dernière haussa un sourcil. Clarke comprit le message et hocha la tête d'un air entendu.

— Je pense que nous en avons fini – pour le moment.

Elle consulta l'heure, la consigna dans l'enregistrement et Esson éteignit la machine. Les cassettes furent rangées dans des sacs de mise sous scellés, et Esson tendit son exemplaire à Simpson.

Il regarda fixement le sachet et son contenu.

— Vous parlez d'abus…, mais c'était pas comme ça ; il ne faisait de mal à personne.

— C'est pourtant la réalité, contra Clarke. Et vous l'avez laissé faire sans lever le petit doigt.

Simpson s'assombrit.

— Je peux m'en aller ?

— Dès qu'on aura fait les prélèvements de salive et d'empreintes, confirma Esson. Restez donc où vous êtes – il va nous falloir quelques minutes pour mettre la main sur un kit d'empreintes.

Simpson souleva son mug vide.

— Je dirais pas non à une autre tasse.

— Tu peux te la coller où je pense, répondit Clarke avant de se lever pour regagner la sortie.

17

Un agent en uniforme fut dépêché dans la salle d'interrogatoire pour surveiller Simpson jusqu'à ce qu'on mette la main sur un kit de prélèvement. Clarke et Esson s'installèrent dans le bureau avec de nouvelles boissons.

— Malcolm Fox ? lança Esson. Qui n'a pas pris la peine de me dire que ma victime à la prison était son indic ?

— On devrait sans doute lui en toucher deux mots.

— Et ce Tommy Simpson – on est sûres qu'il n'aura pas d'ennuis ?

— Je n'irais pas jusque-là, Christine. Pour commencer, Zak ne lui a pas payé ce qu'il lui devait. Ce qui nous donne potentiellement un mobile.

— Donc on le convoque ? fit Esson en consultant un texto.

— Absolument, on le convoque, confirma Clarke.

Esson agita son portable entre le pouce et l'index.

— C'était Jason. Fox vient de débarquer à Gayfield Square – il était ailleurs quand je suis passée. Je ne dirais pas que Jason se languissait, mais il n'arrêtait pas de parler de lui. Et il n'a toujours pas digéré que je sois ici et pas lui.

Elle ménagea une pause avant de brandir ses clés de voiture dans l'autre main :

— On prend la mienne ou la tienne ?

— La tienne, décida Clarke.

*

* *

Le poste de police de Gayfield Square arborait sa monstruosité utilitariste en béton sur une place par ailleurs agréable de New

Town. Le parking du personnel, au rez-de-chaussée, était ouvert aux quatre vents. La voiture de Fox – la prunelle de ses yeux, d'un noir rutilant – se reconnaissait entre toutes. Ne voyant pas d'autre emplacement libre, Esson se gara contre son nez. Elle plongea la main dans le vide-poche côté portière de sa Skoda et tendit un chewing-gum à Clarke. Les deux femmes restèrent à mâchonner en silence, plongées dans leurs pensées.

— On peut y passer la journée, finit par s'impatienter Clarke.

— Mais c'est sympa de débrancher un peu, non ?

— Comme si on était en train de débrancher...

Esson sortit son téléphone pour composer un texto. Elle montra l'écran à Clarke.

— T'en penses quoi ?

Le texto s'adressait à Jason Mulgrew : *Je reviens – j'ai des comptes à régler avec Fox. Dis-lui de ne pas bouger !*

— Ça se tente, répondit Clarke.

Esson appuya sur Envoi. Deux minutes plus tard, Fox fit son apparition dans le parking en enfilant ses gants de conduite.

— Ce type n'a jamais supporté l'affrontement, marmonna Clarke.

Fox poussa une plainte audible en constatant que sa voiture était coincée et en s'approchant, finit par reconnaître Clarke et Esson. Clarke avait baissé sa vitre. Le visage de Fox s'y encadra. Il ne dit pas un mot.

— Banquette arrière, ordonna-t-elle.

Il avait l'air sur le point d'exploser, mais il obtempéra.

— Très malin, Christine, fit-il en souriant de toutes ses dents.

Les deux femmes pivotèrent du mieux possible pour lui faire face.

— Comment ça va, inspecteur-chef Fox ? demanda Clarke. Et au fait : félicitations pour la promotion.

— Je comprends rien à ce que tu racontes.

— Ma foi, le déni plausible a toujours été ton fonds de commerce.

Au bout de quelques secondes de silence, Fox céda.

— Vous avez parlé à Marcus Simpson.

— Tout à fait. Il nous a dit que son père travaillait pour toi.

— En tant qu'informateur, oui.

— Et l'info ne méritait pas d'être partagée à la Criminelle ? s'irrita Esson.

— Je ne trouvais pas ça pertinent.

— Ce n'était pas à toi d'en décider !

— J'ai des opérations en cours que je me dois de protéger, Christine. Des dossiers qui sortent amplement de tes prérogatives.

— Ce n'était pas un hasard, si ? renchérit Clarke. Que Jackie Simpson cambriole ce bar à ongles en particulier ? Il l'a fait à ta demande pour que tu aies une bonne raison d'entrer sur les lieux pour jeter un petit coup d'œil. J'ai du mal à croire que sa condamnation à une peine de prison ait fait partie du plan.

— Bien sûr que non. Il a bâclé le boulot.

— Tu as essayé d'intervenir sur le dossier ? (Clarke lut la réponse sur son visage.) Non, bien sûr que non. Tu l'as dit toi-même, tu as des opérations en cours que tu te dois de protéger. Donc tu ne t'es sans doute pas mis en quatre non plus pour l'aider en prison ?

Fox remua sur son siège.

— Tout ceci ne mène nulle part.

— Tu m'as parlé du cambriolage, coupa Esson. Et de ce qu'Everett Harrison risquait de péter un plomb si on faisait le lien avec Jackie Simpson.

— Tu vois bien, j'essayais d'aider !

— Mais comment ?

— En te mettant sur la voie, rétorqua Fox d'un ton agacé.

— Après-coup, fit valoir Clarke.

Fox lui lança un regard noir.

— Qu'est-ce que tu veux dire ?

— Ton gars était dans le même quartier que Harrison.

— Dans la cellule d'en face, renchérit Esson. Tu aurais pu le faire transférer.

— Mais dans ce cas, il ne t'aurait été d'aucune utilité, affirma Clarke à mi-voix. Là où il était, il te servait d'yeux et d'oreilles. Si Harrison ou Christie laissaient échapper quoi que ce soit, Jackie Simpson était aux premières loges. Vous communiquiez comment ? Par téléphone, forcément, non ? (Pour toute réponse, Fox haussa les épaules.) Un jeu très dangereux, en fin de compte.

— Pour autant que je sache, argua Fox d'une voix de plus en plus assurée, l'enquête n'a toujours pas déterminé de mobile du meurtre. Autrement dit, tu n'arrives à rien, Christine. Sans doute parce que tu passes trop de temps à la botte de Siobhan. C'est Jason qui gère tout – il est intelligent en plus d'avoir le sens de l'équipe. Autrement dit, c'est un policier exemplaire.

Il inclina ostensiblement la tête en direction des fenêtres du bureau de la BEP qui se découpaient par-delà le parking :

— Tes collègues ne sont pas particulièrement ravis de tout le temps que tu passes ailleurs. Mae McGovern est très tentée de te ramener au bercail. Un seul mot de moi et c'est exactement ce qu'elle fera.

— Elle sera peut-être un peu trop occupée à se demander si elle doit t'accuser d'entrave à l'enquête, rétorqua Esson. Adieu à tes rêves de promotion au grade d'inspecteur-chef.

Fox fit de son mieux pour ne pas perdre sa belle contenance – en vain.

— Le cambriolage, c'était l'idée de Jackie, vous savez.

— Ce n'est pas nous qu'il faut convaincre, suggéra Clarke. C'est McGovern, Jason et le reste de l'équipe. Tu nous épargneras d'avoir à te balancer.

Après quelques secondes de réflexion, il ouvrit la portière, puis suspendit son geste.

— Ce sont des gens répugnants – tous les Harrison, Christie et Hanlon. Des malfrats qui pensent pouvoir opérer sans aucune crainte de vous et moi. Faire tomber des hommes comme ça – avoir ne serait-ce qu'une chance de faire tomber des hommes comme ça... parfois il n'y a pas de façon bien proprette de s'y prendre.

Il sortit et fit claquer la portière derrière lui. Lorsqu'il s'arrêta devant sa voiture, il sembla hésiter à prendre le volant pour fuir les lieux mais il se ravisa et décocha un ultime regard glacial à Clarke et Esson avant de regagner le bâtiment.

— On aurait dit des répliques sorties tout droit du manuel de John Rebus, commenta Esson.

— Et récitées par un acteur de seconde zone.

Esson se tourna vers Clarke.

— Ça t'a plu ?

— C'était presque aussi bon que du chocolat, répondit Clarke en lui retournant son sourire.

Après avoir vidé son sac, Fox se tenait raide comme un piquet devant le bureau de Mae McGovern, mains nouées dans le dos, pieds légèrement écartés. Jason se tenait à côté de lui, bras croisés et tête inclinée comme s'il était profondément absorbé dans ses pensées. Les yeux de McGovern lançaient des éclairs et malgré tous ses efforts, Fox ne parvenait pas à soutenir son regard plus de quelques secondes d'affilée.

Le silence s'étira dans la pièce, même si les bruits extérieurs propres à un poste de police parvenaient à filtrer jusqu'à eux. L'espace d'un instant, Fox se rappela le jour où il avait été convoqué dans le bureau du proviseur de son lycée parce qu'il avait séché les cours.

— Je suis amèrement déçu, avait commencé le proviseur d'un ton solennel. Surtout venant de vous, Malcolm…

Il entendit l'inspectrice-cheffe McGovern s'éclaircir la gorge.

— Eh bien, c'est un peu un sacré bordel, vous ne trouvez pas ? Vous déboulez dans une enquête criminelle sans prendre la peine de nous informer que la victime était un proche associé ?

— Pas *si* proche que ça…

— Suffisamment pour mettre en péril le dossier de l'accusation ! Le bureau du procureur va hurler à l'apocalypse quand je vais annoncer la nouvelle. Vous avez compromis l'enquête, inspecteur Fox.

— Je ne crois sincèrement pas que ce soit grave à ce point.

— Êtes-vous soudain passé expert dans le fonctionnement du système juridique de ce pays ?

— Je ne suis pas non plus un néophyte des tribunaux.

McGovern lui coupa la chique d'un regard intraitable.

— Partez d'ici. Immédiatement. Retournez à Gartcosh le temps que je décide de votre sort. (Elle s'adossa à sa chaise.) Entrevue terminée. Rompez.

Fox resta planté là, à chercher quelle réplique apporter, quand il sentit la main de Mulgrew se refermer sur son coude.

— Viens, Malcolm, dit-il en le conduisant jusqu'à la porte.

— Je devrais aller dire au revoir aux troupes, marmonna Fox une fois dans le couloir.

— Je t'explique le topo. La boss a demandé à ce que tu partes fissa. C'est sans doute pas une super bonne idée de la contrarier – plus que tu ne l'as déjà fait, je veux dire.

Mulgrew lui sourit et secoua lentement la tête :

— Je dois avouer, je t'admire vraiment. Tu as des talents cachés. Un peu comme un espion.

Fox agrippa la main de Mulgrew.

— Promets-moi de me tenir au courant, Jason. Cette enquête compte beaucoup pour moi. Et quand tout sera terminé, je te ferai la visite de Gartcosh comme promis – en accès total. Tu feras la connaissance de tas de gens utiles. Marché conclu ?

Mulgrew vérifia qu'il n'y avait personne alentour.

— Marché conclu, dit-il en lui rendant sa poignée de main.

Gillian Reeves avait l'air à plat. Elle se leva de son bureau et étira sa nuque et son dos avant de se diriger vers Clarke. Cette dernière s'interrompit, les mains en suspens au-dessus de son clavier – la mine de Reeves n'annonçait rien de bon.

— Peter Cowan, énonça Gillian. C'était le premier client que tu as identifié ?

— Alias Pedro, confirma Clarke.

— Eh bien, il ne sera plus disponible à l'avenir – il a sauté des falaises à Salisbury Crags ce matin. Un joggeur a découvert le corps.

— Pauvre bougre, lâcha Esson de l'autre côté de leur table de travail.

— Je me demande si d'autres vont faire pareil. Des hommes mariés, respectables, avec une carrière et des enfants… conclut Reeves en s'en retournant déjà à sa chaise.

Clarke se représenta Cowan. Une vie paisible entre sa famille et ses sorties au Mallaig Inn, son monde brusquement chamboulé, son secret sur le point d'être révélé. Son téléphone l'informa d'un appel entrant : Laura Smith. Elle arracha l'appareil de la table et répondit.

— Je viens de l'apprendre, dit-elle.

— Et moi qui espérais te l'annoncer en guise de rameau d'olivier, répondit Smith.

— Tu sais s'il a laissé un mot ?

— Je ne suis pas encore allée à son domicile.

— Mais tu comptes le faire ?

— Je suis en route.

— Sa famille va être ravie.

— Je ne peux pas dire que ça me mette en joie, Siobhan, mais il faut bien le faire.

— Pourquoi ?

— Pour que mon papier soit le plus véridique possible. Je ne vais pas m'en excuser. Tu m'as devancée de peu aux pompes funèbres, tu sais – j'espère que Marcus Simpson a parlé.

— Au revoir, Laura.

Clarke tendit l'oreille. Smith poussa un long soupir las.

— Très bien, fit la reporter avant de couper la communication.

Clarke alla vérifier le niveau d'eau dans la bouilloire puis la mit à chauffer. En attendant, elle s'approcha du bureau de Cammy Colson. Il était occupé à fouiller dans la vie personnelle de Zak Campbell, essentiellement en étudiant ses posts sur les réseaux sociaux.

— Abstraction faite de ce qu'il repose dans une chambre froide à la morgue, je serais presque envieux, fit Colson. Alcool à flots, femmes séduisantes, boîtes de nuit et voitures de course...

— Les femmes étaient toutes adultes et consentantes ? demanda Clarke en jetant un œil à l'écran par-dessus son épaule.

— Apparemment. Mais dans sa messagerie privée, dans ses conversations avec ses potes, il y a des tonnes d'échanges que tu pourrais qualifier de misogynes.

— Alors que toi, tu ne les qualifierais pas de misogynes ?

Colson tourna la tête vers elle.

— Pas ce genre de menace avec moi, Siobhan. Quand est-ce que tu m'as déjà vu...

— Excuse-moi, Cammy, dit-elle en levant les mains en signe de reddition. Je sais que tu fais partie des gentils, comme ton cousin agent pénitentiaire. Il y en a beaucoup, des gentils, dans le monde – peut-être que l'un d'eux protège Jasmine.

— À ce propos...

— Oui ?

— Je réfléchissais à l'arme du crime. Aucune empreinte – donc elle portait des gants, ou alors elle l'a enveloppée dans une serviette ?

— Peut-être qu'elle l'a essuyée.

— Mais tout cela indique un certain degré de planification, non ? Plutôt qu'un coup de tête ? Elle a quatorze ans, elle n'a jamais eu d'ennuis, elle a l'air plus branchée K-Pop que *Line of Duty*... Ce n'est pas elle qui a fait le coup, c'est ça ? Mais alors elle aurait persuadé Marcus ?

— Il affirme qu'il la connaissait à peine.

— Donc elle n'est pas planquée chez son cousin ?

— On posera la question à l'intéressé…

Trente minutes plus tard, des applaudissements clairsemés accueillirent la livraison de deux cartons dans le bureau. L'un d'eux faisait un cliquetis de verre. Trisha Singh lut la note qui l'accompagnait.

— Bières dans l'un, softs dans l'autre, annonça-t-elle. Avec les compliments de l'inspecteur-chef Carmichael.

— Voilà qui sonne la fin de la journée, déclara Esson.

Autour d'elle, ses collègues faisaient leur choix de boisson. La mine renfrognée de Clarke trahissait son mécontentement.

— On n'a pas chômé, la rassura Esson. Faut pas épuiser les troupes.

Ce n'était pas faux – le niveau d'énergie était retombé au cours de l'heure précédente, mais à présent le moral remontait. Carmichael savait ce qu'il faisait.

— La première arrivée ! lança Clarke en bondissant sur ses pieds.

Rebus s'en était aperçu au dîner – les agents pénitentiaires avaient l'air encore plus exténués que d'habitude. Il scruta un instant ses codétenus, mais rien dans leur comportement ne justifiait l'irritabilité et le manque d'humour des agents. Il se demanda ce qui pouvait bien en être la source – une autre menace ciblée ou une nouvelle attaque sur le véhicule d'un agent. Aucun des visages qui l'entouraient ne semblait d'humeur à répondre à des questions, si bien qu'il mangea son repas en gardant son opinion pour lui. Ratty, dont les yeux fusaient à travers la salle, avait noté l'ambiance, lui aussi. Quand Rebus croisa le regard du Sorcier, le vieil homme lui adressa un clin d'œil et un hochement de tête – lui aussi avait senti le vent tourner. C'est alors que Billy Groam se mit à taquiner Kyle Jacobs, et quand ce dernier lui répondit, Groam se redressa d'un bond dans une attitude belliqueuse. Deux autres agents intervinrent, tandis qu'un troisième restait à proximité d'une commande d'alarme. Au milieu de tout ça, Everett Harrison riait comme s'il était au spectacle.

— On a encore raté les cloches de l'église, commenta le Sorcier.

Mark Jamieson jeta un regard à Rebus.

— On y a droit tous les jours, fit-il.

— Je crois qu'il n'y a que le Sorcier qui les entende vraiment, concéda Rebus.

Lentement, les choses se calmèrent. L'heure du couvre-feu approchait et les détenus s'occupèrent d'arrangements de dernière minute – les livres et DVD à emprunter ou échanger ; le troc d'une ou deux cigarettes, le programme des activités de loisir pour le lendemain. Parfois Rebus se demandait si une cellule partagée n'était pas plus enviable, ne serait-ce que pour un brin de conversation. Certes, mais cela pouvait dire partager aussi les toilettes et les pets nocturnes.

— Non, merci, dit-il à part lui tandis qu'il attendait sur le seuil de sa cellule qu'un agent vienne fermer sa porte à double tour.

Si les choses devaient dégénérer, c'était maintenant. Les détenus deviendraient nerveux, voire légèrement psychotiques à l'idée de la clé tournant dans le verrou et des longues heures qui les séparaient du matin.

— À qui tu parles ?

Billy Groam l'avait entendu depuis la cellule voisine. Rebus jeta un œil dans le couloir et vit la tête de son voisin qui dépassait de la porte.

— À moi-même, répondit-il. Il s'est passé quoi, à la cantine ?

— En temps normal Kylie encaisse bien les blagues. Mais ils sont sur les dents, aujourd'hui – encore plus que d'habitude. Ça leur tape sur le système. Même Novak s'est fait porter pâle. Pourtant ça lui ressemble pas de rater le boulot.

— Qu'est-ce qu'il a ?

Eddie Graves arrivait à leur hauteur pour les enfermer pour la nuit. Groam s'aventura à lui poser la question.

— J'espère que Chris Novak a pas chopé le Covid, lança-t-il.

— Il a eu un accident de bricolage, répondit Graves d'une voix encore plus morne qu'à l'accoutumée. Il s'est pété le poignet en tombant d'une échelle.

— Pas de plaisir solitaire pendant un petit temps, hein ? Tu lui diras que je gère pour deux.

— C'est très gentil de ta part, Billy. Maintenant si tu veux bien reculer.

Rebus écouta le claquement de la porte qu'on verrouillait. Puis vint son tour. *Il s'est pété le poignet en tombant d'une échelle...* Le temps que Graves jette un œil au judas, Rebus était étendu sur son lit, les yeux au plafond. Non pas qu'il fût prêt à dormir. Son cerveau en pleine ébullition allait l'accaparer pendant un bon moment.

Malcolm Fox resta tard à Gartcosh, bien après que les bureaux alentour s'étaient vidés. La superintendante n'avait pas demandé à le voir, ce qui était toujours ça de pris. À moins que Mae McGovern ait décidé de prolonger la torture. Il avait envoyé un texto à Jason Mulgrew – *N'oublie pas tes amis !* – mais n'avait pas encore reçu de réponse. Il avait dit la vérité : le cambriolage était bel et bien l'idée de Jackie Simpson. Et Fox avait longuement débattu avec lui-même avant d'accepter. Même s'il s'était gardé de partager la moindre info avec Thomas Glaze et le SO15. Glaze aurait-il vent de son humiliation ? Qu'irait penser Londres, maintenant qu'il n'était plus attaché à l'enquête, et qu'il avait encore moins accès qu'avant à Christie et Harrison ?

Un mail l'attendait sur son ordinateur. Un détective du CID de Glasgow y détaillait par le menu les exploits passés de Mickey Mason. Avant son arrestation, Mason était sur le point d'inonder la ville de fentanyl. Fox trouvait l'info intéressante : cette drogue devenait omniprésente dans les villes écossaises, à commencer par Édimbourg. Si Mason avait récidivé – et pourquoi s'en priverait-il ? – il allait devenir soit un tout nouvel adversaire pour Shay Hanlon soit un allié de taille. Hanlon avait besoin d'un homme sur le terrain. Everett Harrison était en prison, mais il était en bons termes avec Bobby Briggs. Briggs lui donnait une connexion avec Mason. En travaillant ensemble, ils coupaient l'herbe sous le pied de la concurrence, à savoir Darryl Christie. Pourquoi envoyer des gros bras depuis le fin fond du Meyerside pour coller les jetons au gang Christie quand une bande d'abrutis était disponible à quarante-cinq minutes à peine à l'ouest ? Plus Fox y pensait, plus cela semblait logique. La journée était trop avancée pour appeler Glaze, mais il prendrait contact dans la matinée. Peut-être que SO15 pourrait persuader la boss de Fox de dégager des effectifs pour surveiller ce qui restait des troupes de Christie. Hanlon allait forcément frapper de nouveau. Il suffisait d'attraper et d'identifier un assaillant.

Tu as besoin de ça, Malcolm, se dit Fox à part lui. Mais surtout, tu le mérites…

JOUR SIX

18

C'est quand Rebus donna l'impression qu'il allait rater le petit déjeuner que ses voisins commencèrent à s'interroger. Groam et Harrison le trouvèrent alité ; il avait du mal à reprendre son souffle. Ils alertèrent un agent, qui fit intervenir l'infirmière de garde. L'inhalateur de Rebus n'était d'aucune utilité. Sa fréquence cardiaque était élevée, tout comme sa tension artérielle. Sa respiration était laborieuse et il avait du mal à articuler.

— Il faut l'emmener à l'hôpital, dit l'infirmière à Blair Samms. Et je sais d'expérience que l'ambulance va mettre du temps à arriver.

— On a un fourgon de dispo ? demanda Samms à Valerie Watts qui avait rejoint le groupe dans la cellule de Rebus.

Rebus aperçut d'autres détenus amassés à la porte. Ratty agita la main à son attention, mais Rebus était concentré sur la discussion entre Samms et Watts. Cette dernière s'approcha de lui.

— Il y a un fauteuil roulant pliable au poste infirmier. On va l'utiliser pour te transporter jusqu'à ma voiture. Manque d'effectifs oblige, il n'y aura que moi – ça te convient comme ça ?

Rebus cligna des paupières et hocha la tête tant bien que mal.

Le directeur arriva sur ces entrefaites, et prit connaissance du rapport de l'infirmière, les yeux rivés sur Rebus, lèvres pincées. Il continua à examiner le patient tout en vérifiant la pertinence du plan d'action proposé par Watts. Il conclut l'entrevue par un hochement de la tête et tourna les talons.

— Quelle délicatesse, réussit à commenter Rebus.

Le personnel entreprit alors de le revêtir d'un pantalon de jogging et de son sweat vert.

Malade ou pas, il y avait des protocoles à respecter, des documents à signer à la réception qui jouxtait le centre de première-nuit. Rebus n'y avait pas remis les pieds depuis son arrivée et son admission dans les lieux. Le même visage lugubre se découpait derrière le bureau. Lui donnant l'impression de le regarder sans le voir. Et de se délecter de la paperasse. Enfin, ils se retrouvèrent au-dehors, Samms patientant dans la cour le temps que Watts aille chercher sa voiture.

— Tu es blanc comme un linge, lui dit Samms.

— Merci pour le vote de confiance, balbutia Rebus qui étreignait son inhalateur comme un chapelet.

Il n'avait pas eu le temps de penser à rassembler d'autres affaires. L'infirmière appellerait l'hôpital pour transmettre les renseignements le concernant. Elle avait prévenu Watts que l'attente aux urgences pouvait durer des heures.

— Le distributeur automatique deviendra ton meilleur ami, avait-elle ajouté.

La voiture de Watts était une Alfa Romeo aux lignes racées. Rebus décréta que la teinte de la carrosserie devait s'intituler *Bleu minuit* dans le catalogue de vente. Samms tenta de cacher son étonnement en aidant Watts à installer Rebus sur le siège passager.

— Tu l'as depuis quand, cette caisse ? demanda-t-il en attachant la ceinture de sécurité.

— Le week-end dernier.

— Tu es sûre qu'on touche le même salaire ?

— J'ai fait une affaire.

Samms ferma la portière passager et ramena le fauteuil en direction du bâtiment principal.

— J'espère qu'on pourra en chourrer un autre aux urgences, dit Watts en mettant sa ceinture. J'ai aucune envie de te porter. (Puis, se tournant vers son passager avant de se mettre en route :) T'avise pas de me faire des emmerdes, hein, John ? Pas dans ma voiture toute neuve.

— Pas d'emmerdes, la rassura Rebus.

L'Alfa passa un dernier contrôle à la guérite – coffre ouvert, bas de caisse inspecté – puis les grilles s'ouvrirent lentement et soudain ils se retrouvèrent à l'extérieur des hauts murs de la prison. Rebus n'arrivait pas à détacher les yeux de l'ampleur du ciel parsemé d'une myriade de nuages cotonneux, et puis la circulation, les gens, les maison, les boutiques… tout.

— Ça fait un choc, dit Watts en lisant dans ses pensées.

— Ça fait un bail, reconnut-il.

Elle conduisait d'une main, l'autre posée sur la console centrale. Au premier passage piéton, elle jeta un œil sur lui.

— Tu as un peu repris des couleurs. Tu as l'air de mieux respirer, aussi.

Rebus se détourna de la vitre pour la regarder. Elle était loin d'être stupide. Il voyait bien qu'elle était en train de percuter en s'efforçant ne rien laisser paraître, les yeux fixés sur la route.

— Il faut que je fasse un arrêt en chemin, finit-il par annoncer.

— Nom de dieu, John, lâcha-t-elle avec un sourire gêné, la tête momentanément inclinée vers lui. C'est quoi, ce délire ?

— Il faut que je voie Chris Novak.

— Hors de question.

— Tu sais très bien que je suis de son côté – de son côté *et* du tien. Mais pour l'aider, il faut vraiment que je le voie.

— Ça n'arrivera pas.

— Un coup de fil ne suffira pas – j'ai besoin d'un face-à-face.

— Pourquoi ?

— Parce qu'il a des ennuis. Pas trop pour le moment, mais ça ne peut qu'empirer – sérieusement empirer.

— T'es un sacré numéro, John. Tout ce cirque, c'était une ruse ?

— Ça m'a demandé plus d'efforts que ce que j'aurais pensé. À un moment, j'ai vraiment cru que j'allais flancher.

— Et si c'était quelqu'un d'autre que moi qui t'avait escorté ? Et si on avait trouvé une ambulance ?

— Le plan A était de filer de l'hosto.

— Et ?

— Et d'aller chez Chris.

— Et tu t'y serais pris comment ?

— Je t'aurais peut-être appelée pour te demander. Et puis après je me serais rendu, tout est bien qui finit bien.

— Sauf que ton escorte se serait pris un scud pour t'avoir laissé partir !

Rebus ne l'avait pas quittée des yeux.

— Ça prendra cinq ou dix minutes max. On sait l'un comme l'autre qu'il est coincé chez lui.

— Sous l'œil attentif de son épouse.

— Je suis un ami du boulot venu m'apitoyer sur son sort.

— En uniforme de prisonnier ?

Watts, les yeux sur la route, secoua la tête. Elle serrait le volant des deux mains, à croire qu'elle essayait de l'étrangler. Rebus était soulagé qu'elle s'en prenne à un objet inanimé plutôt qu'à lui.

— Nom de Dieu, John, répéta-t-elle avec un peu moins de véhémence. Il est vraiment dans la merde ?

— Oui.

— Comment ça ?

— Vaut mieux que ce soit lui qui te le dise.

Elle secouait encore la tête quand, toutes dents dehors, elle exécuta brusquement un demi-tour qui déclencha un concert de klaxons. Elle enfonça le champignon et fit un rapide calcul.

— Ça devrait nous prendre quinze ou vingt minutes. Je ne sais pas si les urgences vont appeler la prison en te voyant pas débarquer.

— Pourquoi ne pas les appeler toi en disant que je vais beaucoup mieux – et que ce n'est pas la peine de les encombrer pour rien ?

— Et je dis quoi à notre retour à Saughton ?

— Qu'on est allés aux urgences, qu'ils m'ont examiné et que tout va bien, répondit Rebus avant de hausser les épaules. J'improvise.

— Pas grave, c'est ma tête sur le billot, marmonna Watts.

Ce qui ne l'empêcha pas de passer l'appel. Après quoi ils continuèrent la route en silence jusqu'à ce qu'elle bifurque pour s'enfoncer dans un lotissement moderne.

Elle lui montra la maison de Novak, puis elle tourna dans la rue suivante avant de s'arrêter.

— Je ne veux pas qu'elle me voie.

— Tu es déjà venue ?

À son expression, Rebus leva la main pour s'excuser :

— C'est pas mes affaires, acquiesça-t-il en dégrafant sa ceinture de sécurité.

Il ouvrait la portière quand elle le retint par l'avant-bras.

— Me fais pas d'embrouille, sinon je te défonce, compris ?

Ne sachant trop quoi répondre, il hocha lentement la tête.

Il sortit du véhicule et remonta le trottoir à grandes enjambées, longeant des maisons de deux étages en crépi bordées de pelouses tirées au cordeau et de chemins dallés. Un élégant fourgon des épiceries Waitrose faisait sa livraison. Le chauffeur hocha la tête à son attention et lui sourit. Rebus inclina la tête en retour. Sa peau picotait, il inspira à pleins poumons. Il perçut le bruit d'un avion – ou alors était-ce un train au loin ? Peut-être une cour d'école, aussi, des jeux de balle et des cris. Une camionnette en livrée rouge de la Royal Mail le doubla au pas, ajoutant sa voix à la chorale de la matinée.

Bien trop vite, il se retrouva devant la maison de Novak, mais avant de gravir le perron, il prit le temps d'examiner le garage attenant. Sa porte basculante pas tout à fait fermée laissait voir une BMW étincelante et, garée derrière, une moto tout aussi étincelante.

Il sonna à la porte et attendit. Il s'attendait à tomber sur madame, mais c'est Novak en personne qui vint lui ouvrir. Il arborait un poignet bandé qu'il leva devant son visage comme pour parer un coup.

— C'est quoi, ce bordel ? bafouilla-t-il.

— Je passais dans le coin, dit Rebus.

Novak jeta un œil à droite et à gauche dans la rue.

— Comment tu es arrivé ici ?

— Tu ne me fais pas entrer ?

Novak le tira à l'intérieur de sa main valide et claqua la porte derrière eux.

— Sympa chez toi, commenta Rebus en regardant alentour. Pas trop tape-à-l'œil – c'est ta femme qui a choisi la déco ? Elle est où, d'ailleurs ?

— T'occupe pas d'elle.

Ils étaient dans le salon, face à face. Novak n'allait vraisemblablement pas le convier à s'asseoir ou à boire quelque chose, ce qui lui allait très bien.

— Je répète la question, John – c'est quoi, ce bordel ?

— Je crois que j'ai compris, affirma Rebus d'un ton détaché. Mais j'ai besoin que tu le confirmes.

— Quoi donc ? Nom de dieu, tu t'es évadé de prison ? C'est déjà aux infos ? s'affola Novak en sortant son téléphone.

De sa seule main valide, la manœuvre était malaisée.

— J'ai rendez-vous à l'hôpital, expliqua Rebus. J'ai fait un crochet sur la route.

— Où est le fourgon… ton escorte ? demanda Novak en jetant un coup d'œil par la fenêtre.

— Peu importe. L'important, c'est ça : il faut que tu arrêtes, immédiatement.

— De quoi tu parles ? lui répondit Novak d'un air qui se voulait éberlué.

— Christie m'a raconté qu'un de ses gars avait arraché un pistolet à un assaillant, et qu'il avait failli y laisser son poignet. Le type était à moto – celle que tu as dans le garage. En cuir, gants, et casque avec la visière abaissée – et sans doute des fausses plaques d'immatriculation, pour aller avec ? Quant à l'accent scouse, ça doit pas être trop difficile à imiter avec un peu d'entraînement, surtout si on n'a pas affaire à des gens de Liverpool.

Novak donna l'impression de se vider de son sang sous les yeux de Rebus. Il évita son regard, les yeux rivés sur l'écran verrouillé de son téléphone. La photo d'accueil montrait un garçonnet et une fillette.

— À ta place, je m'inquiéterais pour eux, Chris, dit Rebus à mi-voix. Parce que si ce petit jeu dégénère…

— Ce n'est pas un jeu, John. Ils s'en sont pris à moi, encore et encore, sans relâche. À incendier ma voiture, à m'envoyer des menaces – et pas que moi, d'ailleurs. À plein d'autres agents qui refusent de fermer les yeux ou de faire ce qu'on leur dit. Christie estime que cette prison lui *appartient*. Pas de ça avec moi.

— Tu as su pour Hanlon, et la rumeur selon laquelle il avait des vues sur le territoire de Christie. Tu as décidé de faire croire que c'était réellement en train de se passer ; j'imagine que ton cousin au CID te filait des tuyaux sur les déplacements et les adresses. Il ne te restait plus qu'à foutre la trouille aux hommes de Christie, comme ça tu l'affaiblissais et tu le rendais furieux.

— Furieux *et* impuissant, John, renchérit Novak d'une voix empreinte de fierté. Parce qu'il y a des choses qu'il ne peut pas faire depuis la prison, des tas de trucs qu'il ne peut pas contrôler, et il commence à s'en rendre compte.

— Sauf que maintenant il sait que tu utilisais un pistolet à air comprimé. La prochaine fois que tu tenteras quelque chose, ses hommes n'auront pas peur. Ils seront prêts – armés, peut-être – et ils te feront payer le prix fort.

Rebus examina la main droite de Novak :

— C'est grave ?

Novak plia les doigts.

— Après un ou deux jours de repos, ça ira.

Il leva les yeux sur Rebus :

— Et maintenant, qu'est-ce que tu vas faire ?

— À part retourner en prison ? fit Rebus en haussant les épaules. Je ne vais rien faire de spécial – et tu ferais bien de t'en inspirer. Il n'y a pas de place pour des justiciers masqués dans *ce* Gotham.

— Je vais pas m'écraser pour lui, John.

— Tu l'as dit toi-même – tu l'as affaibli. Quelqu'un va finir par débarquer en ville et prendre la relève. Sans compter que tu as réussi à lui faire peur – je ne suis pas sûr qu'il s'en remette vraiment. Pour l'instant, il est persuadé que le croquemitaine l'attend là-bas. (Il hocha la tête en direction de la fenêtre.) Ça va le ronger nuit et jour. Mission accomplie, Chris. Il est encore temps d'arrêter.

— Et ta mission *à toi*, John ? Pour Blair Samms, tu as fait quoi ?

— Tu suggères quoi ? Je peux difficilement le cuisiner comme au bon vieux temps. À moins que quelqu'un sorte du rang…

— J'en doute fort.

— Dans ce cas, l'assassin s'en sort, conclut Rebus avec un nouveau haussement d'épaules. À moins que quelqu'un sorte du rang, répéta-t-il en écho.

Il balaya la pièce du regard, le mobilier haut de gamme, les photos de famille, le téléviseur doté d'un système son.

— Tu es un homme comblé, Chris. Essaie de ne pas tout perdre.

Novak lui tendit sa main valide, et Rebus l'étreignit. Au moment de prendre congé, Chris lui demanda comment il avait fait pour le retrouver.

— Je n'ai pas perdu le coup de main, répondit Rebus. Je te retrouve au bercail dans deux jours, ça marche ?

— Écoute… je me rends compte de ce que tu fais. Tu as pris un sacré risque.

— Et maintenant je retourne dans le tunnel jusqu'à Colditz – souhaite-moi bonne chance.

Novak lui fit un petit salut et s'avança pour fermer la porte. Rebus plaqua la main dessus pour la retenir.

— C'est bien toi qui as étranglé Jackie, avoue ? Dans sa cellule, la fois d'avant ? Il ne mentait pas sur ce coup-là ?

— Cet enfoiré menaçait de s'en prendre à ma famille, John.

— Après que tu avais dit du mal de son fils, affirma Rebus. Si quelqu'un essaie de te piéger, tu t'es montré très coopératif.

— Dis-moi, dans ce cas. Mettons que tu sois devenu agent pénitentiaire plutôt que flic – comment tu aurais géré, jour après jour ?

— Oh, j'aurais tué quelqu'un depuis longtemps, dit Rebus avant de tourner les talons.

À son retour à la voiture, Watts avait toujours les mains crispées sur le volant.

— J'ai tenu parole, annonça-t-il en prenant place à bord.

— J'ai calculé, dit-elle en démarrant le moteur. Si on rentre maintenant, ils ne croiront jamais qu'on t'a examiné aussi vite. (Elle lui lança un coup d'œil.) Il y a un Burger King drive près d'ici – t'en penses quoi ?

— Si tu n'as rien d'autre à proposer.

— Hors de question d'aller au pub, si c'est ce que tu as en tête.

— Je me contenterais volontiers d'un café et d'un sandwich au bacon. (Et devant la mine de Watts :) Mais le Burger King, c'est très bien aussi.

Ils passèrent de nouveau devant la maison. Chris Novak scrutait la rue depuis la fenêtre du salon. Watts croisa son regard. Quelques secondes plus tard, de la musique résonnait dans l'habitacle, le Bluetooth l'informant de la réception d'un appel. Elle laissa sonner sans décrocher.

— Il faut que je réfléchisse à ce que je vais lui dire, se justifia-t-elle. Il est encore dans une mauvaise passe ?

— Pas s'il écoute mes conseils.

— Est-ce que tes conseils préconisaient de m'éviter soigneusement ?

— Pas du tout.

Elle retourna son attention sur la route.

— Merci.

— Mais s'il s'avère que vous êtes tous les deux des assassins, ajouta Rebus, sache que je serai très déçu.

En voyant la lueur amusée dans son regard, Watts laissa échapper un petit rire, et Rebus l'imita.

— Pour les burgers, c'est moi qui régale, dit-elle.

— Pas le choix, fit Rebus en tapotant ses poches vides.

— Donc comme ça, tu te serais tiré de l'hosto sans savoir où Chris habite, sans argent ni téléphone ? C'était *ça*, ton plan ?

— Et pourtant, ça a marché. Comme quoi…

Rebus se laissa aller contre l'appuie-tête et contempla le monde merveilleux qui défilait derrière la vitre.

19

Louise Hird avait fait le déplacement jusqu'à Gartcosh pour suivre l'évolution de l'enquête. L'inspecteur-chef avait décrété qu'elle méritait un entretien dans son bureau. Il était assis à sa table de travail, face à Hird et Siobhan Clarke.

— Nous avons auditionné la plupart des victimes de Campbell, dit Clarke. L'une d'elles, aujourd'hui âgée de dix-neuf ans, avait raconté ce qui se passait à ses parents. Elle leur avait vendu un boulot de mannequin, guère différent d'une séance photo pour des articles de lingerie. Elle avait omis de préciser que Campbell voulait qu'elle s'habille et se comporte comme si elle était plus jeune.

— Et les parents n'y voyaient pas d'inconvénient ? demanda l'inspecteur-chef Carmichael.

— Campbell ne l'a jamais touchée. Un vrai gentleman, à en croire leur fille.

— L'ont-ils rencontré ? demanda Hird qui tapait des notes dans son téléphone.

Clarke secoua la tête.

— À part ses mannequins, personne n'a jamais rencontré Campbell.

— Quel angle adoptez-vous concernant son meurtre ?

Carmichael ne laissa pas à Clarke le temps de répondre.

— Nous gardons l'esprit ouvert, Louise.

— Aucune trace d'effraction, ajouta Clarke. Important dispositif de surveillance.

— Des caméras ? s'enquit Hird.

— Orientées sur le seuil et le garage – mais il ne s'était pas fatigué à les mettre en marche.

— Et à l'intérieur ?

Clarke secoua de nouveau la tête.

— Apparemment, l'assassin était le bienvenu.

— Campbell le fait entrer dans la cuisine, continua Carmichael, sans doute pour lui servir un verre, puis il lui tourne le dos et…

— L'assassin prend un couteau dans le bloc, ajouta Clarke.

Hird voyait où elle voulait en venir.

— L'assassin est arrivé sans arme. S'il s'agissait d'une querelle entre voleurs, l'approche aurait été plus professionnelle. Vous n'écartez donc pas la possibilité que ce soit l'une des victimes – ce qui, j'imagine, met Jasmine Andrews en tête du classement ?

— On a écumé villes et campagnes pour la retrouver, plaida Carmichael. Elle n'a toujours pas utilisé sa carte de crédit ou son téléphone.

— Et donc ? Jasmine est une tueuse implacable ou une victime terrée on ne sait où dans la cave d'un psychopathe ? (Hird leva la main.) Désolée pour le franc-parler.

— Un autre facteur vient compliquer la donne, poursuivit Carmichael. Il n'y a pas d'empreintes sur l'arme, ce qui signifie qu'elle a été méticuleusement nettoyée après coup, ou…

— Que l'assassin portait des gants, compléta Clarke.

— Ce qui nous ramène à de la préméditation, commenta Hird. Et l'analyse ADN ?

— Elle ne nous apprend pas grand-chose.

Ils restèrent un instant silencieux. Carmichael souleva son mug sans le porter à ses lèvres. Il avait préparé en vitesse une assiette de biscuits sablés à laquelle personne n'avait touché.

— Eh bien, finit par dire Hird, Londres a examiné tout ce qui a été envoyé. Apparemment, le défunt ne faisait pas partie d'un réseau plus étendu. En d'autres termes, personne n'achetait sa marchandise pour une utilisation sur les marchés étrangers. Ce qui ne veut pas dire qu'il n'y a pas de piggyback.

— Quésaco ? fit Carmichael en se penchant en avant.

— Un client enregistre ce qu'il regarde pour pouvoir le vendre ou le partager ailleurs. Il faut prévenir les victimes : leur présence en ligne pourrait perdurer. (Elle changea de position sur sa chaise.) À en juger par les messages échangés entre les clients et Campbell, certains voulaient clairement que les mannequins aillent plus loin – le refus de Campbell les a énervés, ce qui donne un autre mobile.

— Avons-nous des raisons suffisantes pour entamer des poursuites à l'encontre de certains de ces hommes ? s'enquit Carmichael.

— Il faudra poser la question au procureur. C'est une zone grise, je dirais, mais il convient absolument de donner des avertissements, ne serait-ce que pour les effrayer.

— L'un d'eux s'est suicidé, argua Clarke à mi-voix.

— Ce n'est pas votre faute, Siobhan, rétorqua Hird avant de se tourner vers Carmichael. Disposez-vous de suffisamment d'agents de liaison avec les familles pour absorber la charge de travail ?

— Nous avons réussi à en obtenir très précisément deux, lui répondit-il. Un troisième est en route depuis Dundee.

— Ils ne vont pas chômer. D'expérience, leur travail est inestimable – ils gagnent la confiance de la famille. C'est là que les non-dits commencent à sortir. Et dans ceux qui ont casqué, ceux qui sont encore en vie : y a-t-il des assassins potentiels parmi eux ?

— Pas jusqu'ici, répondit Clarke avant de nicher sa tasse dans le creux de ses mains. Il y a un client qui nous donne du fil à retordre. Il se fait appeler Valerio. V-A-L-E-R-I-O suivi d'une série de chiffres qui ne veulent *a priori* rien dire de particulier. En revanche, en googlant Valerio, on tombe sur des boutiques – on est allés sur place, il n'y a aucun lien avec l'affaire. C'est un prénom masculin, italien ou espagnol, qui veut dire « fort » ou « en bonne santé ».

— Ce qui est certain, c'est que c'est un pseudo. L'usager est du coin ?

— Aucune idée – il a l'air averti rayon sécurité et dark web. Impossible de contourner ce nom d'utilisateur.

— Je peux relancer Londres, voir s'ils peuvent nous aider, réagit Hird en regardant Carmichael. De mon point de vue, ç'aurait pu être bien pire. Mais je reconnais que du vôtre, ça représente un sacré boulot. La mère de Campbell se doutait-elle des manigances de son fils ?

— Pas le moins du monde, répondit Clarke.

— Mais on l'a mise au courant ?

— Et Zak reste la prunelle de ses yeux. Ça ne changera pas.

— J'imagine qu'il ne lui a pas dévoilé s'il avait des ennemis ou s'il recevait des menaces ?

— Non, mais la liste continue de s'allonger. Il draguait des femmes au bar ou au club – les petits amis n'appréciaient pas toujours. Un vieux copain d'école lui faisait office de bouclier. Qui nous a confié que leurs chemins s'étaient séparés à cause justement des activités en ligne de Zak.

— Et sur le front médico-légal ?

— Vingt-trois jeunes gens se rendaient régulièrement à son domicile, récita Clarke. Ça fait beaucoup de données à croiser.

— Et rien ne sera laissé au hasard, rétorqua Carmichael sur la défensive. Tout le monde travaille d'arrache-pied.

— Personne n'en a jamais douté, abonda Hird. Néanmoins je ne dirais pas non à une petite visite guidée, si Siobhan n'y voit pas d'inconvénient.

— Avec plaisir.

— Quelque chose vous intéresse en particulier, Louise ? interrogea Carmichael.

— Tous ces effectifs, ça me rend jalouse, répondit-elle avec un infime sourire.

Comme Hird s'apprêtait à partir à la fin de sa visite, Gillian Reeves, suivie de l'agent Pete Swinton, remontait le couloir en escortant un homme. La vingtaine, affublé d'un t-shirt de groupe de metal sous un blouson Harrington crasseux et d'un jean baggy qui traînait par terre, il arborait une mauvaise peau et une tignasse sale.

— Thomas Simpson, annonça Reeves au passage comme si son identité pouvait faire un doute.

Le cousin de Marcus termina sa route dans la salle d'interrogatoire.

— Inutile de me raccompagner, dit Hird à Clarke. Mais tenez-moi au courant.

La chaise qu'Esson avait installée dans la salle était toujours là, bien que son occupante eût été convoquée à Gayfield Square pour une réunion avec Mae McGovern. Simpson et Reeves étaient assis et Swinton s'affairait autour de la toute nouvelle caméra. Il signifia d'un geste que Clarke pouvait prendre sa place, mais cette dernière refusa en silence et s'appuya dos au mur, à la périphérie du champ de vision du fameux cousin. Rebus lui avait appris l'astuce des années plus tôt. Sans être vue, elle constituait une présence, qui plus est menaçante, dans la mesure où la personne interrogée n'avait aucun moyen de prévoir ses faits et gestes. Comme l'audition commençait, elle s'installa en croisant un pied par-dessus l'autre.

Les préliminaires terminés, Reeves se référa à l'épais dossier posé devant elle sur le bureau, et temporisa avant de lancer les hostilités :

— Marcus vous a-t-il confié pourquoi il ressentait le besoin de se cacher de nous ?

Tommy Simpson déglutit avec difficulté et prit la parole d'une voix rauque, à croire qu'il venait de passer une semaine en plein désert.

— Il crèche souvent chez moi.

— Il veut dire chez sa mère, précisa Reeves à l'attention de Clarke. Il dormait à poings fermés quand elle nous a ouvert. Tout le monde est monté à l'étage pour le réveiller. Sac de couchage par terre, vraisemblablement pour les gens de passage.

— Le reste de la chambre ressemblait au pont de l'*Enterprise*, ajouta Swinton. Jamais vu autant d'écrans et de câbles.

— Je suis concepteur de jeux vidéo, fit valoir Tommy.

— Des titres connus ?

— Je n'en suis pas encore là, grommela-t-il.

— Mais vous créez des sites web à côté, hein ? Comme celui que vous avez fait pour Zak Campbell ?

— Si vous le dites.

— C'est votre cousin Marcus qui le dit, intervint Clarke. Zak vous devait combien ?

— Deux mille.

— C'est énervant, ça.

Le visage entier de Tommy Simpson se mit en mouvement, secoué d'une volée de tics et de battements de paupières, comme si des organismes vivants se tortillaient sous la surface de sa peau.

— Marcus aurait mieux fait de la boucler.

— C'est vous Valerio, Tommy ?

Il se tourna à moitié pour regarder Clarke.

— Qui ça ?

— C'est un nom d'utilisateur sur le site de Zak.

— Suis jamais allé sur son site.

— Jamais ?

— Pas depuis que je l'ai terminé.

— Même pas par curiosité ?

— Je prends pas mon pied avec ce genre de trucs.

— Contrairement à Marcus ?

— Pas tant qu'il était avec moi. Il était trop à fond sur ses MMORPG.

— Ce sont les jeux auxquels vous jouez en ligne à plusieurs ? s'enquit Reeves. (Tommy brandit les deux pouces en l'air en guise d'acquiescement.) Mais vous saviez que ce n'était pas ce que recherchait Zak, n'est-ce pas ? Il voulait se faire de l'argent en mettant du porno en ligne.

— Rien de plus fastoche.

— Malgré tout le codage nécessaire ?

De nouveau, les pouces en l'air.

— Êtes-vous retourné chez lui depuis que le site est en ligne ?

— M'a jamais invité.

— Il vous devait un paquet d'argent. Vous n'avez jamais été tenté d'aller toquer à sa porte ?

— J'ai demandé plusieurs fois à Marcus de le relancer, et puis Zak et lui se sont brouillés.

— Que vous a raconté Marcus à ce propos ? demanda Clarke.

— Qu'il aimait pas la tournure que prenaient les choses.

Tommy temporisa, déglutit :

— Rapport à l'âge, je veux dire.

— Ce devait être inconfortable pour vous, Tommy, observa Reeves en insufflant une note d'inquiétude dans sa voix. À ce moment-là, vous deviez savoir que c'était allé trop loin – et que quand la police interviendrait, vous seriez en plein dans le collimateur.

— C'est pas comme si j'avais laissé des empreintes partout. Vous avez visité le site – je parie que vous avez trouvé zéro trace de moi.

— À moins que vous ne soyez Valerio, avança Clarke.

Il tourna de nouveau la tête vers elle.

— Pourquoi il est si important, ce Valerio ?

— Parce que lui aussi, il est doué pour ne laisser aucune trace. (Un silence pour ménager ses effets.) Comme un pro.

Tommy secouait la tête.

— Je vous ai déjà dit, tout ça ne m'intéresse pas.

— Mais c'est votre bébé, quand même, c'est vous qui l'avez créé – vous devriez pouvoir nous aider à creuser un peu plus ?

— Filez-moi un clavier et une bande passante digne de ce nom.

— Il faudrait faire ça à notre labo en présence de nos techniciens, répondit Clarke. Mais ça jouerait clairement en votre faveur. (Elle se tut de nouveau pour laisser la proposition faire son chemin.) Donc ça fait un moment que vous ne vous êtes pas rendu au domicile de Campbell ?

— Des mois.

— Aucune objection à ce qu'on fasse un prélèvement de salive et d'empreintes ? À des fins d'élimination.

— Vous conservez les données ?

— Jamais très longtemps.

— Elles sont effacées du système ?

— On n'est pas Big Brother, Tommy – pas pour l'instant, en tout cas.

— Je lui ai demandé pourquoi il s'emmerdait avec des vrais humains en chair et en os alors que les avatars ça coûte rien, que c'est hyperréaliste et que ça dit presque jamais non.

— Certaines mannequins disaient non ou se montraient récalcitrantes ?

— Comment voulez-vous que je le sache ?

— Votre cousin aurait pu en parler.

— Sauf que non, fit Tommy en se mettant à ronger la peau de son pouce.

— Marcus a-t-il jamais fait allusion à une fille du nom de Jasmine ? demanda Clarke.

— Non.

— Mais vous voyez de qui je veux parler, on est d'accord ?

— Ouais.

— Marcus ne l'a pas cachée chez vous ?

— Posez-leur la question, ils étaient chez moi, dit-il en désignant Reeves et Swinton.

Le silence s'étira tandis que les trois détectives se rendaient à l'évidence : ils étaient à court de questions. Clarke désigna Swinton d'un geste.

— Pete, tu restes avec lui, tu appelles le labo et tu vois qui est dispo pour s'asseoir avec lui devant un ordinateur.

Swinton acquiesça, et se prépara à mettre fin à l'enregistrement pendant que Clarke et Reeves quittaient la salle pour regagner la BEP.

— Il vit toujours chez sa mère, répéta Reeves.

— Le parti rêvé.

— Les jeux vidéo auront bon dos, si c'est lui qui a fait le coup.

— Tu penses que c'est lui ?

— Je suis à court de suppositions. Il y a trop de suspects ; j'aimerais bien restreindre le champ.

Le brouhaha de la salle leur parvint avant qu'elles n'arrivent sur place. L'équipe, rassemblée autour de Bryan Carmichael, paraissait agitée. L'inspecteur-chef leur fit signe de les rejoindre. Trisha Singh avait du nouveau.

— Une poignée de clients payaient beaucoup plus que les autres, dit-elle d'une voix essoufflée. On a pensé à un niveau d'accès VIP – voire des rencarts en personne. Mais jusqu'ici, toutes les personnes interrogées ont écarté cette piste. L'un d'eux vient de nous téléphoner. Il savait qu'on allait lui rendre visite alors il a pris les devants. C'est un homme d'affaires à la retraite, domicilié à Gullane.

— Crache ta Valda, Trisha, dit Clarke.

Mais Cammy Colson la coiffa au poteau.

— Sextorsion, lança-t-il.

Peut-être aimait-il la sensation du mot dans sa bouche, car il le répéta. Clarke regarda l'inspecteur-chef Carmichael, qui le prononça à son tour. Elle demanda le nom de l'individu à Singh.

— Alexander Urquhart.

— Il est temps de le convoquer pour une petite conversation.

— Apparemment, il ne sort pas de chez lui, expliqua Carmichael. En gros, il est confiné dans un fauteuil roulant.

— Eh bien donnez-moi son adresse.

Carmichael ne put s'empêcher de remarquer l'attitude de Singh, qui sautillait sur place comme si elle avait peur de passer à la trappe. Il hocha la tête dans sa direction.

— Allez-y toutes les deux.

Clarke se tourna vers Reeves.

— Tu fais le nécessaire pour que le meilleur geek du labo vienne bosser avec Tommy Simpson.

— Ce sera fait, répondit Reeves avant de conclure : Chopez-le, les filles.

20

Clarke laissa Trisha prendre le volant et en profita pour se laisser aller contre l'appui-tête, paupières closes. L'enquête tournait-elle autour de sa cible en s'en approchant ou en s'en éloignant ? Sa tête lui tournait trop pour pouvoir l'affirmer.

— Il t'a fait quelle impression, au téléphone ? demanda-t-elle au bout d'un long silence.

— D'être calme. Ni gêné ni rien. Snob.

Singh n'était pas une conductrice volubile, elle préférait se concentrer sur la circulation. Elles tombaient dans l'heure de pointe, ce qui semblait être une calamité constante à Édimbourg, ces derniers temps. La voiture de Singh n'était pas équipée d'un gyrophare, si bien qu'elles étaient obligées de prendre leur mal en patience – et puis ce n'était pas comme si Urquhart allait s'échapper. Une fois passé la sortie de la ville, la circulation accéléra, les automobilistes pressés de regagner leurs confortables intérieurs de la classe moyenne de l'East Lothian. Elles longèrent des terres cultivées, quelques habitations, le Firth of Forth sur leur gauche. Gullane n'était guère plus qu'une grand-rue flanquée de boutiques et de restaurants. Le village devait son attrait à ses terrains de golf, et notamment au parcours de Muirfield. Le mari de Singh, médecin de son état, y avait disputé plus d'une partie.

— Les femmes sont admises, de nos jours ? demanda Clarke.

— Oui, mais mon handicap est trop élevé.

— Évite peut-être ce genre de phrase devant notre utilisateur de fauteuil roulant. (Les lèvres de Singh s'arrondirent.) Je te charrie, Trisha.

— Je n'y avais jamais pensé, avoua-t-elle, puis, vérifiant son GPS : On y est presque.

Urquhart vivait dans une maison de l'époque édouardienne édifiée dans le style seigneurial écossais, avec une tourelle et des pignons à redents. Les grilles s'ouvraient sur une grande allée en gravier. Comme elles gagnaient la porte d'entrée en chêne vernis, cette dernière s'ouvrit sur une femme à l'allure imposante vêtue d'un tailleur en tweed, d'épaisses chaussettes en laine et de richelieus marron, les cheveux tirés en arrière en un chignon argenté sévère.

— Madame Urquhart ? devina Clarke.

— *Mademoiselle* Urquhart, corrigea la femme.

Elle avait le port altier d'une maîtresse d'école d'autrefois, le visage émacié et lisse, des yeux de faucon.

— Vous devez être la police. Alexander m'a prévenue de votre arrivée.

Elles étaient entrées dans le vaste vestibule lambrissé. La sœur d'Urquhart ferma la porte et examina ses visiteuses.

— Il n'a absolument rien dit sur la raison de votre venue.

— Vous avez une petite idée ?

— Ce n'est pas mon rôle.

— Êtes-vous son aidante, mademoiselle Urquhart ? demanda Singh.

— Depuis le décès de Julia.

— Julia étant son épouse ?

— Qui voulez-vous d'autre ? (Elle s'interrompit puis reprit à voix basse.) Savez-vous qu'il est juge de paix ? Enfin, qu'il l'était, devrais-je dire. Je pensais vous le préciser à toutes fins utiles.

Aucune des deux détectives ne réagit, ce qui sembla décevoir Mlle Urquhart. Elle les devança jusqu'à une porte, toqua et ouvrit.

— Tes hôtes, Alexander, annonça-t-elle en les faisant entrer. Quelqu'un désire du thé ?

Clarke et Singh déclinèrent et elle referma la porte avec lenteur en restant à l'extérieur.

Devant un mur entier de bibliothèques vitrées, le fauteuil roulant d'Alexander Urquhart était installé à un bureau antique tarabiscoté. À soixante-dix ans passés, l'homme arborait un crâne chauve entouré d'une couronne de cheveux argentés. Chaussé de lunettes en demi-lunes, il était occupé à écrire sur un très grand carnet.

— Ce ne sont pas là mes confessions, comprenez bien, dit-il en faisant claquer sa main sur la première page.

— Monsieur Urquhart, je suis la constable Singh. Nous nous sommes parlé au téléphone.

— Tout à fait, répondit-il en inclinant légèrement la tête en guise de salutation. De quelle région d'Inde vient votre famille ?

— Blackhall.

Urquhart fronça les sourcils, et elle en profita pour se tourner vers Clarke :

— Et voici l'inspectrice Clarke.

— Deux jeunes femmes charmantes – c'est un vrai plaisir.

— De New Town, fit mine de préciser Clarke avant de rebondir : Est-ce vraiment un plaisir, monsieur ? La plupart des gens dans votre position seraient moins à l'aise.

— Suis-je à l'aise ? (Il soupesa la question.) J'imagine que oui.

— Est-ce parce que vous avez réchappé aux griffes de l'homme qui vous faisait chanter ?

— On appelle cela de la sextorsion, n'est-ce pas ? Sans doute a-t-il décidé que je valais le détour quand, à la faveur de ses recherches sur internet, il a découvert que j'étais juge de paix – je parie que Marjorie elle aussi vous a dit que j'étais juge de paix, n'est-ce pas ?

Il sourit, répondre eut été superflu :

— Elle pense que vous aurez la main moins lourde, quel que soit mon méfait.

— Allez-vous lui expliquer de quoi il retourne ?

Urquhart écarta les bras.

— Ma foi, qu'ai-je donc fait ?

— Pour commencer, vous avez regardé sur internet des mineures en train de se déshabiller, répondit Singh.

— Mais j'ignorais qu'elles étaient mineures, jusqu'à ce qu'il essaie de me soutirer de l'argent.

— Qu'il essaie et réussisse, ne put s'empêcher d'ajouter Clarke.

— Une ou deux fois, oui. Après quoi je me suis dit : Pourquoi diable devrais-je m'y plier ? Alors j'ai cessé, en lui disant d'aller se pendre. Il pouvait le proclamer à la terre entière, je ne lui donnerais plus un sou, et s'il n'arrêtait pas de me harceler, j'irais moi-même voir la police.

— Mais ce n'est pas ce qui s'est passé, monsieur, commenta Singh avec froideur.

Urquhart manœuvra son fauteuil pour contourner son bureau. Il se dirigea vers un emplacement à côté du canapé et fit signe à ses visiteuses de s'asseoir. Singh et Clarke le suivirent, mais restèrent debout.

— S'est-il identifié à un moment donné ? demanda Clarke.

— Il utilisait un alias. En réalité, il en avait plusieurs – apparemment il m'écrivait de diverses adresses mail à chaque fois.

— Comment l'argent a-t-il été transféré ?

— Depuis un portefeuille numérique. Il m'a guidé pas à pas. J'utilise encore un carnet de chèques, bon sang, s'impatienta Urquhart en pianotant sur les accoudoirs de son fauteuil. J'ai eu l'impression qu'il était du coin. Essentiellement parce que les mannequins en ligne l'étaient – ça s'entendait à leur accent.

— Elles vous parlaient et vous leur parliez ?

— La conversation, en l'état, était strictement à sens unique. Je tapais un message et parfois elles me répondaient de la même manière, mais elles pouvaient aussi parler.

Il s'interrompit, et secoua l'armature métallique des bras du fauteuil :

— Même si j'avais réussi à démasquer son identité, je n'aurais pas pu me débarrasser de lui dans cet engin.

— Certes, mais vous aviez les moyens de vous payer les services de quelqu'un d'autre.

Urquhart toisa Clarke.

— Ce n'est pas ce qui s'est passé, inspectrice.

— J'imagine que vous avez dû rencontrer des personnages peu recommandables, au cours de votre carrière de juge de paix.

— Je n'avais pas pour habitude de garder le contact.

De nouveau, un fin sourire se dessina sur son visage.

— Les autres utilisateurs du site, vous n'en avez rencontré aucun dans la vraie vie ?

Il fit non de la tête et Clarke poursuivit :

— Et vous n'avez convié aucun ami partageant votre sensibilité à rejoindre le club ?

— Pas du tout.

— Avez-vous autre chose à nous dire, monsieur Urquhart ? demanda Singh.

— Je déplore amèrement de m'être retrouvé mêlé à cette déplorable affaire.

— Puis-je vous demander comment vous avez eu connaissance du site ? Était-ce par hasard ou sur recommandation ?

— Internet est un milieu extraordinaire, dit Urquhart. L'âme la plus innocente n'est jamais à plus de deux clics de tout ce qu'elle peut imaginer et bien plus encore.

— Est-ce votre manière de nous dire que c'était votre première incursion dans le monde des abus en ligne ?

Il tressaillit imperceptiblement.

— Vous avez raison, bien entendu. On peut tout à fait parler d'abus, avec le recul, acquiesça-t-il en regardant tour à tour les deux détectives sans trouver ce qu'il cherchait. Et maintenant ?

— Une audition officielle, déclara Clarke. Elle pourra se tenir ici. En plus de quoi nous transmettrons votre dossier à nos collègues de la Lutte contre l'exploitation des enfants et de l'Agence nationale de la lutte contre la criminalité, bien évidemment.

Le regard d'Urquhart se voila imperceptiblement.

— Bien évidemment, marmonna-t-il, le menton sur la poitrine.

Clarke regagna la porte en silence, et Singh lui emboîta le pas.

— Je vous souhaite une bonne fin de journée, détectives, dit Urquhart par automatisme – bonne éducation et tout le tralala.

En entendant s'ouvrir la porte, sa sœur émergea de la cuisine, un torchon à la main, un tablier noué à la taille.

— Tout va bien ?

— Quelqu'un va venir prendre une déposition, énonça Clarke en la regardant droit dans les yeux. Votre frère a un penchant pour la pédopornographie, mademoiselle Urquhart. J'espère que l'annonce vous trouble autant que nous.

La femme eut un petit reniflement méprisant.

— Elle ne me trouble pas le moins du monde. Alexander ne cesse d'œuvrer pour le bien dans ce monde, mais personne n'est sans défauts – vous nous plus, sans doute. (Elle ouvrit la porte.) Mon frère n'est pas un criminel, et vous aurez un mal de chien à me convaincre du contraire. Je contacterai son avocat dès que j'en aurai fini avec vous.

Plus un seul mot ne fut échangé le temps que Clarke et Singh regagnent leur voiture dans l'allée.

— Quel cas, lâcha Singh en déverrouillant les portières. Elle savait depuis le début, en fait ?

— Je pense, en effet.

— Et ça ne la dérangeait pas ?

— Apparemment.

— Quelle bande d'enfoirés. En plus leur baraque est carrément flippante.

Elle pivota vers Clarke tout en démarrant le moteur :

— Tu veux faire quoi, maintenant ?

— M'arrêter à Port Seton pour manger des frites, répondit Clarke d'un ton catégorique.

— C'est toi la boss, Siobhan. Et c'est pas moi qui vais dire non à ce genre de tactique.

Jason Mulgrew était occupé à présenter les dernières nouvelles au directeur dans son bureau de la prison d'Édimbourg lorsque la porte s'ouvrit sur Malcolm Fox.

— Vous permettez que je me joigne à vous ? Howard et moi sommes de vieux amis – j'espère pouvoir dire ça, Howard ?

Le directeur hésita un court instant avant d'opiner.

— Donc vous causez de quoi ? demanda Fox en fixant Mulgrew droit dans les yeux.

— On commençait tout juste.

Fox hocha la tête : il n'avait pas encore été question de son renvoi. Il lissa sa cravate et croisa les jambes. Tennent reprit la parole :

— Je disais à Jason qu'il y a encore des tensions et que Darryl Christie qui s'en prend à Everett Harrison, ça n'aide pas vraiment.

— Christie est à l'isolement ? vérifia Fox.

— Il sera de retour à Trinity Hall aujourd'hui. Je l'ai convoqué ici même avec Harrison.

— C'était quoi, leur problème ?

— Ce genre d'incident peut sortir de nulle part, Malcolm.

— Peut-être bien, mais celui-ci vient du fait que les affaires de Christie sont menacées par le boss de Harrison. Ses hommes sont pris pour cible. Je ne suis pas convaincu qu'en les convoquant, on obtienne plus qu'un emplâtre sur une jambe de bois.

— Ce qui pourrait vraiment aider, c'est une avancée dans l'enquête, affirma Tennent avant de tourner les yeux vers Mulgrew.

— Je dois avouer que les progrès sont limités – ce qui n'est pas arrangé par le fait qu'une de mes enquêtrices a été temporairement débauchée par une enquête rivale. Néanmoins, nous ne lésinons pas sur les moyens, je peux vous l'assurer. Nous pensons actuellement qu'en dépit des preuves avancées par son compagnon de cellule, Jackie Simpson a été attaqué avant le verrouillage des portes.

— Autrement dit, cela aurait pu être un autre détenu ? demanda Tennent avec la mine de qui s'accroche au plus infime espoir.

— Ce qui remet Everett Harrison en haut de la liste, dit Fox.

— Seulement s'il savait que Simpson était responsable de sa peine de prison, mit en garde Mulgrew, et je doute que ce soit le genre de chose qu'il nous avoue volontiers.

— Pas à nous, non, intervint Fox, mais il a très bien pu le dire à quelqu'un… (Puis, tournant de nouveau son attention vers le directeur :) Vous avez un détenu du nom de Bobby Briggs dans un autre quartier. J'ai entendu dire qu'il était très proche de Harrison.

— Et vraisemblablement tout aussi peu disposé à nous faire part de ce qu'a pu dire Harrison.

Fox fit mine de réfléchir.

— Briggs a-t-il parfois de la visite ?

— J'imagine, dit Tennent.

— Y a-t-il une liste de noms ? Un en particulier m'intéresse – Mickey Mason.

— Je connais ce nom, répondit le directeur en plissant les yeux. Il a une certaine réputation.

Mulgrew dévisageait Fox

— Tu penses à quoi, Malcolm ?

— Je relie les points, Jason, depuis l'intérieur vers l'extérieur et vice versa.

— Même en supposant que Harrison a commis le meurtre, il aurait fallu qu'il se débarrasse d'un couteau.

Fox haussa les épaules.

— Quelqu'un l'a fait sortir en douce pour lui.

Voyant Tennent prêt à objecter, il leva la main d'un geste d'apaisement :

— Pas nécessairement un agent pénitentiaire.

— Et donc, comment on atteint Harrison ? interrogea Mulgrew.

— Je ne suis pas sûr qu'on puisse, reconnut Fox. Les mouchards se retrouveraient avec une cible dans le dos. (Puis au directeur :) Impossible qu'il y ait un brin de corruption, Howard ? Des privilèges en échange d'informations ?

— De ce que vous me dites, ces privilèges incluraient une protection 24 heures sur 24 de la part de Harrison en personne.

— Vous pourriez toujours demander son transfert dans un autre établissement. Ça pourrait aider à délier les langues.

— C'est une idée, concéda Tennent en croisant les bras.

— La querelle avec Christie vous donne un prétexte en or, ajouta Mulgrew.

Tennent hochait la tête avec lenteur.

— Laissez-moi faire.

Quelques minutes plus tard, ils mettaient un terme à leur réunion. Fox et Mulgrew, guidés par la secrétaire de Tennent, gagnèrent la sortie.

— Merci de n'avoir rien dit, dit Fox à voix basse. Du fait qu'on me renvoie à Gartcosh, je veux dire.

— Pas de problème.

— Et, bien évidemment, il n'est pas utile qu'on sache que je suis passé ici.

— Tu étais au courant de la réunion ?

— C'est une pure coïncidence.

— Et tu venais te renseigner sur ce Briggs ?

— Briggs et Mason, oui.

— Sans lien avec le décès de Jackie Simpson ?

Fox haussa encore les épaules.

— Christine n'est toujours pas rentrée au bercail ?

— C'est imminent.

— D'autres nouvelles de St Leonard's ?

— Pas qu'elle partage avec moi, en tout cas.

Ils pénétrèrent dans l'aire d'accueil et la secrétaire prit congé d'eux d'un geste de la main. Les deux hommes retirèrent leurs téléphones portables des armoires.

— Un verre plus tard ? proposa Fox.

— Ouais, peut-être, fit Mulgrew.

Sur cette promesse, ils échangèrent une poignée de main.

Fox regagnait sa voiture lorsqu'il reçut un texto de Stevie Hodge du COCT.

Jake Morris est de retour sur nos radars. Ça vaut le coup de le coincer ?

Je m'en occupe, Stevie, répondit Fox.

Tu es sûr ?

Catégorique. On s'appelle bientôt.

— Pas de repos pour les braves, murmura-t-il par-devers lui en ouvrant la portière conducteur.

Jake Morris : on lui agite un pistolet sous le nez, il disparaît en planque, et le voilà de nouveau en circulation. *Ça vaut le coup de le coincer ?* Absolument – en évitant qu'un type comme Stevie Hogde vole la vedette.

21

Après avoir promis une conduite irréprochable, Darryl Christie était de retour à Trinity Hall.

Rebus savait que le directeur faisait une erreur, mais deux détenus d'un autre quartier s'étaient affrontés à coups de surins faits maison. En vertu de quoi il fallait récupérer la cellule d'isolement. En faisant son entrée, Christie gratifia Rebus d'un grand sourire en sautillant sur place. Il fut accueilli par des sifflements et des applaudissements, peu appréciés d'un Harrison renfrogné qui avait émergé de sa cellule pour suivre la scène.

— Une petite partie de billard, Darryl ? lança une voix.

— À condition qu'ils aient désinfecté la queue de la dernière fois, rétorqua Christie.

Son regard croisa celui de Harrison ; il leva une main, replia les doigts pour figurer un pistolet et fit semblant de le viser puis de tirer. Harrison resta un instant campé sur ses positions avant de battre en retraite dans sa grotte.

Une demi-heure s'écoula avant que Christie se découpe dans l'encadrement de porte de Rebus.

— Tu lis quoi ? demanda-t-il.

— Une biographie de John Martyn.

— C'est un footballeur ?

— Un guitariste. (Rebus posa le livre sur le côté.) À son époque, c'était un peu un électron libre, il cassait les couilles indifféremment à ses amis comme à ses ennemis. Il me fait penser à quelqu'un, mais j'arrive pas à mettre le doigt dessus…

— Tu crois qu'il pourrait me donner des idées ? (Soudain le visage de Christie se fit plus sérieux.) Le téléphone, c'est bon ? Tu as assez de batterie ?

— Ça va.

— Ça m'apprend quelque chose.

— Ah oui ?

— Peut-être que je casse les couilles à certains amis, mais au moins ils sont contents d'en être. Toi, t'as personne qui a envie d'avoir de tes nouvelles.

— Tu penses avoir remporté cette manche contre Hanlon, mais tu n'es pas au bout de tes peines. Si tu commences à être présomptueux ou complaisant…

— Je suis toujours sur mes gardes, le coupa Christie. Et tu ferais bien d'en prendre de la graine. T'as aperçu Bobby Briggs, ces derniers temps ? Il te guette toujours pendant les promenades.

Rebus ignora la pique.

— La prochaine fois, ce ne sera pas un pistolet à air comprimé, Darryl. Hanlon saura qu'il doit passer à la vitesse supérieure, surtout si tu as mis sa tête à prix.

— T'es ma mère ou quoi, putain ? le rembarra Christie, sa bonne humeur évaporée.

— Je dis juste que tu n'arriveras à rien en énervant Harrison.

— J'en suis pas si sûr. Peut-être bien que j'ai un ange gardien ou deux qui veillent sur moi.

— Des agents qui palpent tes dessous-de-table, tu veux dire ?

— En plus, en ce moment il y a une campagne de recrutement – ici et dehors. Si t'étais pas croulant, peut-être même que je t'aurais demandé.

— Ça alors, merci.

Christie fit la moue.

— Faut que je file – les affaires vont pas se faire toutes seules.

— Tu as mis qui aux commandes pendant que tu étais à l'isolement ?

La question trouva sa réponse lorsque Billy Groam surgit à côté de Christie et que ce dernier posa une main sur son épaule pour l'emmener avec lui.

Rebus retourna à sa lecture, mais la tête n'y était pas. Il était primordial de continuer à faire semblant que les agressions étaient l'œuvre de Shay Hanlon – à la fois pour protéger Chris Novak et parce que ça secouait Christie. Mais Everett Harrison ne resterait pas éternellement insensible à la provocation. Lui aussi finirait par gonfler à bloc le moral de ses troupes pour les préparer à un éventuel conflit. Certains resteraient sagement sur la touche, mais Rebus n'était pas de ceux-là.

— T'es encore coincé au milieu, John, marmonna-t-il, exactement comme dans la chanson de Gerry Rafferty...

Siobhan Clarke était au téléphone avec Howdenhall pour prendre des nouvelles de Tommy Simpson, mais on lui répondit que l'intéressé était déjà reparti.

— Il a jeté un œil à notre installation et il s'est marré, lui expliqua le technicien.

— Et donc il est où ?

— Chez lui. Jeff l'accompagne.

— Jeff, c'est votre informaticien ?

— Dès que Simpson lui a décrit son matos, il a eu des étoiles plein les yeux.

Clarke, un coude appuyé sur le bureau, se massait le front. Elle remarqua que Singh et Swinton avaient enfilé leurs manteaux. Swinton transportait le matériel d'enregistrement dans une caisse : Alexander Urquhart allait de nouveau avoir de la visite.

— Avez-vous le numéro de portable de Jeff ?

Clarke griffonna la réponse sur son carnet. Elle raccrocha et appela l'informaticien. Derrière lui retentissaient des explosions en fond sonore.

— Oui ?

— Jeff, ici l'inspectrice Clarke, de l'enquête sur Zak Campbell. Désolée d'interrompre votre partie...

Jeff tenta de camoufler le bruit tout en sifflant à Tommy Simpson de baisser le volume. Puis il colla de nouveau son téléphone à l'oreille.

— Il me montrait les capacités de son système d'exploitation, improvisa-t-il.

— Je crois savoir qu'il y a un sac de couchage dans le coin si vous pensez terminer tard.

— Désolé, finit-il par concéder d'un ton penaud.

— Passez-moi Tommy, vous voulez bien ?

Jeff expliqua qui était à l'autre bout du fil et passa la communication à Tommy, qui affirma aussitôt qu'ils étaient en plein travail.

— Tant mieux, lâcha Clarke d'une voix traînante. Donc, vous avez quoi pour moi ?

— Il n'y a pas grand-chose auquel vous n'ayez pas déjà eu accès.

— Eh bien, pour commencer, il y a l'identité de Valerio.

— Quelle que soit son identité, c'est un pro. J'aurais plus de chances de hacker le MI6. Rayon sécurité, il est beaucoup plus vigilant que Zak – qui a laissé des trous partout malgré les leçons que je lui ai données.

— Donc quelqu'un a pu découvrir qui était derrière ?

— Fastoche – il avait des avatars et plusieurs faux noms et adresses mail, mais qui ramènent tous à Zak Campbell.

— Donc notre ami anonyme Valerio aurait été en mesure de l'identifier ?

— Après quelques heures devant un écran, oui, clairement.

— Autre chose avant que je vous laisse retourner à votre *shoot'em up* ?

— Je montrais le traitement graphique à Jeff, c'est tout. Il enfile son blouson, il est prêt à partir. Je vous le repasse.

Mais Clarke avait déjà mis fin à la communication. Elle traversa la salle jusqu'au bureau d'Esson. Cette dernière brandit un index, le temps de finir de taper un message sur son téléphone. Le message envoyé, elle accorda toute son attention à Clarke.

— J'allais te proposer de te préparer une tasse d'eau chaude.

— Zéro tasse en vue la dernière fois que j'ai regardé.

— Je te jure, je vais en garder deux enfermées sous clé dans un tiroir de mon bureau.

Le téléphone d'Esson l'avertit de la réception d'un message.

— Encore Jason Mulgrew.

— Il veut savoir quand il va te voir ?

— Il veut encore un compte-rendu. C'est à se demander laquelle des deux enquêtes il dirige.

— Disons que la nôtre attire l'attention des médias – footballeur friqué, adolescentes…

— C'est sûr que la prison d'Édimbourg ne fait pas le poids. D'un autre côté, maintenant que Fox est hors-jeu, on est vraiment à court de personnel. Ça m'étonnerait que je reste ici encore très longtemps, commenta Esson en se laissant aller contre le dossier de sa chaise. Tu crois qu'on risque de se disperser ?

— Comment ça ?
— À remonter la trace de tous ces clients, à vérifier leur identité… Jasmine Andrews reste notre suspect numéro un, on est d'accord ? Sinon, pourquoi se serait-elle enfuie ?
— On n'a pas la certitude qu'elle s'est enfuie, nuança Clarke.
— Il s'est passé quoi, alors ? Elle se trouvait dans la maison à ce moment-là et l'assassin l'a embarquée avec lui ? Auquel cas on ne la retrouvera qu'une fois qu'on aura mis la main sur lui.
Esson retourna ces interrogations dans sa tête en tapotant son stylo contre le bord de son bureau.
— Ça pourrait devenir agaçant, à force, souligna Clarke.
Esson serra le stylo dans son poing.
— Je n'étais pas là au début, quand elle n'était encore qu'une personne disparue. Tu as parlé à ses parents et à ses camarades de classe ?
— Y compris son ex, qui habite la maison d'à côté.
— J'ai du mal à croire que personne ne savait dans quoi elle s'était embarquée.
— Quelqu'un a dit que Jasmine s'était soudain retrouvée pleine aux as, dit Clarke… C'était Carla ?
— Carla ?
— Sa besta. (Mais Clarke secouait la tête.) Non, je crois que c'était l'ex. Il s'appelle Craig.
Le stylo d'Esson avait transité jusqu'à la commissure de ses lèvres.
— Et alors, ce Craig ?
— Ils se sont séparés en bons termes, à l'initiative de Jasmine.
— Sans rancune ?
— Je crois qu'il est passé à autre chose.
— Donc elle n'est pas enfermée quelque part dans un placard ?
— Sans que ses parents s'en aperçoivent ?
— Jasmine a soudain de l'argent – on sait qui nous l'a appris, maintenant – et elle ne dit à personne, même pas à sa meilleure amie, d'où il vient ?
Clarke soupesa la question.
— Même si elle avait su, Carla n'aurait rien dit. Sur le moment, j'ai pensé qu'elle cachait peut-être quelque chose.
— Tu ne les as pas réinterrogés depuis la découverte du site web ?

— Non, avoua Clarke. Dans la mesure où personne d'autre de cet établissement scolaire n'apparaissait dans les registres de Campbell.

Elle croisa le regard d'Esson, plissa les yeux.

— Tu penses quoi ?

Esson fit mine de consulter l'heure sur son téléphone.

— C'est bientôt la fin des cours.

— C'est mieux de leur parler chez eux, non ?

— Oh, absolument. Les adolescentes parlent plus volontiers quand leurs darons sont dans les parages.

— Tu manies le sarcasme *et* le tapotement de stylo ? Quel combo, Christine.

Esson, un petit sourire en coin, enfilait déjà sa veste. Clarke avait regagné son bureau pour prendre son sac, son téléphone et ses clés.

— Tu n'es jamais là, se plaignit Cammy Colson quand elle passa devant lui.

Le reste de l'équipe se gardait bien de tout commentaire, mais les regards étaient éloquents – même venant de Gillian Reeves. Clarke savait les interpréter : on est coincés ici à se taper tout le boulot. Elle s'en alla non sans avoir gratifié la salle d'un geste régalien. Esson en rajouta une couche en faisant une révérence une fois arrivée à la porte.

22

Rebus était occupé à remettre des livres en rayon quand Megan Keighley apparut pour lui demander un service.

— J'espère que ce n'est pas maladroit de ma part, mais Jackie Simpson avait emprunté un DVD. Un de ces films de la série *Fast & Furious* avec Jason Statham. La liste d'attente est de plus en plus longue. Ce M. Statham est très en vogue.

— J'avoue n'avoir rien vu avec lui.

— Moi non plus, pourtant il a l'air de bien gagner sa vie.

— Vous voulez que je rapporte le DVD ?

— S'il est encore dans sa cellule.

Rebus réfléchit.

— Il y a de fortes chances pour que les techniciens de scène de crime l'aient emporté, mais aucune raison pour qu'ils le gardent. Je vais voir ce que je peux faire.

— C'est gentil de votre part, John. J'ai demandé à Mark Jamieson s'il l'avait, mais apparemment non.

Un nouveau groupe de détenus arriva, et Megan partit s'en occuper. Valerie Watts était d'astreinte. Elle gratifia Rebus d'un léger mouvement du menton, après quoi la vue de Rebus fut bloquée par Billy Groam qui s'intéressait à l'étagère voisine.

— La psychologie, Billy ?

— C'est ce qui est écrit sur la pancarte ? Je me disais que tu aurais peut-être envie de me causer.

— Je dois avouer que j'ai été surpris. Tu es un petit cachotier.

— Je suis arrivé ici au moment où un de ses gars sortait – j'imagine que ça a laissé un vide.

— Donc tu ne le connaissais pas d'avant la prison ?

Groam secoua la tête.

— Même si un de sa bande sortait boire des coups dans un pub où je bossais. (Il fronça les sourcils.) Je culpabilise un peu. Il y avait un type du nom de Jake Morris qui buvait des coups là-bas aussi. Il venait d'arriver en ville et il cherchait du taf, alors je lui ai présenté le gars de Darryl. En un rien de temps, il est monté en grade – jusqu'à ce que quelqu'un lui colle un flingue en pleine poire. Jake a pris la tangente.

— C'est quoi ton deal avec Darryl ?

— Tant que je suis ici, ma famille est prise en charge.

— Ta femme et un gamin, c'est ça ?

Groam acquiesça.

— Pour info, j'étais contre ta sortie de l'USR. Pour moi, t'allais amener que des problèmes. Mais Cafferty a toujours été une épine dans le pied de Darryl, et tu lui as arraché cette épine. Bien joué. Dommage que Darryl ait été enfermé ici quand c'est arrivé – ça a pas aidé à capitaliser sur la nouvelle.

— Il a l'air de très bien mener sa barque, tout bien considéré.

— Jusqu'à ce que Hanlon se pointe. Cette ville n'a pas assez d'oxygène pour eux deux, John, et l'équipe de Darryl à l'extérieur manque de gars doués aux bons endroits. Darryl n'a qu'une envie : étouffer la menace…

Groam attendit qu'un détenu passe son chemin.

— Même si ça implique de coopérer avec la flicaille, conclut-il.

— Dans ce cas, il devrait s'adresser à Malcolm Fox.

— Darryl n'est pas une balance, note bien.

— Dépêchez-vous, lança Valerie Watts. Un autre quartier est en route.

— Mais on vient à peine d'arriver ! se plaignit un détenu.

— C'était la pagaille dans l'emploi du temps, concéda Watts en guise de justification.

De son côté, Megan Keighley traitait les emprunts le plus vite possible.

— Il faut que j'aille aider, annonça Rebus.

— Tu parleras à Fox ? insista Groam. Tu as un téléphone, pas d'excuse.

Rebus regagna la borne d'accueil. Un nouveau groupe de détenus faisait son entrée. Tout au fond, une silhouette bousculait tout le monde et jouait des coudes pour remonter la file. Bobby Briggs avançait, les yeux exorbités, l'écume aux lèvres, toutes dents dehors. Rebus jeta un œil à droite et à gauche, mais il n'y avait pas d'issue. À peine eut-il le temps d'ouvrir la bouche que Briggs se jetait sur lui. Rebus tenta de se libérer, mais la poigne de son assaillant était brutale. D'une de ses grosses pattes il saisit Rebus par la nuque et propulsa son visage contre l'étagère la plus proche. Rebus sentit les larmes lui couler des yeux et le sang du nez. La main de Briggs glissa de sa nuque à sa gorge et se mit à serrer tandis qu'il lui soufflait son haleine aillée à l'oreille.

— Il est où Everett Harrison quand tu as besoin de lui, hein ?

Rebus sentait ses yeux sortir de leurs orbites, son cœur qui battait à se rompre dans ses oreilles. Un coup de poing le foudroya dans les reins. Il s'agrippa au poignet de Briggs, sans aucun effet. Briggs avait consommé de quoi lui donner la force d'exprimer toute sa rage. Rebus repensa soudain aux rixes de sa jeunesse. Bon sang, il s'était même mesuré à Big Ger Cafferty alors que le type était une vraie montagne. Il avait toujours été bagarreur, mais là, il n'avait pas affaire à une simple bagarre. Ça n'avait rien à voir. Il perçut des voix, celles qui aiguillaient Briggs, celles qui lui disaient d'arrêter. Mais Briggs avait dépassé le stade de la raison. La seule chose qui lui importait en cet instant était que Rebus passe de vie à trépas. La salle commença à scintiller à la périphérie de sa vision, les silhouettes devenaient fantomatiques.

Le poing que lui asséna Groam percuta Briggs sur la joue. Rebus eut l'impression d'entendre la mâchoire de son assaillant craquer. Il fallut un autre coup de même violence pour que Briggs relâche son emprise sur Rebus et se retourne vers son nouvel adversaire.

— Viens, fit Groam en fléchissant les genoux dans la posture du boxeur.

Entre-temps, Watts avait déclenché l'alarme et les renforts étaient en chemin.

— Ton pote Christie est un homme du passé ! hurla Briggs à Groam.

— Ça suffit ! aboya Watts. À moins que tu aies envie de goûter à l'isolement.

Briggs la dévisagea avec un sourire sans joie.

— C'est déjà plein à craquer, t'es pas au courant ?

Il se tournait de nouveau vers Rebus, poings serrés, quand Groam lui balança un uppercut. Briggs tomba en avant, K.-O. Rebus contempla la scène derrière l'éventail de ses doigts en coupe devant son nez, qui se maculaient de sang rouge vif. Il voyait encore trouble, mais il savait reconnaître un boxeur aguerri quand il en voyait un, et il se remémora Groam en route pour les douches après ses sessions au gymnase, son T-shirt trempé de sueur, cheveux dégoulinants. Ça lui revenait, à présent : il avait été videur, pas barman – un videur plein de fougue, d'ailleurs.

Un agent pénitentiaire vérifiait que Briggs respirait encore. Rebus risqua un coup d'œil vers Megan Keighley, en espérant que la scène ne l'avait pas traumatisée : la main sur son crucifix, les joues rouges tandis qu'elle reprenait son souffle à grandes bouffées d'air, elle avait l'air plus captivée qu'autre chose. Elle contemplait Billy Groam comme si elle le voyait pour la première fois. Dans l'intervalle, Watts avait rejoint Rebus et lui pinçait l'arête du nez entre le pouce et l'index. Quelqu'un leur tendit une boule de mouchoirs en papier.

— Ça pisse le sang, lança une voix.

On scinda en deux groupes les détenus pour les ramener dans le couloir. Le temps que l'infirmière arrive, Briggs avait repris conscience. Watts avait conseillé à Groam de ne pas rester dans ses pattes, mais de s'attendre à des répercussions. Il regagna la sortie sans que Briggs s'en aperçoive. L'infirmière demandait à ce dernier s'il avait pris des substances.

— Un mélange d'adrénaline et de connerie, marmonna Watts.

Rebus leva les yeux sur elle.

— Tu as parlé à Chris ?

Elle se contenta de hocher la tête sans un mot.

— Tout va bien entre vous ?

Haussement d'épaules.

Une deuxième infirmière était arrivée. Elle se dirigea sur Rebus.

— Laissez-moi voir ça, dit-elle en le prenant par le bras.

Avec l'aide d'un gardien, ils franchirent la courte distance qui les séparait du poste infirmier. Rebus prit place sur une chaise dans un des box, pendant que l'infirmière mettait des gants.

— Ma prostate va très bien, dit-il.

— À votre âge, j'en doute fortement.

Elle appuya légèrement sur son nez et lui fit ouvrir la bouche pour vérifier qu'il n'avait pas des dents cassées.

— Vous allez avoir des hématomes. Vos yeux vont sans doute gonfler.

— Je crois que l'ordonnance dans ce cas est un steak bien saignant.

— Pas trop par ici. Vous n'avez pas de fracture au nez et les dents ont l'air d'aller.

Elle se releva, le regarda.

— Vous en avez pour un jour. Comment ça s'est passé, à l'hôpital ?

— Bien.

— C'est marrant, ils m'ont raconté que vous n'étiez jamais arrivé à bon port. Que vous vous étiez senti mieux en chemin et que vous n'aviez pas voulu leur faire perdre du temps – bel esprit civique.

— Que voulez-vous que je vous dise ? fit Rebus avec un haussement d'épaules.

— Ne vous inquiétez pas, votre secret est bien gardé.

— Quel secret ?

— Vous avez intérêt à prier pour que Chris Novak ne l'apprenne jamais.

Rebus comprit enfin.

— Ce n'était pas…

Il s'avisa alors qu'un mensonge pourrait bien faire l'affaire.

— Merci beaucoup, dit-il à la place.

— Valerie est une brave fille. Peut-être un peu trop frivole par moments.

— C'est possible, oui, fit Rebus.

Il se leva, tremblant, tandis que l'infirmière retirait ses gants. Mais elle suspendit son geste.

— Vous voulez peut-être que je vérifie votre…, dit-elle en agitant un doigt.

— C'est très gentil, mais je crois que je vais décliner.

— Vous n'auriez pas dit non à Valerie aussi vite, si ?

Rebus se sentir rougir – véritablement rougir – tandis qu'il ouvrait la porte pour prendre la fuite.

23

Elles attendaient à la grille de l'établissement scolaire quand la cloche retentit, annonçant la fin des cours. Deux parents, venus chercher leurs enfants, patientaient dans leurs voitures respectives.

— Une Volvo et une Range Rover, commenta Esson. On pourrait les verbaliser parce qu'ils sont garés sur la double ligne jaune.

— Ce sont les gens qui paient notre salaire, lui rappela Clarke.

Un garçon et une fille sortirent en premier, chargés chacun d'un étui à violon et d'un sac à dos. De jeunes collégiens, songea Clarke, filiformes et gauches, encore loin de l'âge adulte. Les plus grands émergèrent à leur tour, avec leur démarche arrogante, les garçons désireux de se faire remarquer avec force claques en se courant après. Plusieurs avaient leur téléphone en main, qu'ils consultaient avidement. Certains avaient déjà du poil au menton. Les filles du même âge se racontaient des potins en position groupée, mais elles faisaient plus adultes.

— Tu arrives à te souvenir aussi loin ? demanda Esson avec un brin de nostalgie dans la voix.

— J'étais une bûcheuse. J'avais des amies, mais elles étaient comme moi. Les devoirs avant les petits amis. Les devoirs avant *tout*.

— Mon école était un ramassis de fêtards. Enfin, le parc derrière l'école, en tout cas. Il y avait même une espèce de forêt où on pouvait aller se planquer avec une bouteille ou un gars. Fallait faire gaffe aux sales types – il y avait toujours des pervers qui traînaient dans le coin. Je suis contente que tout ça soit derrière moi.

— La plus belle période de ta vie, Christine.

— Je sais. Quelle idée déprimante. Mais au moins, on n'avait pas à gérer internet – tel qu'il est aujourd'hui, je veux dire, plein de types comme Zak Campbell.

— La voilà, annonça Clarke en regardant par le pare-brise.

Carla était flanquée de la même amie qui était assise en cours à côté d'elle lors de la visite de Clarke – Stephanie ? Il y avait un garçon avec elles : Craig Fielding.

— C'est l'ex de Jasmine, expliqua Clarke. Il habite la maison voisine de la sienne.

— Il s'intéresse à qui – à Carla ou à sa copine ?

— À sa copine, je dirais.

— Elle est moins jolie. Enfin, c'est pas comme si c'était un beau gosse, lui non plus.

— Jasmine a vu quelque chose chez lui, même si son père ne l'apprécie pas des masses.

— Les pères et leurs filles, commenta Esson. On y va ?

Elles défirent leurs ceintures de sécurité à l'unisson, sortirent de la voiture et traversèrent la rue. Craig Fielding les aperçut le premier et marmonna quelque chose à l'attention des filles. Des collégiens commencèrent à imiter des bruits de sirène de police en faisant pin-pon – à l'évidence, ils étaient en cours quand Clarke était intervenue.

— Arrêtez-les ! hurla quelqu'un à bonne distance, provoquant des éclats de rire.

— Qui veut de la beuh ? plaisanta un autre.

Clarke se planta devant Carla, qui détourna les yeux.

— Tu t'appelles Stephanie, c'est bien ça ? demanda-t-elle à l'autre fille.

L'intéressée se tourna vers Carla pour lui demander conseil, mais son amie ne fut d'aucun secours.

— Vous n'êtes pas obligées de leur parler, affirma Craig Fielding dans un accès de bravade.

— Elles au moins, elles ne paniquent pas, Craig, rétorqua Clarke. Il vous a raconté qu'il a essayé d'échapper à une voiture de police ? Petit bêta, va.

Craig se dégonfla aussitôt et bougea nerveusement les pieds, les yeux plantés dans le bitume.

— Oui, je m'appelle Stephanie, répondit-elle.

— Enchantée. Tu permets qu'on ait un mot en tête à tête avec Carla ? Je suis sûre qu'elle te racontera tout.

— Et moi ? se plaignit Craig.

Clarke pivota vers lui.

— Tu es encore là ? lança-t-elle d'une voix incrédule.

Craig saisit la perche et s'en alla. D'autres garçons l'attendaient, impatients d'être mis au parfum. En les voyant, il redressa les épaules, prêt à donner le change.

— Je t'enverrai un SMS, dit Carla à Stephanie qui hocha la tête et s'éloigna à contrecœur.

— Allons nous asseoir dans la voiture, Carla, proposa Clarke.

Esson et elle la flanquèrent pour traverser la rue. Les pin-pon résonnaient de plus belle. Les portables braqués sur elles immortalisaient la scène. Clarke ouvrit la portière arrière et attendit que Carla ait pris place sur la banquette puis fit le tour de la voiture pour aller s'asseoir à côté d'elle. Esson comprit la manœuvre et s'assit sur le siège conducteur, parfaitement consciente de jouer les seconds couteaux dans la scène.

— Tu sais ce qui est intéressant, Carla ? attaqua Siobhan Clarke.

La fille resta les lèvres pincées, son sac à dos serré sur ses genoux, les mains agrippées à sa sangle.

— Ce qui est intéressant, pour moi en tout cas, continua Clarke, c'est que tu ne nous aies jamais demandé s'il y avait du nouveau ou ce qu'on faisait ici. C'est pourtant typiquement le genre de question que devrait se poser une amie, une amie qui n'est au courant de rien.

— Il y a du nouveau ? bafouilla Carla.

Clarke finit par sourire.

— Ça arrive un peu tard.

— Stephanie et Craig n'ont rien demandé, eux non plus.

— Mais là il est question de *toi*, Carla, l'amie la plus proche et la confidente de Jasmine, même si l'inverse n'était pas forcément vrai. Nous ne nous sommes pas vues depuis que la nouvelle du site web est tombée. Ça a dû te surprendre – ou peut-être pas ?

— Bien sûr que si.

— Jasmine n'a jamais rien dit, pas même une allusion ? C'est un sacré secret à garder, quand même.

Esson avait mis le contact et déplaçait le véhicule. Clarke comprit que les camarades de classe de Carla continuaient à filmer.

— On va au commissariat ? demanda Carla.

— On roule un peu, répondit Esson. On peut te déposer chez toi si tu veux ?

— D'accord pour rouler un peu, acquiesça Carla.

— Donc, quand tu as découvert ce que Jasmine faisait sur internet, continua Clarke, tu as dû penser la même chose que nous…

— Quoi ?

— Qu'elle l'avait tué et qu'elle s'était enfuie.

— Elle n'est pas…

Carla se tut et se mordilla la lèvre. Clarke se pencha vers elle.

— Tu sais où elle est, n'est-ce pas, Carla ?

La fille secoua la tête avec véhémence.

— Elle est suspectée de meurtre, et le restera jusqu'à ce qu'on la retrouve et qu'elle nous parle. Nous la retrouverons quoi qu'il arrive, d'ailleurs – personne ne reste caché indéfiniment. Mais le plus tôt on entendra sa version de l'histoire, le mieux ce sera.

— Elle n'a rien fait.

Carla avait parlé si bas que Clarke faillit ne pas entendre.

— Tu es sûre de ça ? Parce qu'elle te l'a dit ? Donc tu es en contact avec elle.

Elles s'étaient éloignées de quelques rues de l'établissement scolaire et Esson s'était de nouveau garée le long du trottoir pour suivre la suite de la conversation dans le rétroviseur central.

— Carla, continua Clarke d'une voix qui se voulait douce quand bien même elle se sentait électrisée. Pour que nous ayons la certitude de son innocence, il faut qu'elle-même nous le dise.

— Elle pourrait tout écrire, non ?

— Il faut qu'elle-même nous le dise, répéta Clarke. Elle n'a pas utilisé sa carte de crédit pour acheter à manger. On sait qu'elle a de l'argent liquide, mais ça impliquerait d'aller au magasin ou de payer une livraison. Cela fait des jours que sa photo circule partout – quelqu'un se serait manifesté s'il l'avait vue. Ce qui m'indique qu'elle fait profil bas, sous la protection d'une ou de plusieurs amies… Craig le sait ?

Carla eut un petit rire méprisant.

— Craig sait qu'il flashe sur Steph, à part ça…

— Et Jasmine en pense quoi ?

— Elle s'en fout. Craig et elle, ça n'a jamais été…

Elle se tut, consciente soudain d'en avoir trop dit.

— Je me sens pas bien.

Esson sortit de la voiture pour lui ouvrir la portière arrière. Clarke émergea à son tour, suivant des yeux Carla qui s'était penchée en dehors de la voiture : les mains appuyées sur les genoux, elle tentait d'avaler de grandes goulées d'air, secouée de haut-le-cœur. Au bout de quelques instants, elle plongea la main dans l'habitacle, sortit une bouteille d'eau de la poche de son sac à dos et but à petites gorgées.

— Ça va mieux ? demanda Clarke.

La fille hocha la tête, mais elle avait le front recouvert d'une pellicule de sueur.

— Je pourrais lui dire de vous contacter, proposa-t-elle en regardant Clarke.

— Tout ça, ça prend du temps, et elle risque de refuser. Tu es son amie, Carla, et elle te fait confiance, mais maintenant nous dépendons de toi, nous aussi. La fuite ne peut pas continuer indéfiniment. Il faut qu'on entende l'histoire de sa bouche. Après ça, tout sera beaucoup plus simple pour tout le monde. Qu'en penses-tu ? Je suis sûre qu'au fond de toi, tu sais que le moment est venu – vraiment.

Clarke pressa délicatement la main sur l'épaule de Carla. La fille la dévisagea sans ciller.

— Vous avez proposé de me déposer chez moi…

Clarke hocha la tête.

— Et après, on ira voir Jasmine, d'accord ?

Carla la regardait fixement. Quand la vérité la frappa de plein fouet, Clarke inspira brusquement.

— Elle est chez toi ? Depuis le début ? (La fille acquiesça lentement.) Comment tu l'as cachée à tes parents, Carla ?

— Vous verrez, dit-elle en remontant dans la voiture.

Elles firent la route jusqu'à une maison mitoyenne à Mayfield. Quand Esson s'immobilisa le long du trottoir, Clarke remarqua un véhicule garé là.

— C'est quoi, ce bordel ? grommela-t-elle.

Elle s'extirpa de la banquette arrière en faisant signe à Esson de rester auprès de Carla. Entre-temps, Fox était sorti de sa voiture, ses mains gantées nouées devant lui dans une posture de croque-mort.

— Mais bordel qu'est-ce qui se passe, Malcolm ?

Fox l'ignora, les yeux rivés sur sa voiture.

— C'est Carla ? J'aimerais bien lui toucher deux mots.

Il fit mine d'avancer, mais Clarke plaqua une main fermement contre sa poitrine.

— Je t'ai demandé ce que tu foutais là !

— Son père travaille pour Christie – je ne te l'ai pas dit ?

— Tu sais très bien que non.

— Eh bien c'est le cas, et jusqu'ici il faisait profil bas, mais il est de retour. Peut-être que Carla sait où je peux le trouver.

— Tu savais tout ça et tu l'as gardé pour toi, de même que tu as caché à Christine que tu connaissais Jackie Simpson ? Ça fait deux grosses lignes de franchies, mon gars.

Fox se pencha sur elle et brandit une main gantée dont le pouce et l'index se touchaient presque.

— Je suis à *ça*, Siobhan. À *ça*.

— Et on est quoi, pour toi, Malcolm ? Tes collègues, je veux dire – on est quoi dans ton merveilleux scénario ?

Il posa sur elle un regard dénué d'affect.

— Écarte-toi de mon chemin, Siobhan.

— Inspecteur Fox, dit-elle à mi-voix, si vous ne retournez pas dans votre véhicule et que vous ne quittez pas les lieux, je vous ferai arrêter.

Il étouffa un rire méprisant.

— Arrêter pour quoi ?

— Je trouverai quelque chose – obstruction, peut-être.

— T'oserais pas.

Mais le rictus s'effaça bien vite de son visage. Il était évident, en sondant son regard, qu'elle était sérieuse comme la mort. Pour enfoncer le clou, elle sortit son téléphone de sa veste.

— Tout de suite, ordonna-t-elle en le lui collant sous le nez.

Fox la gratifia d'une expression de dégoût avant de battre en retraite jusqu'à sa voiture. Il s'éloignait sur la route quand Esson et Carla sortirent sur le trottoir. Clarke dévisagea Carla.

— Comment va ton père ?

— Bien.

— Il était en déplacement, c'est ça ?

— Pendant quelques jours. Il est rentré.

— Mais il n'est pas à la maison en ce moment ?

Carla se contenta de hausser les épaules, si bien que Clarke l'invita à regagner la maison d'un geste. Carla les devança, déverrouilla la porte d'entrée et se manifesta une fois dans le vestibule. Personne ne répondit. L'intérieur bien ordonné était accueillant, aménagé partout de meubles Ikea et d'un portrait agrandi de la famille accroché au mur.

— C'est mon père qui a eu l'idée, expliqua-t-elle. Ma mère et moi, on déteste.

Elle retira son blazer et laissa tomber son sac à dos par terre. Clarke et Esson lui emboîtèrent le pas, passant le salon et la salle de séjour jusqu'à la cuisine. Elle avait l'air égarée, comme si elle avait des remords.

— On est là, maintenant, dit Clarke à voix basse.

Esson jeta un œil par la fenêtre sur un cabanon qui jouxtait le garage. Mais quelques secondes plus tard, Carla les ramenait dans le vestibule et commença à gravir les escaliers. Elle s'immobilisa sur le palier et appuya sur un interrupteur. Une portion du plafond s'ouvrit dans un bourdonnement électrique et une échelle en descendit.

— Mon père a tout vidé il y a plusieurs années pour que j'aie une salle de jeu.

Elle gravit les échelons, suivie par Clarke, puis Esson.

Le grenier avait été recouvert d'un plancher et le toit percé de grands Velux. Il y avait le chauffage et une épaisse moquette, ainsi qu'un canapé, une table de travail informatique, une console de jeux et un téléviseur. Les affiches arboraient des stars de la pop asiatique, comme dans la chambre de Jasmine. Clarke nota la présence d'un duvet drapé sur le canapé. Une corbeille à papiers débordait d'emballages de fast-food, de cannettes de boissons et de sachets de chips. Carla jeta un œil alentour sans rien dire, puis d'un regard sollicita l'aide de Clarke ; l'inspectrice s'éclaircit la voix.

— Jasmine, je m'appelle Siobhan. Je suis de la police et je suis ici pour t'aider, si tu veux bien.

Elles attendirent en retenant leur souffle. Puis il y eut un bruit derrière le canapé. Jasmine s'était glissée derrière le dossier et se relevait craintivement.

— Bonjour, Jasmine, dit Clarke avec un sourire aussi large que sincère.

Mais Jasmine dévisageait son amie. Et quand les larmes lui vinrent aux yeux, Carla éclata en sanglots à son tour.

24

Le spécialiste de la protection de l'enfance s'appelait Terence Hayes. Il avait pris place à côté de Jasmine dans la salle d'interrogatoire. Les parents attendaient dehors. Leurs retrouvailles avaient été chargées d'émotion, même si la colère couvait, à la fois chez le père et chez la mère. En arrivant à la BEP en compagnie de Jasmine, Clarke et Esson avaient trouvé le bureau en pleine effervescence. Clarke avait aussitôt mis en garde Gillian Reeves.

— On n'est pas au bout de nos peines. Que ce soit bien clair pour tout le monde.

Hayes avait demandé à passer quelques minutes en tête-à-tête avec Jasmine. L'inspecteur-chef avait proposé aux parents de patienter dans son bureau, arguant qu'il était « un tantinet plus confortable ». Clarke croisa son regard et acquiesça, l'idée étant de tenir Helena et James Andrews à l'écart.

Lorsque Hayes annonça qu'ils étaient prêts, Esson et Clarke entrèrent dans la salle d'interrogatoire et lancèrent l'enregistrement. Une fois débarrassée des autres préliminaires, Clarke prit le temps de se vider la tête. Elle ne s'était munie d'aucune paperasse. Esson, un stylo à bille à la main, avait déposé un petit carnet devant elle. Rien ne parviendrait à mettre Jasmine à l'aise, mais elles faisaient de leur mieux. La jeune fille s'était lavé les cheveux et avait revêtu des vêtements propres, qui lui donnaient un air gauche. Ils devaient être à Carla.

— Tu as réussi à rester cachée pendant très longtemps, commença Clarke. Ça n'a pas dû être simple.

— Carla s'est occupée de moi.

— Comment faisais-tu pour utiliser la salle de bains ?

— J'attendais que ses parents sortent.

— Pourquoi as-tu fait ça, Jasmine ?

— Me cacher, vous voulez dire ? Ou l'autre chose ?

Clarke déglutit avec difficulté, elle avait la gorge sèche.

— Quelle autre chose ?

— Laisser Zak me filmer.

Elle expira lentement.

— Comment l'as-tu rencontré ?

— Sur internet. Il aimait bien ce que Carla et moi on mettait sur TikTok. On a commencé à s'envoyer des messages sur Snapchat.

— Connaissais-tu son âge, à ce moment-là ? demanda Clarke.

Jasmine opina.

— La première fois que je suis allée chez lui, il a pris des photos dans le salon. Sur son téléphone, je veux dire, des photos de nous deux et puis de moi seulement. Il disait que j'étais comme une mannequin.

Elle leva le menton, mais le laissa retomber aussitôt.

— La deuxième fois que je suis allée chez lui, il était occupé dans son studio.

— Tu veux parler de la chambre d'amis ?

— Quand la fille est partie, il m'a tout expliqué. Puis il m'a montré les photos sur son site. Il disait qu'il y avait beaucoup d'argent à se faire. On a bu un verre, fumé une cigarette, mais il ne s'est rien passé d'autre. La troisième fois que je suis allée chez lui…

Sa voix resta en suspens. Elle prit le verre d'eau posé devant elle. Après une gorgée, elle poursuivit.

— Je ne voulais pas le décevoir.

Elle essuya la larme qui coulait sur sa joue avec la manche de son pull. Hayes lui tendit un paquet de mouchoirs, qu'elle accepta. La salle resta silencieuse, le temps que Jasmine soit prête à reprendre son récit.

— Et puis une fois, je me suis pointée chez lui… Il savait que j'arrivais, mais il n'a pas répondu. Je suis allée voir si la porte de derrière était ouverte, et je l'ai aperçu par la fenêtre de la cuisine… par terre, dans tout ce sang. J'ai flippé.

— Et tu t'es enfuie chez Carla ? demanda Clarke. Pourquoi pas chez toi ?

— Chez ma mère ? Non merci. Pour lui raconter ce que je faisais chez Zak ? Et puis de toute façon, on s'était disputées.

— Ah bon ?

— À cause d'elle et de Craig.

— Craig Fielding ?

— Elle ne supportait pas l'idée que je lui plaise. Elle lui tournait toujours autour, à essayer d'attirer son attention – à son âge. Mon père l'appelle *Mrs Robinson* – c'est une référence à un vieux film. Lui aussi, ça le rend fou. Et Craig est tombé dans le panneau, ce con.

Tout s'éclaircit d'un coup dans l'esprit de Clarke – Fielding qui demandait des nouvelles de la mère de Jasmine. Lui disait quelque chose comme *Helena doit être super inquiète*. Non seulement il était sincèrement préoccupé, mais il l'appelait par son prénom. Elle aurait dû s'en rendre compte. Et puis Craig qui se rendait à leur domicile après la disparition de Jasmine... Elle comprenait à présent pourquoi James Andrews avait agressé le jeune homme.

— Zak aurait rendu ma mère complètement folle, continua Jasmine. Ou alors mon père.

Elle s'interrompit et scruta les deux détectives tour à tour.

— Je ne pouvais quand même pas prévenir la police, si ? Vous alliez me demander ce que je faisais là. Et puis de toute façon, quelqu'un avait tué Zak – peut-être que j'étais sur la liste des suspects moi aussi. Carla me disait que j'étais bête de réagir comme ça, mais je m'étais déjà fait mon cocon chez elle. J'y étais plutôt pas mal.

Elle avait fini son verre d'eau et secoua la tête quand Hayes proposa de le remplir.

— Qui a tué Zak à ton avis, Jasmine ? demanda Clarke.

— Aucune idée.

— Connaissais-tu des utilisateurs de son site web ?

— Parlez pas de malheur.

— Donc le nom Valerio ne te dit rien ? C'est un client de Zak.

— Je connais le nom. Il... il m'a regardée quelques fois.

— Mais pas de réelle interaction, on est d'accord ? demanda Clarke, et Jasmine secoua la tête en signe de dénégation. Que peux-tu nous dire sur lui ?

— Il en voulait toujours plus... Zak était derrière la caméra et l'ordinateur. Il surveillait les échanges. Quand ça ne lui plaisait pas, je voyais qu'il secouait la tête. Valerio était prêt à payer, mais Zak refusait... Ce Valerio – il sera dans le carnet noir, non ?

Clarke plissa les yeux.

— Quel carnet noir ?

— Zak le gardait dans sa poche – de temps en temps il le sortait et il l'agitait en disant que ma tête exploserait si je savais qui était dedans. Il arrêtait pas de la ramener sur le sujet, mais je crois pas qu'il l'ait montré à quelqu'un d'autre.

Clarke regarda Esson : aucun carnet, noir ou autre, n'avait été retrouvé sur le corps de Zak Campbell, ni nulle part ailleurs.

— Tu as rencontré d'autres mannequins, n'est-ce pas ? demanda Esson.

— Zak organisait des fêtes. Je sais que certaines filles faisaient des plans à deux pour lui, mais moi je ne voulais pas et il ne m'a jamais forcée. C'était le truc, avec lui, il n'était pas insistant. On avait l'impression de décider… Mais c'était un connard, hein ? Un vrai salaud.

— Peut-être qu'une autre mannequin s'en était aperçue depuis longtemps ? suggéra Esson.

— Et l'a tué ? Je ne vois pas qui aurait pu faire ça.

— Mais tu t'es confiée à Carla, observa Clarke. Tu sais qui est son père ?

— Il est quasi jamais là. Je sais qu'après un verre il s'engueule avec la mère de Carla – à chaque fois.

Elle posa les yeux sur Clarke :

— C'est une sorte de gangster, c'est ça ?

— Penses-tu que Carla aurait pu lui parler de Zak ?

— Elle m'a promis de rien dire à personne.

— Et Marcus Simpson ? Il s'est disputé avec Zak, non ?

Jasmine haussa les épaules.

— Zak n'en a jamais parlé. J'ai rencontré Marcus une seule fois, je pense… Mes parents sont furax, c'est ça ?

— Tu veux que je leur explique les choses ?

La fille accepta d'un hochement de tête. Esson n'avait rien à ajouter. Hayes regarda tour à tour les deux détectives.

— On a terminé ?

— Pour le moment, mais il nous faut des empreintes et un prélèvement.

Une lueur de panique traversa le visage de Jasmine.

— Pas d'inquiétude à avoir, tenta de la rassurer Hayes.

Jasmine essuyait de nouvelles larmes quand ils se levèrent pour quitter la salle. Clarke crut savoir ce que la fille avait en tête et continuerait à avoir en tête pendant des mois, voire des années encore.

Le sol d'une cuisine.

Un corps sans vie.

Dans du sang, une véritable mare de sang...

Les journalistes s'étaient agglutinés devant le poste de police, si bien qu'on raccompagna Jasmine et ses parents à bord d'une camionnette banalisée munie de bancs à l'arrière, mais sans vitres. Esson les regarda partir en sifflant l'air de « Mrs Robinson ».

— Très subtil, fit Clarke en consultant son téléphone.

Elle avait une dizaine d'appels en absence et autant de messages de Laura Smith. Elle se rapprocha du bureau où Esson avait commencé à mettre Reeves et Colson au courant de la situation.

— Il faut demander à Carla si elle en a parlé à son père, dit-elle à ses collègues.

— Je peux m'en charger, proposa Esson.

— Et le fameux carnet noir ? demanda Reeves. Si le tueur l'a pris...

— C'était pour empêcher que quelqu'un d'autre mette la main dessus, acquiesça Clarke. Cela signifie aussi que celui qui l'a a accès à la liste de sextorsion. Il faut vérifier si quelqu'un a contacté les types comme Urquhart dans l'idée de relancer la combine.

— Tu penses que c'est pour ça que le carnet a été volé ?

— C'est une possibilité.

— Mais pas la plus évidente.

— Non, concéda Clarke.

Elle s'éloigna du groupe pour appeler Marcus Simpson.

— J'ai une question à vous poser, dit-elle lorsqu'il décrocha. Avez-vous déjà vu Zak avec un petit carnet noir ?

— Son machin, là ? Comme un espèce d'agenda ? Ouais, il l'avait toujours sur lui.

— Il a expliqué ce que c'était ?

— Il m'a dit que c'étaient des noms et des numéros de téléphone – même si je l'ai jamais vu l'ouvrir. Si ça se trouve, il y avait rien du tout dedans.

— Merci, dit Clarke en mettant fin à la communication.

Elle vit alors l'inspecteur-chef Carmichael qui se dirigeait vers elle.

— Eh bien, au moins ça se termine bien, dit-il.

— Peut-être.

En repensant à ce que Jasmine avait subi et à ce qui l'attendait chez elle, elle n'en était pas si sûre.

— Mais je suis ici pour vous donner un blâme – à vous et à Christine, annonça-t-il en croisant les bras. Le procureur n'est pas du tout content que vous ayez arraché une écolière en pleine rue pour la harceler de questions dans votre voiture.

— On avait deux ou trois petites choses anodines à lui demander – on n'a pas ressenti le besoin de passer par les canaux formels.

Clarke et Christine avaient amplement élaboré leur ligne de défense.

— Une fois détendue, Jasmine s'est confiée à nous, sans qu'on ait à la harceler de questions. À dire vrai, dans une salle d'interrogatoire, entourée d'adultes, je ne suis pas sûre qu'elle nous aurait dit grand-chose… Et puis ça nous a permis de retrouver Jasmine, saine et sauve, non ?

— Indéniablement.

— Donc le procureur n'est peut-être pas content, mais vous, Bryan ?

Carmichael se pencha vers elle et répondit à voix basse.

— Je suis aux anges, Siobhan – et je suis on ne peut plus fier de vous.

— Auquel cas, rebondit Clarke en jetant un œil par-delà l'épaule de son chef, vous pouvez me rendre un service.

— Ce que vous voulez.

Elle recula d'un pas et hocha le menton en direction de l'homme qui s'était encadré sur le seuil.

— Débarrassez-moi de ce fouineur.

Fox avait repéré Clarke et piquait droit sur elle.

— Il faut que je parle à Jasmine, exigea-t-il. Aux deux filles, même.

Clarke tendit la main vers son patron.

— Inspecteur-chef Carmichael, vous connaissez sans doute l'inspecteur Malcolm Fox ?

Fox détacha les yeux d'elle le temps de gratifier Carmichael d'un hochement de tête abrupt.

— Le COCT enquête sur les diverses opérations de Darryl Christie depuis des mois – beaucoup d'argent et d'heures y ont été consacrés. Le père de Carla fait partie du gang Christie ; il a récemment été pris pour cible par des individus non identifiés. Il nous faut des informations sur les commanditaires de cette attaque.

Ses paroles s'adressaient à Carmichael, pourtant son attention restait focalisée sur Clarke.

— Dans ce cas, allez parler au père, suggéra Carmichael.

— C'est un criminel, dit Fox en secouant la tête. Il y a peu de chances pour qu'il nous apprenne quoi que ce soit. Quand il était bien à l'abri, derrière les murs de son domicile, c'est là qu'il aurait pu se confier – et les deux filles ont très bien pu entendre quelque chose. Soit en surprenant une conversation entre des adultes, soit au téléphone, à moins qu'un autre membre du gang lui ait rendu visite...

— La question sera réglée en temps voulu, affirma froidement Carmichael. Pour l'heure, nous avons une enquête pour meurtre sur les bras, et Carla et Jasmine sont cruciales à nos recherches. Une fois que les choses se seront stabilisées...

Fox le foudroya du regard.

— Écoutez-vous parler, nom de Dieu ! Stabilisées ? L'Écosse est en train de prendre l'eau. Des quartiers entiers menacent de couler. J'ai tendance à penser que ça passe avant le meurtre d'un proxénète à la petite semaine !

Carmichael dévisagea Fox. Le silence entre les deux hommes s'étira.

— Votre patron à Gartcosh, c'est bien Phil Pratchett ?

— Le superintendant en chef Pratchett, confirma Fox.

— On se connaît depuis longtemps, Phil et moi – je suppose que vous avez sa bénédiction pour mener votre opération bélier ?

— Ça n'a rien d'une opération bélier, plaida Fox en remuant les pieds, les yeux plantés dans le sol.

— Est-il oui ou non au courant ?

— Dans une opération telle que celle-ci, les paramètres ont une propension à s'élargir inopinément.

— Vous-même ne comprenez pas un traître mot de ce que vous venez de dire – mais ça sonne bien.

Une rougeur grignotait le cou de Fox.

— Le mieux que vous puissiez faire dans l'immédiat, inspecteur Fox, est de retourner au COCT et de nous laisser faire notre travail sans interférence. Trouvez un autre moyen de vous attaquer à Christie et ses semblables – en y allant sans les gants, pourquoi pas.

Fox n'avait pas retiré ses gants de conduite. Il ferma le poing, les yeux sur Clarke.

— J'avais l'impression que c'était justement ce que j'étais en train de faire. Sans que mes soi-disant collègues de cette ville ne lèvent le petit doigt pour m'aider.

— J'ai hâte de lire votre plainte, dit Carmichael. Je ne voudrais surtout pas vous empêcher de la rédiger et de la déposer. Dans l'intervalle, je m'entretiendrai avec votre superintendant en chef. Bonne journée.

Il le congédia d'un grand geste de la main. Conscient que le bureau entier contemplait la scène, Fox eut un petit reniflement nerveux, tourna les talons et prit la porte.

— C'était bon pour vous, Siobhan ? demanda Carmichael quand Fox fut hors de vue.

— C'était parfait, je dirais.

— Nous pouvons donc nous atteler de nouveau à la résolution de notre enquête ?

— Absolument, monsieur, affirma Clarke. Avec plaisir.

Ce soir-là, après la fermeture des cellules, Rebus appela Christine Esson. Il eut bien du mal à déchiffrer les numéros avec ses yeux réduits à des fentes par la violence par son agression. Il se sentait pris de vertiges, et son rythme cardiaque refusait de ralentir. Sans Billy Groam, son chevalier en jogging étincelant, il aurait été foutu. Il savait aussi que Bobby Briggs n'allait pas en rester là, et qu'il devrait donc être encore plus vigilant que d'habitude, en restant sur ses gardes jusqu'à ce que l'un d'eux sorte de prison.

— Les nouvelles vont vite, lui répondit Esson à l'autre bout du fil.

— Quelles nouvelles ?

— Jasmine Andrews. Elle est rentrée chez elle.

— Je n'étais pas au courant.

— Tu appelles pour quoi, alors ?

— Il me faut le numéro de Fox.

— Je te l'ai déjà donné.
— Et je pensais l'avoir mémorisé – ça arrive.
— On a découvert que Jackie Simpson bossait pour Fox.
— Comment ça ?
— Avant d'être arrêté, il faisait le mouchard pour Fox. C'est à cause de lui qu'il a cambriolé le bar à ongles : pour que Fox ait une excuse pour entrer dans la boutique et trouver des indices incriminant Hanlon.
— Il a touché le gros lot.
— Sauf que Fox n'a pas pu empêcher l'incarcération de Simpson.
— Qui a fini à proximité dangereuse d'Everett Harrison, conclut Rebus avant de prendre un temps de réflexion. Pendant que j'y pense, si le labo en a fini avec le DVD de *Fast & Furious*, on peut espérer le récupérer ? J'ai dit à la bibliothécaire que je poserais la question.
— Je n'y vois pas d'inconvénient, mais ça risque de ne pas être dans les priorités.
— Pourquoi tu ne fêtes pas le retour de ta personne disparue ? demanda-t-il.
— Parce que le tueur de Zak Campbell est toujours dans la nature.
— Avec celui de Jack Simpson, lui rappela Rebus.
— Cela va sans dire.
— Je n'ai pas l'impression que ça avance beaucoup de ton côté.
— On est dans l'impasse, avoua-t-elle. J'espère que notre homme infiltré aura plus de chance.
— Votre homme infiltré est dans l'impasse lui aussi, Christine, dit-il en se tâtant l'arête du nez. Donc la fille disparue n'a pas tué le pornographe ?
— On ne pense pas.
— Ça réduit la liste des suspects.
— On se console comme on peut, John, fit Esson avant de réciter le numéro de téléphone de Fox et de mettre fin à la conversation.

Il eut tout autant de mal à numéroter la seconde fois. En plus de quoi, il ne lui restait que quinze pour cent de batterie.
— Qu'est-ce que vous voulez ? aboya Fox.

— J'appelle au nom du fonds commémoratif pour Jackie Simpson. J'ai pensé que vous pourriez avoir envie de faire un don conséquent.

— Vous êtes vraiment con, John.

— Et vous êtes encore à votre bureau, semblerait-il. Occupé à démolir d'autres vies, j'imagine ?

— J'ai fait ce que j'ai pu pour Jackie.

— C'est vrai, ce mensonge ? Parce qu'à mon avis, vous étiez aux anges quand il a fini dans le même quartier que Darryl Christie et Everett Harrison. Il faisait comment pour communiquer avec vous ?

— Dans les petits box qu'ils ont pour les appels vidéo.

Fox avait répondu du tac au tac tant il était fier de sa petite combine.

— Des membres du personnel étaient-ils au courant de ce qui se passait ?

— Officiellement, j'étais l'avocat de Jackie. Évidemment, le directeur était dans le secret, mais personne d'autre. Et vous avez raison – je suis encore au travail, plus déterminé que jamais à ce que justice soit faite pour Jackie.

— Eh bien j'ai du nouveau pour vous. Darryl Christie n'est pas tout à fait prêt à prendre la place d'un mort, mais il veut bien coopérer avec vous si ça peut entraîner la chute de Hanlon.

— Je ne suis pas certain que Hanlon ait quelque chose à voir avec ça, John – pas directement.

— Ah ? fit Rebus en se demandant si Fox avait débusqué Chris Novak.

— Je penche plutôt en faveur de Mickey Mason. Il est sorti du Bar-L il y a quelques semaines – le timing est presque parfait.

— Mason qui s'immisce à Édimbourg ? lança Rebus en priant pour que le soulagement ne perce pas dans sa voix.

— De mèche avec Hanlon. Songez-y : Hanlon a besoin de quelqu'un sur le terrain. Mason est copain avec Bobby Briggs. Briggs fait régulièrement la causette avec Harrison – c'est comme ça que les deux boss communiquent. À Glasgow, Mason a dealé plus de kétamine qu'une école vétérinaire – et en ce moment, Édimbourg en est inondée.

— Vous avez tout élucidé, Malcolm, dit Rebus d'une voix qui se voulait impressionnée.

Il était sur le point de s'interroger sur le fait que Mason aurait donc eu recours à un motard à l'accent de Liverpool, mais il ne voulait surtout pas que Fox en tire des conclusions autres que fausses.

— Donc vous surveillez Mason ?

— Pas encore. J'essaie de convaincre mon patron.

— S'il y a bien une personne qui en est capable, c'est vous.

— Peut-être que comme ça je n'aurai plus trop besoin de votre pote Darryl.

— Qui n'a pas l'air le moins du monde de se douter de l'implication de Mason.

— Pourvu que ça continue – j'aimerais mettre la main sur Mason avant que Christie fasse une bêtise.

— Je ne dirai rien, promit Rebus en appuyant timidement du doigt sur ses paupières enflées.

— Mais j'apprécie que vous vous donniez la peine de m'appeler.

— Je vous laisse retourner au turbin, Malcolm.

— Une dernière chose, John.

— Oui ?

— J'ai beau avoir Mason dans le collimateur, je n'exclus rien. Si ce n'est pas Mason, alors c'est Hanlon et si ce n'est pas Hanlon…

— Qui ? interrompit Rebus en sentant sa poitrine se comprimer.

— Pensez à tous les ennemis que s'est faits Christie. Quelqu'un a pu se dire que l'heure était venue de faire justice soi-même.

— Je ne suis pas certain de comprendre, dit Rebus qui ne comprenait que trop bien.

— Un loup solitaire, un individu qui avait une dent contre lui.

— Ça me paraît peu vraisemblable.

— Qui aurait eu besoin d'appui, évidemment – pour pister les hommes de Christie. Mais en glissant quelques billets aux bonnes personnes…

— Je ne sais pas, Malcolm, avec l'attitude qu'a Everett Harrison….

— Quelle attitude, au juste ?

— Comme s'il savait précisément ce qui se passe.

Il y eut un silence sur la ligne.

— Vous me cachez quelque chose, John – qu'est-ce que c'est ?

— Je vous dis tout ce que je sais.

— Et pourquoi donc, alors que vous m'avez toujours détesté ?

— Je me dis que vous courez le risque de vous embarquer dans une mauvaise direction.

— Ou alors dans la bonne direction, hein ? C'est ça qui vous inquiète ?

Rebus réfléchissait encore au bobard qu'il pouvait lui balancer quand il se rendit compte que Fox lui avait raccroché au nez. Il descendit de la cuvette des toilettes en étouffant un juron. Donc le directeur était au courant que Jackie Simpson rendait des comptes à Fox. Allongé sur son lit, les mains nouées derrière la nuque, Rebus médita la question pendant quelques minutes. Fox n'écartait pas la théorie du loup solitaire – laquelle, menée à sa conclusion, ferait tomber Darryl Christie sur la tête de Chris Novak. Dans le couloir, quelqu'un chantait derrière la porte de sa cellule. La mélodie ressemblait à *Hurt*. Rebus savait que Johnny Cash ne l'avait pas écrite, mais c'était la version de Cash qu'il aimait. Il récita les paroles en silence jusqu'à ce qu'un chœur de voix implorantes et furieuses fasse taire le chanteur.

De Folsom Prison à San Quentin à Saughton.

Un sacré voyage.

— Tu es en voiture ? demanda Fox à Jason Mulgrew quand la communication fut établie.

— J'ai promis un gin tonic à Christine. Tout va bien, Malcolm ?

— J'imagine qu'il n'y a rien de neuf à la prison ?

— À ton avis ? lâcha Mulgrew avec un soupir.

— Je peux te confier un secret ?

— Évidemment.

— Je suis allé au domicile de Carla – la meilleure amie de Jasmine. J'étais avec un collègue du COCT. On voulait parler au père de Carla. Il travaille pour Christie, mais quelqu'un l'a braqué avec un flingue, alors il s'est planqué. Mais voilà – pendant que la mère de Carla mentait comme une arracheuse de dents sur les déplacements du père, Jasmine était déjà à l'abri dans sa mansarde. C'est fou, non ?

— Tu ne pouvais pas le deviner – j'imagine que la mère n'en savait rien ?

— Comment veux-tu que je te réponde étant donné qu'on ne me laisse pas parler à Carla ?

— C'est Siobhan Clarke qui t'a dissuadé de le faire ?
— Elle a envoyé son boss faire le sale boulot à sa place.
— T'en penses quoi ?
— Les parents de Carla ont très bien pu laisser échapper quelque chose au cours d'une conversation. N'importe qui aurait pu les entendre. Que ça concerne Christie, le tireur, Harrison ou Hanlon…
— Voire le meurtre de Simpson, s'il y a un lien avec Christie.
— Voilà ce que je me dis, Jason. Si la demande d'audition avec les filles émanait de l'enquête sur Simpson…
— Tu penses que j'aurais plus de chances que toi ?
— On peut difficilement faire pire. Si tu veux soumettre l'idée à ton inspectrice-cheffe, histoire de voir ce qu'elle en pense.
— Tu es tenace, Malcolm, faut bien le reconnaître. Je salue Christine de ta part ?
— Vaut peut-être mieux ne pas parler de moi.
— Compris.
— Et Jason ? Uniquement des boissons non alcoolisées si tu prends le volant. C'est pas le moment de rater un alcootest…

Quand Mulgrew rentra dans le bar, Christine Esson était assise devant un verre de gin tonic. C'était son deuxième, mais il n'était pas censé le savoir. Une pinte, encore pleine de vie, l'attendait sur son sous-bock.
— Je croyais qu'on s'était mis d'accord et que c'était ma tournée, dit-il en s'installant à côté d'elle.
— Tu prendras la deuxième, contra-t-elle en se laissant aller contre son dossier avec un soupir.
— Ta journée a été excellente, dis-moi, fit-il en levant son verre pour porter un toast.
— J'ai eu de la chance que Carla meure d'envie de tout raconter à quelqu'un.
— C'est dingue qu'elles aient réussi à cacher Jasmine.
— Ça a sans doute aidé que le père ne soit pas dans les parages.
— Il travaille pour Darryl Christie, c'est bien ça ?
Esson hocha la tête avant de lever son verre.
— Tu vois, c'est intéressant du point de vue de Jackie Simpson.

Esson le dévisagea.

— Tu ne veux pas dire du point de vue de Darryl Christie, plutôt ? Tu ne serais pas en train de faire le boulot de Fox, Jason ?

— Simpson, c'est *notre* enquête, Christine – tu oublies peut-être ?

Elle décida de laisser couler. Jason but une gorgée de bière. Elle était persuadée qu'il ne viendrait pas à bout de sa pinte. La sécurité d'abord ; il fallait garder les idées claires – là encore, Fox était passé par là.

— Donc Jasmine est de retour parmi les siens, commenta-t-il. Mais rien ne laisse à penser que c'est elle qui a commis le meurtre ?

— Il y a un client du nom de Valerio. Ça serait pas mal de le coincer.

— Comme « valériane », la plante ? Ou Valerie Watts ?

— Ou une centaine d'autres permutations. Tu vois, l'opération de chantage de Zak Campbell a très bien pu se retourner contre lui. Il manque un calepin, une sorte d'agenda avec des noms et des coordonnées... En fait, on ne sait pas ce qu'il y a dedans, s'il y a quoi que ce soit, d'ailleurs.

Elle se laissa aller à une vague de découragement, qu'elle contra en avalant une gorgée de gin.

— Tu veux aller jusqu'au bout, hein ? demanda-t-il à mi-voix.

— Si Mae McGovern me l'autorise.

— J'en doute vraiment. Tu n'imagines pas la pression qu'elle subit.

— Elle et tous les flics de cette ville.

Mulgrew la dévisagea.

— Tu devrais aller au lit, Christine.

— D'autres femmes y verraient une tentative de drague.

Et voyant la réaction de Mulgrew :

— T'inquiète – je sais que ton style, c'est plutôt Zara Shah.

Il avait l'air sur le point de protester, mais Esson le coupa dans son élan, paume vers lui.

— Tu as raison. En entrant dans ce pub, j'avais l'intention de m'en siffler trois ou quatre, mais je crois que je vais en rester là. J'allais m'excuser, mais toi non plus, tu n'es pas d'humeur, hein ?

Ils posèrent tous les deux les yeux sur la pinte qu'il avait à peine touchée.

— Une autre fois, sergent Esson ?

— Une autre fois, inspecteur Mulgrew.

JOUR 7

25

Après le petit déjeuner, Rebus rendit visite à Everett Harrison dans sa cellule.

— Qu'est-ce que tu veux, Rocky ? gronda Harrison.

— Des éclaircissements. Tu savais qui était Jackie Simpson ? Pourquoi il était en taule ?

— Pour cambriolage, comme d'hab.

— Mais c'est dans ton bar à ongles qu'il est entré, celui avec la came dans l'arrière-boutique.

— Tu te fous de ma gueule.

Rebus secoua la tête.

— Tu ne le savais pas ?

— Non.

— Et si tu l'avais su ?

— Je lui aurais arraché la tête.

— Exactement.

— Mais je l'ai pas fait, fit Harrison en se grattant le menton. C'était une coïncidence ou quoi ?

— Pas du tout. La police savait que ton boss faisait du trafic dans le coin. Ils voulaient fouiller le local pour en avoir la preuve.

— Simpson travaillait pour quelqu'un de chez vous ? C'est ça que tu es en train de me dire ? Eh bien ils me feront pas tomber parce qu'il s'est fait buter – tu leur diras.

— Donc si c'est pas toi et pas non plus Novak…

— Qui a dit que c'était pas Novak ?

— Moi.

— T'es sûr de ça ?

Rebus hocha la tête.

— Une dernière chose. Ton boss est au courant que Darryl a mis sa tête à prix, récompense à la clé ?

— Ouais, c'est ça, ricana Harrison. Déjà que Christie a pas le bras assez long pour dépasser le boulevard périphérique, tu t'imagines qu'il a de l'influence à l'autre bout du monde ?

— Hanlon ne s'intéresse pas vraiment à Édimbourg, malgré le trafic de drogue qui t'a envoyé en taule.

— *À cause du trafic* qui m'a envoyé en taule, corrigea Harrison. Shay veut des villes avec un marché suffisamment grand pour justifier un coup de filet de temps en temps – en fin de compte, Édimbourg ne vaut pas le détour.

— Quand bien même, ça ne fait pas de mal de faire croire à Christie qu'il a de la concurrence.

— De toute évidence, il *a* de la concurrence. La preuve ? Le porte-flingue à moto. C'est des petits merdeux du coin, si tu veux mon avis. C'est à peu près le niveau de menace que mérite Darryl Christie.

Harrison se tut quand Kyle Jacobs apparut dans l'encadrement de la porte.

— Change de sweat, John, tu as de la visite.

— Il est populaire, notre Rocky, commenta Harrison tandis que Rebus s'en allait sous bonne escorte.

À son arrivée, Siobhan Clarke attendait à une table. D'autres détenus s'entretenaient avec leurs familles. Deux enfants s'occupaient dans le coin jeux. Rebus scruta le visage de chaque prisonnier. Il n'en connaissait aucun.

— Qu'est-ce qui t'est arrivé ? demanda Clarke en le dévisageant avec des yeux éberlués.

— J'ai glissé dans les escaliers. Tu te souviens du bon vieux temps quand des tas de suspects trébuchaient dans les escaliers entre les cellules et la salle d'interrogatoire ?

— Je n'étais pas encore là à l'époque, fort heureusement.

— Bref, qu'est-ce qui t'amène ?

Elle avait tourné la tête vers la porte.

— J'avais une surprise, mais maintenant…

Elle se leva et regagna la sortie, ouvrit la porte et passa de l'autre côté. Elle réapparut deux minutes plus tard en compagnie de Samantha. Les deux femmes prirent place face à lui.

— Qu'est-ce qui se passe ? voulut savoir Rebus.

— On a amené Carrie, expliqua Samantha en étudiant son visage tuméfié. Mais Siobhan a raison – pas possible de la laisser te voir dans cet état. Mais qu'est-ce que tu as foutu, papa ?

— Je me suis battu – t'aurais dû voir le mec en face.

Rebus essayait de regarder par la porte.

— Elle est où ?

— Un agent est avec elle.

— Je devrais peut-être la rejoindre ? suggéra Clarke en agitant la main vers la sortie.

Samantha la remercia avec un signe de tête reconnaissant. Père et fille la regardèrent quitter les lieux.

— Tu es en beauté, comme toujours.

Il voyait bien qu'elle avait fait un effort, tout en sachant qu'une prison n'était pas le lieu pour un défilé de mode : elle arborait des vêtements neufs d'une teinte pâle.

— Comment va Carrie ?

— Tu lui manques.

— Et Brillo ?

— Pareil, même s'il est raide dingue de ta petite-fille.

— Tu sais que je ne veux pas qu'elle me voie ici. Parce que après elle ne pourra plus jamais se défaire de cette image – tu comprends ?

— Tu restes son grand-père. Ça ne changera pas.

Elle lui tendit une feuille sur laquelle Carrie avait dessiné Brillo et sa mère.

— Elle est douée, dit Rebus.

— Absolument. Elle adore les galeries d'art.

Il hocha la tête en direction de la porte qu'avait empruntée Clarke.

— C'était son idée ou la tienne ?

— C'était d'un commun accord, répondit Samantha avant de tendre le bras par-dessus la table pour serrer la main de son père dans la sienne. Elle a vraiment envie de te voir, et rien de tout ça ne lui ferait peur.

D'un grand geste elle désigna la salle :

— Peut-être une fois que ton visage aura guéri, tu veux bien ?

— Peut-être, concéda Rebus.

— Tu veux boire quelque chose ou grignoter un bout ? demanda-t-elle en levant le menton en direction des rangées de distributeurs.

— Un verre de Highland Park avec un doigt d'eau. (Puis secouant la tête.) Non, merci.

— Tu as des nouvelles de tes avocats ?

Autre dénégation.

— Ces salauds m'évitent. Si tu veux bien m'aider à penser à autre chose, parle-moi plutôt de toi et de Carrie...

Samantha prit la parole et Rebus sentit un poids se soulever de ses épaules. Quand il ne resta plus que cinq minutes de temps de visite, Clarke revint dans la salle et demanda à s'entretenir rapidement avec « le paternel. » Après une dernière embrassade, Samantha regagna la sortie. Clarke s'assit face à lui.

— J'ai déconné, John, je suis désolée. Ça partait vraiment d'une bonne intention.

— Qu'est-ce que tu as dit à Carrie ?

— Que tu n'étais pas cent pour cent en forme mais que tu allais te remettre sur pied et qu'elle te verrait à ce moment-là. Ça va ?

— Ouais, peut-être.

— Au fait, j'ai oublié de te dire – Christine t'informe que le labo en a terminé avec le boîtier du DVD, donc ils l'ont renvoyé.

— Le boîtier ? Sans DVD à l'intérieur ?

— Seulement le boîtier.

— Quelqu'un a chourré un film avec Jason Statham ?

— Ma foi, il a la cote.

— C'est ce que tout le monde me dit. (Il leva les yeux sur elle.) Beau travail pour Jasmine.

— Je ne suis pas sûre que ça nous mette sur la piste de l'assassin de Zak. On a du mal à identifier un pseudo : Valerio.

— Comme la chanson ?

Elle lui épela le nom.

Rebus approuva d'un mouvement de la tête.

— *The Great Valerio* – l'histoire d'un funambule. C'est une chanson de Richard et Linda Thompson. Ne me dis pas que tu ne connais pas l'album *Bright Lights* ?

— C'est aussi l'enseigne d'un coiffeur et d'une friterie – dans un cas comme dans l'autre, ça ne fait pas avancer le schmilblick.

— Tu veux que je te la chante ?

— Quel dommage que le temps de visite soit écoulé, dit-elle en souriant.

Ils se levèrent et Rebus la serra brièvement dans ses bras. Elle recula pour scruter son visage.

— Tu n'es pas en colère ?

— Je suis tout le temps en colère, Siobhan – ça entretient la flamme.

— Tu es trop vieux pour te bagarrer, John.

— C'était plutôt une attaque surprise. La prochaine fois, je serai prêt.

— Cette fameuse pelle devient de plus en plus indispensable.

— Tu devrais peut-être commander une masse à la place.

— Que je ferais entrer en douce sous le manteau ?

— Et pourquoi pas.

— Marché conclu.

Après une autre accolade, elle s'en fut.

Sur le chemin du retour, Jacobs avait manifestement envie de parler. Rebus resta mutique jusqu'à ce que l'agent comprenne le message. Une fois dans sa cellule, il décida de se risquer à passer un coup de fil en pleine journée, en croisant les doigts pour que la batterie tienne. Il connaissait le numéro par cœur. À l'autre bout, la secrétaire lui répondit que son avocat n'était pas disponible et qu'il convenait de rappeler ultérieurement.

— Puis-je transmettre un message ? s'enquit-elle.

— Certainement, répondit Rebus. Je veux sortir d'ici dès que possible, et avant ce sera encore mieux. Donc si votre grosse feignasse de patron voulait bien exhumer mon dossier des tiroirs pour le remettre sur le devant de la scène, j'en serais très reconnaissant. Après tout, c'est pour ça que je vous paie… Vous voulez que je répète ?

— J'ai saisi l'idée.

— C'est bien ce que je pensais.

Il mit fin à la communication. Le niveau de la batterie avait encore baissé. Plutôt crever que de demander une recharge à Christie. Il y aurait un prix à payer, et quel qu'il soit, il serait beaucoup trop élevé.

*

* *

Clarke était assise à son bureau devant les paroles de la chanson affichées sur l'écran de son ordinateur quand son téléphone vibra : Jason Mulgrew.

— Qu'est-ce que je peux faire pour toi, Jason ? demanda-t-elle en se pinçant l'arête du nez.

— Je venais aux nouvelles, Siobhan. Christine ne va pas tarder à être rappelée au bercail, mais j'espère bien que tu pourras continuer à nous tenir au courant.

— Quand bien même il n'y a aucun lien entre mon enquête et la tienne ?

— Je pense qu'on peut s'accorder sur le fait qu'il y a des bribes de lien.

— Je garderai ça à l'esprit. Comment va Fox, d'ailleurs ? J'imagine qu'il reste en contact avec Gartcosh ?

— C'est un professionnel, Siobhan. Je comprends que Christine et toi puissiez avoir une autre idée de lui, mais on a tous le même objectif.

— Un petit conseil, Jason. Malcolm Fox est ton allié tant que tu as quelque chose qu'il convoite. Il t'a caché des informations cruciales concernant ton enquête parce qu'il déteste partager. Tout ce qu'il fait, c'est pour lui seul et personne d'autre. Pour moi, c'est tout sauf un professionnel.

— Sauf que ton jugement n'est pas exactement objectif, si ?

— Parce que j'ai refusé de jouer le rôle de sa protégée ? Tu me prends vraiment pour quelqu'un d'aussi mesquin ?

— Ce n'est pas ce que je suis en train de dire.

— Écoute, j'ai dit ce que j'avais à dire. Tu es un grand garçon, et si tu as envie de danser avec lui, fais-toi plaisir. Mais ce sera à son rythme, sur sa musique et lui seul décidera quand ça s'arrête.

— C'est pas trop mon truc, la danse… Tu nous tiendras au courant des avancées ? À défaut, si tu ne le fais pas pour moi, fais-le pour Christine.

— Au revoir, Jason, dit Clarke.

Après avoir raccroché, elle téléchargea la chanson sur son téléphone et sortit ses écouteurs du tiroir de son bureau. Elle les mit et appuya sur Lecture.

*
* *

En se glissant derrière Clarke, Esson s'avisa que sa collègue avait ses écouteurs et lisait une sorte de poème sur son ordinateur. Clarke retira un écouteur en s'apercevant qu'elle avait de la compagnie.

— C'est une chanson de Richard et Linda Thompson. Valerio est funambule dans un cirque.

Elle tendit son écouteur à Esson et remit la chanson depuis le début pour qu'elles puissent étudier les paroles.

— M. Thompson était dans un groupe appelé Fairport Convention. Il joue encore, Linda aussi. Le couple s'est séparé il y a un moment.

— Je suis sûre que Jason en a parlé. Il adore ce genre de musique folk. Je lui ai dit que Rebus et lui étaient faits pour s'entendre.

— C'est John qui m'a mis sur la piste de cette chanson.

Esson poursuivait la lecture des paroles.

— Donc il a un filet de sécurité, dont il n'a pas franchement besoin tant il est doué, et tout le monde en bas se dévisse le cou pour l'admirer. C'est censé nous faire avancer ?

— Je sais pas trop. Jason vient de m'appeler – j'aurais dû lui parler de la chanson.

— Il voulait quoi ?

— Être tenu au courant, surtout à partir du moment où tu seras à Gayfield Square.

— Nom de Dieu, il ne renonce jamais.

— Ce serait pas un as de l'informatique, par hasard ?

Esson réfléchit.

— Si, tu as raison.

Clarke la regarda.

— Je plaisantais.

— Naturellement.

Esson finit par se relever et rejoindre son bureau comme si elle marchait sur une corde raide. Elle resta assise pendant un long moment, indifférente à l'effervescence autour d'elle, à songer à la complainte de la chanson et la musique que Mulgrew écoutait dans sa voiture ; à la manière qu'il avait eue de remettre son ordinateur en marche en quelques frappes sur le clavier. Il avait fait la même chose pour Zara Shah, qu'il avait impressionnée avec sa maîtrise du jargon informatique.

Valerio : le funambule...

Et puis il y avait son attitude sur la scène de crime, à oublier de mettre sa capuche de protection avant d'entrer dans la cuisine, ajoutant ce faisant une contamination potentielle au lieu. Jason, lui si méticuleux et attentif, toujours préparé, qui faisait tout bien – sauf cette fois-là, et Haj Atwal l'avait vertement réprimandé.

Valerio : si différent de la foule en contrebas...

Elle se remémora son agacement quand il n'avait pas été détaché sur le meurtre de Campbell, son insistance pour qu'elle le tienne informé des dernières avancées.

Et quand elle lui avait soumis le nom de Valerio, il était resté impassible. Pourtant il aurait dû reconnaître le nom, comme Rebus...

Non. Mais non. Bah. Elle secoua la tête comme pour nettoyer le tableau.

Elle tenta de se remettre au travail, mais impossible de se concentrer. Elle changea de braquet et sortit les images des caméras de surveillance des routes principales menant au quartier résidentiel de Zak Campbell. Une équipe les avait déjà épluchées en répertoriant les marques de véhicules ainsi que toutes les plaques minéralogiques lisibles à l'écran.

Il lui fallut dix minutes à peine pour débusquer l'Audi grise de Jason, captée par une caméra à huit cents mètres du domicile de Campbell le soir du meurtre. Elle tapota son stylo sur le rebord de son bureau jusqu'à ce que le regard de ses collègues interrompe son geste. Elle avait affiché les paroles de *The Great Valerio* pour pouvoir les étudier de son côté. Puis elle avait cherché les musiciens sur Google. Wikipedia l'avait menée à la scène musicale des années soixante et soixante-dix, qui regorgeait d'artistes dont Jason avait parlé ou dont il passait les chansons dans son bureau ou sa voiture. Quand son téléphone sonna, le nom de Jason s'afficha. Elle faillit l'ignorer, puis finit par céder.

Tu déraillles, se dit-elle. Tu bosses trop, tu t'imagines des choses...

— Salut, Jason, dit-elle en se rendant compte à quel point son intonation joyeuse sonnait faux.

— Tu as pris des euphorisants ou quoi, Christine ?

— J'essaie de positiver. Tu es à Gayfield ?
— Je viens d'arriver à la prison, dit-il. Je suis avec Zara.
— Encore des auditions ?
— Il faut persévérer.
— Qui est sur la sellette aujourd'hui ?
— Everett Harrison.
— Je suis étonnée que Fox n'ait pas kidnappé Zara pour prendre sa place.
— Tu es dure.
— Mais juste, tu verras. Tu penses que Harrison va lâcher quelque chose ?
— Pas vraiment, concéda-t-il.
— Eh bien, tu meurs sans doute d'envie d'être au courant, mais sache qu'il ne se passe pas grand-chose ici non plus.
— En fait, je t'appelle pour te dire que notre boss veut que tu reviennes ici fissa. Les hauts gradés se sont aperçus qu'on fonctionnait en effectifs réduits et ça ne leur a pas trop plu.
Elle attendit qu'il lui annonce qu'il venait de parler à Siobhan, mais il n'en fit rien.
— Ce n'était qu'une question de temps, conclut-il à la place.
— Certes, acquiesça-t-elle.
— Donc je peux confirmer à Mae que tu fais tes valises ?
— Absolument. Merci, Jason.
— On se voit bientôt, Christine.
Esson contempla son téléphone. Le regard lancé par Pete Swinton lui fit comprendre qu'elle avait recommencé à taper avec son stylo. Elle sourit d'un air navré et se leva pour enfiler sa veste. Jason était à la prison. Il y resterait sans doute un bon moment. Comme elle regagnait la sortie, Clarke lui demanda où elle allait.
— Il faut que j'aille vérifier un truc, répondit Esson. J'en ai pas pour longtemps.

Le trajet jusqu'à Gayfield Square était court, même si les incontournables travaux routiers n'aidaient pas la circulation en ville. Esson se gara au parking et regagna le bâtiment à grands pas, direction la suite du CID. Elle tomba sur Paul Allbright, ce qui changeait un peu, et sur Jack Tilley, qui semblait avoir survécu à son dernier épisode de Covid.

— Tiens, une revenante, fit Tilley en guise de salutation.

— Je pourrais dire la même chose, Jack.

— Merci pour la carte de prompt rétablissement.

— Celle que je n'ai pas envoyée ?

— Je suis certain que le cœur y était.

Elle tourna son attention vers Allbright.

— Les dents, ça va, Paul ?

— Bien, ouais, mais je vais finir par croire que mon dentiste a une dent contre moi.

— On me l'avait jamais faite, celle-là.

— Jason fait passer d'autres auditions à la prison, l'informa Tilley. Il est parti avec Zara – tu crois qu'il y a un truc entre eux ?

— Venant de l'inspecteur Mulgrew, je m'attends à tout.

Les deux hommes la dévisagèrent.

— Tout va bien, Christine ? demanda Allbright.

— Ça va. C'est juste que les histoires d'amour au travail, ça finit jamais bien, si ?

Elle s'assit à son bureau, retira sa veste et déposa son sac par terre à côté d'elle. Quelques instants plus tard, elle fit mine de chercher dans sa paperasse. Ne trouvant rien, elle s'attaqua au bureau de Mulgrew. Les tiroirs, en désordre, n'étaient pas fermés à clé, mais elle n'y trouva rien d'intéressant. Tilley lui demanda ce qu'elle avait perdu.

— Rien d'important, fit-elle.

Mais elle chercha une dernière fois avant de retourner à son bureau et de se carrer sur sa chaise, la tête entre les mains, le regard dans le vide.

— J'ai de l'ibuprofène, si tu veux, proposa Allbright.

Esson secoua la tête avec lenteur.

— Vous me mettez au parfum ? finit-elle par demander d'une voix qui se voulait enthousiaste.

— On se raccroche vraiment à ce qu'on peut, affirma Allbright. On parle à des gens qu'on a déjà vus. On se replonge dans les rapports du labo, les comptes-rendus d'autopsie, les images des caméras de surveillance. À moins que quelqu'un se mette à parler, on est foutus.

— C'était quoi l'histoire du DVD ? demanda Tilley.

— La bibliothécaire voulait le récupérer, expliqua Esson.

— Parce que rien ne se perd dans une prison, c'est ça ?

— Rien à part un film avec Jason Statham, répondit Esson avec un faible sourire.

Elle resta en leur compagnie le temps de partager une boisson chaude. Tilley l'interrogea sur le dossier Campbell et la réapparition soudaine de Jasmine Andrews.

— Pas de véritable lien avec Marcus Simpson, alors ? lança Mae McGovern en entrant dans la salle les bras croisés.

Esson secoua la tête.

— Eh bien, ravie de votre retour parmi nous à plein temps, Christine.

— Il faut encore que je débarrasse mon bureau à St Leonard's.

— Ça prendra cinq minutes.

— Plus vite ce sera fait, plus vite je pourrai reconcentrer mes énergies.

— Un peu d'énergie, ça serait pas du luxe, acquiesça McGovern en regardant Allbright et Tilley qui faisaient semblant d'être absorbés par l'écran de leur ordinateur.

McGovern poussa un soupir théâtral et consulta son bracelet-montre.

— Allez, filez, Christine. Soyez de retour dans l'heure – et pour de bon, cette fois-ci.

— Compris, dit Esson en rassemblant ses affaires.

Elle arrivait à hauteur de sa voiture quand un klaxon retentit. Un instant plus tard, Siobhan Clarke émergeait de son véhicule et traversait le parking dans sa direction.

— Comment tu as su que je serais ici ? s'étonna Esson.

— Parce qu'on est comme cul et chemise, toi et moi. Et puis je t'ai observée avant de partir. Ça cogitait à fond. Vas-y, je t'écoute pour le topo.

Elles retournèrent à la voiture de Clarke. Deux bouteilles d'eau les attendaient à l'avant. Clarke en tendit une à Esson puis déboucha la deuxième. Esson prit la parole sans se presser. Elle voulait éviter de passer pour une folle.

Les goûts musicaux.

La maîtrise de l'outil informatique.

Le prétexte pour que son ADN soit sur la scène du crime.

Les bandes de vidéosurveillance de la circulation.

Son agacement quand il n'avait pas été détaché sur l'enquête – là où il avait la certitude de pouvoir faire barrage en cours de route.

— Et pour couronner le tout, conclut-elle, j'ai un drôle de pressentiment qui me dit que ça se tient.

Elle avala une gorgée d'eau et revissa le bouchon.

— OK, fit Clarke en étirant les deux syllabes dans l'habitacle silencieux. Mais tu peux pas... je veux dire, c'est une sacrée accusation.

— Il m'a téléphoné juste avant que je vienne ici, continua Esson. Sans dire qu'il t'avait contactée une demi-heure plus tôt. Ce type cache des choses, Siobhan – des choses le concernant. Pas étonnant que Fox soit tombé sous le charme.

— Et ça n'a aucun rapport avec ça ?

— Avec quoi ?

— Le fait que Fox t'a volé ton partenaire et qu'il lui a farci la tête avec des promesses en l'air.

— Absolument pas.

Clarke scruta son visage, puis tourna son attention vers les fenêtres du bureau de la BEP.

— Tu cherchais des preuve de son implication.

Une affirmation plus qu'une question.

— Jason est occupé à Saughton, alors j'ai pris la balle au bond.

— Mais sans rien trouver ? Il est au courant pour le carnet ?

— Il se peut que j'en aie parlé hier soir, avoua Esson.

— Hier soir ?

— Il a voulu me retrouver autour d'un verre.

Clarke fixait toujours les fenêtres.

— Eh bien, si Valerio c'est lui, le carnet aura été détruit – auquel cas, dis-moi comment on va faire pour établir un lien solide ?

Esson dut se contenter d'un haussement d'épaules.

— Et le cousin de Marcus ? Il n'a toujours pas réussi à identifier Valerio ?

— Il a l'air plus doué pour concevoir des coffres-forts que pour les ouvrir.

Elles restèrent un instant en silence, concentrées sur leurs bouteilles d'eau, à l'affût d'options.

— L'instinct, ça suffit plus de nos jours, lâcha Clarke. Avant, on aurait pu lui coller un autre crime sur le dos et l'envoyer en taule sans plus de cérémonie.

Esson esquissa un sourire.

— Tu veux parler du pieux parjure ? C'est ce que John Rebus aurait fait.

Elle se tourna vers Clarke.

— Pourquoi ne pas remettre au goût du jour une vénérable tradition du CID ?

Clarke s'apprêtait à formuler une réponse quand une Audi grise se glissa dans le parking et l'ultime place laissée vacante. Zara Shah occupait le siège passager avec un petit air satisfait, comme si elle venait de gagner quelque chose – ce quelque chose étant Jason Mulgrew.

Esson était sortie du véhicule de Clarke, et cette dernière la suivait de quelques pas. En sortant de l'Audi, Shah l'aperçut et la gratifia d'un grand sourire.

— Salut, toi, dit-elle. Ravie de te revoir.

Elle allait fermer la portière quand Esson la retint.

— Tu veux bien attendre une minute, Zara ? J'ai un mot à dire à Jason.

Shah la regarda d'un air interrogateur, mais finit par hocher la tête. Esson prit place dans l'habitacle et ferma la portière derrière elle. Clarke s'était postée à côté de Shah et les deux femmes étaient visibles depuis le siège conducteur. Mulgrew, sur le point de sortir, se rassit et ferma sa portière.

— C'est quoi, ce comité d'accueil, Christine ? C'est pas comme si Harrison allait nous aider à résoudre l'affaire.

Lorsqu'il posa les yeux sur Esson, qui le toisa en silence, son attitude décontractée changea.

— Dis-moi que tu n'es pas Valerio, dit-elle d'un ton ferme.

— Quoi ?

— Quand j'ai mentionné ce nom, tu m'as ignorée, pourtant c'est une chanson d'un de tes groupes préférés – pourquoi ce n'est pas la première chose qui t'est venue à l'esprit ?

— Valerio ?

— Richard et Linda Thompson. C'est comme ça que tu te perçois, Jason – sur ta corde raide loin au-dessus du monde ? Et dans ce cas, est-ce que je ne viens pas de te retirer ton filet de sécurité ?

Il partit d'un rire bref, mais son regard s'était voilé tandis qu'il tentait de déterminer quel masque revêtir. Shah s'était approchée de la vitre côté passager et demanda ce qui se passait. Esson profita de la distraction pour ouvrir la boîte à gants. Elle était vide. La main gauche de Mulgrew était appuyée sur l'accoudoir de la console centrale. Elle tenta de la retirer, mais en vain, et se pencha en avant pour planter ses dents dans son poignet.

— Putain ! hurla-t-il en retirant sa main.

Elle ouvrit la console et en retira le petit carnet noir glissé à l'intérieur. Jason la saisit par le poignet et serra de toutes ses forces.

— Rends-moi ça, salope !

Esson entrouvrit suffisamment sa portière pour pouvoir jeter le calepin à l'extérieur. Mulgrew précipita sa main à sa gorge, mais relâcha son étreinte en voyant Clarke se pencher pour ramasser, puis ouvrir, le carnet noir. Il mit le contact, prêt à s'enfuir avec Esson à bord.

— C'est moi ou le carnet, Jason, lui dit-elle en haletant bruyamment. Tu ne peux pas avoir les deux.

Jason se ravisa et coupa le moteur. Le temps qu'il sorte de sa voiture pour s'avancer à grands pas vers Clarke et Shah, Esson avait rejoint ses collègues. Mulgrew s'immobilisa devant les trois femmes, main tendue. Puis il regarda par-delà l'épaule d'Esson et aperçut McGovern qui sortait du bâtiment d'un air intrigué. Un étage plus haut, Allbright et Tilley avaient le nez collé à la vitre.

— Tu l'as, ton public, Valerio, dit Esson.

Mulgrew avait l'air au bord de l'explosion. Il chercha des yeux le carnet noir, mais il avait disparu. Clarke l'avait dissimulé dans ses habits.

— Jason ? demanda McGovern.

Mais il l'ignora, hurla un cri à la face du monde entier, retourna dans sa voiture, claqua la portière et démarra en trombe dans un crissement de pneus.

— Il faut lancer un signalement, dit Esson à sa patronne en tentant de maîtriser le tremblement dans sa voix. Alerte à tous les véhicules concernant une Audi grise, conduite par le suspect du meurtre de Zak Campbell. Pas armé mais potentiellement dangereux.

Voyant la mine incrédule de McGovern :

— Faites-moi confiance, cheffe.

Le ton péremptoire d'Esson et l'attitude de Siobhan Clarke finirent de convaincre McGovern.

Zara Shah, bouche bée, regardait fixement la sortie du parking. Esson lui étreignit l'épaule – *ça ne finit jamais bien* – et les devança jusqu'à l'entrée du bâtiment, prête à exposer sa théorie à l'inspectrice-cheffe McGovern. Clarke était au téléphone avec son patron, mais elle réussit à capter le regard d'Esson le temps de la gratifier d'un hochement de la tête : beau travail.

Une affaire rondement menée...

26

C'est avec surprise que Rebus découvrit Megan Keighley sur le seuil de sa cellule. Il avait bien entendu quelques sifflets mais il les croyait destinés à la télé ou à quelque nouvelle agente pénitentiaire. Jacobs, qui avait escorté la bibliothécaire jusqu'à la porte de Rebus, lançait des regards noirs en direction des siffleurs. Les détenus, loin de se démonter, commençaient déjà à défiler devant l'entrée, en reluquant Keighley dans son dos.

— Megan, dit Rebus en se levant de son lit.

La femme jetait un œil à l'intérieur.

— C'est bien rangé chez vous.

— Disons que c'est spartiate.

Elle lui sourit.

— Je passais voir comment vous alliez depuis hier.

— Je survis, répondit-il.

— Ça a l'air douloureux, dit-elle en examinant son visage.

— J'ai connu pire… Au fait, j'ai de mauvaises nouvelles concernant votre film – le laboratoire de la police n'a plus que le boîtier du DVD.

— Oh.

Elle jeta un œil par-dessus son épaule à la cellule de Jackie Simpson. Elle était déverrouillée depuis qu'elle avait été repeinte. Rebus avait appris que deux flics s'y étaient rendus pendant qu'il était dans la salle des visites. Ils avaient donné le feu vert pour qu'elle soit remise en circulation.

— Le DVD n'a pas pu rester dans le lecteur ? demanda-t-elle.

— On n'a pas de lecteur en tant que tel, expliqua Rebus en désignant le téléviseur fixé au mur. Il y a une fente à l'arrière pour lire les DVD. La Scientifique n'est pas négligente à ce point.

— La Scientifique ?

— L'équipe technique dépêchée sur une scène de crime, expliqua Rebus.

Elle hocha la tête en signe de compréhension. Pendant ce temps, les prisonniers défilaient l'air de rien, Jacobs ayant renoncé à les tenir à distance.

— Jolie, dit l'un d'eux une fois à bonne distance de la porte. Je dirais carrément pas non...

— Vous êtes dispensé de vos tâches à la bibliothèque, annonça Keighley à Rebus. Si vous ne vous sentez pas d'attaque, je veux dire.

— Je me sens bien, Megan. C'est le type qui s'en est pris à moi que vous ne reverrez pas de sitôt.

— Tant mieux.

Elle remarqua la photo posée sur son lit, qu'il était occupé à regarder à son arrivée.

— C'est votre famille ?

— Ma fille et ma petite-fille.

Elle inclina la tête sur le côté.

— Quel beau duo. Vous leur avez transmis le goût de la lecture ?

— Je n'en suis pas certain, mais ma petite-fille a la fibre artistique, dit-il en dépliant le dessin de Carrie.

— Impressionnant. Vous allez le coller au mur ?

— Et gâcher toute l'esthétique ? déclama-t-il en faisant mine de contempler la cellule nue.

— Vous n'aimez pas trop vous livrer, n'est-ce pas, John ?

Il répondit d'un haussement d'épaules.

— Combien de temps avant que les hématomes se résorbent ?

— Vous ne trouvez pas que je suis séduisant en Jabba le Hutt ?

— Je ne vous aurais jamais pris pour un fan de *La Guerre des étoiles*.

— J'ai vu le DVD à la bibliothèque.

Elle sourit, puis se ravisa.

— Cet homme avait l'intention de vous tuer, n'est-ce pas ?

— Je crois, oui.

— Et puis Billy Groam s'est interposé.

Elle caressait son crucifix du bout des doigts.

— Il est dans la cellule voisine ? Billy, je veux dire ?

— Pour l'instant, il est au gymnase, pour autant que je sache.

Son visage se rembrunit imperceptiblement.

— Eh bien, je vous dis à bientôt à la bibliothèque.

— Merci beaucoup pour votre visite, Megan.

Jacobs la raccompagna, talonné par une file de détenus. Rebus se rallongea. Il ne pensait pas accrocher le dessin de Carrie au mur. Il le garderait dissimulé, à côté de la photographie. Il tourna la tête vers la porte. Le spectacle terminé, le silence était retombé. Deux jeunes détenus passèrent en sous-vêtements dans un claquement de tongs, en chemin pour les douches. Rebus songea au téléphone caché dans les canalisations. Les prisons regorgeaient de cachettes. De cachettes et de secrets. Il se remémora l'arrivée des techniciens d'Haj Atwal. Ils avaient dû en examiner, des scènes de crime, mais peut-être jamais d'aussi intimidantes, étranges et déconcertantes qu'une prison. Les cris émanant des cellules fermées à double tour ; les portes et les grilles qu'il fallait ouvrir puis refermer tandis qu'ils s'enfonçaient depuis le bureau d'accueil. Les contrôles d'identité, les détecteurs. Les agents et la sensation insidieuse de claustrophobie, les odeurs, l'atmosphère, un monde secret qui leur était résolument étranger.

Pas étonnant qu'une poignée de techniciens aient eu l'air effrayés, incapables de se concentrer sur leur tâche. Pressés de lever le camp.

La Scientifique n'est pas négligente à ce point...

Et si...

Et si, pour une fois, elle l'avait été ?

Un nouvel arrivant se découpa dans l'encadrement de la porte : son voisin, Billy Groam, fraîchement sorti de son entraînement, la peau luisante de transpiration.

— Je crois que notre libraire craque sur moi, dit-il. Elle a rougi en passant devant moi. Tu crois que je pourrais bosser là-bas ?

— Plutôt t'envoyer à la potence.

— Ça ne se fait plus, les pendaisons, John.

— La paix est rompue entre ton boss et Harrison ?

— Je n'irais pas jusque-là.

— Mais plus aucun gars de Darryl n'a été pris pour cible à l'extérieur, si ?

Groam secoua la tête.

— Et Jake Morris est de retour en ville. Qu'il arrive à faire oublier la honte de sa fuite est une autre affaire... Tu sais que sa fille est amie avec la gamine qui a disparu ? Apparemment, elle la cachait chez Jake à son insu.

— Il ne donne pas l'impression d'être le plus finaud de la bande.

— Il est pas trop mal, Jake, mais je suis pas sûr qu'il soit taillé pour cette vie.

— Cette vie à laquelle tu l'as introduit, lui rappela Rebus.

L'expression de Groam se durcit.

— On se verra à la bibliothèque, John. Je crois que je vais devenir un habitué. Mais ne compte pas sur moi pour y être systématiquement en même temps que ce cinglé.

Une fois Groam parti, Rebus attendit deux minutes avant de se lever et de sortir de sa cellule. Il remontait le couloir quand Valerie Watts l'intercepta.

— On sort faire un petit tour, John ?

— La bibliothèque a perdu un DVD. C'est Jackie Simpson qui l'avait emprunté en dernier. Je me demande si le disque n'y est pas encore.

— Mais la cellule a été fouillée de fond en comble.

— À l'intérieur de la télé, expliqua-t-il. Dans la fente à l'arrière.

Watts réfléchit un instant avant de hocher la tête.

— Allons voir.

Elle l'accompagna jusqu'à la cellule. Ils restèrent un instant à humer l'odeur de peinture fraîche, les yeux rivés sur l'emplacement où Jackie Simpson avait vécu ses derniers instants sur terre. Puis Rebus s'avança vers la télé, l'alluma et appuya sur Éjecter. Il y eut un bref vrombissement, puis plus rien.

— Le lecteur est vide, constata Watts.

Rebus tenta de jeter un œil par la fente.

— Non, le DVD est dedans. Mais on dirait…

Il plissa ses yeux gonflés.

— On dirait quoi, John ? demanda-t-elle comme il se redressait.

— On dirait bien qu'un des techniciens de Haj Atwal va se prendre un scud, conclut Rebus en la regardant fixement. On ferait mieux de ressortir. Et toi d'appeler la BEP.

Elle fronça les sourcils et se glissa devant lui pour aller jeter un œil dans la fente du lecteur.

Sans attendre, Rebus s'en retourna dans sa cellule. Il tira sa chaise et s'assit, coudes plantés sur la table. Pendant cinq bonnes minutes, il resta immobile. Lorsqu'il ressortit dans le couloir, il constata que la cellule de Simpson était de nouveau verrouillée et que Watts se tenait à proximité, son talkie-walkie pressé contre ses lèvres pour parler à voix basse.

Il s'installa à une table, suivit une partie de billard, puis une autre, les joueurs ravis du retour des queues. Watts gérait la situation en vraie pro, sans rien laisser paraître. Aucun des détenus n'avait fait attention à la fermeture de la porte ou à la conversation que Watts devait avoir avec le directeur. Quelqu'un tendit une queue de billard à Rebus, qui déclina. Le Sorcier était assis à quelques mètres et l'étudiait comme s'il le voyait pour la première fois. Un autre détenu, probablement défoncé, faisait les cent pas en comptant. Rebus se joignit au mouvement en le talonnant de quelques pas. À un moment donné, il s'arrêta, figé net, obligeant les autres à le contourner. Il passa la paume de sa main sur son visage.

— Oui, se dit-il en se remettant à marcher – cette fois en direction de la cellule du Sorcier.

Mark Jamieson était assis au bureau et faisait une partie de solitaire avec un jeu de cartes couvert de graisse.

— Y'a pas de roi ni de dame de carreau, dit-il à Rebus. Ils ont dû finir en toncar.

— Je peux te montrer quelque chose, Mark ?

Jamie leva les yeux de son jeu.

— Quoi ?

Sans un mot, Rebus fit signe au jeune homme de le suivre dans le couloir.

— Je vais mal restituer la citation, mais elle vient d'une histoire de Sherlock Holmes, je crois. Savais-tu que Conan Doyle est né ici même à Édimbourg ? Il en est parti dès qu'il a pu, note bien.

— Qu'est-ce que tu racontes ?

— La citation a quelque chose à voir avec le fait de démêler le possible de l'impossible. Après ça, même si la solution semble improbable, c'est forcément la vérité.

— Tu as fumé ou quoi, John ? demanda Jamieson.

Rebus secoua la tête et indiqua la cellule de Jackie Simpson d'un mouvement de la tête, que l'on déverrouillait de nouveau en présence du directeur et de deux détectives inconnus de Rebus. Il attendait la réaction de Jamieson quand une main atterrit lourdement sur son épaule. Darryl Christie se tenait derrière eux.

— Un mot, John, s'il te plaît, dit-il d'une voix intraitable sous ses dehors calmes.

— Qu'est-ce qui se passe, Darryl ? balbutia Jamieson qui pâlissait à vue d'œil.

— Tu fermes ta gueule, Mark, voilà ce qui se passe. J'ai le numéro du meilleur avocat de la défense de tout le pays. Tout va bien se passer et on s'occupe de ta mère – n'oublie pas.

Christie éloigna Rebus.

— Sa mère ? répéta ce dernier.

— Sclérose en plaques – elle a besoin d'aide dans tous les sens, et c'est pas donné.

— C'était ça, le deal ? Ça a dû être facile de le convaincre, étant donné que tu contrôles le robinet de ses fix. Défoncé à l'œil, c'est ça ?

Rebus se tut. Ils étaient arrivés devant un mur nu entre les cellules et l'espace de loisirs.

— Mais pourquoi Simpson ?

Christie jeta un œil alentour pour s'assurer qu'ils étaient seuls.

— Tu devines pas ?

— Parce que Novak serait le suspect le plus évident, et que tu en avais après lui. Autrement dit, tu n'avais absolument rien contre Jackie ?

— On appelle ça un dommage collatéral, énonça Christie en regardant Rebus d'un œil étincelant.

La folie était de retour, tapie comme toujours en surface, comme quand il avait abattu un homme, comme quand il avait failli retourner l'arme contre Rebus.

— Novak est un emmerdeur. J'ai bien aimé le voir suer.

Rebus ravala l'envie de lui rétorquer que Novak se révélait être un emmerdeur bien plus conséquent que Christie pouvait se l'imaginer.

— Pourquoi ne pas demander à Samms de s'en charger ?

Christie fit la grimace.

— Samms bosse pas pour moi. Je n'ai plus besoin de faire ça, maintenant. Un drone peut livrer précisément à la fenêtre de ton choix. Mais Novak veut des caméras sur les murs extérieurs, qui filment le ciel plutôt que le sol.

Il secoua la tête d'un air grave :

— Très mauvais pour les affaires.

— Billy Groam n'a jamais entendu le bruit d'une porte qu'on déverrouillait ? Ça aussi, c'était pour lancer une fausse piste ?

Christie lui adressa lentement un clin d'œil.

Rebus se tourna vers la cellule du meurtre.

— La vérité va éclater, Darryl.

— Pas si Mark fait ce qu'on lui dit. Tout ce qu'ils savent, là, c'est le *comment*.

— Ils monteront un dossier, qu'il parle ou non. Tu as volé la vie d'un homme – il faut que justice soit faite.

— Écoute-toi un peu ! Regarde où tu es ! Tu penses t'y prendre comment ?

Christie éclata de rire, un rire brutal et sonore qui fit sortir le directeur de la cellule de Simpson. Christie leva la main en signe d'excuse.

— Tu sais très bien que je vais tout leur dire, affirma Rebus.

— Fais donc. Je peux t'aider à monter sur le toit, si tu veux – tu pourras le crier de là-haut, pour le bien que ça fera. Bienvenue dans le monde réel – et t'as même pas eu à choisir de pilule.

Il marqua une pause, le temps de se pencher davantage vers Rebus.

— Tu te souviens de ton arrivée ici ? Je t'ai dit que je pouvais t'avoir ce que tu voulais. J'espérais que tu allais accepter. Tu sais pourquoi ? Pour avoir le *contrôle*. L'idée de te contrôler me fascinait. Je pourrais m'en servir pour faire disparaître les murs de la prison.

— Désolé de t'avoir déçu.

— Tu me déçois rarement, John.

Christie regarda la cellule de Jackie Simpson.

— Même si tu es parfois plein de surprises… Pas toutes agréables, et certaines lourdes de conséquences.

— Comment ça ?

Mais Christie avait tourné les talons et s'éloignait déjà. Il prit la queue de billard qu'on lui tendait et se mit en posture de tir.

Fox était chez lui dans le quartier d'Oxgangs. Il avait terminé de dîner, et se reposait sur son canapé quand il reçut l'appel de Londres. Il l'attendait autant qu'il le redoutait. Il s'arma de courage et décrocha.

— SO15 ne dort jamais, dit-il.

— Donc, après tout ça, démarra Thomas Glaze d'une voix traînante, ce serait une simple dispute entre détenus. Tu nous as affolés pour rien, Malcolm. Je pense pouvoir dire qu'on a un peu l'impression de s'être fait avoir par notre collègue au nord de la frontière.

— Arrête, tu vas me faire pleurer, Tommy.

— Je ne suis pas certain d'apprécier ce ton, Malcolm.

— Je me suis donné un mal de chien sur cette affaire. J'ai tenu des collègues à l'écart, je leur ai servi des mensonges, tout ça pour protéger notre opération. J'ai envoyé un type en prison, où il a trouvé la mort, nom de Dieu.

— Un bon détective obtient des résultats – les efforts inutiles le sont souvent à cause d'erreurs d'évaluation.

— Facile à dire, quand on est assis dans un bureau pépère à Londres pendant que les autres risquent leur vie. C'est moi qui dois ramasser les morceaux.

— Je crois savoir que les bureaux de Gartcosh sont assez pépères aussi, inspecteur Fox. Tu ne devrais pas trop t'éloigner du tien – tu n'es pas très doué pour le reste, le *vrai* boulot de policier.

— Écoute-moi, espèce de petit…

Mais Glaze avait déjà raccroché.

Fox entra dans la cuisine d'un pas lourd, où il fit les cent pas : il avait déjà oublié ce qui l'amenait là. Il remplit la bouilloire et attendit, le temps que sa colère retombe. Puis il se rendit compte qu'il avait oublié de mettre la bouilloire en marche. À la place, il sortit une canette d'Appletiser du frigo et la décapsula.

— Cette bande de putains de merdeux, marmonna-t-il en retournant dans le salon où son téléphone sonnait de nouveau.

Cette fois ce n'était pas Glaze, mais le patron de Fox.

Là encore, ce n'était pas totalement inattendu, même s'il avait espéré repousser le conversation au lendemain matin.

— Bonsoir, monsieur, dit-il en s'asseyant au bord du canapé.

— Jason Mulgrew, Malcolm ? attaqua Pratchett sans autre forme de cérémonie. L'agent qui d'après vous était prêt pour une promotion à la police des polices ou au Crime organisé ?

— C'est un grand choc pour tout le monde, monsieur.

Pratchett ignora sa réponse.

— Voilà deux fois que vous échouez, soit deux fois de plus que ce que je peux tolérer. Et dire que certains parmi nous pensaient que vous pourriez être prêt pour monter d'un échelon…

Fox ferma les yeux.

— J'imagine que cette éventualité fait l'objet d'une réévaluation ?

— Dans la mesure où vous pouvez lui dire adieu, oui.

— Et ma suggestion de surveiller Mickey Mason ?

— Fondée sur la fameuse fiabilité de vos instincts ? Aucune chance. Vous avez deux fautes en votre défaveur, Malcolm. Il n'en faudra pas forcément une troisième pour vous renvoyer.

Fox se laissa aller à un sourire sombre. Où avait-il déjà entendu cette chanson ? Réponse : Siobhan Clarke. Faute numéro un : garder secret son lien avec Jackie Simpson. Faute numéro deux : ne pas mentionner son intérêt pour le père de Carla ou pour qui Jake Morris bossait.

— Je me demandais si l'on pouvait reprendre la conversation demain matin, monsieur, pour m'éviter des mots que je pourrais regretter ?

La ligne resta silencieuse.

— Si vous avez quelque chose à dire, dites-le, finit par dire Pratchett.

Fox regarda l'écran de télévision noir devant lui, et son reflet dedans.

— Je crois que j'en ai marre – marre du travail ingrat et des coupes budgétaires, marre de la suffisance de ceux qui occupent le haut du panier et qui seraient infoutus de mettre la main sur leur cul sans lumière, et marre de ces bandes de cons finis qui m'entourent, au premier rang desquels vous vous posez, espèce de branleur… Avec le respect que je vous dois, monsieur.

Cette fois-ci, la ligne resta silencieuse pendant longtemps. Fox vérifia même qu'elle n'avait pas été coupée.

— Je peux vous promettre que personne à Gartcosh ne fera d'entrave à votre démission, inspecteur Fox.

Un tremblement, léger mais perceptible, secouait la voix de Pratchett. Ainsi donc, pensa Fox, je t'ai enfin atteint.

— Nombreux seront les gens soulagés de vous voir partir, continua Pratchett, avec vos instincts défaillants et vos combines grotesques. À commencer par moi. Au revoir, Malcolm – et bonne chance.

Fox éteignit son téléphone et le jeta à l'autre bout de la pièce.

— Salut la compagnie, murmura-t-il en gratifiant son reflet d'un sourire triste.

Ce soir-là, étendu sur son lit, les yeux au plafond, Rebus passa en revue tout ce qu'il savait. Mark Jamieson avait été interrogé sous serment en présence d'un avocat. L'interrogatoire avait eu lieu dans le bureau du directeur, après quoi le jeune homme avait été emmené à l'USR. Rebus avait essayé d'appeler Esson pour lui dire de transférer Jamieson dans une cellule de Gayfield Square, ou de St Leonard's – ou *n'importe où ailleurs* – mais son appel était tombé directement sur la messagerie. Il avait demandé à parler au directeur, pour s'entendre dire que Tennent était débordé. Jamieson devait trembler dans sa cellule, sous le choc. Avait-il du matos caché sur lui ? Très probable. De quoi émousser la douleur, mais pas de quoi tenir très longtemps.

Un DVD, cassé en deux pour obtenir un bord déchiqueté. Jackie Simpson endormi, vulnérable, qui ne se doute de rien. Mark se serait déshabillé de sorte à ne pas maculer ses vêtements de sang pendant l'agression. Il se serait lavé, séché, laissant du sang sur la serviette, mais on lui aurait dit quoi en faire : la fourrer dans la bouche du mort, ce qui expliquait son état. Il aurait rincé le DVD avant de le glisser dans la fente du lecteur. Après quoi, il ne lui restait plus qu'à se rhabiller et à grimper sur sa couchette, avant d'avaler une dose plus conséquente que d'habitude – une dose bienvenue. Pour finir, il se serait tapé la tête contre le mur plusieurs fois d'affilée – la douleur atténuée, les blessures indispensables – avant d'attendre de tomber dans les vapes. L'histoire de son dîner drogué était une énième fausse piste. L'idée était de détourner l'attention de la cellule et du compagnon de cellule. Pour la braquer sur les agents pénitentiaires, à commencer par Chris Novak.

Rien de tout cela n'était pour Mark, bien évidemment, ni même pour sa mère malade. Ce n'était là que pour satisfaire la soif de Darryl Christie, qui en sortirait indemne, même si Jamieson passait aux aveux.

De toute façon, ça n'arriverait jamais. Au fond de ses tripes, Rebus le savait.

Le lendemain, il l'apprit au petit déjeuner. Mark Jamieson avait fait une overdose pendant la nuit. Billy Groam se pencha vers Rebus, qui n'avait pas touché à son plateau.

— Il n'était pas censé survivre la première fois, chuchota-t-il. Le gamin était plus coriace qu'il en avait l'air.

Rebus se leva d'un bond, les yeux fixés sur la silhouette de Darryl Christie, assis deux tables plus loin. La cuiller à mi-chemin de sa bouche, il regardait Rebus.

— Ils ne te laisseront pas approcher à un moins d'un mètre, John, le mit en garde Groam. Pose ton cul et tiens-toi tranquille.

Il avait raison, Rebus le savait. Il se rassit et empoigna sa cuiller, qu'il serra fort.

APRÈS

27

L'équipe de juristes qui entourait Jason Mulgrew estimait que le dossier pouvait s'épargner le tribunal. Ils avaient des déclarations des constables Allbright et Tilley selon lesquelles la sergente Christine Esson avait fouillé le bureau de son collègue sans mandat. Pareil pour son véhicule. Son téléphone portable et son ordinateur avaient des traces de suppressions, mais la BEP n'avait toujours pas trouvé de compte bancaire ayant reçu une somme d'argent en faveur de Zak Campbell. À chaque audition enregistrée, Mulgrew répétait les mêmes mots : « Sans commentaire. » Ses avocats convenaient qu'on avait fort bien pu trouver des échantillons de ses cheveux dans la cuisine de Campbell, puisque leur client avait expliqué s'être par mégarde gratté la tête alors qu'il avait oublié de revêtir la capuche de sa combinaison de protection.

À la fin de l'un de ces entretiens, après que l'enregistrement avait été coupé, Siobhan Clarke avait posé la main sur le bras de Mulgrew qui s'apprêtait à rejoindre son avocat dans le couloir.

— Pourquoi as-tu gardé le carnet, Jason ? Tu veux bien me l'expliquer ?

Il se pencha tout contre son oreille.

— Tous ces noms, Siobhan. Ça m'a rendu cupide…

Son avocat s'éclaircit la gorge en guise d'avertissement et Clarke relâcha son étreinte.

Ailleurs aussi, il fallait mettre de l'ordre. Les parents de Jasmine avaient lancé une procédure de divorce et Jasmine ne savait pas si elle allait rester avec sa mère ou déménager au sud pour suivre son père. Le cirque médiatique était retombé et reprendrait avec la tenue éventuelle du procès pour meurtre de Zak Campbell. À ce moment-là, les noms figurant dans le petit carnet noir de Campbell deviendraient de notoriété publique. Des actions en justice étaient envisagées à l'encontre d'au moins trois de ses clients qui l'avaient harcelé pour avoir des mannequins toujours plus jeunes. Siobhan Clarke se demandait si Peter 'Pedro' Cowan serait le seul à mettre fin à ses jours.

De son côté, elle alla voir Rebus, sachant que Samantha avait élaboré son propre calendrier de visites avec Carrie. Il avait encore des hématomes sur le visage, mais ses yeux avaient plus ou moins désenflé.

— Bon résultat, dit-elle en ramenant des boissons fraîches et du chocolat du distributeur.

— Mais maintenant que Mark Jamieson est mort, toi et ta clique vous allez tirer un trait sur tout ça.

— Moi et ma clique ?

— J'aurais sans doute fait la même chose à mon époque. Mystère résolu, point final. Mais c'est Darryl Christie qui a tout planifié et Darryl Christie qui l'a mis en œuvre.

— Il manque seulement des preuves tangibles.

— C'est *moi* la preuve, Siobhan.

— C'est pour ça que tu dois jouer le jeu, John – tu as bien vu ce qui arrive quand Christie se sent acculé. Gartcosh pense que tu devrais les laisser s'en occuper.

Rebus étouffa un petit rire narquois.

— Comme si Fox était capable de démanteler le crime organisé.

— Tu n'es pas au courant ?

Rebus croqua un morceau de chocolat.

— Quoi ?

— Fox a donné sa démission. Il destinait Jason Mulgrew à de grandes choses. Ça n'a pas fait très bon effet. Ajouté au reste, il y avait de fortes chances pour qu'il soit de toutes façons appelé à dégringoler de l'échelle.

— C'est tout lui, ça, de choisir la solution la plus lâche.

Clarke lui lança un regard.

— C'est un peu injuste.

— J'ai le temps de lui passer un coup de fil pour jubiler ?

— Arrête.

Elle aspira une gorgée de sa canette, étouffa un rot.

— C'est bien que tu aies accepté que Carrie te rende visite. (Rebus haussa les épaules.) Les choses se calment un peu ? Ici, je veux dire ?

— Harrison est transféré à Perth. Darryl Christie donne l'impression d'avoir pris cinq centimètres. Tout le monde sait ce qu'il a fait à Mark Jamieson. Jamais je ne lui pardonnerai ça.

— Tu te souviens ce que je t'ai dit sur le fait de jouer le jeu ?

— Pas sûr d'y arriver.

Il enveloppa le reste de chocolat pour le glisser dans sa poche à des fins de consommation ou de troc ultérieurs.

— Chaque nouveau jour passé entre ces murs, le sentiment devient de plus en plus fort : il faut que quelqu'un fasse *quelque chose* pour faire tomber ce salopard.

— Faut-il vraiment que ce quelqu'un soit un flic à la retraite qui frise les soixante-dix piges ?

— Tu ne m'en crois pas capable ?

Rebus fit mine de bomber le torse. Clarke eut un petit rire, puis elle secoua la tête.

Ils bavardèrent de choses et d'autres jusqu'à ce que le temps soit écoulé. Chris Novak se tenait prêt à escorter Rebus à Trinity Hall.

— Tout va bien de ton côté ? lui demanda Rebus.

— On a l'air de s'en être sorti après ta petite visite chez moi, répondit Novak tout bas.

— Et Valerie ?

— On a décidé de rompre.

— Elle ne pensait pas à mal, tu sais – quand elle a révélé votre relation à l'enquête, qu'elle m'a conduit chez toi…

— Je sais, John. Mais je ne peux pas vivre une double vie.

— Une triple vie, plutôt, avec tes actions de justicier.

— Ouais, ça aussi, c'est terminé.

— Et pourtant il est plus que jamais impératif de faire tomber Christie.

Novak, la mine solennelle, hocha la tête.

— J'ai reçu un message de l'inspecteur Fox, tu sais.

— Ah oui ?

— Disant qu'il savait qui se cachait sous le casque de moto. Il avait regardé quels agents pénitentiaires avaient de la famille ou des amis au CID. Il disait aussi que tu avais fait tout ton possible pour le mettre sur une fausse piste. Mais qu'il avait entendu qu'un gangster de Glasgow s'était rendu compte à quel point la mainmise de Christie sur Édimbourg était fragile...

— Mickey Mason, affirma Rebus en dévisageant Novak. Et tu penses que la ville se porterait mieux entre les mains de Mason qu'entre celles de Christie ?

— Je pense qu'un grand nombre d'agents menacés le vivraient mieux.

— En parlant de menaces, le directeur me doit toujours une faveur.

— Je sais que tu veux le transfert de Bobby Briggs. Le directeur fait tout son possible...

Rebus s'était immobilisé, l'index levé, la tête inclinée sur le côté.

— Tu entends ça, Chris ?

— Quoi ?

— J'ai cru entendre des cloches.

Novak tendit l'oreille, puis secoua la tête.

— Il n'y a pas d'église dans le coin, John.

Rebus reprenait le chemin de Trinity Hall quand Novak lui tapota le bras.

— On va faire un petit détour, dit-il en le guidant vers les cabines aux parois transparentes dévolue aux visites privées. Quelqu'un t'attend.

Il indiqua la dernière cabine au fond. Puis il serra la main de Rebus.

— Je vais attendre ici, John. Je croise les doigts...

En s'approchant de la porte, Rebus distingua son avocat qui triait une pile de paperasses. Après un instant d'hésitation, il poussa la porte et en franchit le seuil.

— John, le salua l'avocat en lui tendant la main. Asseyez-vous, je vous en prie.

Rebus s'exécuta, et ses doigts s'agrippèrent au rebord lisse de la table. L'avocat continua à lire pendant quelques secondes avant de lever les yeux sur lui. Son visage dessina un large sourire.

— Enfin, nous avons des nouvelles, John. D'excellentes nouvelles...

Remerciements

La prison d'Édimbourg, HMP Edinburgh, existe. Elle est située dans le même quartier de la ville que la prison de ce roman, mais bien évidemment, il s'agit d'une œuvre de fiction et il convient de ne pas confondre les deux. J'aimerais remercier les employés et les détenus (présents et passés) qui m'ont parlé et m'ont permis de visiter les lieux. J'ai pris quelques libertés nécessaires, mais j'espère avoir également réussi à montrer que les prisons sont des lieux où la compassion et l'espoir peuvent se manifester de toutes parts, avec ou sans cloches d'église.

I.R.

Cet ouvrage a été composé par Nord Compo
pour le compte des Éditions J.-C. LATTÈS
17, rue Jacob – 75006 Paris
CONTACT-LATTES@jclattes.fr

Imprimé en France par
CPI BRODARD & TAUPIN (72200 La Flèche)
en janvier 2025

PAPIER À BASE DE
FIBRES CERTIFIÉES

LE MASQUE
s'engage pour l'environnement
en réduisant l'empreinte carbone
de ses livres.
Celle de cet exemplaire est de :
500 g éq. CO_2
Rendez-vous sur
www.lemasque-durable.fr

N° d'édition : 01 – N° d'impression : 3059821
Dépôt légal : février 2025
Imprimé en France